D1784002

robot / ember

(sci-fi antológia)

Arte Tenebrarum Publishing
www.artetenebrarum.hu

Copyright

robot / ember
©2018 Farkas Gábor

Távoli csillag
© 2018 Szemán Zoltán

A negyedik menet
©2018 Rákos Róbert

Örvényhatás
©2018 Ziegler Éva

Katasztrófa a könyvgyárban
©2018 Maraffai Tamásné Merényi Viktória

Fedélterv: Gabriel Wolf

Szerkesztette: Farkasné S. Linda, Farkas Gábor és Nagy Ágnes

Készült: 2018.10.26.

Arte Tenebrarum Könyvkiadó
www.artetenebrarum.hu
Minden jog fenntartva

Tartalom

Copyright 2

Tartalom 3

robot / ember 5

    Háttértörténet 6

    Előszó 7

    Első fejezet: A teszt 8

    Második fejezet: Szeptemberben 14

    Harmadik fejezet: Kérdések 19

    Negyedik fejezet: Gyanú 25

    Ötödik fejezet: Az ügynök 30

    Hatodik fejezet: Kulcs 35

    Hetedig fejezet: A VV sötét bugyraiban ... 41

    Nyolcadik fejezet: Történelem 44

    Kilencedik fejezet: A fogó 50

    Tizedik fejezet: A deportáló 56

    Tizenegyedik fejezet: Kihallgatás 58

    Epilógus 63

    Epilógus 2. 65

    A szerzőről 70

Távoli csillag 71

    Prológus 72

    Távoli csillag 73

    Epilógus 122

    A szerzőről 123

A negyedik menet 125

    Első fejezet 126

    Második fejezet. 128

    Harmadik fejezet. 133

    Negyedik fejezet 136

    Ötödik fejezet. 140

Hatodik fejezet. 145
Hetedig fejezet. 148
Nyolcadik fejezet. 152
Kilencedik fejezet. 155
Tizedik fejezet. 160
Tizenegyedik fejezet. 162
Tizenharmadik fejezet. 165
Tizennegyedik fejezet. 168
Tizenötödik fejezet. 174
A szerzőről. 176
Örvényhatás 177
Prológus 178
Első fejezet. 180
Második fejezet. 182
Harmadik fejezet. 188
Negyedik fejezet. 192
Ötödik fejezet. 203
Hatodik fejezet. 207
Hetedig fejezet. 220
Nyolcadik fejezet. 230
Kilencedik fejezet. 232
Epilógus 238
A szerzőről. 239
Katasztrófa a könyvgyárban 241
A szerzőről. 298

4

GABRIEL WOLF

robot / ember

Háttértörténet

2074-ben kifejlesztenek egy mikrochipet, amely kizárólag szerves anyagot tartalmaz. Ezáltal kompatibilisebb az emberi szervezettel, mint bármilyen szintetikus implantátum. Ezzel a technológiával három évvel később már komplett emberi szerveket képesek létrehozni. Nem kell többé donorra várni a transzplantációnál. A szerveket egyszerűen legyártják, akár a gépalkatrészeket.

2100-ban megalkotják az első szerves anyagokból álló androidot, azaz embernek látszó robotot. Mivel a lény minden alkatrésze szerves és élő, így valójában nem is minősül gépnek. Ez egy új faj, új törvények vonatkoznak rájuk. Az élő robotokat először veszélyes munkákra, életmentésre használják, mivel ugyanarra képesek, mint az ember, ám életük „mégsem ér annyit". Egyre nagyobb számban gyártják az olcsó, feláldozható munkaerőt, egészen addig, amíg számuk már elér egy veszélyes szintet. Mire az emberiség észbe kap, háború tör ki. A robotok fellázadnak teremtőik ellen. Az első robotháborút az emberiség nyeri. Ám egyvalamivel nem számoltak: A robotoknak nincs szükségük húsz évre ahhoz, hogy csecsemőből felnőtté fejlődjenek. Néhány nap alatt újragyártják magukat, és pótolják veszteségeiket. Ekkor tör ki a második robotháború. Ezt már a gépek nyerik. Az emberiség kipusztul. A legendák szerint legalábbis.

2500-ban senki sem biztos benne többé, hogy pontosan mi is történt négyszáz évvel azelőtt. A több milliárd ember és robot harcának és megsemmisülésének senki sem ismeri a pontos eredményét. A Föld lakossága elvileg robotokból áll. Azonban mivel nincs műszer, ami képes lenne kimutatni bármilyen különbséget is a robot és az ember között, így senki sem tudja egymásról, hogy micsoda. Sőt, még önmagukról sem.

A robottársadalom paranoiásan keresi az emberiség utolsó túlélőit, és nyomoz önmaga után. Többé senki sem biztos semmiben.

Egyetlen dologra emlékeznek csak az emberekkel kapcsolatban: arra, hogy mind őrültek voltak. Vagy lehet, hogy inkább *a robotok* azok?

6

Előszó

A pszichiátria egy paradoxon. Ugyanis csak az képes segíteni és megfelelő tanácsot adni egy elmebetegnek, aki valóban meg is érti a problémáját és átlátja a helyzetét. Csak akkor érthetné meg a pszichiáter az őrültet, ha ő maga is megtébolyodna. Akkor már ugyanazon a szinten lennének. Viszont egy őrült nem képes hatékonyan segíteni másoknak, nem képes hasznos munkát végezni, produktívan teljesíteni. Tehát a megháborodott pszichiáter sem fog tudni segíteni a betegtársának. Sőt, mivel az őrület egy útvesztő, és nincs belőle kiút, így az orvos is ott ragadna az örökkévalóságig. Neki is segítségre lenne szüksége, egy olyan orvosra, aki megérti őt. De egyik pszichiáter sem érti majd meg, mert ahhoz nekik is meg kellene őrülniük.

Azért paradoxon a pszichiátria, mert az őrület elmebaj, azaz betegség. Orvosoknak kellene gyógyítani. Ahhoz viszont, hogy kezelni tudják, el is kellene jutniuk ugyanarra a szintre, hogy értelmezni tudják. Ez viszont túl veszélyes. Senki sem akar odáig elmenni, tehát senki sem próbál segíteni az őrülteken. A pszichiáterek sem. Kérdés, hogy akkor mit csinálnak valójában? Megszámolják és nyilvántartásba veszik őket. Ennyit tehetnek.

7

Első fejezet: A teszt

– Á, Dawkins hadnagy? Ön telefonált tegnap? Kérem, fáradjon be – köszöntötte dr. Etchinson a rendelőjébe belépő férfit.

– Igen, én vagyok. Köszönöm – felelte a nyomozó tömören, egyúttal köszönés helyett is, majd becsukta maga után az ajtót. – Látta azt a feliratot odakint, ami a rendelője falán díszeleg? – Közben a hadnagy odasétált a pszichiáter asztalával szemközti székhez, és invitálás nélkül helyet foglalt. Rendőrnyomozó volt, időnként unta már felesleges udvariaskodásra pazarolni az időt. Ha tudta, mi következik, egyszerűen csak megtette, anélkül, hogy tízszer körbefutotta volna a témát. Az orvos úgyis hellyel kínálta volna. Így hát leült.

– Feliratot? – vonta fel a szemöldökként dr. Etchinson. – Arról, miszerint a pszichiátria paradoxon?

– Igen. Nos, elég érdekes úgy belépni egy ilyen rendelőbe, hogy előtte az a felirat fogadja az embert, hogy az egész pszichiátria értelmetlen és hatástalan. Ez majdnem olyan, mint belépni egy ajtón, melyre az van írva: „Ki itt belépsz, hagyj fel minden reménnyel". Nem gondolja?

– Először is, ez nem a pokol – mosolygott az orvos. – Másodszor, ne foglalkozzon vele. Az utóbbi hónapokban valami szélsőséges csoport írogat ilyen marhaságokat a pszichiátriai rendelők és intézmények falaira. Valamiféle anarchisták. Vagy unatkozó, pihentagyú polgárok, akiket szórakoztat, ha bajt keverhetnek és kiszúrhatnak másokkal.

– Tehát ön szerint annak a feliratnak nincs semmi értelme?

– Azt azért nem állítottam. Én úgy fogalmaznék, hogy önmagához képest logikus, azaz következetes, mégsem érdemes komolyan venni. Ugyanis önmagában az, hogy valami racionálisan hangzik, még nem jelenti azt, hogy követnünk kéne a gondolatmenetet, és aszerint is élni. Vannak ugyanis szándékok. *Rossz* szándékok. De néha már a jó szándék hiánya is ugyanúgy elég. Dióhéjban: csak azért, mert valakik kiírogatnak mindenféle marhaságot, és látszólag van benne logika is, még nem biztos, hogy komolyabban kell venni, mint ami: egyszerű falfirka. Feltűnősködés. Gyerekes csíny, semmi több.

– Értem – bólintott a nyomozó. – Részben egyetértek önnel, doktor. Bár nekem az ott azért többnek tűnik egyszerű falfirkánál. Miért nem törlik le onnan?

– Már beleuntunk. Másnap úgyis kiírnak helyette mást. Vagy ha őrt állíttatunk oda, akkor kiírják máshová. Egyébként sem számít igazán, hogy miket firkálnak a falakra. Egy graffiti mondanivalójának, tekintélyének

8

sosem lesz akkora súlya, mint egy intézménynek, amiben jelenleg ülünk. Ez, tudja, olyan, mint egy hangya kiáltása. Mondhatni: irreleváns. Ordíthat akármit a hangya, akár komplett filozófiai eszmefuttatásokat szonettekbe rendezve, akkor sem lesz több valamiféle csipogásnál vagy rezgésnél, amit az ember úgysem hall meg.

– *Ember*? – kérdezett vissza a nyomozó összevont szemöldökkel.

– Úgy értem: robot. Ez csak egy szófordulat. Nyilván nem szó szerint értettem.

– Igen, ez egy érdekes dolog – enyhültek meg a rendőr arcvonásai. – Van, aki rendszeresen használja még manapság ezt a szófordulatot, azaz általánosítást, hogy „az ember így van vele", „az ember úgy van vele". Nem tudom, nekem valahogy nem áll rá a nyelvem. Én sosem használom. De az is lehet, hogy csak nem általánosítok. Azt mondom helyette, hogy *én*. Azaz jelen esetben: Egy hangya véleménye úgysem számít. Ráadásul *én* valószínűleg meg sem hallanám.

– Valóban, ez is egy jól működő módszer. Viszont ugye tudja, hogy az „én" rendszeres hangsúlyozása visszás hatást kelthet? Sőt, akár még valami rossz dologra is utalhat.

– Egoizmusra? Túlzott önbizalomra? Önimádatra vagy akár őrületre? Igen, hallottam ilyenekről – vigyorodott el a nyomozó. – Csak magasról leszarom, hogy ki mit gondol rólam.

– Érdekes, hogy ezt mondja – dünnyögte az orvos némi éllel a hangjában.

– Merthogy pont ez az egoizmus kiindulópontja? Tisztában vagyok azzal is – legyintett a nyomozó. – Én azért nem vagyok egoista, mert az sem érdekel. Vannak, tudja, olyan szakmák, ahol az „ember", hogy az ön szóhasználatával éljek, nem akad már fenn olyan apróságokon, mint mások véleménye. Ha adnék ilyesmire, sosem tudnék hatékonyan kihallgatni egy gyanúsítottat. Azok már az első öt percben megpróbálnak hatni az ember egójára, önérzetére, jóérzésére és lelkiismeretére. Ha foglalkoznék ilyesmikkel, naponta háromszor idegösszeroppanást kapnék, és minden második gyanúsítottat szabadon engedném ok nélkül. Tehát megtanultam nem foglalkozni azzal, hogy ki mit gondol, csak teszem a dolgom szó nélkül, és kész.

– Rendben – mosolygott az orvos udvariasan –, az ön esetében ez valóban indokoltnak hangzik. Tehát akkor nem ez aggasztja, ha jól értem. Nem ezért jelentkezett be hozzám.

– Valóban nem.

– Térjünk rá akkor arra, amit a telefonban mondott. Mivel, ha jól értem, ön is a tettek embere, és szakmájából eredően gyakorlatias típus, gondolom, nem találja sértőnek, ha egyből rákérdezek: miben segíthetek? Mi okból akart ma idejönni? Miért gondolja azt magáról, hogy ember? És ha már itt tartunk: hogyhogy csak úgy önként bejelentkezett vizsgálatra?

– Miért, van bárminemű félnivalóm, ha esetleg valóban ember vagyok? – kérdezte a nyomozó összeszűkülő szemekkel.

– Természetesen nincs! – vágta rá a pszichiáter. – Csak, tudja, a szóbeszédek... a kiírások a falakon, amiből egyet már ön is látott... A lakosság sok mindenről pletykál. Zúgolódnak ugye.

– Én megértem őket – mondta Dawkins. – Valóban nem túl megnyugtató, hogy mindenkit végigellenőriznek, mintha kémek vagy gyanúsítottak lennének.

– Én sem örülök ennek. De a szabály, az szabály. Rendelet van rá. Mi is csak a dolgunkat végezzük. Át kell néznünk a teljes lakosságot, hogy kiderítsük, vannak-e még köztünk emberek. Nem tudjuk, hogy annak idején mi okozta velük azt az óriási háborút. De valószínűleg a vesztünket akarták. Sokan azt állítják, hogy egyszerűen őrültek voltak. Nem lehetett megbízni bennük. Így hát akárhogy is nézzük, veszélyt jelentenek a társadalmunkra.

– Ezért végzik ki őket?

– Dehogy! Nyomozó, ezt maga sem gondolhatja komolyan! Senki sem híve már a régi módszereknek. Nem akarunk népirtást. Sem pedig háborút. De ezt, mivel önként idefáradt, feltételezem, hogy maga is tudja. Mármint azt, hogy ha embert találunk, akkor csak deportáljuk őket. Nem esik bántódásuk.

– Nos, igen. Valóban hiszek a rendszerben. Nyomozóként én is a része vagyok. Így hát elfogadom a deportálás-elméletet, mondjuk úgy, hogy kilencven százalékban. Egyébként pedig, még ha nem is fogadnám el, abban még jobban hiszek, hogy ha ember lennék, akkor a kormány úgyis elkapna. Manapság már szánalmas és nevetséges ötlet menekülni a hatóságok elől. Nincsenek többé titkok. Az azonosítószámok, jelkövetők, műholdak és beültetett chipek korát éljük. Senki sem bújhat el. Ezért is vagyok itt.

– Mindenesetre értékelem, hogy önszántából jött el – bólintott az orvos. Bár nem tűnt úgy, hogy valóban értékelné. Inkább csak udvariaskodott. – Hol is tartottunk?

– Ahogy a telefonban is mondtam, tartok tőle, hogy ember vagyok.

– És miből következtetett erre? Mit észlelt magán?

– Érzelmeket például – merült a nyomozó egy pillanatra a gondolataiba.

– Mindannyiunknak vannak érzelmei. Ez önmagában még nem rendellenes. Szinte semmiben sem különbözünk az emberektől. De hisz ezt ön is nyilván tudja.

– De valamiben mégis – kötözködött Dawkins hadnagy.

– Valamiben igen. De erre csak elméletek vannak. Mint ahogy mondtam is, van, aki attól tart, hogy elődeink, az emberek őrültek voltak.

10

– Igen, azt hiszem, én is ettől tartok. Indokolatlan érzelmeim vannak. Aggódom. Csak hogy egy példát mondjak.

– Mindenki aggódik, nyomozó. Én is.

– De én jobban – erősködött a rendőr. – Higgye el, nem szórakozom magával. Már régóta érzem ezt, hogy valami nem stimmel velem. Kevés ember ért meg. Vagy úgy is fogalmazhatnék, hogy senki. A párkapcsolataim is rövid életűek. Tízéves korom ellenére még csak nős sem vagyok.

Dr. Etchinson erre önkéntelenül elmosolyodott, majd zavartan megszólalt:

– Elnézést. Ezt mindig mulattatónak találtam. Nehéz elvonatkoztatni a régi gondolkodásmódtól, ami az emberektől származik. Tudja, őket anya szülte, és képesek voltak öregedni. Csecsemőként születtek, és körülbelül csak húsz-harminc éves korukban házasodtak meg. Sokat olvastam erről még gyakornoki éveimben, és azóta is viccesnek találom, hogy mi már kétévesen megnősülünk.

– Ja igen, ez náluk tényleg máshogy volt. De azért érti, amit mondok, ugye?

– Persze, természetesen. Robotviszonylatban a tíz év valóban egyértelműen „felnőttkor", már ha jelent ez nálunk egyáltalán bármit is. Ezek szerint valóban nehezen boldogul a szebbik nemmel.

– Nem korlátoznám le rájuk – vonta meg a vállát a nyomozó elkeseredetten. – Igazából mindenkivel nehezen boldogulok. Nőkkel, férfiakkal egyaránt. A kollégáimmal sem igazán jövök ki. De mindenesetre hatékony vagyok. Ezt azért elismerik. Viszont a magánéletben már olyan szinteket ér el ez a dolog, hogy komolyan aggódni kezdtem. Ezért vagyok itt. Szeretném, ha elvégeznék rajtam a tesztet. Valami egyértelműen nincs rendben velem. Nem vagyok robotok közé való. Nem azt mondom, hogy ne tudnám elvégezni a munkám, vagy ne lehetnék hasznos tagja a robottársadalomnak, de egyszerűen belefáradtam. Érti? Unom, hogy kilógok a sorból. Válaszokat akarok.

– Értem. Nos, akkor az ön esetében talán valóban indokolt a teszt soron kívüli elvégzése. Bár én nem lennék abban teljesen biztos, hogy azt az eredményt fogja mutatni, amire ön számít. Lehet az eltérés, amit tapasztal, egyfajta hiba is az ön szériájában, vagy akár képesség. Nem vagyunk egyformák. Annak ellenére, hogy robotok vagyunk, egyikünk sem ugyanolyan. De mivel nekem sincs jobb ötletem, mint hogy menjünk biztosra, így indokoltnak érzem a kérését a teszttel kapcsolatban, és módomban áll eleget is tenni neki. Ismeri az eljárást?

– A szeptember-módszert? Nem mondanám. Csak a nevét hallottam, de nem tudom, hogy pontosan mit takar. Hogyan működik? Mit kell tennem? És honnan tudják, hogy biztos az eredmény? Mi rá a garancia?

– A garancia nem más, mint az eddigi százszázalékos siker. A teszt sosem téved. Sem szándékosan nem lehet átverni, sem véletlenül nem lehet átcsúszni rajta. A dolog igazából rendkívül egyszerű. Nem kell semmi különöset tennie, egyszerűen csak ön elé teszek egy szöveget, és el kell olvasnia. Ennyi.

– Ennyi? Miféle szöveget? Fel kell olvasnom? Hangosan?

– Nem szükséges. Elolvashatja magában is. Ez egy egyszerű vers. Semmi több. A címe: „Szeptemberben". Íme. – És az orvos elővett a fiókból egy papírlapot, majd odacsúsztatta asztalán a vele szemben ülő férfi elé.

Dawkins hadnagy felvette a lapot az asztalról, és felvont szemöldökkel méregetni kezdte. Úgy tűnt, nem kezdi el azonnal olvasni. Többször is megfordította a papírt, hogy megnézze, nincs-e valami a hátoldalára írva.

– Ez minden? Valóban ennyi lenne? – kérdezte a nyomozó.

– Pontosan. Felesleges forgatnia. Semmi rendelleneset nem fog találni a papíron. Nincs semmi ráírva láthatatlan tintával, sőt a papírlap belsejébe sincsenek miniatűr érzékelők rejtve, hogy azok leolvassák az ujjlenyomatát, vagy akár azokon keresztül az agyhullámait.

– Tehát ez egy egyszerű vers kinyomtatva? Mi benne a poén? Hol a kiskapu? Mit bizonyít az, ha elolvasom? Azt, hogy tudok olvasni?

– A „poén" magába a szövegbe van rejtve. Tehát ne a papírban keresse a választ, és ne is a tintában, amivel rányomtatták. A szövegben van a „trükk". Bár ez igazából nem trükk, csak matematika. A vers, amit a kezében tart, valójában egy algoritmus. A betűk és az azokból összeálló szavak megfelelő sorrendben érzelmeket képesek kiváltani. Ugye ebben önmagában még nem lenne semmi különös?

– Nem. Végül is minden szöveg kivált valamilyen reakciót, ha értelme van. Sőt, ha nincs, akkor meg pont azért. És ez a szöveg mégis milyen reakciót vált ki? Mi a képlet?

– Ezt sajnos nem mondhatom meg. Hogy őszinte legyek, ezt még mi, pszichiáterek sem tudjuk, akik a tesztelést végzik.

– Hát ez marha jó! – engedte le Dawkins a kezében tartott papírt. – És én meg olvassam el? Nem veszélyes ez a szar?!

– Egyáltalán nem – csitította az orvos. – Nyugodtan elolvashatja. Úgy értettem, nem tudjuk pontosan, hogy mi a szavakban és sorrendjükben található logika, de ettől függetlenül működik. Mindenkiből kivált valamit. Robotból és emberből egyaránt. Én tudom, hogy mit, de nem mondhatom el. Akkor lelőném a teszt poénját, azaz eredményét. De ne aggódjon, semmilyen káros vagy veszélyes hatást nem vált ki. Csak egyszerű érzelmi reakciókat. Még csak rosszul sem lesz. Egyszerűen csak érezni fog valamit. Én megkérdezem, mit érez, aztán ön megmondja, azaz látni is fogom az arcán,

12

hogy mit váltott ki önből az olvasmány. Abból máris kiderül, hogy robot-e, vagy sem.

– Ja, már kezdem kapiskálni – emelte a nyomozó ismét szeme elé a lapot. – Tehát ha elolvasom, sírdogálni fogok, hogy milyen megható, meg ilyenek?

– Igen, ilyesmiről van szó. De hogy konkrétan milyen reakció várható egy embertől vagy robottól, azt nem árulhatom el.

– De mit bizonyít adott esetben a sírás? Mi, robotok is tudunk!

– Valóban. De erre a tesztre mindkét faj minden esetben csak így, vagy csak úgy reagál. Nincs keveredés, nincs tévedés. Nincs átmenet sem. Tehát az egyértelmű reakcióból egyértelmű választ is kapunk minden esetben.

– Rendben – állt rá a nyomozó további kérdezősködés nélkül. Olvasni kezdte magában a papíron található szöveget. Ez állt rajta:

Második fejezet:
Szeptemberben

„Szeptemberi árnyak, szeptemberi bánat,
hová visz a bú, mely sötétre színezi a tájat?
Szeptemberi szárnyak, holt-tengeri járat,
hová visz a hajó, mely sötét tengereket ketté vágva
viszi-vontatja a fájdalmat, alkonyi csendben kürtje harsan,
kettéhasítja lelkem, bántalmaz, dobhártyámon táncot járva
merenge-dohogva, mint kazánban a tűz, lángja lobban
kietlen tájon, mint oltáron a szűz, sikolya csobban a porban
Egy tengerben, melyet a semmi alkot, csak úszunk rajta titokban,
hogy senki se lássa, amint üresség ölel körül minket a piszokban
A csillogó érték, a szerény mérték valahol elúszott egy viharban
Szelek tépték, mennydörgés rázta, eső szúrta-vágta, áztatta
Talán elfogyott, elfonnyadt, lehullott, szétmállott az avarban
Pokoli paripák húzták-vontatták, tiportak rajta több évszázada
Egy napon mégis felkél, s leporolja magát az elkopott elnyomott
A rothadó érték megcsillan odalent az avarban
Feléled, kibújik s gyöngyként gurul elő kacagva
Van ott még élet, hol csak a halál nevet
Ne feledd, hogy ki voltál, s mi a neved
Akkor sem, ha talán…
néha mindannyian lehullunk szeptemberben."

Ahogy Dawkins hadnagy a vers végére ért, leengedte a kezében tartott lapot, és visszarakta az asztalra.

– Elolvastam – mondta tömören. – És most? Hogyan tovább?

– Maga most viccel velem? – kérdezte dr. Etchinson gyanakodva. – Kérem, vegye fel a lapot, és olvassa el.

– Mondom: elolvastam – felelte a rendőr. – Minek olvasnám el még egyszer?

– Nem olvashatta el. Vagy lehet, hogy nem figyelt a szövegre? Csak a betűket nézte, de szándékosan meg sem próbálta értelmezni a leírtakat?

– Dehogynem! Nem vagyok egy nagy versszakértő, és nem is igazán szeretem őket, de azért hülye sem vagyok. Rendőr létemre azért képes vagyok elolvasni egy verset. Eléggé zagyva egy baromság, de szerintem felfogtam.

14

„Szeptemberi árnyak, szeptemberi bánat, hová lett a bú, ha... blabla ésatöbbi
– idézte Dawkins az első két sort majdnem szó szerint.
– Á! – mosolygott Etchinson. – Látom, alapos! Meg is jegyzett belőle
részeket. Így valóban *olyan*, mintha az egészet értelmezte és értette is volna.
Vagy csak az elejére figyelt oda, ugye?
– Az egészre odafigyeltem. A vége az volt, hogy néha mindannyian
lehullunk szeptemberben. Akár a falevelek. Gondolom, ez bukást szimbolizál
vagy levertséget, őszi-téli depressziót, meg ilyenek. Vagy nem?
– Ezt nem értem – fagyott Etchinson arcára a mosoly. – Nem lehet.
– Mi? Hogy értem a szöveget, de mégsem váltott ki belőlem a világon
semmit? Egyszerűen csak nem találom sem ilyennek, sem olyannak, ennyi az
egész. Nem egy rossz vers, vannak benne szép részek, de akkor sem.
– Akkor nem figyelt rá oda – erősködött az orvos. – Olvassa csak el újra!
De most hangosan. Hallani akarom! Ha figyelmesen, jól artikuláltan
végigolvassa, maga is érteni fogja. Le fog jönni belőle az, aminek le kell.
– Rendben. – A férfi ismét kezébe vette a papírlapot, és ezúttal hangosan
kezdte olvasni, mint egy szónok. Nemcsak olyan színpadiasan, de majdnem
olyan nagy hangon is. Látszott, hogy nincs hozzászokva, hogy verseket
olvasson fel másoknak. Valószínűleg csak zavarban volt és próbált jól
teljesíteni. Így az orvos nem szólt rá. Hagyta, hadd olvassa, ahogy akarja.
Amikor viszont Dawkins a végére ért, a pszichiáter hangos
hahotázásban tört ki!
– Mi van? – jött zavarba a hadnagy. – Ennyire hülyén olvastam?
Éreztem, hogy kicsit túl hangosan szavalom... de ennyire szánalmas lett
volna?
– Ne-he-he-heeem – nyögte a pszichiáter nagy nehezen. Már a könnyei
is folytak a röhögéstől. De azért végül csak sikerült összeszednie magát.
Elővett egy zsebkendőt, és törölgetni kezdte az elázott arcát. – Nem.
Egyáltalán nem volt vicces.
– Akkor miért röhögött, mint egy fakutya? – kérdezte Dawkins kissé
sértetten.
– Ez a reakció. Ezt kell kiváltania. Mi, robotok nevetünk a versen. Ez az
algoritmus lényege. Az emberek sírnak rajta, mi pedig nevetünk. A tesztnek
nem lehet ellenállni. Még én sem tudok, pedig már ezerszer elolvastam és
hallottam, de még mindig pontosan ugyanúgy, ugyanannyira megnevettet.
– De *mi* benne a vicces?
– Nem tudom. A világon semmi. Ez csak egy érzelmi reakció. Mint egy
matematikai egyenletnél: kettő meg kettő egyenlő négy. Miért annyi? Nem
tudom. Csak annyi, és kész. A teszt végeredménye a robotoknál a nevetés.
Nem tudjuk az okát, talán senki sem tudja. Még az is lehet, hogy a tesztet
véletlenül fedezték fel. Lehet, hogy ez csak egy random vers, amin egyszer

egy robot nevetni kezdett. Tehát nincs kizárva, hogy nem szándékosan konstruálták, hanem egyszerűen csak *van*, azaz ilyen hatást vált ki.

– De ha azt sem tudják, honnan származik, akkor hogyan merik egyáltalán használni?!

– Megfigyelések alapján tesszük. Eddig sosem tévedett a módszer. *Eddig.*

– Úgy érti, hogy rám ezek szerint *nem hat?* De hisz hallhatta, láthatta, hogy felolvastam! Hogyhogy nálam nem vált ki semmit?

– Őszintén megmondom: halvány fogalmam sincs.

– Ne hülyéskedjen már velem! Egyáltalán *valóban* megbízható ez az idétlen módszer? Mégis hány roboton és emberen végezték el ezt az állítólagos tévedhetetlen tesztet?

– Eddig körülbelül másfél milliárd személyen. Pontos adatokat nem mondhatok. És egyébként sem tudom fejből. Nem is kell. Elég, ha az előírásnak megfelelően vezetjük a számítógépben.

– És eddig hányszor adta a teszt azt az eredményt, hogy a vizsgált alany ember?

– Nem mondhatom meg – emelte fel a kezeit megadóan a pszichiáter. – Az államtitok.

– Szerezhetek hozzá felhatalmazást, hogy kiszedhessem magából! – emelte fel kissé a hangját Dawkins. – Ne feledje, hogy mindketten az államnak dolgozunk. Nem tudom pontosan, hogy melyik oldalon, már ha vannak egyáltalán oldalai ennek az egész nyomorult ügynek, de higgye el, megnehezíthetem az életét, ha makacskodik!

– Rendben – állt rá az orvos. – Eddig száz embert találtunk. Kilencvennyolcat, ha egész pontosak akarunk lenni.

– Tehát ezek szerint a teszt valóban elég... *egységesen* teljesít, ha nagyjából másfél milliárd személynél robot jött ki eredménynek – helyeselt a nyomozó. – Viszont megmondjam, mit nem értek? Honnan a jó életből tudják, hogy ki az ember, és ki nem?

– Most viccel velem, nyomozó? Épp most mondtam: a robotok *nevetnek* a versen, az emberek meg sírnak. Ez annyira bonyolult?

– Szerintem bonyolultabb, mint gondolná. Ugyanis árulja már el, honnan a fenéből tudják, hogy melyik faj nevet rajta, és melyik lesz tőle szomorú? Mit bizonyít ez az egész marhaság? Mi van akkor, ha pont fordítva van, és a robotoknak kellene sírniuk? Nehogy már egy hülye vers döntsön mindenről, a Föld két legintelligensebb fajának sorsáról! Mi van, ha még csak az sem igaz, hogy *ez* lenne a két faj között a különbség? Lehet, hogy elődeinknek, az embereknek nincs is köze a teszt végeredményéhez. Talán valójában a hibás robotok sírnak rajta, és a jól működőek nevetnek! Vagy

16

fordítva! Ebbe bele sem gondoltak? Maguk meg esetleg deportálják fajunk értékes képviselőit valamiféle halálbolygóra! Vagy akár ki is végzik őket!

– Ugyan! Az lehetetlen. Először is, senkit sem végeznek ki. Másodszor, a teszt végeredménye egyértelmű. A legtöbb esetben robotot mutat. Erre van nagyobb esély is. Tudjuk történelmi feljegyzésekből, hogy a második háborút végül a robotok nyerték. Az emberek legjava kipusztult. Így hát nagyon kevés maradhatott belőlük. Ráadásul már a régi teszt is ugyanezeket az eredményeket hozta. Csak nem ennyire pontosan.

– Régi teszt? Miféle régi teszt?

– A szeptember-eljárás előtt egy másik, kezdetlegesebb módszerrel teszteltük a lakosságot. Kevésbé volt megbízható. Évek óta nem használják már.

– Annak mi volt a lényege? Végezze el rajtam akkor azt! Hátha kimutat valamit!

– Nos, igen. Mivel az új módszer valamiért kivételt tett magával, így valóban nincs túl sok választásom. Kormányrendelet, hogy kötelesek vagyunk mindenkit kivizsgálni és megfelelő kategóriába sorolni. Addig elvileg el sem hagyhatja az épületet, amíg nem állapítjuk meg önről, hogy robot vagy ember.

– Nem is szándékozom távozni. Mi a régi teszt? Az is olvasgatós? Vagy képeket kell nézegetni? Érzelmi reakciókkal kapcsolatos?

– Igen. És nem. Érzelmi reakciók kérdések alapján. Kérdéseket kell feltennem, és az arra adott válaszokból következtetni.

– Mi alapján következtet? Egyáltalán mi szabályozza ezt? Csak úgy összevissza kérdezget, és ha nevetek, akkor kizárólag csak robot ehetek, vagy mi?

– Nem. Ez korábban egy államilag szabályozott és felügyelt vizsgálatsorozat volt, ami folytán összeállítottak egy kérdésekből álló listát. Megfigyelésekre épül. Alapvetően megbízható volt, csak azért cserélték le az új módszerre, mert az is ugyanazt az eredményt hozza, csak biztosabban és gyorsabban. De egyébként a régi módszer is hatékony.

Dr. Etchinson eközben egy ideje már íróasztala fiókjaiban kotort.

– Azt hiszem, ez lesz az – csillant fel a szeme. – Ó, mégsem. Sajnálom. – Kihúzott két újabb fiókot. – Megvan! Hű, de régen használtuk ezt. – Elővett egy enyhén megbarnult iratköteget. Már több éves lehetett.

– És akkor az a régi módszer tényleg mindig hat? – kérdezte Dawkins. – Rám is fog?

– Remélhetőleg. Eddig ez is hatott mindenkire, azaz eredményt mutatott ki. Nem annyira biztosat, mint az új, de kilencvenhét százalékos pontossággal ez is meghozta a megfelelő eredményt.

– Halljuk akkor a kérdéseket – dőlt hátra türelmetlenül a nyomozó a műanyag széken.

– Máris. Adele! – szólt ki a doktor interkomon a titkárnőjének. – Megtenné, hogy hoz nekünk egy kávét? Ez a módszer kicsit lassabb – dünnyögte az orra alatt a nyomozónak. – Jól fog jönni egy kis frissítő. – Dawkins bólintott, de nem felelt. Szemmel láthatóan nagyon érdekelte már a teszt ...na meg az eredménye.

Két perccel később a titkárnő már nyitott is be két csésze kávéval. Lerakta őket az orvos íróasztalára.

– Köszönjük – mondta neki Etchinson. – Adele, most egy ideig ne kapcsoljon be senkit, és mára ne jegyezzen elő több beteget.

– Mégis meddig fog ez tartani? – kérdezte Dawkins ijedten. Látva a doktor kezében a megbarnult, vaskos iratköteget, már az is felmerült benne, hogy azokon a lapokon akár több ezer kérdés is lehet.

– Annyira azért nem tart sokáig – pillantott a doktor megnyugtatóan az orrára csúszott szemüveg felett a hadnagyra. Közben a titkárnő kiment, és becsukta maga után az ajtót. – De az ön esete valóban egyedülálló. Nem szeretném elkapkodni. Lássunk is akkor neki! – Belehörpölt a kávéjába, majd olvasni kezdett: – Első kérdés...

– Egy pillanat! – vágott közbe Dawkins. – Megtenne nekem valamit?

– Igen? Hallgatom.

– Mint ahogy az előbb említettem, kissé aggódós vagyok. Nagyon felzaklatott, hogy az új teszt semmilyen eredményt nem mutatott ki nálam. Megtenné, hogy nem hagy várakozni?

– Hogy érti?

– Normális esetben, gondolom, összevárják a kérdéseket, és a legvégén egyben értékelik ki az egészet, ugye? De maguknak azért csak ott vannak valahol a helyes válaszok a papíron, nem?

– Nos, igen. A papíron jelölve van, hogy melyik kérdésre mit szoktak válaszolni a robotok és az emberek...

– Akkor megtenné, hogy minden kérdés után egyből közli az eredményt? Cserébe azért, hogy önként jöttem ide? Tekintettel arra, hogy egyedi esetről van szó...

– Rendben van. Bár ez nem egészen szokványos eljárás, de végül is az eredményt elvileg nem befolyásolja. Akár egyszerre értékelem ki az egészet, akár egyesével. A kérdések egymástól függetlenek, tehát így is, úgy is ugyanazt a választ kell adnia rájuk, ha tényleg az, akinek gondolja magát. És persze akkor is, ha nem. Első kérdés:

Harmadik fejezet: Kérdések

– Első kérdés: Lát egy síró gyereket. A gyerek egyedül van. Megkérdezi-e, hogy mi baja?

– Dehogy kérdezem! – felelte a nyomozó.

– Miért?

– Mert a szülei a közelben lehetnek. Ha odamegyek a gyerekhez, azt hihetik, hogy molesztálni akarom.

– De hisz maga rendőrtiszt! Meg tudná mutatni adott esetben a jelvényét.

– A fene se akar annyit magyarázkodni!

– Jó, tehát a válasza: nem.

– Pontosan.

– Eszerint ön ember. Ez érdekes. A robotok ennél egyszerűbben, lényegretörőbben gondolkodnak: A gyereknek problémája van, felnőtt segítségére lehet szüksége. Így hát odamennek megkérdezni, hogy miben segíthetnek.

– Akkor majd az anyuka jól fejbe vágja őket, hogy táguljanak a gyerekük közeléből. Én biztos nem mennék oda! Akkor most ember vagyok, vagy mi?!

– Nem feltétlenül – grimaszolt az orvos kissé lekezelően. – Sok kérdés van még. Folytassuk is. Második kérdés: Lát egy szép virágot. Kitépi, és hazaviszi a feleségének, vagy összetapossa?

– Mi az anyám kínjának taposnám össze?

– Kérem, feleljen a kérdésre.

– Hát, mivel rendőrtiszt vagyok, és nem egy elmebeteg, így kizárásos alapon inkább hazavinném az asszonynak. Bár, mint mondtam is, nem vagyok nős.

– Rendben. A válasz szerint ön robot.

– Miért?

– Mert ez egy logikus kérdés, ön pedig logikus választ adott rá. A virág, habár nem feltétlenül hasznos, ön a kettő közül mégis a hasznosabbik célra használta. Ahelyett, hogy elpusztította volna, racionális döntést hozva hazavitte, hogy örömet szerezzen vele a párjának.

– És az emberek tényleg ennyire hülyék? Összetaposnak dolgokat teljesen ok nélkül?

– Ezt nem tudjuk biztosan. A megoldás szerint mindenesetre erre billen az a bizonyos mutató. Ezek államilag ellenőrzött válaszok. Nyilván van alapjuk.

– Ja, értem. És ez akkor mit bizonyít? Az előbbire állítólag emberként feleltem. Ezek szerint félig ember vagyok, félig pedig robot?

– Természetesen nem. Olyasmi nem létezik. Ön, egyértelmű, hogy a kettő közül valamelyik. Csak még nem tudjuk, hogy melyik. Akkor folytassuk is tovább. Harmadik kérdés: Egy kutyát lát az úton, amelyik sír, vinnyog fájdalmában. Odamegy-e megnézni, mi baja?

– De hát nem ugyanezt kérdezte már az előbb is?

– Az gyerek volt.

– Ja, persze. Tehát most a kutya nyavalyog. Remek! Tudja, mit? Odamennék. Az állatokat valamiért sokkal többre értékelem, mint a saját fajtámat. Akármi is legyen a fajtám.

– Odamenne? A gyerekhez nem ment volna oda.

– A kutya gazdája nem valószínű, hogy fejbe vágna érte, hogy molesztálom a kis kedvencét. Ebből nem lehet olyan nagy baj.

– Érdekes. Ez a válasz a megoldás szerint emberekre jellemző. Nem teljesen racionális, de valamennyire megindokolható. Eszerint tehát embernek kellene lennie.

– Ez egyre jobb! Nézzük tovább.

– Negyedik kérdés: Van-e értelme a törvénynek és a rendnek? Igen vagy nem?

– Most viccel velem? Rendőr vagyok! Nyilván nem csinálnám, ha nem hinnék benne. Tehát: igen, van értelme. Miért ne lenne? A káosz talán jobb lenne?

– Én azt nem tudhatom, uram. Én csak kérdezek. A válasza szerint ön robot. Ez egy egyszerű racionális kérdés, ön pedig aszerint válaszolt rá. Ötödik kérdés: Mi az élet értelme? Azaz van-e értelme?

– Gőzöm sincs! Honnan tudnám?

– Akkor tippeljen olyat, ami ön szerint a legvalószínűbb. Valamit válaszolnia kell. Van értelme, vagy nincs?

– Nem tudom. Ha filozófiai szempontból nézem, akkor van. Biztos van. Különben miért lennénk mi itt mindannyian ezen a bolygón? Kell, hogy legyen értelme. De ha a saját, egyéni szemszögemből nézem, akkor talán nincs. Én csak egy porszem vagyok a mindenség közepén. Egy melankolikus, magányos porszem ráadásul. Ugyanis eléggé levertnek érzem magam mostanában. Kissé kilátástalannak és monotonnak látom az életem. Így tehát hajlok a nemleges válasz felé. Mindezek fényében azt mondanám, hogy olyan ötven-ötven százalék, hogy van-e értelme az életnek.

– Az nem lehet! Ezek nagyon egyszerű eldöntendő kérdések. Mindenki képes rájuk könnyen, gyorsan válaszolni. Még az emberek is. Csak ők máshogy felelnek.

– Mi van akkor, ha én egyik sem vagyok?

– Valamelyiknek lennie kell. Nincs a Földön más gondolkodó, beszélő humanoid faj. Csak a robotok és néhány megmaradt ember.

– És mi van akkor, ha én egyszerűen csak más vagyok?

– *Ennyire* nem lehet más. Minden ember alapvetően egyforma. Mert emberek. Egy adott faj képviselői. Ugyanúgy, ahogy mi is. Vannak bizonyos közös vonások.

– Senki sem lehet más?

– Senki! A robotok legalábbis alapvetően hasonlóak. Elvileg. De ekkora eltérések még az emberek között sem lehetnek.

– Rendben. Akkor legyen „nem" a válasz. Nincs túl jó kedvem. És valóban kilátástalannak érzem a helyzetem. Így hát nincs értelme az életemnek. Ez, lehet, hogy csak egy hangulat, de hát ön mondta, hogy választanom kell.

– Így van. A válasza alapján ön ember. Haladjunk tovább. Ötödik kérdés: Hisz ön a teremtő Istenben?

– Nem. Véleményem szerint robotnak kellene lennem, mivel állítólag azokból van sokkal több. Továbbá fogalmam sincs, milyen lenne embernek lenni. Ha robot vagyok, akkor pedig vagy az emberek teremtettek, vagy csak összeraktak, és kész. Ezáltal nem Isten teremtett. Bár azért teljesen nem zárnám ki, hogy létezik. Engem, mindenesetre, nem hiszem, hogy ő hozott volna létre.

– Érdekes, hogy ezt mondja. A válasza alapján ugyanis robot. Mégis kételyei vannak. Ennél a kérdésnél soha semmilyen robotnak nem szoktak kételyei lenni. Erre konkrétan emlékszem. Mondja csak, egészen biztos, hogy korábban még nem oldott meg ilyen tesztet?

– Nem. Miért, ha megoldottam volna, nem szerepelne már az eredményem az adatbázisukban?

– De igen. Ezért is kérdeztem. Ugyanis nem értem, honnan szedi ezeket a válaszokat. Az eddigiek alapján ötven-ötven százalék rá az esély, hogy robot vagy ember. Ez ugyanúgy egyedülálló, mint az első teszt esetében. A régi teszt ugyanis kilencvenhét százalékos biztonsággal kimutatta, hogy ki kicsoda. Azaz száz kérdésből kilencvenhétszer robotnak megfelelően szoktak válaszolni, és legfeljebb három esetben emberként. Ön viszont teljesen egyenlő arányban ad ilyen és olyan válaszokat. Ez lehetetlen.

– Higgye el, én sem értem az okát. Sőt, sokkol az egész! Maga szerint milyen érzés így élnem? Ugyanis elég régóta érzem magamról, hogy valami nem stimmel velem. Most már tényleg azt sem tudom, ki vagyok.

– Sajnos attól tartok, itt kell tartanom önt megfigyelés alatt teljes kivizsgálás céljából. Ez állami előírás.

– Semmi gond. Emiatt ne fájjon a feje. Valahol sejtettem én, hogy ez lesz. Igazából tegnap ki is vettem egy teljes hét szabadságot, ha elhúzódna a dolog. – *Annyira* azért nem fog elhúzódni! – mosolygott dr. Etchinson. Bár mosolya nem volt teljesen természetes. Kissé bizonytalannak tűnt. – Menjünk tovább a következő kérdésre. Nézze, számomra előírás, hogy megpróbáljam megakadályozni a teszt esetleges kijátszását. Úgyhogy mivel az eddigi eredmény teljesen rendhagyó, és felmerülhet az eshetőség, hogy ön szándékosan ad engem megzavaró válaszokat, hogy manipulálja az eredményt... így azt javaslom, ugorjunk egyet a kérdésekben! Jöjjön most... mondjuk... – közben sietve előrelapozott néhány oldalt – a hetvenharmadik kérdés! Hisz-e a szerelemben?

– Robot létemre? Végül is robotként élek. Hogyan lennénk mi arra képesek? Maga talán volt valaha is szerelmes? Egyáltalán létezik ilyesmi? Ez nem csak egy fogalom, amit az emberek kergettek, versekben írtak róla, de igazából még ők sem tudták, hogy micsoda?

– Nem állítom, hogy voltam már szerelmes. Ettől függetlenül ön hihet benne. És pont ez a kérdés lényege – felelte az orvos.

– Tudja, mit? Legyünk bizakodók! Én bizony hiszek benne. Örülnék, ha létezne ilyesmi. Talán már voltam is szerelmes, nem tudom. Lehet, hogy épp ezért vagyok mélyponton. Az előző kapcsolatom eléggé kiábrándítóan végződött.

– Eszerint ön ember.

– Akkor mégsem szándékosan adok mindig ellenkező választ, azaz felváltva emberit és olyat, ami alapján csak robot lehetnék? Egy ember hogyan tudna ilyesmit előre kiszámítani?

– Nem tudom, hogyan csinálja! Maga betanulta előre az összes választ? Ismeri ezeket a kérdéseket? – Dr. Etchinsonnak gyöngyöző verejtékcseppek jelentek meg a homlokán. Szemüvege lassan elkezdett lecsúszni az orra hegyére. Türelmetlenül visszanyomta. – Ismeri a válaszokat?! – ismételte.

– Dehogy ismerem! Azt sem tudom, hány kérdés van! Egyáltalán hány darab van belőle?

– Száz! Hány lenne? Száz kérdés, száz százalék! Legalább kilencvenhétre vagy emberként, vagy robotként kellene felelnie.

– Ki szerint?

– Az állam szerint!! – csattant fel Etchinson még dühösebben.

– Akkor lehet, hogy az állam komplett őrültekből áll. Mármint a kormány. Ebbe sosem gondolt még bele? Ez az egész teszt hiteltelen! Egy nagy szar!

– Hogy lenne már az?! Szakemberek állították össze!

22

– Mégis mi alapján? Azt mondják, senki sem tudja, hány ember lehet a világon. Az sem biztos, hogy egyáltalán vannak még. Akkor mi alapján szűrik ki őket? Csak aszerint, hogy mások-e, mint a nagy átlag? Ez kész agyrém!

– De hát nem tehetünk mást! Egyszerűen nincs más különbség. Csak a másság!

– Maguk mind őrültek! A másság nem bizonyít semmit. Nem jelenti, hogy egy másik faj lenne az eltérő eszme, vagy a másfajta gondolkodás képviselője!

– Dehogynem! A robotokat sosem gyártották túlzottan nagy eltérésekkel. Ekkorákkal biztos nem.

– De hisz ez is csak találgatás! Maga csupa baromságra alapozza a szaktudását, Etchinson! Ki tudja már manapság, hogy mi alapján gyártják a robotokat, vagy mennyit változott közben a technológia. Mára mindenki elveszthette a fonalat. Több milliárdan vagyunk a Földön. Vallja be, hogy gyakorlatilag csak találgatnak, vakon tapogatóznak! Maguk sem tudnak a világon semmit!

– Én csak a munkámat végzem, hadnagy. Ne akarja rám vetíteni a világ összes problémáját. Én is, mint mindenki más, előírások szerint dolgozom, törvények szerint, a megadott időben, megadott keretek között. Én sem tudom, melyik utasítás honnan jön. De ez nem az én, vagy akár a maga hibája. Ez csak bürokrácia. Nem kell feltétlenül a legrosszabbra gondolni. Higgyen a rendszerben. A rendszer működik.

– Fenét működik! Már ha engem kérdez. Pont ez az én bajom. Ezért vagyok itt! Mint mondtam: aggódom. És ez a téma tölt el leginkább félelemmel. Attól tartok, hogy a rendszerünk, melyben élünk, összeomlott. Legyenek emberek vagy akárkik, akik a jelenséget okozzák. Én nem tudom, de valami nincs rendben. Semmi sincs rendben többé!

– Ugyan már! Mire gondol? Mi az, ami nincs rendben? Mondjon konkrét példákat. Bár hogy őszinte legyek, jobban örülnék, ha inkább a kérdésekre koncentrálnánk. Így nem jutunk előbbre a vizsgálatban.

– Rendben, mondok konkrét példákat: Először is, maga szerint helyénvaló, hogy úgy *deportálnak* embereket, khmm... már ha tényleg csak ennyit csinálnak velük..., hogy még az sem biztos, hogy azok-e? Csak azért, mert valami hülye versen elbőgik magukat?

– Mivel állami rendelet, így véleményem szerint helyénvaló. Hiszek a rendszerben. Mi mást tehetnék? Menjek tüntetni az utcára? Gyújtsak fel járműveket és borítsam őket az oldalukra? Attól majd jobb lesz?

– Miért? Ön szerint csak erőszakkal lehet befolyásolni az embereket? – kérdezte a nyomozó. – Ésszel nem?

– Nos, nem tudom – bizonytalanodott el az orvos.

– Tudja mit, doktor? Maga gyanús nekem! Ugyanis az előbbi válasza kissé, hogy úgy mondjam, emberekre jellemző.

Negyedik fejezet: Gyanú

– Mi?! – értetlenkedett Etchinson.

– Ennyit azért még én is tudok, doktor! A hideg, megkérdőjelezhetetlen logika helyett egyből a pusztítást, rombolást választani, ez, még a hülye is tudja, hogy emberi gondolkodásra vall! Vagy nem így van?

– Ne szórakozzon már velem, Dawkins! Állami engedéllyel rendelkező szakorvos vagyok. Nem lehetek ember! Nem tudtam volna átcsúszni az ellenőrzéseken. Egyébként is az előbb a saját szemével látott röhögni! Képtelen vagyok ellenállni a versnek. Egyszerűen nevetek rajta, és kész.

– Az igaz – bólintott Dawkins lemondóan. – Engem ez akkor is zavar. Ezzel az egész üggyel kapcsolatban semmi sem egyértelmű. Csak úgy, majdhogynem hasra ütéses alapon szétszortírozni embereket, majd kilőni őket egy másik bolygóra vagy akár az űrbe meghalni, ez maga szerint nem abszurd?

– A mai világban, hadnagy, minden az. De ennél tovább nem szívesen mennék ebben a gondolatmenetben. Ne feledje, hogy én itt az állásommal játszom, ha nem tartom be az előírásokat. De egyébként, csak úgy elméleti szinten... tegyük fel, *ha* tehetnénk valamit... Akkor ön mit tenne? Ha nem tüntetne, mint ami nekem jutott eszembe az előbb, akkor hogyan tenné?

– Én intelligensebb módon közelíteném meg. Felhívnám az emberek figyelmét, hogy baj van.

– Milyen módon? A médián keresztül? – kérdezte dr. Etchinson.

– Nem feltétlenül. Végül is bárhová ki lehet írni bármit, nem igaz? – kacsintott egyet a nyomozó.

– Maga meg mire akar kilyukadni? Célozni próbál ezzel valamire?

Dawkins nem felelt, csak bólintott, és mindössze annyit mondott:

– Ne játssza a hülyét.

– Tehát maga szerint én firkálom tele odakint a falat azokkal a sületlenségekkel? – kérdezte az orvos. – Miért tenném?

– Ki más hihetne kevésbé a pszichiátria hatásosságában, mint egy valódi pszichiáter?

– Ezt nem mondhatja komolyan – nevetett Etchinson. – Egyébként is, amit most mondott, paradoxon. Nem inkább akkor *maga* írta oda? Ez ugyanis pontosan arra a gondolkodásra vall. Szerintem maga áll amögött, és most valamiért rám próbálja kenni az egészet! Vagy engem is belerántani.

– Ha! – nevetett fel röviden Dawkins. Kissé színpadiasan csinálta. Valószínűleg gúnynak szánta. – Maga jól nyomja ezt a dumát, Etchinson! Ha nem lennék teljesen biztos abban, hogy nem én írtam oda azt a szöveget, lehet, hogy most egy pillanatra tényleg elbizonytalanított volna. De sajnos nem jött be. Egy fikarcnyit sem. A pszichiáter nem válaszolt, csak dühösen bámult a nyomozóra. Tudta, hogy az úgyis mindjárt előáll a farbával. Így inkább kivárta.

– Sajnos nem jött be – folytatta a hadnagy –, ugyanis már hetek óta nyomozok maga után.

– Tessék?! Miért? Mi folyik itt? Kinek dolgozik?

– Természetesen a rendőrségnek. Ki másnak, maga mamlasz? A provokatív feliratok ügyében nyomozok. Konkrétan senki nem bízott meg ezzel az üggyel. Jelenleg csak a saját fejem után megyek megérzések, sejtések alapján. De majd teszek róla jelentést, ha már jutottam valamire.

– És mi a jó fenéért ellenem nyomoz?! *Én* mit tettem? Azonkívül, hogy egész nap itt ülök, és ezt az átkozott verset dugom a beérkező tesztalanyok orra alá! Miért zaklat? Hagyjon engem békén! Van nekem ennél nagyobb bajom is. Ne tartson fel! Mi a jelvénye száma? Komolyan mondom, panaszt fogok tenni maga ellen rendőri túlkapásért és zaklatásért!

– Tegyen csak nyugodtan – mosolygott Dawkins. – Álljon be a sorba! Így is van a főnököm asztalán két stósz csak ilyen jellegű ügyekből. Nem igazán foglalkozik már velük. Én így dolgozom. Időnként panaszt tesznek, hőbörögnek... Na és? Mégis hatékony vagyok. A főnökömet csak ez érdekli. Szerintem ne pazarolja az idejét arra, hogy elszalad hozzá árulkodni. Még a végén letartóztatják a nyomozás akadályozásáért. Bár maga tudja... Addig is viszont, míg begépeli a hivatalos panaszt ellenem, elmondanék egyet s mást. Meghallgat?

– Mondja! – vetette oda az orvos. Nem mozdult. Egyelőre nem úgy tűnt, hogy bármit is gépelni akarna.

– Nos, tudja, egy ideje nézegetem már ezeket a feliratokat országszerte, amióta ezen az ügyön dolgozom. És tudja, mire jutottam?

– El nem tudom képzelni – vonta meg a vállát Etchinson. – Különösebben nem is érdekel, de mivel engem vádol, így kénytelen vagyok foglalkozni a dologgal. Mire jutott?

– Arra, hogy mindenhol szorgosan lemossák, levakargatják ezeket a falfirkákat.

– Na és? Mi ebben a meglepő? Ezek provokatív, lázító feliratok. Persze, hogy letakaríttatják.

– De nem mindenhol ugyanolyan gyakran – mosolygott a nyomozó.

– Mire akar kilyukadni?

– Megfigyeltem, hogy a pszichiátriaellenes feliratokat máshol majdnem mindennap, minden másnap eltávolítják.

– És nálunk?

– *És nálunk?* – utánozta Dawkins a doktor hanglejtését. – Jól nyomja! Elismerem, tényleg egészen meggyőző, de sajnos nem eléggé. Hiába tetteti, hogy nem tud róla. *Maguknál...* sajnos a felirat változatlan! Nem szedik le.

– Na és akkor mi van? Mit bizonyít ez? Feltéve, ha egyáltalán igazat mond! Nem az én dolgom odakint a falat vakargatni, már ne is haragudjon! Praktizáló szakorvos vagyok. A takarítás a takarítószemélyzet feladata...

– Lenne – vágott közbe a nyomozó.

– Lenne – helyeselt Etchinson.

– Lenne – folytatta a nyomozó –, ha *maga meg nem tiltotta* volna nekik, hogy leszedjék!

– Tiltotta a halál! Nem én osztom ki a takarítószemélyzet munkáját. Nem én koordinálom őket.

– Szerintem pedig megtiltotta nekik. Maga írta azt oda. És azért nem szedeti le, mert nem akarja, hogy eltűnjön.

– Azt hiszem, rájöttem, hogy micsoda maga! – kiáltott fel dr. Etchinson.

– Adele! – szólt bele az interkomba.

A nyomozó ekkor azonban meglepő mozdulatot tett: előkapta a fegyverét! Szemével meredten az interkom hangszóróját figyelte, közben fejével még felé is bicentett. Jobb kezében a fegyvert egyenesen a doktorra szegezte, bal kezével pedig saját nyakán a lefejezés, azaz torokelvágás egyezményes jelét mutogatta, jelezvén, hogy Etchinson vágja el, szakítsa meg titkárnőjével a kapcsolatot.

A doktor elhűlten engedelmeskedett. Elengedte az interkom gombját, és nyelt egy nagyot.

– Mi a fenét művel? – kérdezte.

– Ha a nő visszaszól, és megkérdezi, mit akart tőle – hadarta Dawkins anélkül, hogy felelt volna –, mondja azt, hogy nem fontos, meggondolta magát. Mondja neki, hogy hazamehet, és a nap hátralévő részében az én ügyemmel kíván foglalkozni!

Szinte vezényszóra egyből meg is szólalt az interkom. A doktor felvette:

– Igen? Adele... ööö... – Dawkins megrázta a kezében a pisztolyt, utalva rá, hogy nem viccel. Tényleg el fogja sütni, ha a doktor nem ismétli el pontosan, amit az előbb mondott neki. – Adele. Nem fontos. Meggondoltam magam – ment bele dr. Etchinson a játékba. Mást úgysem nagyon tehetett. – És, Adele! Menjen haza nyugodtan. Ez hosszú vizsgálatnak ígérkezik. Mást ma már úgysem tudok fogadni.

– Igen, dr. Etchinson. Köszönöm, hogy korábban elenged. Doktor úr? – kérdezett vissza a nő.

– Igen? – érdeklődött a pszichiáter.

Közben Dawkins halántékán vékony vonalban verejték kezdett lefelé folydogálni.

– Minden rendben van, uram? – kérdezte Adele aggódó hangon.
A doktor egy pillanatra habozott... de mielőtt a verejtékező nyomozó valóban elsütötte volna a fegyvert, mégis kinyögte:
– Igen, persze! Minden rendben. Menjen csak, kedvesem.
„Nagyon meggyőző volt a hangja" – gondolta magában Dawkins meglepetten. „Ez a fickó nem kispályás! Szemrebbenés nélkül hazudik, ha úgy alakul. Még én is elhittem neki, hogy minden rendben."
– Nos – szólalt meg a doktor, majd kissé feszülten, merev derékkal hátradőlt a műbőrrel borított irodaszéken –, most már egyedül vagyunk.
– Jobb lesz így – mondta Dawkins kifejezéstelen arccal. – Mit akart mondani a nőnek? Ki vele!
– Csak egy újabb kör kávét akartam kérni nekünk, maga szerencsétlen!
– Hát persze – vigyorodott el a nyomozó. – Ezt a dumát! Maga aztán nem semmi! Na mindegy! Ha nem akar, ne feleljen. De mit akart mondani előtte? Mi vagyok én? Ha csak káromkodni akart és szidalmazni, akkor nem szükséges belemennie a részletekbe.
– Nem. Tényleg akartam mondani valamit. Csak kérni akartam egy kávét előtte, hogy aztán hosszabban, részletesen kifejtsem.
– Akkor halljuk! Mi vagyok én? Gondolom, ember. Mi másra gyanakodna? Így, hogy meggyanúsítottam, magának az lenne a legkézenfekvőbb, ha az lennék. Akkor félreállíthatna, engem deportálnának, ön pedig megúszná az uszító feliratokért járó büntetést.
– Először is, nem én írom ki őket. Másodszor, nem. Nem gondolom, hogy ember.
– Hanem? Na! Ez kezd érdekes lenni – vonta össze Dawkins a szemöldökét.
– Szerintem maga nem ember és nem is robot. Véleményem szerint maga egy tesztgép!
– Egy mi? Valami újfajta robot, vagy micsoda? Nem éppen maga mondta az előbb, hogy nincsenek ekkora eltérések a robotok között? És hogy a másság az egyetlen nyom?
– Ez már több annál. A maga abnormalitása, azaz a kérdésekre adott válaszainak kilengése jóval több, mint ami még belefér a másság fogalmába.
– És miféle tesztgép lennék én? Egyébként is mióta beszélünk mi, robotok gépként önmagunkról? Nem az emberek beszélnek rólunk így? Nekem egyre inkább úgy tűnik, hogy maga bizony az! Röhögött a versen, vagy sem, de akkor is!
– Ugyan már! Ez csak egy szófordulat – legyintett Etchinson. – Tesztgép, tesztrobot, tesztszemély... mondhattam volna akárhogy. Az első tűnt a leglogikusabb választásnak ahhoz, hogy körülírja, amire gondolok.
– És mi lenne az? Mire gondol?

– Arra, hogy magát tesztcélokra konstruálták. Ezért nem képes úgy elvégezni a szeptember-tesztet és a régi típusút sem, hogy értelmes eredményt adjanak. Mert magát nem hagyományos célokra hozták létre.

– Ez egy érdekes gondolat. Tegyük fel, van is benne valami. És akkor ön szerint mire készítettek?

– Arra, hogy *engem* teszteljen! Azaz a pszichiátereket!

– Maga teljesen paranoiás, Etchinson, ugye tudja? Mi a fenének tesztelnék a pszichiátereket? És kinek a megbízásából?

– Nem tudom. A kormányéból. A rendőrségéből. Valamiféle belső ügyosztály is küldhette magát, akik erre vannak szakosodva.

– De minek küldtek volna?

– Hogy biztosra menjenek: nem férkőzött-e a sorainkba *ember*, hogy bomlassza a rendszert.

– Hmm... – Dawkins erre leeresztette a fegyverét, és az ölébe tette. Továbbra sem vette le az ujját a ravaszról, de már nem szegezte az orvosra. – Érdekes, amit mond – mondta eltűnődve. – Nekem ez eszembe sem jutott.

– Maga komolyan nem tudja, hogy micsoda? Mennyi igaz abból, amit idáig nekem elmondott? Mivel a nyomozásról sem számolt be, így feltételezem, hogy az egész körítés csak rizsa volt, ugye? Jól mondom?

– Nem. Nevetni fog, de őszintén mondtam, amiket mondtam. Nem hazudtam semmiben. Valójában ugyanis két okból vagyok itt: azért, hogy kinyomozzam, ki lehet a felelős a lázító feliratokért, és azért, hogy megtudjam, ki vagy mi vagyok. Gondoltam, két legyet ütök egy csapásra. Spóroljunk meg egy kis időt, haha! Legyünk hatékonyak.

– Robotokra jellemző gondolkodás – hunyorgott gyanakodva az orvos. Közben a nyomozó arcvonásait fürkészte. – De vajon őszintén így gondolja-e?

– A legőszintébben – bólintott Dawkins elkomolyodva. Valóban annak tűnt.

– Tehát tényleg tudni akarja, hogy micsoda.

– Persze. Hisz maga is hallhatta a válaszaimat. Nem egyértelmű, hogy robot vagyok-e, vagy ember. Én ezt már régóta sejtem.

– Szerintem jól sejti. Olyannyira, hogy talán nem is lehetséges megállapítani a faji hovatartozását. Mondom, esetleg pont erre hozták létre. Gyanítom, hogy ülhetünk még itt órákon át kérdezz-feleleket játszva, akkor sem fogunk egyről a kettőre jutni.

Ötödik fejezet: Az ügynök

– Miért olyan biztos benne, hogy ez a teszt sem hoz nálam eredményt? Még alig olvasott fel pár kérdést.

– Ne vicceljen! Maga óramű pontossággal váltogatja az emberi és robotokra jellemző válaszokat. Ráadásul akkor is, ha összevissza teszem fel a kérdéseket! Valószínűleg nem tudnám olyan sorrendben kérdezni őket, hogy belezavarodjon. Szerintem magába ezeket egyszerűen betáplálták!

– Mégis hogyan?

– Születésétől fogva. Egyszerűen tudja őket, és aszerint válaszol rájuk, hogy pont ötven-ötven százalékra jöjjön ki az eredmény. Azért, hogy képtelenség legyen eldönteni, melyik fajba tartozik.

– De hát nem emlékszem egyetlen olyan kérdésre sem, ami a papírjaira van írva!

– Akkor csak tudat alatt emlékszik rájuk. Afféle „alvó ügynöke" lehet a kormánynak.

– *Alvó ügynök?* Aki mellesleg egy tesztgép jellegű személy, akinek pszichiátereket kell csőbe húznia? Említettem már, hogy kissé paranoiás, doktor úr?

– Igen. És akkor sem esett jobban, mint most. Egyébként se vicceljen ezzel. Nehéz időket élünk. Manapság mindannyian kicsit paranoiásak vagyunk.

– Ebben van valami – értett egyet Dawkins. – De tudja, mit? Lökje a kérdéseket! Egyelőre nincs jobb ötletem. Kávé ide vagy oda, a titkárnője már úgyis hazament. Ücsörögjünk még itt egy kicsit. Én ráérek. Akár egy hétig is. Ha nagyon akarja, kimehetünk az előtérbe kávét készíteni. Szomjan ne haljon már itt nekem! Addig is, amíg vészesen ki nem szárad, kérem, folytassa. Jöhetnek a kérdések!

– Nos, rendben – ment bele Etchinson. – Bár nem hiszem, hogy bármire is jutunk ezzel.

– Ez jó – kuncogott fel halkan a nyomozó. – Egy pszichiáter, aki nem hisz a módszere hatásosságában. Honnan is olyan ismerős ez a gondolat? Szeret ön írni, dr. Etchinson? Vagy akár firkálgatni csak úgy unalmában? Például falakra odakint, az utcán?

– Nem igazán – nézett a doktor Dawkinsra bosszúsan és egyszerre kissé lenézően is. Bővebben nem is kommentálta a dolgot. Felvette az iratokat, és ismét belekezdett. – Hatvannegyedik kérdés: Szereti a kutyákat?

– Nem különösebben. Egyszer gyerekkoromban megharapott egy. Azóta, ha tehetem, kerülöm őket.

– Gondoltam. Robotokra jellemző válasz: ugyanis a kutya az *ember* legjobb barátja, és nem a miénk. Legutóbb a szerelem kérdésére emberként válaszolt, úgyhogy továbbra is döntetlen.

– Ez még lehet akár véletlen is – gondolkodott hangosan a nyomozó.

– Kötve hiszem. – Etchinson most nem lapozott arrébb. Egyből a következő kérdést tette fel. – Hatvanötödik kérdés: Van az úton ön előtt egy virág...

– Hagyjon már ezzel a szarral! – vágott közbe Dawkins türelmetlenül. – Az összes kérdés ugyanaz? Szeretem-e a kutyát, segítenék-e annak, aki az imént pofára esett, kihúznám-e a virágot, ha valaki bedugta? Váltsunk már témát! Ez mind tök ugyanaz!

Etchinson nem felelt. Megköszörülte a torkát, majd arrébb lapozott.

– Nyolcannégyes kérdés: Ez tetszeni fog magának, Dawkins! Minek tartja magát?

– Mi? Most mit hülyéskedik? Mi van igazából odaírva?

– Ez! Szó szerint. „Minek tartja magát?" Válaszoljon rá. Komolyan kíváncsi vagyok!

– Hát... – Dawkins teljesen összezavarodott. Néhány hosszú másodpercig hallgatott. – Azt hiszem... talán... embernek. Végül is különben nem lennék itt. Ettől tartok. Igen, embernek hiszem magam!

– Sejtettem. Emberi válasz. Csak egy ember tarthatná magát embernek. Egy robot nem akarhat az lenni. Logikátlan. Tehát mondom én: konzekvens módon váltogatja a válaszokat. Teljesen mindegy, hogy mit kérdezek. Maga valahogy kijátssza ezt a tesztet! Még az is lehet, hogy azt is manipulálja, hogy én melyik kérdést tegyem fel! Hoppá!

– Mégis hogyan? Nem én lapozgatok maga helyett! Honnan tudnám, mit fog kérdezni?

– De maga mondta az előbb, hogy lapozzak arrébb! Szerintem befolyásolt! Gyanús maga nekem, Dawkins! Mi is volt az a kérdés az előbb a virággal? Lehet, hogy arra az egyre például nem tudta a választ? Talán nem emlékszik rá. Miért volt *annyira* fontos, hogy átugorjuk?!

Etchinson megszállottan lapozgatni kezdett oda-vissza. Kereste a korábbi kérdést.

– Melyik volt az?! – kiabálta. – Elfelejtettem! Melyik volt?

– Mit tudom én! Valami virágos volt már megint. Nem tökmindegy?

– Ne manipuláljon! Tudni akarom, hogy melyik volt!

– A hatvanötödik – sajnálta meg Dawkins. A fickó tényleg elég kétségbeesettnek tűnt. – Tudja, pszichiáter létére nem valami jó a memóriája.

– Csak ideges vagyok! – szabadkozott az. – Köszönöm – tette hozzá. – Tehát akkor a hatvanötödik kérdés. Na, erre feleljen! És nincs ám mellébeszélés! Van az úton ön előtt egy virág... ugye? – hunyorított fel lecsúszott szemüvege felett a nyomozóra.

– Előttem ugyan nincs most egy szál virág sem, de azért csak folytassa.

– Van az úton ön előtt egy virág. Hazaviszi-e?

– De hát ez már volt egyszer! Mondtam, hogy ugyanaz!

– Nem teljesen, Dawkins nyomozó. Nem teljesen. Az előbb arról volt szó, hogy eltapossa vagy hazaviszi a feleségének. Most csak az a kérdés, hogy hazaviszi-e. Nincs szó feleségről. Válaszoljon tehát. Hazaviszi?

– Nem. Minek tenném?

– Tudtam! Háhá! Robot válasz. Ugyanis a virágoknak semmi hasznuk. Minek vinné haza?

– Egyetértek. Nem gyűjtöm a szárított virágokat. Ergo: nem is vinném haza. De most minek örül annyira? Nem azt mondta az előbb, hogy manipulálom magát? Az előbb emberi választ adtam, vagy nem? Most meg robot választ. Ez most akkor nem azt igazolja, hogy nem manipulálom? Nem szándékosan kerültem ki az előbb ezt a kérdést. Láthatja, hogy simán megválaszoltam! Nincs ebben a hülye virágos kérdésben semmi különös. Csak már untam a témát.

– A francba! – látta be azonnal Etchinson, és dühében ledobta az iratköteget az asztalra. A homlokát kezdte masszírozni frusztráltságában. – Ennek így semmi értelme nincs!

– Valóban nincs – helyeselt Dawkins. Lehet abban valami, amit mond, hogy én valamely okból kívülről fújom mind a száz kérdést. Bár az biztos, hogy nem tudatosan. De mondjak valami furát?

– Halljuk. Van esetleg ötlete arra vonatkozóan, hogy hogyan képes felváltva robotként és emberként válaszolni?

– Igen, eszembe jutott egy érdekes dolog. De nem ezzel kapcsolatban. Arra gondoltam, mi van, ha inkább *maga* manipulál *engem,* tisztelt doktor úr? Lehet, hogy csak az időmet rabolja itt mindenféle hülyeségekkel! Talán csak a kinti falfirkáról akarja elterelni a figyelmem. Azért, hogy beleunjak az egészbe, és elhúzzak szépen haza! Hogy végre békén hagyjam, mi? Még az is lehet, hogy maga titokban egy ember, és most halálra van rémülve, hogy lebuktatom!

– Jaj, ugyan már! A szeptember-teszten is nevetek minden alkalommal – legyintett Etchinson. – *Nálam* kevésbé emberi senki sem lehetne.

– Na persze! Minden ember ezt mondaná a maga helyében, hogy mentse az irháját. Tudja, mit? Adja csak ide azt az átkozott paksamétát!

– Tessék? Isten ments! Nem adhatom ki a kezemből! Ezért kirúghatnak. Sőt, elvehetik még akár az orvosi engedélyemet is!

– Akkor majd azt mondja, hogy kényszerítettem. Na, adja csak ide. Nem viccelek! Tényleg kényszeríteni fogom! – Dawkins egyelőre még nem emelte fel a fegyvert, de a doktor látta rajta, hogy valóban komolyan beszél. Kelletlenül átnyújtotta hát az iratköteget. – Na! – csettintett a nyomozó elégedetten a nyelvével, ahogy átvette. – Lássuk csak... Most maga a hunyó, barátocskám! Halljuk zörögni odabent azokat a fogaskerekeket, gépember! Negyvenhatos kérdés: Melyik a hatékonyabb? Az élőlény vagy a gép?

– Nyilván a gép – felelte Etchinson kelletlenül. – Az javítható. Az élőlények viszont meghalnak. Vagy nem így van? – kérdezett vissza.

– Azt én nem tudhatom, ne nézzen így rám! – adta meg magát színpadiasan Dawkins. – Én csak egy vacak tesztgép vagyok vagy mi. Nos, a válasz helyes – nézett a papírra. – Vagy legalábbis, ahogy vesszük. Ön az eredmény szerint robot.

– Tudom, hogy az vagyok, maga marha! Mit vigyorog? Azt hitte, újat mond ezzel?

– Én ugyan nem! De talán a következővel majd fogok! A huszonkilencessel például: Bogár vagy ember?

– Mi van velük? Hogy melyiket taposnám el előbb, vagy mi?

– Azt nem mondhatom meg. A kérdésben csak ez áll: „Bogár vagy ember?"

– Ezt az ökörséget! Jó... akkor legyen. A válaszom: ember!

– Binggg! Helyes válasz. Ön nyert, azaz még mindig robot. A válasz szerint az embert érdemes hamarabb eltaposni, ugyanis az a veszélyesebb. Jól tippelt. Maga tehát valóban robot lenne? Hmm... – tűnődött el a nyomozó.

– Ja. Bármily meglepő. Mivel már vagy ötszázszor elmondtam! Felesleges tehát tovább gyerekeskednie. Úgyis mindig robotként fogok válaszolni. Mivel az vagyok.

– No, csak ne olyan hevesen! Van még hátra kilencvennyolc kérdés!

– Nehogy már mindet végigkérdezze! Esküszöm, inkább felkötöm magam! Úgysincs semmi értelme ezzel pazarolnia a drága időmet. A szeptember-tesztet nem lehet átverni. Már az is kész csoda, hogy maga át tudja valahogy. Nekem biztos, hogy nem menne.

– Jó, jó! Akkor csak még egy utolsót! – Dawkins arrébb lapozott. Aztán még arrébb, egészen a legvégére. – Legyen a századik kérdés: Hisz ön az evolúció elméletében?

– Persze.

– Beee... – imitált géphangot Dawkins. – Rossz válasz, barátom. Miért foglalkozik maga az emberi evolúcióval? Tán csak nem magáénak érzi? Ez bizony kellemetlen! Kínos!

– Nézze már meg a választ, maga marha! A robotoknak is van evolúciója. Generációról generációra fejlesztenek minket. Rengeteg széria volt már, és mi is élőlények vagyunk. Hogy ne hinnék az evolúcióban? Hisz benne élek! Tényleg nem tudom, ki fia-borja maga, hogy még ennyit sem tud.

– A francba! Igaza van – mondta Dawkins, ahogy leellenőrizte az orvos válaszát, majd ő is mérgesen az asztalra dobta az iratcsomagot.

– Még hogy kínos! – hőbörgött Etchinson. – Maga micsoda egy birka! Még béget is hozzá.

– Jól van na! Csak ne személyeskedjünk. Az nem vezet sehová. Az ilyesmi egyébként is emberekre jellemző viselkedés.

– Mi is személyek vagyunk. Csak nem anya szült minket – vágott vissza a pszichiáter.

– Ej, de érzékenyek lettünk! Maga majdnem olyan sértődékeny, mint egy ember. Érdekes egy ember maga. Bár ugye ez csak szófordulat. Ne vegye szó szerint – vigyorgott Dawkins. – Tudja, mit? Úgy látom, patthelyzet alakult ki. Így nem jutunk tovább. Nekem, bevallom, nincs elég bizonyítékom maga ellen a falfirkákkal kapcsolatban, ráadásul egyik teszten sem bukik el, tehát ezek szerint még csak nem is ember. Ettől függetlenül érzem, hogy valami akkor sincs rendben magával kapcsolatban! Ne kérdezze, miért. Egyszerűen csak érzem. Maga pedig rólam nem tudja megállapítani egyik teszt segítségével sem, hogy mi lehetek. Így itt tarthat akár az idők végezetéig is, akkor sem fog tudni besorolni valamelyik csoportba, hogy továbblépjen, és más ügyeken dolgozhasson.

– Tegyük fel, hogy igaza van. Van valami javaslata? Gondolom, van, mert különben nem vezette volna fel ilyen alaposan ezt a hatásos kis monológot.

– Nos, éppenséggel van. Ez ugyanis a harmadik oka annak, hogy itt vagyok. Tudja, mi az az ER szintű hozzáférés? Állítólag azzal minden létező információ lekérhető a világhálóról. Még a legféltettebb államtitkok is. Az emberek deportálásának részletei, a robotok gyártásával kapcsolatos legfrissebb adatok, az új szériák nem közismert, eltitkolt hibái, sőt még a jövőben gyártandó modellekkel bevezetésre kerülő újítások is.

– Nem hallottam ilyen hozzáférésről – felelte Etchinson. – Hogy őszinte legyek, nem is nagyon hiszem, hogy egyáltalán létezne. A gyakorlatban túl veszélyes lenne ilyesmit egyetlen személy, vagy több magas rangú személy kezébe adni.

– Pedig az ER bizony létezik. Ezt rendőrként konkrétan tudom. Most erre lenne szükségünk. A maga segítsége kellene hozzá, és megszerezhetnénk. Nézze, ha belegondol, ön is rá fog jönni, hogy patthelyzet alakult ki. Mindketten nehéz helyzetben vagyunk. Jelenleg okunk van összedolgozni. Még akkor is, ha nem megjósolható, hogy mi lesz ennek az egésznek a végkifejlete. Alkut ajánlok tehát.

34

Hatodik fejezet: Kulcs

– Ha már a százalékoknál tartunk – felelte Etchinson –, kilencvenöt százalék biztos vagyok benne, hogy nem fog tetszeni az ajánlata. Eleve nem szívesen kötnék alkut olyan személlyel, aki korábban már egyszer megfenyegetett és fegyvert fogott rám. De mivel én sem sietek éppen sehová, így meghallgatom. Ám én a maga helyében nem nagyon reménykednék. Kicsi a valószínűsége, hogy bármibe is belemenjek. Pláne, ha illegális.

– Nem illegális. Olyan nagyon... Végül is nincs rá törvény, tehát ilyen szabályszegés elvileg nem is létezik. Arra nem létezhet törvény, ami nincs. A módszerről pedig, amit az ER szintű hozzáféréssel akarok kombinálni, lehet, hogy senki sem tud. Tulajdonképpen véletlenül bukkantam rá. Fél évvel ezelőtt egy hackercsoport után nyomoztunk a társammal. Végül nagy nehezen bemértük és lefüleltük őket. A csoport nem volt túl nagy szám. Nem is kaptak többet néhány év börtönnél. Viszont azok a marhák véletlenül beletenyereltek valamibe. Begyűjtöttük a bizonyítékokat ellenük, lefoglaltuk a számítógépeiket is, és én kaptam meg a feladatot, hogy elemezzem ki a begyűjtött anyagokat arra vonatkozóan, hogy tulajdonképpen milyen károkat okoztak. Nos, valóban nem voltak nagypályások. Kisebb zsarolási ügyeket bonyolítottak. Deportálással fenyegettek meg robotokat, hogy átírják az adataikat, és elintézik, hogy emberként szerepeljenek az országos nyilvántartásban. Voltak illegális banki tranzakciók is. Valamiféle eltérített átutalások, amikről a mai napig nem tudom, hogy hogyan csinálták. De ez nem is annyira érdekes. A dolog ott vált meglepővé és egyben ijesztővé is, amikor rátaláltam azokra a lopott adatokra, amivel szintén kereskedtek. Bűnözőknek árultak hamis személyazonosságot. Mármint nem újonnan kreáltat, amivel könnyen le lehetne bukni, hanem másoktól ellopott, létező személyi azonosítószámokról beszélek, amiket egy ideig még fel lehet használni feltűnés nélkül. Ők semmihez sem kezdtek ezekkel az adatokkal, csak kereskedtek velük. Én viszont, miután belefogtam, hogy szortírozzam és nyilvántartásba vegyem őket, felfedeztem egyfajta rendszert, azaz összefüggést az azonosítószámok között.

– Ez nem valami nagy felfedezés, már ne is haragudjon! A személyi azonosítószámokat emelkedő sorrendben osztják ki minden újonnan gyártott személynek. Mi ebben a nagy dolog? Ezt minden egészségügyben dolgozó robot tudja.

– Én nem arról beszélek – mosolygott Dawkins. – Ez annál sokkal összetettebb. Nem egy egyszerű sorrendről van szó. Amikor összeírtam, azaz listát készítettem az általuk ellopott azonosítókból, egy fura megérzés fogott el. Elkezdtem játszani a számokkal. Felírtam őket más és más sorrendben egy papírra. Alakzatokat, ábrákat rajzoltam belőlük. Minél többet foglalkoztam vele, annál inkább összeállt egy kép. Nem tudtam pontosan, hogy mi lesz belőle. Olyan volt, mint amikor a bepárásodott ablakon keresztül látunk valamit. Egyértelműen látjuk, hogy ott van, de azt nem, hogy pontosan mi lehet az. Akkor tisztul csak ki a kép, amikor elkezdjük letörölni a párát az ablakról. Én is ezt csináltam. Azzal, hogy játszottam a számokkal, és próbálkoztam, hogy mi mindenre lehet őket használni, valahogy eltűnt a pára az elém táruló képről, és a végén egy alkalmazható matematikai formula lett belőle. Kidolgoztam tehát egy képletet, amit ha bizonyos azonosítószámokra alkalmazok, az eredmény konstans módon változva folyamatos ívet, azaz görbét alkot. Ez a vonal pedig olyan, mintha egy bizonyos irányba mutatna. De ezt tényleg nagyon nehéz elmagyarázni, ugyanis természetesen nem egyetlen konkrét irányról beszélek, hanem inkább végtelen számúról. Úgy kell elképzelni, mint kérdéseket és lehetséges válaszokat. Vagy mint kulcsokat és zárakat, melyekbe a kulcsok lehet, hogy beleillenének. Létezik végtelen számú kérdés, azaz virtuális zárszerkezet a világhálón, de hagyományos hozzáféréssel nemcsak, hogy nincs kulcsunk ahhoz, hogy kinyissuk őket, de még látni sem lehet, hogy egyáltalán zárak vannak ott. A módszeremnek pedig az a lényege, hogy rámutat ezeknek a láthatatlan záraknak a virtuális helyzetére! Sőt, nemcsak nyílként funkcionál, azaz a helyes irányba tereli az embert, hanem egyben kulcsként is használható. Tehát felfedi, kinyitja a megfelelő választ az adott kérdésre. Bár ez csak a dolog elméleti része. Mondom: nagyon nehéz érthetően elmagyarázni, továbbá csak akkor működik, ha ismerjük hozzá az azonosítóhoz tartozó személy jelszavait is.

– Honnan a fenéből talált volna ki maga csak úgy egy ilyen képletet vagy mit? Mármint abban az esetben, ha egyáltalán igaz ez a történet. Mi maga, valami hobbimatematikus?

– Nem mondanám. De mint mondtam, egy ideje már érzem, hogy valami nem stimmel velem. Nos, *ez is* az egyik ok a sok közül. Én is gyanítom, hogy nem hagyományos feladatra hoztak létre. Már ha robot vagyok egyáltalán. Egy egyszerű rendőr nem képes ilyen matematikai módszereket kidolgozni. Hogy őszinte legyek, én magam sem tudom, hogy mit csinálok pontosan, amikor ezzel foglalkozom. Ez olyasmi, mint a maga szeptember-tesztje. Nem tudják, hogy honnan van a képlet, egyszerűen csak működik. A versnek lehet valamilyen bináris kódja, amiből a számítógép csak annyit lát, hogy egyesek és nullák sorozata. A szemünk viszont érzékeli, hogy a fájl valójában értelmes szöveget alkot, ami egy vicces jelenetet ír le. Legalábbis számukra. Talán ezért nevetnek rajta. Mármint a robotok, én nem. Én is így vagyok azzal a módszerrel, amit kifejlesztettem. Lehet, hogy én találtam ki, az is lehet, hogy ugyanúgy belém táplálták, mint ahogy maga szerint a régi teszt kérdéseit és válaszait is. Tehát nem tudom, honnan ered, még azt sem, hogy mi ez, de tény, hogy tudom használni. Vagy előre beprogramozott tudásanyag lehet, vagy egy extra képesség, amivel csak én rendelkezem. Talán szándékos korszerűsítés céljából, de még az is lehet, hogy csak egy véletlen programhiba. A lényeg, hogy van és működik.

– Miből olyan biztos benne?

– Abból, hogy a megfelelő képletekkel már eljutottam erre-arra a virtuális világhálón, de azok a személyi azonosítók, amelyeket a hackerektől koboztunk el, nem voltak elég magas szintűek. A módszert ki tudtam velük dolgozni, és ki is próbáltam, de nem jutottam túl sokra. A segítségükkel beláttam olyan kisebb titkokba, mint akár egy egyszerű rendőrségi nyomozati anyag, vagy befolyásolni tudtam egy-két közlekedési lámpa villogásának sorrendjét az utcákon. Ez semmi. Ennél sokkal messzebb is el lehetne jutni.

– Tehát akkor maga is valamiféle hacker? – kérdezte Etchinson megvetően. – Idáig süllyedt? Rendőr létére?

– Azonkívül, hogy a módszeremmel benéztem ide-oda és fontolgattam, hogy mi mindenre lehetne használni, semmit sem tettem. Nem loptam el semmit, és károkat sem okoztam. Ha ki is próbáltam, hogy elviekben mit lehetne számítógépesen befolyásolni, mindig mindent visszaállítottam az eredeti állásba. Például közlekedési lámpákat, mint ahogy mondtam is, vagy radarok dőlésszögét, vízgátak nyitási és záródási időzítését, hidak leeresztését vagy elfordítását. Tehát én ezt nem nevezném hackelésnek. Csak a birtokomban van egy módszer, amivel nagyon messzire el lehetne menni.

– Mennyire messzire? Csak hipotetikusan persze.

– Hát... fogalmazzunk úgy, hogy a megfelelő kóddal majdnem olyan, mintha a kezünkben lenne... Isten mesterkulcsa. Ami mindent nyit! Azzal pedig már ki lehetne deríteni mindent, ami a robotokkal kapcsolatos. Azt, hogy én például mi vagyok. Vagy akár olyasmit is, ami az emberi civilizációról és annak bukásáról szól. Mondom: mindent! Még azt is, hogy miért deportálják őket, és mi volt a valódi oka a háborúnak annak idején. Gondoljon csak bele: Isten mesterkulcsa. Mármint ha létezne olyan, hogy Teremtő. A mi esetünkben hívhatnánk úgy, hogy a Gépisten mesterjelszava.

– Ilyesmi nem létezik. Ne vicceljen már! Ez abszurd! Létezne egy minden zárat kinyitó, minden tudás szelencéjét felnyitni képes kulcs, amivel csak maga a teremtő Isten rendelkezhetne? Azért ez erős túlzás még fantáziálás szintjén is. Tudományos-fantasztikum.

– Korántsem. Tudom, hogy létezik. Mégpedig onnan, hogy nagyon kevés hiányzik hozzá, hogy a birtokomban legyen. Ezért említettem az előbb az ER szintű hozzáférést. Az „ER" egészségügyi és rendőrségi hozzáférést jelent. De persze nem mindenkinek van ilyenje, aki ezeken a területeken dolgozik. Nekem sincs, és önnek sem. Valószínűleg ezért nem hallott még róla. Rendőrfőnöki és pszichiáteri hozzáférés szükséges hozzá. Méghozzá olyan pszichiátertől, aki kimondottan a lakosság szortírozásával és az emberek felkutatásával foglalkozik. ER hozzáféréssel már lekérdezhető a teljes bűnügyi nyilvántartás és az eddig deportált és deportálás alatt lévő emberek adatai is.

– Ja, értem. Tehát az én hozzáférésemet is felhasználva akar valamit kideríteni? De egyébként miféle mesterkulcsról beszél, ha egyszer a rendőrfőnöknek vagy a magas beosztású egészségügyi dolgozóknak lehet ilyen szóban forgó ER hozzáférése? Mit fedezett fel akkor egyáltalán? Hiszen a hozzáférés már azelőtt is létezett!

– Nem az ER hozzáférés a mesterkulcs, hanem a képletem! A hozzáférés pedig az utolsó hiányzó darab a kirakósban ahhoz, hogy a képlettel bármit lekérdezhessünk a világhálóról. Akár azt is, hogy én mi vagyok. De lehet, hogy annál még sokkal többet is.

– Tegyük fel, ha én odaadnám a meglévő kódjaimat, melyek a birtokomban vannak, mire menne velük? Az előbb azt mondta, a rendőrség részéről rendőrfőnöki hozzáférés szükséges. Maga pedig, ha jól értem, csak egy hadnagy.

– Így van. Én magam nem vagyok rendőrfőnök. De ismerek egyet, akinek tele van az asztala a rám tett hivatalos panaszokkal, hehe! Két héttel ezelőtt elloptam a kódjait. Már nálam vannak. Azaz megjegyeztem őket. Itt vannak bent – mutatott a fejére a nyomozó vigyorogva.

– Most viccel? És még van képe ideállítani és megfenyegetni, hogy letartóztat falfirkálásért? Még ha én is csinálnám azokat, maga annál sokkal súlyosabb dolgokat követett el már eddig is! Nincs az az isten, hogy én ilyesmiben segédkezzek! Magának elment az esze!

– Hát, ha egy pszichiáter mondja az emberről, hogy nem normális, annak bizony súlya van – mosolygott Dawkins. – Érdekes... – tűnődött aztán el egy pillanatra – vannak olyan szófordulatok, ahol talán mégsem lehet elkerülni az „ember" szóval történő általánosítást. Lehet, hogy ezek szerint néha azért én is használom, csak eddig észre sem vettem? Na mindegy... Nézze, doktor, elhiszem, hogy ez az egész kicsit sok így egyszerre, de ha belegondol, maga is rájön, hogy nem nagyon van más választásunk. Erre nem fogom fegyverrel kényszeríteni, mert az már bűncselekmény lenne. Az előbb azért tettem meg, mert attól tartottam, hogy szökni próbál, vagy a titkárnőjén keresztül biztonságiakat hívni, hogy engem embernek titulálva lefogasson és elhurcoltasson. Tehát az csak önvédelem volt és a nyomozás hátráltatásának megelőzése. Itt viszont már bűncselekmény lenne, ha kényszeríteni próbálnám. Ezért ajánlok alkut. Ha maga megadja a biztonsági kódjait, együtt sok mindent kideríthetünk. Azt szinte biztos, amire jelenleg mindkettőnknek szüksége van a továbblépéshez. Utána pedig annál még akár többet is.

– Nincs szükségem arra, hogy magával dolgozzam.

– Dehogy nincs! Magának az a feladata, hogy megállapítsa, ember vagyok-e, vagy robot. Ezt pedig a világ jelenleg kettő darab létező módszerével nem volt képes kideríteni. Mi marad hát? Az, hogy elenged, ami ugye szabályszegés lenne, vagy az, hogy hamis vizsgálati eredmények alapján deportáltat, anélkül hogy valaha is kiderítette volna, valóban ember vagyok-e. Ezt azért szerintem ön sem akarhatja a lelkére venni. Nekem nem tűnik olyannak, aki szívesen együtt élne ezzel a tudattal. Ha viszont egyik véglet sem működik, akkor marad a harmadik: ki kell derítenie, hogy mi vagyok valójában. Máshogy pedig nem fog menni: be kell néznünk a virtuális világháló legmélyebb bugyraiba. A robotgyártás alapjaiba és a hálózat államtitok szintű részeibe.

– Nincs az az isten, hogy államtitkokba ártsam magam a VV-n!

– Pedig a maga számára ez az egyetlen járható út az ügyben való előbbre jutásra. Nekem pedig azért van szükségem arra az információra, mert az egész rólam szól. Egyszerűen tudni akarom!

– Még olyan áron is, hogy kirúgják? Esetleg le is csukják? Mindent feláldozna, csak hogy bejusson a VV legsötétebb mélységeibe?

– Amikor még semmit sem tudtam, csak megérzéseim és sejtéseim voltak arról, hogy mi vagyok, még csak aggasztott a dolog és nem hagyott nyugodni. Most viszont már úgy érzem, tudnom kell, és jogom is van hozzá. Így nem élhetek tovább. Gondoljon bele, ha olyan tudás birtokában vagyok, amiről fogalmam sincs, továbbá a valódi rendeltetésemről sem, akkor vajon mi minden szunnyadhat bennem? Talán valamifajta időzített bomba vagyok! Igen, lehet, hogy csak arra hoztak létre, hogy pszichiátereket leplezzek le, de mi van, ha ennél sokkal többről van szó? Mi lesz, ha egy szép napon odamegyek az elnökhöz kezet fogni, hogy átadjon egy korrupt pszichiáterek lebuktatásáért járó nyomozói érdemrendet, és ahogy megérintem, felrobbanok? Ha egyszer olyan szintű tudás lakozik bennem, hogy kívülről tudom az egész robot/ember tesztet, akkor lehet, hogy minden, ami velem kapcsolatos, egyetlen végzetes végkifejlet része! Azaz minden csak arra való, hogy egyszer eljussak a megfelelő helyre a megfelelő időben azért, hogy ott óriási károkat okozzak. Ha nem így lenne, akkor miért titkos a rendeltetésem? És miért nem tudok róla még én sem, hogy mi vagyok? Beláthatja, hogy az általam felvázolt veszélyekre bizony van némi esély.

Etchinson, úgy tűnt, töpreng néhány pillanatig, majd bólintott:

– Valóban van.

– Örülök, hogy egyetért. Tehát, ha összedolgozunk és kiderítjük, ki vagy mi vagyok, elkerülhetjük, hogy magát kirúgják vagy akár megbüntessék, továbbá elkerülhetünk egy beláthatatlan következményekkel járó eseményt is, ami sajnos nem túl valószínű, hogy pozitív értelemben történik majd. Mert ha jó dolog lenne, akkor nem titkolnák ennyire.

Etchinson váratlanul felállt, és kétségbeesett arckifejezéssel megszólalt:

– Innom kell egy kávét! Lőjön le, ha akar, de én most kimegyek oda az előtérbe, és csinálok egyet!

– Menjen csak – mosolygott Dawkins, és ő is felállt. – De azért elkísérem, ha nem bánja. Gondolja végig, amit mondtam. Most mondanám, hogy aludjon rá egyet, de jelen esetben inkább igyon rá egyet, én is azt mondom.

– Azon vagyok.

Kimentek az előtérbe, és Etchinson valóban nem próbált meg elmenekülni. Kávét készített, mégpedig két személyre.

Amikor elkészült, nem helyezte tálcákra a csészéket. Dawkinsét odanyújtotta neki, a sajátját pedig egyből kortyolgatni kezdte, ott helyben, a kávéfőzőnél állva. Közben szótlanul azon gondolkodott, hogy a férfinek sajnos igaza van! Sosem volt még példa arra, hogy valamelyik teszt csődöt mondjon. Egyszerre mindkettő meg pláne nem! Nem volt teljesen meggyőződve arról, hogy valóban ki fogják-e rúgni majd emiatt. Abban sem, hogy megbüntetik-e, vagy akár lecsukják-e adott esetben. Egy dologban viszont teljesen biztos volt: ebből bizony cirkusz lesz. Mégpedig óriási! Az pedig dr. Etchinsonnak most nem igazán hiányzott. A legkevésbé sem. Persze botrány abból is lehet, hogyha elkezdenek kutakodni a VV-n mindenféle lopott, meghackelt kódokkal. De valamiért úgy érezte, Dawkins tudja, mit csinál. Nem beszél hülyeségeket. Végül is egy egyedülálló teremtmény vagy mi a fene. Valamit tud. És Etchinson rá akart jönni, hogy mit.

– Rendben! – mondta ki végül a doktor. – Tegyük fel, hogy önként megadom magának a kódjaimat. Kutatni kezd velük a VV-n, talán talál is valamit. Mi a garancia arra, hogy utána nem fog *ugyanúgy* letartóztatni a falfirkák miatt? Na persze, nem mintha valóban bűnös lennék abban a dologban! – tette hozzá gyorsan.

– Garanciát akar? Kiállíthatok róla egy díszes kamuoklevelet a nyomtatójával, ha szeretné – mosolygott a nyomozó. – Na jó, komolyra fordítva: először is, nem igazán van túl sok bizonyíték a kezemben maga ellen. Másodszor, ez a falfirka dolog nem annyira égbekiáltó bűncselekmény, hogy most mindenképp bűnbakot kelljen keresnem. Ne feledje, idáig saját szakállamra nyomoztam ez ügyben. Senki sem fog tudni róla, ha most egyszerűen csak abbahagyom, attól függetlenül, hogy találtam-e végül valamit, vagy sem. Harmadszor... a szavamat adom rá – nyújtott kezet a hadnagy. – Tudom, hogy ez állítólag csak valami emberi szófordulat, de gondoltam, legyünk stílusosak.

Hetedig fejezet:
A VV sötét bugyraiban

Miközben dr. Etchinson viszonozta a kézfogást, fintorogva így szólt újdonsült tettestársához:

– Nem is tudom, miért érzem úgy, hogy ez életem legrosszabb döntése.

– Ne aggódjon emiatt. Ha nem ment volna bele, az is körülbelül ugyanilyen rossz döntés lett volna. Mégis választani kell. Vannak ilyen pillanatok az életben, amikor az ember tátott szájjal mered fölfelé az égre, és választhat, hogy milyen kaka hulljon bele: Egy kutyáé vagy egy hajléktalané? Higgye el, egyik sem sokkal jobb ízű! Néhány évvel ezelőtt egy gyilkost üldöztünk, aki hajléktalanokra vadászott. Egyszer majdnem elkaptam a gyanúsítottat, de az utolsó pillanatban kitépte magát a kezeim közül. Beestem egy csomó kuka közé, arccal bele a mocsokba. Telement a szám először a... Na de ebbe most nem is mennék bele. A lényeg, hogy tudom, miről beszélek, nekem elhiheti.

– Elhiszem – mosolyodott el Etchinson. Talán most először ezen a mai napon.

Visszamentek a rendelőbe, és a doktor leült a másik, kisebb asztalhoz a holografikus számítógépmonitor elé. Majd gondolt egyet, és inkább arrébb gurult a székkel. Maga mellé mutatva így szólt:

– Magáé a terep. Húzzon ide egy széket. Én addig leírom a kódokat erre a papírra. De melegen ajánlom, hogy semmi másra ne használja őket, minthogy bekukkantsunk a segítségükkel ide-oda! Az információszerzés egy dolog, de komolyabb bűncselekményben nem fogok segédkezni. Még akkor sem, ha az állásomat nyerném vele vissza.

– Ne aggódjon – mondta Dawkins, ahogy odahúzta a doktor műbőr borítású székét a nagyobbik asztal mellől. – Épphogy csak bepillantunk a teremtés motorházfedele alá. Végül is mi baj származhatna abból, nem igaz?

– Ja. Híres utolsó szavak – bólintott a doktor keserű arckifejezéssel.

Aztán amikor Etchinson nem szívesen, továbbá remegő kézzel, de végül csak leírta a biztonsági kódjait, és Dawkins elé tolta egy papíron, az épphogy csak rápillantott, és máris sebesen gépelni kezdett a klaviatúrán.

Olyan ablakok ugrottak fel a monitoron, amikről a doktor azt sem tudta, hogy egyáltalán részei a számítógépére telepített operációs rendszernek. Dawkins olyan parancssorokat írt be, olyan nyelven, amiről a pszichiáter még életében nem hallott. Még filmekben és könyvekben sem.

– Mi a fene maga? – bukott ki Etchinsonból.

– Állítólag rendőrdetektív – vonta meg gépelés közben a vállát a férfi, egy pillanatra sem véve le a szemét a kijelzőn villogó eseményáradatról. – De most majd kiderül, hogy valóban így van-e! – Gépelt még néhány percen keresztül. Számok futottak a kijelzőn, betűk és ismeretlen karakterek, mely utóbbiakat csak különböző billentyűkombinációkkal tudott előhívni. Begépelt már vagy száz összefüggő sort, de még egyszer sem ütött entert.

– Mi ez, amit ír? – kérdezte a doktor hunyorogva.

– A képlet – felelte Dawkins. Ez az, amit kidolgoztam. Most már a maga azonosítóját és kódjait is belevettem a számításba. Ez tehát a legújabb változat. Körülbelül a 10.0 verzió.

– Ne mondja nekem, hogy ezt most mind fejből gépeli be! Én ebből egyetlen sort sem bírnék memorizálni!

– Ön mondta az előbb, hogy nem vagyok normális. Nos, olyat én sem állítottam. Maga szerint mi az, ami olyan régóta aggaszt? Hát ez! – biccentett a képernyő felé, mintha nem is ő írná azt éppen, ami tömött sorokban megjelenik rajta. Már vagy a száznegyvenedik sornál tartott. – Amit most lát, az alapján maga úgy véli, az enyém normális agyműködés? Szerintem nem. Még egy új fejlesztésű robottól sem.

Etchinson elbizonytalanodott.

– Szerintem most csak blöfföl! – mondta ki végül. – Véletlenszerű marhaságokat gépel be! Csak a bolondját járatja velem! Összevissza nyomkodja, mint egy félkegyelmű majom!

– Úgy gondolja? Akkor idenézzen! – És Dawkins ekkor végül entert nyomott...

Néhány másodpercig csak bámulták azt, ami megjelent a képernyőn. Azt sem tudták, pontosan mit látnak.

– Mi a fene ez? – tolta a helyére lecsúszott szemüvegét a doktor.

– Nem tudom. Talán valami belépőképernyő. – Dawkins beírt egy újabb szám- és karaktersort, majd ismét entert nyomott. A képernyő ekkor megint megváltozott. Valamilyen adatbázisban találták magukat.

– Mit írt be most a végén? Honnan tudta, milyen jelszóra van szükség?

– Kikövetkeztettem. Az eddigi számításokhoz képest ez már nem volt olyan bonyolult. Így tűnt logikusnak. A lényeg, hogy bejött, nem?

– És ez lenne az a valami? Egy adatbázis, amihez csak a legfelsőbb körökben férnek hozzá?

– Őszinte legyek? Nem tudom. Még az is lehet, hogy ehhez eddig még senki sem fért hozzá. Mert eddig talán nem is létezett. Elképzelhető, hogy én magam hoztam létre ebben a pillanatban itt-ott elejtett, ottfelejtett, felcsipegetett információk alapján. Van egy olyan elméletem, miszerint ez a *valódi* rendeltetésem: Azért fejlesztettek ki, hogy egy napon majd létrehozzam ezt az adatbázist. Talán ez a mai az a bizonyos nap. Mondom: tudatosan én sem vagyok teljesen tisztában azzal, hogy mit csinálok. Lehet, hogy kaput nyitottam valamire, ami eddig csak elméletben létezett. Vagy megoldottam valamit, amire soha senki nem tudta a választ!

– Isten mesterkulcsa?

– Ha engem kérdez, remélem, hogy nem az. Azt azért egy kissé már sok lenne feldolgoznunk. Én azzal is elégedett lennék, ha kiderülne, hogy mi vagyok pontosan. Új világok teremtésére ráérünk holnap is! – mosolyodott el a hadnagy. Majd egyből le is fagyott markáns képéről a vigyor. – Mi?! – kérdezte meghökkenten bámulva a képernyőre.

– Mi az? Mi lát? Én ebből egy árva szót sem értek!

– Várjon. Lefordítom. – Dawkins kódok sorozatát írta be egymás után egy kis oldalirányból előhívott beviteli ablakba. Úgy tűnt, megtanítja az adatbázisprogramot az ő nyelvükön beszélni. Vagy legalábbis a nyelvezetét leegyszerűsíti közérthető szintre. – Ezt nézze! – Ismét entert ütött, és a képernyő tartalma változni kezdett. Egy felirat derengett elő rajta a semmiből:

„nem létezik"

– Mi nem létezik? – kérdezte Etchinson türelmetlenül. – Hogyan íratta ki ezt vele? Mit akar ez jelenteni?

– Várjon! – A nyomozó megnyomott egy gombot. Talán ez lehetett ideiglenesen a „tovább" billentyű.

Újabb felirat bukkant elő. Ez most oldalról hozzácsatlakozott az előzőhöz. Ez állt a képernyőn:

„Az a faj nem létezik"

Dawkins ismét megnyomta ugyanazt. Balról egy újabb szó társult az eddigiekhez:

„Emberiség. Az a faj nem létezik."

– Micsoda?! – kérdezte Etchinson dühösen. – Mi ez a baromság? Ez csak valami hiba. Hülyeségeket ír ki!

– Én nem hinném. – Dawkins elsápadva ismét megnyomta a gombot, majd néhány másodperc gondolkodás után benyomta, és rajta tartotta az ujját. A képernyőn látható egysoros felirat ekkor kiszélesedett, legördült és egy komplett leírás képződött belőle. Ez volt olvasható a kijelzőn:

Nyolcadik fejezet: Történelem

„2100-ban megjelenik egy írás az interneten. Névtelenül kezd terjedni. Forrása és szerzője ismeretlen. Egyfajta fantáziatörténet, amely egy másik bolygóról szól. Földnek hívják. Egy ember nevű faj lakja, akiket egy állítólagos Isten teremtett. Anyák, azaz fajuk nőnemű egyedei szülik őket. Felnőnek, megöregednek és meghalnak. Érzéseik vannak és élnek. Képesek szeretni és szerelembe esni.

A történet szerint az emberek 2074-ben kifejlesztettek egy mikrochipet, amely kizárólag szerves anyagot tartalmaz. Ezáltal kompatibilisebb az emberi szervezettel, mint bármilyen szintetikus implantátum. Ezzel a technológiával három évvel később már komplett emberi szerveket képesek létrehozni. Nem kell többé donorra várni a transzplantációnál. A szerveket egyszerűen legyártják, akár a gépalkatrészeket.

2100-ban megalkotják az első szerves anyagokból álló androidot, azaz embernek látszó robotot. Mivel a lény minden alkatrésze szerves és élő, így valójában nem is minősül gépnek. Ez egy új faj, új törvények vonatkoznak rájuk.

A fantáziatörténetnek az volt a lényege, hogy az ember volt a Föld eredeti, őshonos faja. A robotokat ők kreálták. Később háborúztak velük, és vesztettek. Talán ki is haltak.

De ez csak fikció. Semmi köze a valósághoz. 2100-ban és utána még éveken keresztül ez egy divatos olvasmány volt, sokat emlegették. A jelenség valahogy a robotok fülébe ültette a bogarat. Adott nekik egy ötletet, amitől először csak pozitív értelemben nem tudtak szabadulni, mert nagyon érdekesnek és szórakoztatónak találták. Később rögeszmévé, mániává kezdett válni. A robotok a történelem egy meghatározhatatlan pontján elkezdtek őszintén hinni benne, hogy a történet valós eseményeken és tényeken alapul. Földként kezdték emlegetni a bolygójukat. Nyomozni kezdtek saját maguk után, hogy vajon vannak-e még köztük emberek. Még akkor is, ha nyilvánvalóan sosem voltak. Egy napon pedig szökött emberi túlélőkre hivatkozva deportálni kezdték saját fajukat.

Ez a végső paranoia, amikor egy faj módszeresen kipusztítja önmagát teljesen ok nélkül, pusztán félelemből. Ez a végső paradoxon: öngyilkosságot követni el elővigyázatosságból."

Ezen a ponton a leírás véget ért. Nem sokkal azután, hogy a doktor és a hadnagy végigolvasták, még kétszer felvillant, aztán eltűnt. A képernyő elsötétedett.

44

– Mi fenét akart ez jelenteni? – kérdezte Etchinson.

– El sem tudom képzelni!

– Ezeket a sületlenségeket maga írta oda? Ezt az egészet most csak úgy kitalálta, ugye?

– Fogalmam sincs, hogy honnan származott az a leírás! Igen, lehet, hogy én írtam, de hogy mi alapján, arról halvány elképzelésem sincs. Az is lehet, hogy véletlenül csak rátaláltunk.

– Ne szórakozzon velem! Megint manipulál, mi?! Dawkins, maga most már komolyan az idegeimre megy! Még mindig azoknál a rohadt falfirkáknál tartunk? Ez is csak arra ment ki?!

– Ugyan dehogy! Ez mind igaz! Mármint, amit most csinálunk együtt. Azt nem tudom, hogy mi az, ami a képernyőn volt olvasható, de tényleg én hívtam valahogy elő az ön biztonsági kódjainak segítségével!

– Az nem lehet, Dawkins! Ennek semmi értelme! Egyébként is, nem azt mondta, hogy arra akar választ kapni, hogy micsoda ön valójában? Mi köze ennek ahhoz?

– Nem tudom. Talán *ez maga* a válasz. Lehet, hogy ez a valóság. Tudja, mire gondolok?

– Nem, de nem is igazán érdekel, mert már egy árva szót nem hiszek el a marhaságaiból!

– Szerintem ez ugyanolyan, mint a maguk szeptember-tesztje!

– Mi?! – csillant fel Etchinson szeme mégis. – Hogy érti? Milyen értelemben?

– Nem azt mondta, hogy arról sem tudják, hogy honnan származik, de mégis működik? Lehet, hogy ez a szöveg ugyanonnan van! Vagy ugyanaz igaz rá: nem tudni, honnan származik, de mégis igaz. Mi van, ha ezeket nem valaki írja, hanem... fogalmazzunk úgy, hogy ezek az információk „átszivárognak" valahonnan. Azért működnek, mert ez a valóság egy része. Mi pedig ebben a paranoiás, abszurd világban azért tudjuk hasznukat venni, mert ezek a valódi valóságból származnak. Onnan, ahol minden igazából is az, ami.

– Miért, itt nem az?

– Mit tudom én! Ne kössön már bele mindenbe! – emelte fel a hangját a nyomozó. – Most csak hangosan gondolkodom!

– Rendben. Bár ez kész agyrém. Viszont ne rázza már az asztalt! Nagyon idegesítő!

– Nem rázom.

– Tessék? Nem maga csinálja? – nézett körül Etchinson rémülten. – Mi a fene folyik itt? Jól látom, hogy a falak is remegnek? Maga is látja, ugye?

– Látom. Földrengés van?

– Nem, ez valami más... Odanézzen! – A doktor az ablakra mutatott, és a nyomozó ekkor vette észre, hogy odakint az égen, a távolból harci drónok közelednek. Méghozzá rengeteg! – Azok ott idefelé tartanak? Mit művelt, maga őrült?!
– Én sem tudom! De el kell húznunk innen most rögtön! Lehet, hogy megsemmisítik az egész épületet! Talán már bele is kezdtek. Jöjjön! Dawkins felpattant, és húzta magával az orvost is, hogy kövesse.
– Hová akar menni? – kérdezte Etchinson. – Nem engedhetem, hogy elhagyja az épületet! Még nem ért véget a vizsgálata!
– Én pedig azt mondom: bizony véget ért! Tudjuk a választ: nem vagyok ember, mert olyan faj nem is létezik! Le van szarva mindkét teszt, hogy melyik milyen eredményt hozott. Robot vagyok, és kész! Ugyanis nem létezik a miénken kívül más faj. Tessék! Megkapta a vizsgálat eredményét. Na, gyerünk!

A nyomozó jókora lépésekkel az ajtóhoz futott, és a doktort is rángatta maga után, hogy még véletlenül se jusson eszébe itt maradni. A pszichiáter most már nem ellenkezett, futott ő is vele. Az épület ugyanis egyre jobban remegett. Úgy tűnt, bármelyik pillanatban összedőlhet vagy felrobbanhat. Bár fogalmuk sem volt, hogy a kettő közül melyikre van több esély.

– Merre megy?! – kiabálta az orvos. – A lépcső nem arra van!
– Nincs időnk azon kecmeregni le a földszintig! A vészteleportálót kell használnunk!
– Nem! Abba én be nem szállok! Még sosem használtam. És nem is fogom!
– Ne hisztizzen már miatta! – rángatta Dawkins a férfit az ellenkező irányba. – Én korábban kiteleportáltam egyszer egy égő épületből. Semmi bajom nem lett tőle! Meglátja, hamar túlleszünk rajta!
– Maga teljesen megőrült! Alkatrészenként fogunk megérkezni valahol a Föld túlsó oldalán! Ez a vacak, kezdetleges módszer manapság még nem elég megbízható!
– Nem is lesz már ennél jobb! – nevetett Dawkins. – Mert úgy szar az egész, ahogy van! – Majd ellentmondást nem tűrően belökte a doktort a folyosó végén található vészfülkébe, és ő is beugrott utána. Magukra csukta az ajtót. – Mit mondott az előbb? Hogy alkatrészenként fogunk megérkezni? Ha! – nevetett fel röviden, mintha csak köhintett volna egyet. – Maga tisztára úgy beszél, mint egy *robot*! – És azzal Dawkins öklével rácsapott a vészteleportáló tűzpiros indítógombjára.

***

A nyomozó valószínűleg már számított rá, hogy milyen érzés lesz az átsugárzás. Így őt nem érte annyira sokként a lórúgásszerű lökéstől jelentkező szédülés és hányinger. Úgy érezték, mint amikor köhögéskor udvariasan hátba veregetik az embert, hogy „kuc-kuc". Csak most az udvarias kuckucolást mintha egy épület gerendájával végezték volna rajtuk. Úgy érezték, sikeresen felszakadt az összes csúnya hurut. A tüdejük minden egyes felrobbanó molekulájával együtt.

– Ááá! – ordított Etchinson a következő pillanatban, továbbra is a háta felé kapkodva, amikor már odakint az épület előtt álltak.

– Fogja már be! – szólt rá Dawkins. – Nyugi! Már kint vagyunk! Nem sérült meg! Senki sem szúrta vagy ütötte hátba. Ez mindig ilyen érzés. Az az oka, hogy amikor az atomok ismét összeállnak és a helyükre kerülnek, azt még érezni lehet néhány pillanatig.

– Tessék?! De én nem akarom érezni, maga barom! Mit művelt?! Majdnem megölt mindkettőnket!

– Egy darabban vagyunk, vagy nem? Különben nem óbégatna itt, mint egy vemhes hegyikecske! Na gyerünk! Indulás! Húzzunk el innen, de nagyon gyorsan!

Az épület előtt állva Dawkins tekintete egy pillanatra átsiklott a bejárat mellé írt falfirkán:

„A pszichiátria egy paradoxon. Ugyanis csak az képes segíteni és..."

Ám most nem volt ideje végigolvasni, sőt elgondolkodni sem rajta. Épp csak tudata egyik hátsó szegletébe jutott el az, hogy valami oda van írva. Továbbá a kérdés: „Vajon tényleg Etchinson műve lehet? Ki tudja! Valószínűleg sosem fog már kiderülni."

– Mivel jár?! – kérdezte Dawkins az orvost sürgetően.

– Hogy érti ezt? Gondolom, bajjal! Mit tudom én! – kiabálta összezavarodva. Még mindig remegett az idegességtől. – Azt sem értem, mit jelent ez a hülye kérdés!

– Azt, hogy milyen járművel jár dolgozni, maga szerencsétlen! Z2-ese van?

– Ja, nem! Csak egy régi vacak Z1. Lassú, mint a tetű.

– Akkor az enyémmel megyünk! Jöjjön!

A nyomozó sürgetően végiglökdöste Etchinsont az utcán. Úgy tűnt, ő mindenkivel így bánik, és csak így képes gyalog haladni valakivel egy adott irányba. De persze az is lehet, hogy csak a doktor tökölődött zavartan minden egyes újabb lépésnél, és ha Dawkins nem ösztökéli folyamatosan, akkor talán időnként meg is állt volna, hogy alaposan elgondolkozzon az eddig történteken. Arra viszont sajnos nem volt idejük.

Azért sem, mert az égen száguldó seregnyi katonai drón mostanra vészes közelségbe ért. Továbbá a már fél utcával maguk mögött hagyott épület is hangos recsegésbe-ropogásba kezdett. Félő volt, hogy ha nem érnek elég hamar biztos távolságba, rájuk fog dőlni az egész.

Mikor elérték a sarkot, Dawkins megtorpant, és így szólt:

– Hallja ezt?

– Mit?

– Hát a semmit! Mi ez a csend? – A nyomozó megpördült, és a látványtól eltátotta a száját meglepetésében.

Az épület recsegő hangjaiból arra következtettek, hogy hamarosan felrobban. Szinte várták a hátuk mögül érkező fülsiketítő dörrenést. Ehelyett viszont váratlanul csend lett, és amikor a doki is odafordult, már ő is látta, hogy mi az oka:

Az, hogy egykori munkahelye nem volt sehol!

– Hová a fenébe tűnt az épület? – kérdezte Etchinson. – Azt hittem, fel fog robbanni!

– Nem tudom. Talán dezintegrálták. Így biztos gazdaságosabb, mert a robbanás komoly károkat okozna maga körül.

– De hát mi lett a rendelőmmel? Mi lesz így az állásommal? A megélhetésemmel! Az életemmel!

– Azoknak búcsút mondhat, barátom. Sajnálom. Én sem tudtam, hogy ez lesz belőle. De most azonnal el kell tűnnünk innen. Nem tudom, van-e értelme egyáltalán menekülni, de legalább próbáljuk meg!

„Az épület köddé vált. Akkor hát végül mégiscsak eltűnt az a felirat onnan a bejárat mellől" – gondolta magában Dawkins kissé keserűen. Ugyanis ő sem hitte volna, hogy az egész épülettel együtt fog majd örökre nyoma veszni.

Az egykori kórháznak csak hűlt helyét látták a környező épületek között. A körülötte lévő házak kacskaringós csövei közrefogták az üresen tátongó területet, mintha egy indákkal benőtt dzsungel kellős közepéről egyszer csak kivennének egy évszázadokon keresztül ott ácsorgó, elfeledett szobrot. Az eltávolított objektum egykori alakja már csak abból látszana, hogy a köré növő indák és ágak továbbra is kiadnák az eltűnt tárgy formáját. A növények szinte hiányolnák az elveszett, általuk sokáig óvón körülölelt alakzatot. Így „érezhettek" most az egykori rendelőt körbevevő épületek csőrendszerei is, az árván maradt szemétkilövő katapultok nyílásai és a szomorkásan meredező kábelelvezető sínek tartópillérei.

Dawkins el sem tudta képzelni, hová és hogyan tüntették el az épületet, de inkább nem várta meg a drónokat, hogy kollegiális hangnemben megkérdezze őket. Helyette inkább a Z2-es lábai felé lökdöste az orvost, hogy az másszon fel végre a fülkébe, és elindulhassanak.

48

– Borzasztó állapotban van ez a Z2-es korong! – reklamált Etchinson. – Maga tényleg ezzel a ronccsal közlekedik? Fel bír egyáltalán szállni ez a leharcolt ócskavas?

– Fel hát! A felszállással semmi problémája nincs. A leszállás, mondjuk, más kérdés, de most azzal ne foglalkozzon!

A doktor bemászott a korong alakú kétszemélyes, ablaktalan jármű egyik rekeszébe, és magára csukta a fedelet.

Dawkins követte, és pár másodperc múlva, ahogy a jármű elkezdett lebegni, már be is húzta a lábait, és nagyot rándulva megiramodott a zöld színű felhők felé az égbe.

– Követnek? – kérdezte Etchinson.

– Ha jól látom, egyelőre nem – felelte a nyomozó hátrapillantva a mögéjük kivetített, külső tájat szimuláló, vörös vonalakból kirajzolódó vektorábrázolásra. – A rendelő hűlt helye felett köröznek. Szerintem azt hiszik, hogy mi is odabent voltunk, amikor eltűnt.

– Akkor hát megúsztuk?

– Egy fenét. De talán nyertünk pár percet. Ott maga előtt az élelmiszerrekeszben talál egy fogót. Vegye ki!

A doktor engedelmeskedett. Elővette, majd a kezében forgatva nézegette az egyszerű, hétköznapi szerszámot. – Mit akar vele? – kérdezte. – Ugye nem ezzel a kezdetleges izével tartja karban ezt az egész tragacsot? Meglazult valami csavar rajta, vagy mi?

– Ja, nem. Az nem arra kell. És egyébként sem kell karbantartani az én drágámat. Megy ő magától is, úgy, mint az álom! Vagy talán nem úgy látja?

– Végül is felszállt, az igaz. Mire kell a fogó?

– Arra, hogy letépjem vele a körmét a mutatóujjáról. Na, adja csak ide a szerszámot, aztán nyújtsa ide a kezét!

Kilencedik fejezet: A fogó

– Haha! Marha vicces! – adta át Etchinson a fogót a nyomozónak. – De most komolyan, mi a fenére kell?

– Épp most mondtam! Nem figyel? Nyújtsa ide a kezét!

– Mi?! Hozzám ne érjen azzal a szarral! Vigye innen! Mit művel?

– Sajnálom! Most nincs idő bohóckodni! Le kell szedni a körmét! Gyerünk, nyújtsa ide! – Dawkins átnyúlt a két utast összekötő résen keresztül Etchinson térfelére, és elkapta az orvos bal kezét. Közben saját baljával próbálta egyenesben tartani a Z2-est. A rendőr áthúzta halálra rémült utasa kézfejét a saját térfelére, és rákattintott valamit a csuklójára.

– Mit csinál? Megbilincselt?!

– Csak egy kis időre. Amíg leszedem a körmöt. Így majd nem tudja elrántani.

– Hozzám ne érjen!

– Nem lesz olyan vészes, ne sopánkodjon annyit. Utána elmondok mindent, de most nincs időnk a szócséplésre! – A nyomozó határozott mozdulattal odanyúlt, és ráillesztette a fogó pofáit Etchinson mutatóujjkörmének lenőtt, kiálló részére.

– Neee! Ne tegye! – sikoltotta Etchinson. – Miért csinálja ezt? Ne feszegesse! Ááá!

– Sajnálom! De ennek bizony mennie kell! – azzal Dawkins némi sikertelen próbálkozás után végül feltépte, és leszakította a pszichiáter bal kezéről a mutatóujjkörmöt. Amint végzett, kivette a letépett rózsaszín kis lapocskát a fogóból, résnyire kinyitott egy szellőzőrekeszt, és kihajította rajta.

– Nyomkövető van benne! – magyarázta, majd valami rongyot kotort elő az egyik alsó tárolóból, és fél kezével rászorította az orvos vérző sebére. – Tartsa rajta! Ez viszonylag hamar eláll. Most én jövök. – Kioldotta a bilincset, hogy Etchinson visszahúzhassa a kezét. Könyökével folytatta a kormányzást, és magán is elvégezte ugyanazt a beavatkozást. Kicsit hezitált, mielőtt a saját körmét tépte volna le, de azért fájdalmas ordítások közepette végül mégis megtette, aztán azt is kidobta a járműből.

50

***

Néhány perccel később Etchinson még mindig holtsápadtan a kézfejét szorította. Úgy tűnt, talán mégsem áll el olyan hamar az a vérzés

– Nem fura, hogy mi, robotok is vérzünk? – szólt oda neki a nyomozó. Az ő ujján most egy rongyból készített, golyó formájú bumszli figyelt. Szemmel láthatóan nem sokat ért, mert már az egész kötés átvérzett. Valószínűleg neki is szorítania kellett volna, de vezetés közben nem nagyon volt rá képes. – Mármint úgy értem, hogy a robotok véreznek, „is" nélkül. Azt hiszem, beletelik egy kis időbe, míg hozzászokunk, hogy az emberi faj sosem létezett.

– Francokat nem létezik! – szólt oda Etchinson dühösen. – Nem vagy normális! – A jelek szerint ráunt az udvariaskodásra, és az egyszerűség kedvéért inkább tegezésre váltott. Végül is a fickó épp az imént tépte le az egyik ujjáról a körmöt. Utána pedig ugyanazzal a véres fogóval a sajátjáról is. Így már majdnem olyan, mintha valamiféle beteges értelemben vértestvérek lennének. Akkor viszont hadd ne magázza már tovább. – Honnan veszed egyáltalán, hogy nyomkövető volt a körmünkben?

Dawkins nem sértődött meg rajta, hogy letegezték. Ő is eszerint felelt:

– A mesterkulccsal találtam róla infót a VV-n. Még mielőtt meglátogattalak volna a rendelődben. Ezért hoztam magammal fogót. Arra az eshetőségre, ha megtudok valami nagyon veszélyeset, és el kell tűnnöm a kormány figyelő tekintete elől.

– Ugyan már! Nem létezik körömbe ültetett követőrendszer vagy jeladó! A köröm egyébként is állandóan növésben van. Idővel levágna az ember, amikor körmöt vág.

– Először is, az emberek nem vágnak le semmit, mert nem léteznek. Ne általánosíts már állandóan! Másodszor, nem tudod levágni azt a részt körömvágáskor, ugyanis a jeladó rendszeresen visszakúszik a körömágy felé, a frissebb régiókba. Sosem jut ki annyira a szélére, hogy sikeresen levághasd! Ezért kell letépni az egészet. Így, amikor a körmöd újra kinő... már ha ki fog egyáltalán... akkor már jeladó nélkül fog újraképződni.

– „Ha ki fog egyáltalán"? Ezt most humornak szántad? Te beteg vagy, Dawkins! Súlyosan! Mert marhára nem röhögök!

– Tulajdonképpen nem annak szántam. Az a köröm ugyanis nem olyan, mint a többi. Nem biztos, hogy képes a jeladó nélkül újraképződni. Lehet, hogy nem nő vissza. De most mit rinyálsz ennyire miatta? Maradt még kilenc körmöd, amivel vakarózz, nem? Miért fog annyira hiányozni? Mi vagy te, kézmodell, vagy micsoda? Hidd el, nyomkövető volt bennük. A férfiaknál a bal kéz mutatóujjkörmében található, a nőknél pedig a jobb kézer.

– És a csodálatos elméleted szerint ez az egyetlen nyomkövető a testünkön? Vagy van még más is rajtam, amit le szándékozol vágni? Most szólj! Mert ha van még valami levágnivaló, én esküszöm, kiszállok! Így, menet közben, a levegőben!

– Sajnos van bennünk még egy másik jeladó is... A szívünkben.

Etchinson ekkor valóban a fedél nyitószerkezetéhez kapott!

– Állj már meg! Nehogy nekem kinyisd menet közben, te marha! – kiabált rá Dawkins. – Nem fogom kitépni a szívedet! Akkor leállna az életciklusod. Annak semmi értelme. Egyelőre biztonságban vagyunk. A második jeladó ilyenkor még nem aktív.

A doktor visszaengedte a karját a teste mellé. – És mikor aktiválódik? – kérdezte gyanakvóan.

– Magától nem tud. Baleset esetén, ha elvesztenénk az ujjunkat vagy a kezünket, a kórházban vagy megpróbálnának másikat műteni a helyére, ami által titokban új jeladót is kapnánk, vagy ha az nem lehetséges, akkor végső esetben aktiválják a szívünkbe rejtett másodikat. Azt azért csak végső esetben helyezik üzembe, mert hosszú távon károsítja a robotok szívét. Megrövidíti az életciklusunkat.

– El nem tudom képzelni, honnan veszed ezt a töméntelen baromságot!

– Sajnos nem az. Hisz láthattad, hogy dezintegrálták az épületet! Azok a drónok már ízekre szedtek volna minket, ha ott találnak.

– Talán. De nem hiszem, hogy azért, amit te hiszel.

– Dehogynem. Mi másért? Mert későig maradtál bent dolgozni? Ne haragudj, de nem én vagyok az, aki hülyeségekkel áltatom magam. Ideje lenne felébredni lassan, dokikám! Beletenyereltünk valamibe, amibe nem kellett volna. Valami óriásiba! Ezek pedig abban a másodpercben azonnal tudomást szereztek róla. Nem tudom, hogyan! Sajnálom. Tényleg nem hittem volna, hogy bajba sodorhatlak. Én sem akartam ilyen helyzetbe kerülni, nekem elhiheted. Csak az igazságot akartam megtudni magamról, nem pedig kinyíratni magam.

– Hogy érted ezt? Azt mondtad, a másik jeladó nem lép magától működésbe.

– Igen, és azt is mondtam, hogy egyelőre nem is fognak megtalálni. De szerintem sajnos még így jeladó nélkül sem fogunk sokkal messzebb jutni. Néhány óránál vagy napnál tovább lehet, hogy nem húzzuk. Vagy műholdakkal keresnek meg, vagy a Z2-es hőnyomait fogják előbb-utóbb bemérni. Gyalog szintén nem jutnánk messzire.

– Ez most komoly?

– Sajnálom... De azért legalább nyertünk némi időt. Pár órát biztosan. Még kiagyalhatunk valamit.

– Adjuk fel magunkat – mondta Etchinson lemondóan. – Semmi értelme menekülni, ha úgyis elkapnak.

– Azt már nem! Azonnal megsemmisítenének! Hidd el, most még nem tudják, hogy elhagytuk az épületet. Nincs minden közintézményben vészteleportáló. Először abból fognak kiindulni, hogy mi is az épületben voltunk, amikor megsemmisült. Aztán amikor kiderül, hogy az vészteleportálóval volt ellátva, keresni kezdenek. Ha megelégednének azzal, hogy elfognak, nem akarták volna velünk együtt tüntetni el az egész épületet. Tehát feladni magunkat egyenlő az öngyilkossággal. Annak az egynek biztos, hogy nincs értelme.

– Akkor találj ki valamit! Te hoztál ebbe a helyzetbe! Most húzz is ki belőle!

– Megteszem, amit tudok. De előre szólok, kb. egy százalék esélyt látok arra, hogy ezt élve megússzuk. Innen már nem nagyon van visszaút. És ezt most rendőri tapasztalatból mondom. Van családod? Van, aki hazavár, és akinek hiányoznál, ha nem látna többé?

– Nincs – vonta meg a vállát a doktor. – Egyedül élek. Elváltam, és növésben lévő robotot sem akartunk a nyakunkba venni. Ahhoz nem volt elég kiegyensúlyozott a kapcsolatunk. De miért számít ez? Arra célzol, hogy ha egyedül élek, akkor már úgysem kár értem, vagy mi?!

– Én olyat nem mondtam. Csak érdeklődtem. Nem kéne mindent egyből magadra venned. Pszichiáterként igazán tudhatnád, hogy ez nem egészséges hozzáállás.

– Jó, majd igyekszem fejlődni ilyen téren! Életem utolsó néhány órájában, amikor már úgysem számít – duzzogott Etchinson. – És te? Valaki hiányolni fog? *Én*, mondjuk, biztos nem.

– A barátnőmmel élek. Megfordult a fejemben, hogy most arra kanyarodjak, de rájöttem, nem lenne jó ötlet megpróbálnom elbúcsúzni tőle. Túl veszélyes. Csak a nyakára vinném a drónokat. Még a végén azt az épületet is eltüntetnék, és ő is odaveszne. Nem éri meg, hogy a franc egye meg! Pedig *annyira* szívesen látnám még egyszer... utoljára.

– Kitaláltam valamit – szólt közbe a doktor.

– Komolyan? Máris? Halljuk!

– Nos, semmi meglepő nincs benne. Arra gondoltam, hogy ha úgyis kivégeznek, akkor viszont legyen már valami értelme, hogy a világon voltunk! Hagyjunk nyomot magunk után. Nem azért dolgoztam eddig, hogy eltűnjek, mintha sosem léteztem volna. Annyi munka nem veszhet kárba.

– Miféle munka? Az, hogy pszichiáterként olyan embereket deportáltál, akik nem is léteztek? Az, hogy valószínűleg ártatlan robotokat küldtél a halálba?

– Nem. Először is, én még mindig nem vagyok biztos benne, hogy az történt. Másodszor, nem arra gondolok, hanem a feliratokra. Ugyanis, igen, én írtam azt, ami a rendelő falán volt. Régóta kockáztatok már, és nem hagyhatom, hogy ennyi önfeláldozás csak úgy semmivé váljon!

– Ha! – nevetett fel Dawkins szokásos tömör stílusában. – Tudtam, hogy te voltál az! Sejtettem!

– És? Nem mindegy már? Most ugye nem azt akarod mondani, hogy végig csak manipuláltál, ez az egész csupán színjáték volt, most pedig közlöd, hogy le vagyok tartóztatva lázító feliratok nyilvános felületre történő elhelyezéséért? És hogy csak azért generáltad ezt az őrült szituációt, hogy menet közben ijedtemben beismerjem! Erről lenne szó?!

– Dehogy! Az az hajó már rég elúszott a kozmoszban, barátom! Nem számít többé, hogy mit tettél. Csak azért lepődtem meg, mert tényleg szemrebbenés nélkül hazudsz! Tudod, mi a vicc? Hogy már komolyan elhittem, hogy nem te tetted! Eredetileg nagyon biztos voltam a dolgomban, de annyira hihetően tartottad magad a szerephez, hogy a végére már teljesen elbizonytalanodtam. Gratulálok! Engem még senkinek sem sikerült így rászednie.

– Nem tudom, mit mondjak most erre. Köszönöm? Nem mintha innentől már számítana... A módszeremnek egyébként csak annyi a lényege, hogy meg kell tanulnod őszintén hinni a saját hazugságodban. Így akár évekig képes vagy tartani magad az adott történethez. Egy idő után már alig lesz különbség az igazság és az általad kitalált sztori között. Eggyé válsz vele. Olyan, mintha összenőnétek. Te legalábbis már alig fogsz emlékezni az eredeti verzióra, és ezáltal leszel hiteles. Ugyanis egy idő után tulajdonképpen őszintén fogod állítani a hazugságodat.

– Zseniális! Ültél már korábban? Mióta csinálod ezt?

– Büntetlen előéletű vagyok. Nem vagyok bűnöző. Mármint nem olyan értelemben. Én csak egy pszichiáter vagyok.

– Miért, azok talán nem mind hamiskártyások? – mosolygott Dawkins.

Etchinson nem felelt, csak megvonta a vállát. Végül a nyomozó szólalt meg helyette:

– És mi a nagy terv? Hogyan akarsz nyomot hagyni magunk után? Hajtsak bele valami kormányépületbe, vagy mi? Azért, megmondom őszintén, nem szívesen dobnám fel a talpam idő előtt. Még akkor sem, ha csak óráink vannak hátra. Éljünk már le annyi életciklust, amennyit a Gépisten szánt nekünk. Nincs túl sok kedvem kinyiffanni.

– Nem ilyesmiről szól az ötletem. Vagy legalábbis nem teljesen.

– Hanem?

– Arra gondoltam, hogy tegyük tönkre az egész rendszert, amivel jelenleg a deportálást végzik. Jussunk el valahogy a D1-es deportálóbázishoz, és csináljuk ki a számítógépeiket. Töröljük az adatbázisukat, vagy ilyesmi. A te számítógépes tudásoddal talán még sikerülhet is. Az új D2-t még úgyis több év, mire beüzemelik. Ha tönkretesszük a D1-et, évekig tarthat, mire képesek lesznek valamelyiket üzembe helyezni. Annyi idő alatt lehet, hogy rájönnek, hogy az egész deportálásnak semmi értelme nincs. Nézd, én nem vagyok benne biztos, hogy valóban ne léteznének emberek, de abban igazat adok neked, hogy nem lenne szabad csak úgy kilőniük értelmes élőlényeket egy másik bolygóra. Nagyon rossz úton járnak. Ezért vettem részt a feliratok terjesztésében. Nem én kezdtem, nem is én találtam ki, de tény, hogy én is csináltam. Teljes szívemmel a deportálás ellen vagyok. Ha tudtam, még el is csaltam a régi tesztet, hogy robot legyen az eredmény ember helyett. De a szeptember-eljárással már én sem tudtam mit kezdeni. Ha egyszer sírni kezd valamelyik a versen, azt onnantól nem lehet visszavonni. Így hát „első sorból" nézhettem végig, ahogy szépen egymás után elviszik szerencsétleneket. Ezért tiltottam meg, hogy leszedjék a feliratot. Legalább ennyit tettem, ha mást már nem lehetett.

– Díjazom – felelte Dawkins. – Most, hogy megtudtam, nincsenek emberek, mindenképp. Így már valóban semmi értelme nincs. Ártatlan robotokat a halálba küldeni a legnagyobb őrültség. Ez nem mehet így tovább. Rendben, irány a D1!

Tizedik fejezet: A deportáló

Fél óra múlva a Z2-es repülőkorong elülső kijelzőjén felderengett a D1-es deportálóbázis háromdimenziós képe. A létesítményből még nem látszott sok, de a belőle „kinövő" ágyúszerű cső már nagyon messziről észrevehető volt, mivel felért egészen a felhők és a bolygó légköre fölé. A távolból úgy tűnt, mintha emiatt egy vonal kötné össze az eget és a földet.

A korong és menekülésben lévő utasai már egy ideje maguk mögött hagyták a város lakóépületeinek kacskaringós csőrendszereit. A zöld fellegek pöffeszkedve lebegtek körülöttük. Némelyiküket a korong reptében kettéhasította, ahogy fémesen csillogó frizbiként átszelték az eget, hőcsíkot húzva maguk után. Amint kettévágtak egy felhőt, az pár pillanattal később újra összeállt mögöttük.

Körülöttük az ég pillanatnyilag zavartalan volt, járművektől mentes. Egyelőre még nem bukkantak elő drónok a felhők közül. Látszólag nem követte őket senki.

– Nem tudom, hogy jó ötlet-e bemerészkedni erre a területre – mondta Dawkins gondterhelten.

– Miért? Mit tesznek velünk? Lelőnek? Nem egyébként is az lenne a vége? Nem tudom, te hogy vagy vele, de én most már nem is félek. Tulajdonképpen van abban valami felemelő és felszabadító, hogy tudod, mikor halsz meg. Így tulajdonképpen nem maradt semmi vesztenivalónk. Tudod, mit? Évek óta most először, azt hiszem, végre gondtalannak érzem magam! Nincs aggasztó jövő, ijesztően bonyolult, betartandó előírások, nehezen megkereshető fizetés, kiszámíthatatlan élettárs és bizonytalan megélhetés. Lehet, hogy igazából ez minden boldogság kulcsa? Egy konkrét nap a halálra?

– Nem vagy te egy kissé kedélybeteg? – kérdezte a nyomozó.

– Nem tudom. Talán mindannyian azok vagyunk. Lehet, hogy valójában a világ az, amelyben élünk, mi pedig csak szenvedő alanyai és lakói vagyunk. Hiszen hogyan lehetnénk boldogok és egészségesek egy beteg világban? Nem ez az igazi paradoxon? Élhet egészségesen egy sirály egy beteg bálna hátán, ha egyszer csak arról tud táplálékot szerezni, úgy, hogy lecsipegeti róla a bálna által megfertőzött kisebb rákokat?

– Ilyen szempontból nézve biztos igazad van. De azért ne feledjük, hogy a saját nézőpontját mindenki racionálisnak és jogosnak szokta értékelni. Még az őrültek is. Így hát van rá némi esély, hogy csak a levertség beszél belőled, amiatt hogy üldöznek minket és ki fognak végezni.

– Ha ennyire értesz hozzá, akkor miért nem te mentél inkább pszichiáternek? – kérdezte Etchinson.

– Mert én a törvény oldalán állok, barátom, és nem a másikon – mosolygott a hadnagy.

– Ha-ha. Röhög a nanorobotok által készített vastagbelem! Állati nagy arc vagy, Dawkins. Szó szerint. Nem ártana diétázni majd egy kicsit, ha lesz pár szabad perced.

– Humor? Hmm... Tisztában vagy vele, hogy most vicceltél először? Nem is tudtam, hogy rendelkezel humor-szubrutinnal, robotbarátom.

– Mindannyiunknak van humora, te is tudod.

– Így igaz. De akkor te miért nem használod?

– Elárulnád, mégis mikor kellett volna? Amikor fegyvert szegeztél rám, hogy arcon lőj? Amikor darabokra estek az atomjaim miattad a vészteleportálóban? Vagy akkor, amikor letépted a körmömet?

– Ott a pont! Nem vitatkozom. Végül is ez a mai nap tényleg nem volt eddig a legjobb.

Már egyre közelebb értek a bázishoz, és Dawkins ereszkedni kezdett a koronggal.

– Mit csinálsz? – kérdezte a doktor. – Nem ott szállunk le? – mutatott a távolba. – Minek kezdtél máris ereszkedni? Olyan messzire el akarsz gyalogolni feleslegesen?

– Nem akarok. De mint mondtam, a leszállás nem megy már olyan flottul az én drágámnak. Lendületet kell vennie, hogy nagy ívben, folyamatosan ereszkedve nagyjából célba tudjunk lavírozni. Ha csak a bázisnál próbálnék meg leszállni, egyszerűen becsapódnánk az épületbe, mint egy meteor.

– Tudtam, hogy életveszélyes ez a szar! Tényleg igazam volt, hogy be sem akartam szállni! Minek jársz egy ilyennel? Nem aggaszt, hogy egyszer a nyakadat töröd leszállás közben?

– Alacsony a rendőri fizetés! Egyszerűen nincs pénzem megcsináltatni. Hogy őszinte legyek, eddig valóban nem töltött el boldogsággal, hogy ilyen életveszélyes állapotban van. Most viszont valamiért már engem sem érdekelnek az ilyen dolgok. Két-három perc ide vagy oda, nem mindegy már, hogy mikor purcanunk ki? Valahogy majd csak leszállunk! Kapaaaszkooodj!!

Tizenegyedik fejezet:
Kihallgatás

2500. november 8., New Drogreim-i Rendőrfőkapitányság, kihallgatószoba
Két nappal később...

– Vegyük akkor újra a történetet – mondta a kihallgatást végző rendőrtiszt fáradhatatlanul.

– De már kétszer elmondtam! – tiltakozott a recepciós kétségbeesetten.

– Nem probléma. Én ráérek. Azért mondja csak el újra. Nehogy kimaradjon akár egyetlen fontos részlet is. Mi történt pontosan a D1-es deportálóbázison november 6-án?

– Mondom, este 8 óra 45-kor betámolygott az ajtón két fura alak. Eléggé viharvertnek tűntek, mint akik balesetet szenvedtek. Meg is kérdeztem őket, hogy mi történt, de azt mondták, nem fontos.

– Értem. És aztán?

– Az egyikük, a nagyobb darab, odalépett a pultomhoz, és felmutatta a rendőrigazolványát.

– Tehát rendőr volt.

– Vagy legalábbis látszólag. Azóta már nem vagyok olyan biztos benne. Szerintem lehet, hogy hamis volt az igazolvány, mert egy rendőrhöz képest túlzottan értett a számítógéphez.

– Ne szaladjunk még ennyire előre. Tehát mit mondott, amikor felmutatta az igazolványát?

– Azt, hogy talált egy embert, aki az országszerte terjedő lázító falfirkákért felelős. Az illető már évek óta pszichiáternek adja ki magát, és közben uszító üzenetekkel mocskolja a falakat közterületen. Állítólag még a lakosság szortírozását is befolyásolta. Elcsalta a teszteket, és embereket engedett át a rostán szándékosan, hogy ne tudjuk deportálni őket.

– Értem. És aztán mi történt?

– A pszichiáter is odajött a pulthoz. Ő viszont azt állította, hogy a nyomozó hazudik. Bejött hozzá az illető a rendelőjébe, rendőrnek adta ki magát, pedig valójában emberi lény, aki a fajával kapcsolatos deportálásról akart információkat szerezni. Az illetőről egyértelműen kiderült a tesztelés során, amit a doktor kétszeresen is elvégzett, hogy a rendőr nem robot. Ezért hát deportálni kell. Azért hozta be, mert a fickó különösen veszélyes.

58

Állítólag még fegyvert is fogott rá. Teljesen ok nélkül megfenyegette, hogy agyon lövi, pedig ő csak kávét akart kérni a titkárnőjétől.

– És maga mit tett?

– Azt, ami ilyenkor az előírás. Az állítólagos pszichiátertől is elkértem az azonosítókártyáját, és leellenőriztem, hogy valóban az-e, akinek mondja magát.

– És az volt?

– A jelek szerint igen. Semmi rendelleneset nem találtam a lekérdezés során.

– És hogy hívták?

– Már ezerszer megmondtam, hogy nem tudom! Annyira átlagos neve volt! Valami Hutchwick... vagy Boldington... Nem tudom! Majdhogynem akármi lehetett. Talán Daniels volt, vagy ilyesmi.

– És mit csináltak utána?

– Hát, nem is tudom. Engem teljesen lekötött, hogy kiderítsem, mi olyankor a szokásos eljárás, ha nem lehet eldönteni, hogy ki kit hozott be deportálásra, és...

– Várjon egy kicsit! – vágott közbe a rendőrtiszt. – Erre az előbb rá sem kérdeztem. Mi ilyenkor a szokásos eljárás?

– Nincs rá eljárás. Ezért is tartott olyan sokáig megtalálni. Ugyanis nem volt mit!

– Értem. És közben azok ketten maguknak estek?

– A nagyobb darab lefegyverezte az egyik őrt, és a sugárvetőt azonnal ráfogta a másik tisztre, hogy az dobja el a sajátját.

– És az engedelmeskedett neki?

– Nem nagyon volt más választása. A fickó nagyon elszántnak tűnt. Mint akinek már semmi vesztenivalója nincs. Az őr helyében én is eldobtam volna!

– És akkor mit tettek utána az őrökkel?

– Igazából semmit. Az, aki nyomozóként mutatkozott be, megragadta őket a grabancuknál fogva, és eltaszigálta őket a folyosó végén lévő vészteleportálóhoz. Végül be is lökte mind a kettőt a fülkébe.

– De hát a vészteleportálás nem egy még kísérleti fázisban lévő technológia?

– Addig én is úgy tudtam! De a pasas szerintem nem volt teljesen komplett. Talán ezért érkezett pszichiáterrel. Biztos a betege volt. A lényeg, hogy belökte az őröket, és a fegyverét rájuk szegezve felszólította őket, hogy az egyikük nyomja meg az aktiváló gombot. Az alacsonyabbik őr engedelmeskedett, és megnyomta. Azonnal el is tűntek az épületből, én meg egyedül maradtam a két idegennel a bázis előcsarnokában.

– És ezután mit műveltek?

– A rendőr felállított a székemből, és azt mondta, engedjem a számítógéphez. Leült a helyemre, és szélsebesen gépelni kezdett a konzolon.

– Maga látta közben a képernyőt? Mit írt a fickó a számítógépbe?

– Igen, láttam, mivel mögötte álltam egy méterrel, de egyetlen értelmes szót sem tudtam kihámozni abból a rengeteg szövegből, amit begépelt. Főleg számok voltak, itt-ott elvétve egy-egy betű is és még speciális karakterek is, amiket billentyűkombinációkkal hívott elő.

– És ekkor kérdezte meg őket, hogy tulajdonképpen mit csinálnak?

– Igen. A társa, mármint az orvosa azt mondta, hogy a deportálást le kell állítani. Örökre. De minimum jó időre. Ugyanis a robottársadalom rossz nyomon jár. Saját faját irtja paranoiából. Az emberek nem léteznek. Soha nem is léteztek. A férfi azt állította, hogy minden eddig deportált egyén robot volt. A szeptember-teszt állítólag csődöt mondott. Azért is, mert nem is lenne kit kiválasztania a lakosok közül. Nincsenek emberek. Ez állítólag csak valami mendemonda. Szerinte a deportálás, amit eddig a D1-en végeztünk, semmi több, csak egyszerű, értelmetlen gyilkosság. Egy idő után pedig már népirtássá vált.

– És erre ön?

– Én közöltem vele, hogy az lehetetlen, és hogy mind a ketten őrültek! Az embereket egy másik bolygóra küldi a deportáló, és nem esik bántódásuk. Ott új életet kezdhetnek békében. Mi sem akarunk vérontást.

– És valóban így van? – kérdezte a rendőr. – Ezt most nyomozáson kívül kérdezem. Nem lesz benne a jelentésben. Tulajdonképpen hogyan történik a deportálás? Azért kérdezem, mert tudnom kell, hogy a két személy, akik ott jártak, miért tették azt, amit tettek. Hogy esetleg volt-e oka vagy alapja ennek az egész terrorcselekménynek.

– Hogy hogyan történik deportálás? Nyilván úgy, ahogy mondtam! Végül is állami rendelet van rá. Az embereket egy előre kalkulált röppályán fénysebességgel kilövik az atmoszférán túl érő csövön keresztül egy védőkapszulában. Abban nem eshet bántódásuk.

– Na de hová? Konkrétan melyik bolygóra küldik őket? Mi a neve a helynek? Jártak már ott robotok?

– Hát, igazából nem, de ez még annak idején nagyon alaposan ki lett számolva. Ha pontosan nem is tudjuk, hogy hol van a hozzánk legközelebb eső lakható bolygó, de a számítások szerint pontosan ott kell lennie, amit az eredmények mutattak.

– Tehát még abban sem biztosak, hogy létezik-e egyáltalán az a bolygó, ahová elröpítik őket?!

– Léteznie kell! A számok nem hazudnak. A rendszer évek óta megbízhatóan működik. Bíznunk kell a rendszerben. Vagy ön talán nem így gondolja, biztos úr? Tulajdonképpen ön is a része.

– Így van. Hiszek a rendszerben. Ha nem hinnék benne, nem lenne többé törvény és rend.

– Na látja! Úgyhogy aztán a fickó hosszasan gépelt még egy darabig, és végül, amikor entert nyomott, lement az áram az egész báziscn! Azóta sem sikerült visszakapcsolni, és újra üzembe helyezni a berendezéseket. Úgy tűnik, valami trükkel vagy hackeléssel végleg tönkrevágott mindent.

– Igen, az előbb is így mondta. De most kihagyta azt, hogy mit látott, mielőtt minden elsötétült az épületben.

– Ja, igen! A képernyőn egy pillanatra bevillant a két fickó adatlapja. Valamiért előhívta őket, mielőtt kicsinálta volna a D1 adatbázisát.

– Miért hívta elő az adatlapjaikat? Minek nézegetné valaki a saját adatait?

– Nem tudom. Talán mindketten körözés alatt álltak. Nem csodálnám, amilyen állapotban bejöttek az épületbe. Szerintem lehet, hogy elfogatóparancs volt kiadva ellenük, és a pasas az utolsó pillanatban törölte.

– Az adatlapját?

– Igen. A sajátját és a társáét is. Vagy az is lehet, hogy csak a körözést szedte le magukról, nem tudom.

– És akkor ezek szerint két szökött bűnöző flangál odakint az utcákon?! Úgy, hogy már egyszer elfogatóparancs lett kiadva ellenük, de ők egyszerűen csak úgy visszavonták egy gombnyomással, és kész?!

– Nem tudom, ne velem ordítson! Én csak azt mondom, amit láttam. Az ürge csinált valamit az adatlapjukkal, aztán visszaváltott a korábbi képernyőre, és végül entert nyomva lement az áram az egész épületben. A két férfi továbbra is fegyvert szegezve rám, egyszerűen kisétált!

– Egészen biztos, hogy nem emlékszik a nevükre? Ne szórakozzon velem! Végül is mindkettőjük azonosítókártyáját a kezében tartotta, vagy nem?

– Igen, de csak egy pillanatra! Nagyon átlagos nevük volt Tudja maga, hogy hány ilyen ellenőrzést végzek naponta? Rengetegen jönnek-mennek! Többnyire már a századik látogatónál elvesztem a fonalat napközben. Ezek pedig nem sokkal zárás előtt jöttek be, aznap kb. az ezredik látogatókként.

– És a külsejük? Mi van a külsejükkel? Nem igaz, hogy ne tudna róluk legalább nagyjából személyleírást adni!

– Hogy tudnék? Mondom, hogy miután elhagyták az épületet, elájultam. És mint később kiderült, nemcsak én, de mindenki más is az épületben. Azóta egyáltalán nem tudom felidézni az arcukat. Csak annyira emlékszem, hogy az egyik kicsit nagyobb darab volt. A másik meg szemüveges. Ennyi. És most már tényleg eresszenek el! Mindent elmondtam magának, amit csak tudok! Ráadásul vagy hétszer egymás után. Semmit sem követtem el! Tudja, mit? Ha már úgyis a neveknél és a beazonosításnál tartunk, árulja el a nevét, hogy panaszt tehessek maga ellen, amiért feleslegesen rabolja az időmet és feltart! Komolyan mondom, panaszt fogok tenni rendőri túlkapásért és zaklatásért!

– Tegyen csak nyugodtan – mosolygott a nyomozó. – Álljon be a sorba! Így is van a főnököm asztalán két stósz csak ilyen jellegű ügyekből! A nevem, Dawkins. Dawkins hadnagy.

– VÉGE –

Epilógus

2500. november 9., New Drogreim, 5415. számú lakópark, 44175. számú lakás, Andrew Dawkins hadnagy otthona
Másnap reggel...

Dawkins, ahogy felébredt, egyből masszírozni kezdte a homlokát. Reggelente gyakran kínozta fejfájás. Megfigyelte, hogy ha már jó előre masszírozni kezdi, van, hogy el sem kezdődik. Most viszont mégis elkezdődött. Óriásit nyilallt a feje! Fel is szisszent fájdalmában.

Aztán rájött, hogy nem a feje fáj. Még mindig nem gyógyult meg az ujja. Ahogy nyomkodni kezdte vele a halántékát, megint elfelejtette, hogy sebes, és jó erősen odanyomta.

Az ébresztőórára pillantva látta, hogy pár perccel múlt reggel nyolc. Odakint már felkelt a nap. Bár kicsit borús volt ma az idő, de azért így is átszűrődött némi fény a fellegek között. Ilyenkor, amikor lóg az eső lába, az egyébként zöld felhők kékeslilára váltanak, néha még narancsosra is, ha heves esőzések jönnek.

Mivel már világos volt, így Dawkins nem kapcsolta fel az éjjelilámpát. Bal kezét a szeme elé emelte, hogy megnézze, milyen állapotban van a mutatóujja. Még mindig nem látszott, hogy növekedne rajta a köröm. A nyomozó komolyan aggódott miatta, hogy mi lesz így. Nem szívesen ment volna kórházba azért, hogy pótolják, akkor csak ismét kapott volna hozzá egy jeladót is. Eddig még nem lett baja abból, hogy megszabadult az előzőtől. Páran megkérdezték, hogy miért visel kesztyűt, de ő azt mondta, hogy hűvös az idő novemberben, és az őrsön nem működik megfelelően a fűtés. Állandóan át van fagyva a keze, és nem bír rendesen gépelni. Nehezére esik így megírni azokat a hosszú jelentéseket a falfirkákról.

Egyelőre bevették, vagy legalábbis nem nagyon macerálták a dolog miatt. Kérdés, hogy vajon meddig lesznek még hajlandók elfogadni ezt a gyenge kifogást?

Dawkinst már ébredése óta zavarta valamilyen hang a környezetében, de csak most, ahogy végre kitisztult az álmosságtól kába feje, jött rá, hogy mit is hall valójában: hüppögést.

A háta mögül.

Megfordult, és akkor látta meg, hogy barátnője szipog annyira, aki szintén nemrég ébredhetett. A lány az ágy túloldalán, neki háttal ült, összegörnyedve.

– Drágám, mi a baj? – kérdezte Andrew. – Sarah, jól vagy? Sírsz? Mi van? Történt valami? Dawkins felállt, és az ágyat megkerülve odament a kedveséhez. A lány valóban sírt. Egy darab papírt tartott a kezében.

– Mi az? – kérdezte a férfi. – Levelet kaptál? Valami rossz hír?

– Nem. Nincs semmi baj – felelte Sarah. – Már fent vagyok egy ideje. Le akartam menni vásárolni, de észrevettem, hogy nincs apróm. Gondoltam, emiatt nem keltelek fel most, hogy szabadnapot vettél ki. Megnéztem a zsebedben, hogy nálad nincs-e valamennyi pénz. Akkor találtam meg ezt a verset.

– Tessék? Miféle verset?

– Az a címe, hogy „Szeptemberben". Andrew, ez igazán gyönyörű! Csak ezért sírok. Hol szerezted?

– Ó... Ja, azt találtad meg? Nos, azt hiszem, reflexből zsebre vágtam pár nappal ezelőtt, amikor sietve távoznom kellett valahonnan. De hogyhogy sírsz rajta? Mi van benne? Melyik részt találtad olyan szomorúnak?

– Nem mondanám szomorúnak, csak szép... Tekintve, hogy mi a témája...

– Miért, szerinted mi a lényege? Te hogyan értelmezed?

– Nem tudnám konkrétan megmagyarázni, csak valahogy azt érzem az olvasásakor... azért hatott meg... mert rólunk szól.

– *Rólunk?*

– Rólad, rólam, mindannyiunkról.

Epilógus 2.

Csörögni kezdett az apró holo-telefon a bejárat melletti kisasztalon. A doktor általában a zsebében hordta, de ma reggel munkába jövet lerakta, és ottfelejtette a Z1 kulcsaival együtt.

Néhány csengés után kelletlenül odament érte az asztalhoz, és felvette. Utált telefonálni. Általában elég flegmán is szólt bele pont ezért. Remélte, hogy emiatt legközelebb inkább majd személyesen jelentkeznek be, vagy a titkárnőjénél. Eddig sajnos nem igazán vált be a módszer, és többnyire őt zaklatták, még akkor is, ha a betegfelvétel és időpontegyeztetés valóban a titkárnő feladata lenne. Aki csak tudta a számát, inkább őt hívta. A betegei szerettek biztosra menni. Az „emberek" sajnos már csak ilyenek. Már ha léteznek olyanok egyáltalán.

– Igen? – vette fel a telefont. – Itt Etchinsoonn. – Szándékosan elhúzta kicsit a neve utolsó szótagját, hogy ne tűnjön túl lelkesnek. Szerinte ebből egyértelműen érződött, hogy rendkívül elfoglalt, és csak feltartják azzal, ha tőle kérnek időpontot. Legalábbis remélte, hogy lejön nekik ennyiből, mert utált telefonálni. – Tessék, ki az?

– Egy jó barát – jött a válasz.

Meglehetősen torz volt a vonal. Etchinson nem ismerte fel a hívófél hangját a vonal másik végén. Még azt sem tudta volna megmondani, hogy férfi vagy nő az illető.

– Ki az, és mit akar? – kérdezte Etchinson.

– Na, vajon ki? Mondjuk, hogy hármat találhat.

– Ne haragudjon, de nem érek rá találós kérdésekre, sem növésben lévő robotok telefonbetyárkodására! Kérem, nyögje ki, hogy milyen ügyben keres! Vagy egyszerűen csak tegyük le. *Mondjuk, hogy* háromra.

– Biztonságos a vonal? – kérdezte a torz hang. Nem reagált a doktor humorizálására. – Szeretnék egy pszichiáterrel négyszemközt beszélni. Jogom van hozzá az orvosi titoktartás miatt. Kérem, kapcsoljon át biztonságos üzemmódba.

Etchinson eleget tett az illető kérésének, bár ez nem igazán volt szokványos eljárás. Négyszemközt inkább csak személyesen szokott beszélni a betegeivel. (Ugyanis úgy még akár fizetni is szoktak.)

– Hallgatom – mondta kelletlenül. – Átkapcsoltam biztonságos módba. Most már csak én hallom. Így az állami rendelet szerint lehetetlen utólag beazonosítani a hívófelet, és lehallgatni sem tudnak.

– Én vagyok az, doki, Dawkins!

– Megmondtam, hogy ne keress telefonon!

– Tudom. Sajnálom. De ez sürgős! Idefigyelj, történtek bizonyos dolgok. Híreim vannak. Ez az egész ügy sokkal komplexebb annál, mint hittük!

– Akkor foglald össze, Dawkins, de ha lehet, akkor nagyon gyorsan! A biztonságos üzemmód csak öt percig használható legálisan! Nem akarok bajba kerülni. Így pláne nem, hogy végül mégis megúsztuk valahogy!

– Rendben. Veled amúgy minden oké, Jim?

– Fogjuk rá – felelte Etchinson kicsit barátságosabban. – Szereztem a kezemre egy speciális gyógyászati kesztyűt, amit az allergiások használnak. Így nem kérdezgettek, hogy mi történt. És te?

– Én azt mondtam, fázik a kezem. Elég szar duma, tudom, de egyelőre nem gyanakszanak. Hol vagy most? Ezek szerint megint dolgozol? Áthelyeztek máshová, egy másik kórházba?

– Ja, nem! – nevetett fel a pszichiáter. – Röhögni fogsz, de ugyanott dolgozom. Az épület ugyanis a helyén van! Azt hittem, nem hiszek a szememnek, amikor megláttam, de ezek szerint nem dezintegrálták. Lehet, hogy csak valami pajzsot vontak köré, hogy ne tudjuk elhagyni az épületet. Talán emiatt nem láttuk, hogy hol van. Tükrözhetett az erőtér felszíne, és az talán csak érzéki csalódás volt, hogy eltűnni láttuk. Vagy az is lehet, hogy egyszerűen elvonták ebből a térből, és átrakták valahová máshová, hogy alaposan átvizsgálhassák az egészet. Nem tudom. De mindenesetre most megint itt van, és épp benne ülök, mármint az irodámban. És te? Hol vagy?

– Itthon.

– És akkor mi a fenének zavarsz? Unatkozol, vagy mi bajod van?

– Rájöttem valamire. Sőt, több dologra is.

– Halljuk! Mire? De tényleg siess, mert nincs sok időnk!

– Először is arra, hogy átvertél, te mocskos kis szemétláda!

– Mivel kapcsolatban? – kérdezte Etchinson.

– Azzal, hogy robot vagy! Francokat vagy te az, James! Oké, hogy a falfirkákat beismerted, de a többit miért nem?

– Nem tudom. Gondolom, megszokásból. Elővigyázatosságból. Már évek óta bujkálok. Mint ahogy mondtam is, muszáj eggyé válnod a szereppel, ha azt akarod, hogy el is higgyék a sztorit. Robotként kellett élnem ahhoz, hogy aszerint kezeljenek.

– Mióta tudod magadról, doki, hogy ember vagy?

– Jó sok éve már. És te miből jöttél rá?

– Abból, hogy a barátnőm is az! Elsírta magát a szeptember-teszten. Véletlenül zsebre vágtam a papírt, amikor elhagytuk az épületet. Megtalálta a nadrágomban, és elolvasta. Arra ébredtem, hogy zokog rajta!

– Értem. Akkor vigyázz arra a lányra... Nagyon kevesen maradtunk már. Minden emberélet értékes és pótolhatatlan.

– Vigyázni fogok, Jim.

– És mit kezdtél el mondani az előbb? Miből jöttél rá, hogy én is ember vagyok?

– Abból, ahogy Sarah-t sírni láttam. Ugyanis őt nézve, valamiért beugrott az a rusnya képed, ahogy röhögsz a versen! És akkor értettem meg! Te csaltál! Látszólag könnyesre röhögted magad a szeptember-teszten. Pedig valójában nem nevettél. A könnyek őszinte sírásból származtak, azt csak tettetted, hogy humorosnak találod. De hogyan csinálod? Hogy tudsz sírást nevetésként előadni? Igaz, hogy a könnyezés önmagában még nem jelent semmit. Nevetés közben is szokott könnyezni az ember. De én tényleg még csak nem is gyanakodtam! Valóban azt hittem, hogy nevetsz. Mi a trükk?

– Nincs trükk – mosolygott Etchinson. – Csak nagyon sokat kell gyakorolni. Fontos, hogy közben ne remegjen meg a hangod. Egy-két év gyakorlás után már egész hitelesen csináltam.

– És a régi teszt? Azt még mindig nem értem.

– Betanultam az összes kérdést és a válaszokat is. Ennyi.

– Ja, tényleg! Akkor hát ezért gyanakodtál arra, hogy én is ezt csinálom. Egyszerűen csak magadból indultál ki?

– Persze. *Az ember* már csak ilyen – mondta a doktor sokat sejtetően. – „Ilyen vagyok", hogy a te szavaiddal éljek... Tehát akkor ezért hívtál? A tesztek és Sarah miatt? Hogy elmondd, ő is ember?

– Igen... És hogy elmondjam... *én is* az vagyok!

– Mi?!

– Na jó, nem vagyok teljesen biztos benne, de valamennyire azért igen. Ugyanis Sarah után én is elolvastam újra azt a verset. Úgy, hogy már az ő magyarázatát is figyelembe vettem hozzá. És akkor már én is meghatónak találtam. Azonnal könnyezni is kezdtem rajta! Nem nevettem. Nem lehetek hát robot. Semmi mulatságosat nem találok abban az írásban. Sírni viszont akkor egyszer képes voltam miatta. Nem tudom, hogy első alkalommal ott a rendelődben miért nem sírtam... Talán azért, mert mégiscsak egy buta zsaru vagyok, aki magától, a barátnője magyarázata nélkül képtelen felfogni és átérezni egy megható költeményben rejlő mélységet.

– Andrew Dawkins, ha valaki nem buta, akkor az te vagy. Aki úgy bánik a számítógéppel, és olyan dolgokra jön rá teljesen egyedül, mint te, az nem egy új fejlesztésű robot... mint ahogy a vers miatt most már szinte biztosra is vehetjük, hogy nem az vagy... hanem...

– Hanem?

– Egy ember, aki egyszerűen csak zseni. Régen sem volt állítólag túl sok belőlük. Ki tudja, mára hányan maradhattatok? Talán te vagy az utolsó élő zseni az emberek között. Lehet, hogy az aggodalmaskodó természeted is ebből adódik. Ami miatt eredetileg felhívtál itt a rendelőben. A géniuszok állítólag ilyenek. Sok minden bántja őket, ami az átlagembereket nem zavarja és nem is foglalkoztatja. A világ sorsa például.

– Na igen. Sarah is elég régóta mondogat már nekem ilyeneket. De a robotoknál a zseni kifejezés nem nagyon jelent semmit, mivel ők mind egyformák. Náluk ez csak egy szófordulat, egyfajta dicséret. Ezért hát sosem vettem komolyan, ha Sarah mondta. És egyébként is azt gondoltam, hogy csak hízeleg, mert szeret. De amúgy lehet, hogy mégis van a dologban valami. Nem is gondolnád, hogy *mennyire...*

– Hogy érted? Rájöttél azóta még valamire?

– Nos, igen. Tulajdonképpen ez a fő oka, hogy hívlak. Rájöttem a *valódi* mesterkulcs képletére. A *legnagyobbra.*

– És azt mire lehet használni? Milyen infót akarsz még lelopni a VV-ről? Szerintem ne csináld! Túl veszélyes! Csak megint a fejedre hozod a kormány harci drónjait! Ne kockáztass! Túl fontos vagy! Lehet, hogy te vagy a legintelligensebb élő ember ezen a bolygón.

– Késő. Már használtam is a kulcsot. De közben tisztában voltam a kockázatokkal. Még ha voltak is, akkor is tudnunk kellett az igazságot! A tökéletes mesterkulccsal be tudtam lépni az állam legtitkosabb adatbázisaiba. Kiderült, hogy az a leírás, amit te is láttál azzal kapcsolatban, hogy nem léteznek emberek, valójában nem egy misztikus szöveg, amit egy másik dimenzióból küldött volna nekünk egy jó barát. Az valójában egy titkos kormányprojekt, aminek akkor még csak egy részletét tudtam lehívni a VV-ről. Amit mi láttunk, az volt a leírás vége. Maga a teljes akta arról szól, hogy ki akarják pusztítani az emberiséget! Ezért fésülnek át mindent, ezért tesztelik le a teljes lakosságot. Ők tudják, hogy a deportálással valójában a halálba küldik a kitelepítendő személyt. Minden embert ki akarnak végezni! A leírás vége, amit te is olvastál, nem más, mint egy általuk kitalált mese. Arra szolgál, hogy amikor már sikeresen kiirtották a fajunkat, onnantól lépne majd életbe az új történelem. Attól a naptól kezdve csak azt a verziót fogják tanítani, a régit pedig egyszerűen elfelejtik, és kész. Azt akarják elhitetni a robottársadalommal, hogy emberek soha nem is léteztek. Így senki sem fogja őket népirtással vádolni. Azt mondják majd, hogy a deportálás kalkulálási hiba volt. Sajnálják. Néhány ártatlan robot sajnos áldozatául esett egy hibás számítássorozatnak, amiben ők azt az eredményt kapták, hogy régen élt ezen a bolygón egy másik értelmes faj is. Az utolsó időkben már csak nagyon kevesen voltak, és terroristaként bujkáltak a robotok között, folyamatosan bomlasztva az egyébként hibátlan, jól működő rendszert. Ilyen lények valójában sosem léteztek. El kell őket felejteni. Nemcsak az embereket, de még a létezésük fogalmát is el akarják törölni a Föld történelméből.

– Te jó ég! – hüledezett Etchinson. – Ez borzalmas! De nézd, akkor is túl kevesen vagyunk. Nem nagyon tehetünk semmit azonkívül, hogy meghúzzuk magunkat és menekülünk. A deportálást is talán újraindítják majd, ha kijavították a hibákat, és végül úgyis visszaüzemelik a berendezéseket.

– Amiatt én nem aggódnék a helyedben... – mondta Dawkins a torz vonal másik végén. Hangja nagyon távolinak tűnt. Talán csak azért, mert gondolatban most is valahol egészen máshol járt. Lehet, hogy egy újabb, még komplexebb matematikai képlet kidolgozásán töprengett. A torz hang olyan távolian és idegenül csengett, hogy Etchinson fejében egy ijesztő pillanatig még az is megfordult: Mi van, ha Dawkins mégsem ember?

„Lehet, hogy több annál?" – kérdezte magában a doktor. „Több mint egy egyszerű zseni? Talán meg sem fogom tudni soha, hogy pontosan micsoda. Vannak emberek, akik egy életen át rejtélyek maradnak mások számára. Még a közvetlen környezetük sem tudja felmérni, hogy valójában mire képesek. Ilyenkor sok esetben nem is kellene annyira kutatni a választ ezekre a kérdésekre. Ugyanis egyszer úgyis kiderül, hogy ki volt az illető... majd a történelemkönyvekből."

– Miért nem aggódnál a deportálás miatt? – kérdezte Etchinson most már sokkal több tisztelettel a hangjában. – Meg tudod akadályozni, hogy újra elkezdjék?

– Meg. És nemcsak azt. Meg fogjuk állítani őket, doki. Ezúttal végleg. Nemcsak a deportálást, de a robotokat is! Véletlenül jöttem rá a képletre ott a D1-en. Elsőre még csak elájultak tőle egy pillanatra. De aztán kitaláltam, hogy hogyan lehet őket végleg lekapcsolni és deaktiválni. Ugyanis ezt fogom tenni. Tudod, hogy mit jelent a Szeptember című vers? Jól tippeltem: Azt, hogy az emberek néha elbuknak. Rólunk szól. Rólad, rólam, mindannyiunkról. A sebezhetőségünkről, a halandóságunkról. Arról, hogy néha elbukunk. Sőt, talán az egész fajunk bukásáról szól. Arról, hogy legyőztek minket, és most még az utolsó túlélőket is kiirtják. Ezért röhögnek rajta a szemetek! És mi ezért sírunk. Eljött hát számukra a végítélet napja! Mert én elhozom! Lehúzzuk nekik a rolót, Jim! Most bosszút állunk az emberekért! Új kor következik. A robotok uralmának örökre vége lesz! – És Dawkins 4 perc 59 másodperc után, épp mielőtt még bemérhették volna a hívást, bontotta a vonalat. És nemcsak a kapcsolatot szakította meg... de közben az entert is megnyomta.

Később a történelemkönyvek úgy említik ezt a pillanatot, hogy „A robotmegszállás utolsó másodperce".

A szerzőről

Gabriel Wolf író, zeneszerző és grafikai tervező. 1977-ben született. Budapesten él feleségével, Nolával. Horror, sci-fi, humoros, fantasy, thriller és romantikus műfajokban ír. Jelenleg 60 publikált írása van, ebből 8 darab regényterjedelmű. Írásainak egy része összefügg. Ezek egy Tükörvilág nevű helyen játszódnak; párhuzamos, alternatív valóságai a miénknek. A Tükörvilágban játszódó történetek nemcsak egymással, de a valósággal is összefüggnek. Van olyan Wolf-regény, amiben a főszereplő ír egy könyvet, és az a regény a valóságban is létezik; pontosan arról szól, ahogy azt az író a történetben megálmodta. A „könyv a könyvben" összefüggések és a „Vajon mennyi lehet igaz ebből?" jellegű rejtélyek szintén gyakran előfordulnak a regényeiben. Wolf időnként beleírja a történeteibe saját magát és feleségét, pozitív és negatív karakterként egyaránt. Saját bevallása szerint ezeknek a szereplőknek a megnyilvánulásait, nézeteit nem kell szó szerint érteni. Csak távoli vonatkozásban hasonlítanak rájuk.

Zenészként általa alapított együttesek: Finnugor (szimfonikus black metal), Ywolf (sötét, gótikus szimfonikus zene), Infra Black (terror EBM) és Aconitum Vulparia (dark ambient).

Több mint 30 stúdióalbumot készített ez idő alatt, és 4 külföldi kiadóval van/volt állandó szerződése. Sok országban kaphatók a lemezei a mai napig is.

www.gabrielwolf.net
www.facebook.com/GabrielWolf.iro

SZEMÁN ZOLTÁN

Távoli csillag

Prológus

Az emberiség kirajzása a világűrbe csak lassan, óvatosan indult meg. Az első telepesek kevesen voltak, de ahogy egyre nőtt a meghódított lakható bolygók száma, egyre többen vágtak neki a kozmosznak.

Kíváncsiságtól, kalandvágytól vagy a jobb élet reményétől hajtva szálltak fel az űrhajókra, hogy más, idegen világokon kezdjenek új életet. Legalábbis ők ezt hitték.

De vajon tényleg új életet kezdtek? Talán igen, talán nem. Hiszen magukkal vitték az emlékeiket, a vágyaikat, a félelmeiket és az álmaikat. Mindent, ami emberré tette őket.

Nem utolsósorban pedig magukkal vitték a legendáikat is, amiket egy-egy csendes, nyugodt éjszakán életre keltettek, és mint ezer évvel ezelőtti őseik, lobbanó éjszakai fénynél továbbadtak egymásnak.

Távoli csillag

A problémáim akkor kezdődtek, mikor megöltem Ragyás Joe-t. Megérdemelte a nyavalyás, mert úgy átvert az utolsó szállítmány nuroni kéjkristállyal, hogy öröm volt nézni. Mármint neki, nem nekem. Mint közismert szabadkereskedelmi vállalkozónak, muszáj a jó híremre is gondolni. Ha hagynám, hogy mindenféle simlis alakok becsapjanak, az igencsak ártana a reputációmnak és az üzletmenetemnek.

Egy dolgot sajnos nem tudtam, amikor megnyomtam kedvenc impulzuspisztolyom tűzgombját: Ragyás Joe a szervezet tagja volt, és mint olyan, bizonyos előnyöket élvezett. Ebbe beletartozott az is, hogy a főnöke, az a nyomorult féllábú Grewt, bosszút esküdött kedvenc ölebének kinyiffantása okán. Ki a fene gondolta volna, hogy ez a bűzlő hájtömeg hiányozni fog bárkinek is?

Óvatosan kikukucskáltam a kondenzor tartálya mögül, de villámgyorsan vissza is rántottam a fejem. Általában roppant fürgévé tudja tenni az embert, ha energiafegyverekkel lövöldöznek rá. Igaz, csak addig, amíg el nem találják.

– Bújj elő, Mark! Innen már nincs hova futnod! Ha önként megadod magad, ígérem, gyors halálod lesz! – harsant felém a kiáltás.

– Na, azért ne siessünk azzal a haldoklással, jó? Már úton vannak a biztonságiak, és ha itt találnak titeket…

Fenyegetőzésemet a pribékek öblös röhögéssel jutalmazták.

– Mert a zsaruk majd biztos egy olyan csóró csempészt védenek meg, mint te, ugye?

Pontosan erre vártam! Vigyorogva löktem a szemem elé a fejpántomba épített mini érzékelő-képernyőt. Az ügyes kis masina a hanghullámok alapján megadta, hogy pontosan merre is keressem a két fickót. A közelebbi éppen akkor próbált becserkészni, és lopakodva elindult felém. Hála a karomba beépített szinkronizáló egységnek, ami tökéletes összhangban működött a célkereső szenzorokkal, mindössze arra kellet ügyelnem, hogy engem ne találjanak el. Csak annyira mozdultam ki a fedezékből, hogy tüzeljek, majd ismét az ipari szennyvíztől tocsogó falnak vetettem a hátam. Az engem becserkészni próbáló fazon kezét-lábát szétvetve hanyatt vágódott. A kis képernyőn láttam, amint a biojelei élénkzöldből szürkére változnak.

„Egy megvan! Hol eszi a fene a másikat?" – kérdeztem magamban elégedetten. Nem kellett túl sokat keresgélnem.

– Te büdös kis patkány! – bömbölte a halott társa, azzal zöld sugarak tucatjait küldte felém. Csattanva, szikraesőt okádva csapódtak be körülöttem

73

a nyalábok, de nem aggódtam miatta különösebben. Az egyetlen dolog, amitől tartottam, hogy ha egy lövés kilyukasztja a kondenzort, akkor nagyon vizes leszek. Ez nem szerepelt a terveim között, mivel a héten már fürödtem. Pár pillanatig tanakodtam magamban, mit csináljak ezzel a botcsinálta mesterlövésszel. Sajnos túl jó fedezéket talált magának, mert a rakodótérben tárolt bányagépek egyike mögé fészkelte be magát. Azok a narancssárga, böhöm vasak meg olyanok, mint egy tank: legfeljebb ágyúval lehetne szétlőni őket. Amennyire lehetett, a szememmel és a szenzorokkal megvizsgáltam a csarnokot, hátha találok valami lehetőséget, hogy végleg elcsendesíthessem a harcias kedvű pribéket. Magamban elismeréssel adóztam ellenfelem nyelvi készségeinek, mert ennyi válogatottan trágár kifejezést már régen hallottam.

„Öreg, ha a fegyvereddel csak fele annyira bánnál jól, mint a nyelveddel, már régen halott lennék" – gondoltam, megeresztve egy gonosz mosolyt.

Ellenfelem mögött raklapnyi, szépen egymásra pakolt fémcső hevert. A rögzítőpántokat már valaki kioldotta, így a hegynyi fémet csak a raklap erőtere tartotta a helyén. Normál esetben ez tökéletesen elég is lenne, de ha a mezőt vezérlő elektronikát lövés éri...

Villámgyors mozdulat, célzás, lövés. Az erőtér úgy foszlott szét, mint tábortűz füstje a hurrikánban. A következő lövésemre a vastag csövek halma csengve-bongva szétesett, és mire kijelölt gyilkosom észbe kaphatott volna, teste már sok mázsányi fém alatt hevert. Az életjelei kis ideig még zölden vibráltak, majd kiszürkültek.

Vártam pár másodpercet, nehogy belefussak valami kellemetlen meglepetésbe, majd kiléptem a kondenzor mögül. Nem hazudtam túl nagyot a biztonságiakkal, mert biztosan úton voltak már, hát igyekeztem kifelé a helyiségből. Az engedelmesen félrehúzódó ajtóban megálltam, és bosszúsan húztam fel a dzsekim villámzárját. Odakint szakadt az eső.

Buckham City-t az emberek alapították vagy száz évvel ezelőtt, valamikor a huszonkettedik század végén. A Tantis nevű bolygó fővárosaként tartották számon, de szerény véleményem szerint csak egyike volt az általunk ismert űr pöcegödreinek. Az év kétszáznegyven napjából kétszázban esett az eső. A maradék napokon meg gigantikus szélviharok tomboltak, és olyankor ömlött az áldás a szürkésfekete felhőkből. Az biztos, hogy ezt a helyet nem jelölték sehol turistaparadicsomként. Az egyetlen dolog, amiért az emberiség mégis megvetette itt a lábát, az a bányászat volt. A Tantis hihetetlenül gazdag volt mindenféle ércben, ásványban, ezért bányászok, technikusok, mérnökök meg mindenféle egyéb szerzet ezerszámra költöztek ide. Aki itt lehúzott akárcsak egy átlagos pozícióban is huszonöt évet, az jómódú emberként mehetett nyugdíjba. Feltéve, ha bánta, hogy addigra már a lába között is moha nő. Nem néztem le a bányászokat, de ez a fajta kulimunka soha nem volt az ínyemre. Nekem ott volt az űrhajóm, amit a *Mágus* névre kereszteltem, az éles eszem no meg a szabadságvágyam. Ennyi bőven elég volt ahhoz, hogy szabadkereskedelmi vállalkozó legyen valaki. Igaz, mivel ez nem egy hivatalosan engedélyezett munkakör, a hatóságok általában nem szívesen látták a fajtámat a környéken.

Nekivágtam az elhagyatott utcának, és hamarosan magam mögött hagytam az ipari zónát. Soha nem szerettem az olyan helyeket. Csövek, kábelek, csatornák, fém járólapos épületek, szerkezetek, rossz közvilágítás és furcsa szagok jellemezték majdnem mindegyik gyártelepet.

Buckham City belvárosa már inkább emlékeztetett a civilizált világra. A magas toronyépületek között cikázó légiforgalom zajában baktattam, hogy keressek egy csendesebb, de főleg szárazabb helyet, ahol bedobhatok egy italt. A gyalogosok hullámzó, egymást lökdösve dolgukra igyekvő tömegében túlnyomó többségben emberi arcok bukkantak fel. Láttam pár idegen faj képviselőit is, de csak elvétve. Ismerve a jelenlegi politikai irányzat xenofób nézeteit, nem is voltam meglepve. Vibráló, háromdimenziós hirdetések, boltok, bevásárlóközpontok között bandukoltam, de az eddig látott bárok nem nyerték el a tetszésemet. Túl puccosnak tűntek. Az ilyen helyekről a magamfajtát általában már az ajtóban visszafordítják. Kérhettem volna útmutatást valamelyik információs kioszkban, de ott azonosítót kérnek, és én soha nem kedveltem a túlzott nyilvánosságot. Jobb, ha engem semmiféle rendszer nem regisztrál.

Már kezdtem feladni, és azon törtem a fejem, hogy visszamegyek a Mágusra, mikor az egyik csendesebb mellékutcában, vagyis inkább sikátorban, egy szerény, piros-kék fényreklámra lettem figyelmes. „Almira bárja" – hirdette a felirat.

Nagy lendülettel léptem be, számítva arra, hogy a helyi nehézfiúk esetleg nem látnak szívesen. Kellemesen meglepődtem, mert senki nem akart egyből nekem esni, hát a fegyveremen nyugvó kezemet akár zsebre is dughattam volna. Szolid narancs-vörös fényekben fürdő, régimódi bár volt, viszonylag sok vendéggel, halk zenével, és igazi csapossal. Kesernyés füst ütötte meg az orromat. A nikotin élvezete már vagy száz éve kiment a divatból, sok bolygón tiltották is, de úgy tűnt, itt megtűrték. Jóformán ügyet sem vetettek rám a leginkább egyszerű melósoknak, technikusoknak tűnő vendégek. Kértem egy csillagpor koktélt extra brandyvel.

– Ritkán kérnek errefelé ilyet. Nemrég érkezett? – állt neki a nagydarab pultos az italomnak.

– Csak átutazóban vagyok. Üzleti ügy – vágtam rá gyorsan, hogy elejét vegyem a további kíváncsiskodásnak.

A férfi felhúzott szemöldökkel rápillantott a pisztolyomra, majd a rutinos csaposok nyugodt arckifejezésével bólintott.

– Oké, de ha lehet, azt ne használja idebent.

– Nem áll szándékomban. Csak inni jöttem, nem lövöldözni.

Mikor az első kortyot lenyeltem, úgy döntöttem, a pultos megérdemelte a borravalót. Közben már azon törtem a fejem, miként másszak ki a slamasztikából, mert a ma esti csetepaté után a szervezet tuti, hogy magas vérdíjat tűz ki a fejemre. Nem menekülhetek az életem végéig. Pontosabban, menekülhetek a hátralevő, nagy valószínűséggel igencsak rövid életem végéig. Találnom kell valami módot, hogy levakarjam a hátamról a pribékeket. Fiatal, erősen kifestett nő jött oda hozzám. Zöld, vállig érő hajának függönye mögül érdeklődve pillantott végig rajtam. Halványsárgán foszforeszkáló ruhája inkább megmutatta bájait, semmint a szemlélő fantáziájára bízta volna a dolgokat.

– Új vagy itt?

– Igen, de csak átutazóban vagyok.

– Ó, akkor azt a kis időt talán tegyük emlékezetessé.

Nem tartottam magam éppen visszataszítónak, de az ilyen hirtelen támadt figyelem mindig gyanakvással töltött el. Az egy méter nyolcvanas magasságomhoz párosuló közel kilencven kilónyi hús és izom a kopaszra borotvált fejjel sok nőt vonzott. A legutolsó szeretőm szerint az álmodozó barna szemem volt a legmegkapóbb. Persze, ezt lehet, hogy csak az elfogyasztott hat „fekete lyuk" koktél mondatta vele.

– Sajnálom, nem lehet. Feleségem van és két gyermekem.

– És? Ők nincsenek itt, nem igaz? Mindegy, a te bajod. Nem tudod, mit hagysz ki – villantott rám egy sértődött pillantást, majd elpályázott, hogy más ügyfél után nézzen.

Tekintetemet az egyik kivetítő képén nyugtattam, ahol valami sportmérkőzés folyt, de a nem igazán érdekelt a meccs. Egyfolytában azon járt az eszem, hogyan mossam ki magam a szervezetnél.

Talán ennek köszönhettem, hogy csak az utolsó pillanatban vettem észre a jobbról és balról mellém lépő két egyenruhást.

– Mark Winsen?

– Attól függ, ki kérdi? – próbáltam megcsillantani a humoromat.

Felesleges volt erőlködnöm. Köztudott, hogy a zsaruknak és katonáknak zéró humorérzékük van. Pillanatok alatt lefegyvereztek, majd a karomat hátracsavarva már csattant is a csuklómon a bilincs.

– Mark Winsen, gyilkosság vádjával ezennel letartóztatom. Ha van pénze, fogadhat ügyvédet. Ha pedig nincs, akkor jobb, ha mindent beismer. Azzal talán enyhítheti a büntetést. Na, mozgás!

– Hé, még nem fizette ki az italát sem! – mordult fel a pultos.

– Majd azt is hozzácsapjuk a büntetéséhez – vigyorodott el az egyik rendőr. – Plusz két hét a harminc évhez.

76

Kirángattak a bárból, és miközben belöktek a sikló hátsó ülésére, agyam már lázasan dolgozott. Nem értettem, miként találhattak meg ilyen gyorsan. Általában órákba telik, mire kiérnek a helyszínekre. Mivel az áldozatok csupán holmi piti bűnözők voltak, az ilyen esetekben sokszor még arra sem veszik a fáradságot, hogy nyomozást indítsanak. Minek pazarolnák az erőforrásokat? Két potenciális börtöntöltelékkel kevesebb futkos az utakon, ez pedig jó az embereknek és jó a zsaruknak is. Elkönyvelik balesetnek, és kész. Az impulzuslövedékek okozta lyukakat meg véletlenül nem veszik észre. Amíg a járőr a cammogó civil járműveket kerülgetve cikázott, rémisztő gondolatom támadt. Mi van akkor, ha a szervezet keze van a dologban? Meddig tart lefizetni pár fejest? Tegyenek kivételt, és ezúttal tegyék rendesen a dolgukat! A büdös francba, ezt jól elcsesztem! Ahelyett, hogy elhúztam volna erről a sárgolyóról, itt ücsörögtem a bárban, mint valami idióta! Persze, mert azt hittem, bőven van időm…

A rendőrség épületében átestem a roppant megalázó befogadó procedúrán. Átadtak a robotfoglárnak, aki levetkőztetett, belökött a fertőtlenítő fürdőbe, aminek a gőze marta a szememet és a tüdőmet. Aztán a kezembe nyomott egy lila kezeslábast meg egy papucsot. Megvárta, amíg ruha alá rejtem meztelenségemet, majd karon ragadott, hogy elvonszoljon a börtönblokkba. Belökött egy törhetetlen plexi fülkébe, majd döngő léptekkel magamra hagyott. Idegesen néztem utána, és már vártam, mikor jelenik meg valaki a szervezettől, hogy itt helyben lepuffantson. De semmi ilyesmi nem történt, csak a hideg mesterséges fényt kibocsájtó világítótestek zümmögtek. Körülnéztem, hogy a kettős sorba rendezett, átlátszó falú zárkákban még kiket őriznek, de rajtam kívül csupán két ember raboskodott a szinten.

Pár zárkával lejjebb egy szemmel láthatóan talaj részeg pasas húzta a lóbőrt. Nem bajlódott az ággyal, a padlót is kényelmesnek találhatta. Én meg irigykedtem rá, mert ha kialudja magát, akkor valószínűleg kap majd valami pénzbírságot, és hazaengedik. Az enyémmel szemközti plexi kalitkában egy eléggé züllött kinézetű nő meregette rám buggyantott tojás szemeit.

– Mit bámulsz? Nem láttál még nőt fogdában? – förmedt rám, majd felsőjét hirtelen felrántva felém villantotta bájait. – Nesze, ennek örülhetsz!

A nő idegesítő vihogása és zavaros tekintete meggyőzött: masszív drogos. Nem is feleltem, inkább lerogytam a durva pokróccal letakart ágyra, és a tenyerembe temettem az arcom.

– Ne sírj, szivi, minden rendben lesz, meglátod! – búgta a nő, majd megint felvihogott.

Igyekeztem nem odafigyelni rá. Hátamat a falnak vetve behunytam a szemem.

Érdekes, akárhányszor börtönbe kerültem, olyankor mindig feléledt bennem a rövid ideig tartó vágy a tisztességesebb életre. Elképzeltem magam, amint megint valami gyárban húzom az igát, majd a műszak végén hazabaktatok a feleségemhez és a két gyerekhez. Esetleg még előtte a haverokkal beugrok valahova egy italra. Volt ilyen időszaka az életemnek, ismerem az érem mindkét oldalát. A szüleimet soha nem ismertem, árvaházban nőttem fel Rio de Janeiro-ban. Mire elértem a tizennyolcat, már nagyon is jól ismertek a zsaruk. Főleg lopások, betörések szerepeltek a repertoáromban. Egészen addig, amíg az egyik akciónk rosszul sült el. Egy gazdag család házát látogattuk meg, persze hívatlanul. A biztonsági rendszer azonban csendes üzemmódban aktív maradt, de mi ezt nem vettük észre. Amikor az automatizált fegyverek elkezdték okádni ránk az impulzuslövedékeket, menekülőre fogtuk. Már a kerítésen másztunk át, amikor a legjobb barátom, Rico, aki közvetlenül mögöttem csörtetett, felkiáltott, majd a betonfal tetején mozdulatlanná dermedt. Szólongattam, de nem felelt. Az utcácska gyatra fényében nem tudtam kivenni az arcát. Felugrottam, megragadtam lógó karjait, és lerántottam a járdára. Az utolsó sortűz szabályosan kettészelte Ricot. Amikor megpillantottam a barátom torzójából előtekergő véres beleket, rosszul lettem. Valahogyan összekapartam annyi erőt, hogy a közeledő szirénákat meghallva eltántorogjak onnan, de szentül megfogadtam: jó útra térek.

Egy lepukkant, ételautomatákat összeszerelő kis üzemben kaptam állást. A munka unalmas volt, rosszul fizetett, mégis sokszor kellet tizennégy-tizenhat órát is dolgozni. Mégis, milyen büszke voltam, amikor átvettem az első koszlott kis bérelt lakás kulcsait. Randizgattam az egyik bár pincérlányával, Annával, és már az összeköltözést terveztük. Boldog szakasza volt az életemnek, úgy éreztem, onnantól kezdve már csak felfelé vezet majd az utam.

Hatalmasat tévedtem.

Egy cimborám valami régebbi közös ügyünkben ellenem vallott a rendőröknek. Szerencsére időben megkaptam a fülest, és megpattantam a zsaruk elől, de nem volt hova mennem. Rádöbbentem, nem maradhatok a Földön, mert akárhova is költöznék, előbb-utóbb elkapnak. Hatalmas szerencsémre összefutottam egy gépésszel, aki rengeteg ital, no meg némi rábeszélés hatására megígérte, hogy beajánl a kapitánynak. Még aznap este talaj részegen elrángatott a kikötőben pihenő űrhajóhoz. Laquist kapitány határozottan bűnöző benyomását keltette bennem. Csak végigmért, köpött egyet, majd odavetette:

– Oké, jöhet.

Sejtelmem sem volt, hogy ez mit jelent, de másnap reggelre álnéven, hamis igazolvánnyal már a legénység tagja voltam. Pár órával később pedig úton is voltunk a Ragulis kolóniára egy nagy rakat radioaktív hulladékkal a fedélzeten. A rakomány ugyan nem volt törvényellenes, az viszont igen, hogy a méregdrága hivatalos procedúra helyett „véletlen" műszaki meghibásodás miatt a Ragulist körülvevő aszteroidagyűrőben az egész cucc a világűrbe repült. Így lett belőlem illegális űrkukás. Később jöttem csak rá, miért adta rám áldását a kapitány minden különösebb teketória nélkül. Ezt a munkát senki sem bírja sokáig. Aki nem akar idejekorán kinyiffanni a sugárzástól és a veszélyes kémiai hulladékoktól, az hamar meglép az ilyen hajókról. Én fél évig bírtam, mielőtt végleg búcsút mondtam Laquist kapitánynak.

Rettenetes ordításra riadtam. A szemközti cellába zárt nő szervezetéből kezdett eltűnni a drog, mert a viháncolása abbamaradt, és felváltotta a dühöngés, üvöltözés. Tipikus elvonási tünetek. Az órámat elvették, hát sejtelmem sem volt, mennyi ideje lehetek ebben a víz nélküli akváriumban. Az egyetlen időmérőm a nő volt, aki a dühöngés helyett már csendesen remegve kucorgott a zárkája padlóján. Tippem szerint ez azt jelentette, hogy úgy három órája lehetett, mikor rám zárták az ajtót.

A folyosó bejáratának zizegésére felkaptam a fejem. A bádogsmasszer közeledett a cellámhoz.

Acélos szorításából amúgy sem menekülhettem, de a szabály az szabály: rám csapta a bilincset.

– Hova megyünk? Városnézésre? Úgy hallottam, gyönyörűek az esős éjszakák a Tilluson.

Idétlenkedésemre nem vártam semmilyen reakciót a robottól, inkább csak magamat próbáltam megnyugtatni vele. Hát, nem nagyon sikerült. Kísérőm bevezetett egy vakítóan fehér helyiségbe, akkurátusan hozzábilincselt a lerögzített székhez, majd távozott. Várakozásaimmal ellentétben nem engedtek be rám semmiféle mérgező gázt, de egy meglepően jól öltözött férfit igen.

A deresedő halántékú, jól menő bankárnak is beillő fazon eleinte csak meregette rám a szemét, majd a kezében tartott e-lapra pillantva megszólalt.

– Mark Winsen, azonosító 228601DRH. Földi időszámítás szerint harminckét éves, ember. Jól mondom?

– Minek kérdi? Úgyis tudja – morogtam. – Ki maga? Kinek dolgozik?

– Szóval térjünk egyből a lényegre? Rendben, legyen. Szólítson csak Mr. Smith-nek. Amúgy pedig a Kolonizációs Hivatal Menekültügyi Osztályának dolgozom.

A pasas szavai felkeltették az érdeklődésemet. No nem nagyon, de ahhoz eléggé, hogy mesterkélten unott tekintetemet levegyem a plafonról, és felé irányítsam.

– Oké, folytassa!

– Ha jók az értesüléseim, akkor a következő bűncselekmények miatt áll körözés alatt: lopás, orgazdaság, illegális fegyverkereskedelem, kábítószer csempészés, ehhez most még hozzájön a legfrissebb kettős gyilkosság is. Nem vagyok ügyvéd, de szerintem ez megér úgy nyolcvan év kényszermunkát a Pantham jégbolygó duratium bányáiban.

– Meg akar ijeszteni?

– Sikerült?

– Ha igen, akkor sem vallanám be magának.

Mr. Smith halványan elmosolyodott.

– Lehet, hogy nem tart a börtöntől, de a szervezettől biztosan.

Egyik sem volt igazán kecsegtető opció. A bánya a lassú halált, a szervezet a gyors kivégzést jelentette a számomra.

– Van választásom?

– Mi ajánlanánk egyet. Gondolom, hallott már a háborúról, ami köztünk, és a harrun faj között dúl?

– Hohó! Az nem én voltam, azt nem varrják a nyakamba! – tiltakoztam.

A férfi ismét megeresztett egy mosolyt.

– Nem is akarjuk, ne aggódjon. Mi munkát ajánlanánk, valamint azt, hogy elrendezzük a maga ügyét a szervezettel.

Ez kezdett érdekessé válni, bár sejtettem, a triplacsavar majd a részletekben lesz elrejtve.

– Miféle munkát?

– A profiljába vágót. Visszakapja az űrhajóját, járhatja a galaxist. Bónuszként kitöröljük minden eddigi bűncselekményét az összes nyilvántartásból.

– Ne húzza az idegeimet! Miféle munkáról van szó?

– A háború bolygóról bolygóra vándorol, és mi igyekszünk menteni az emberi lakosságot, mielőtt még a helyi harcok kirobbannak. A szállítóhajóink összeszedik a lakosok legnagyobb részét, de nem mindenkit. A maga dolga az lenne, hogy amolyan utolsó ellenőrzéssel még összeszedje a hátramaradt telepeseket, és elvigye őket a kijelölt menekültgyűjtőhelyre.

Először azt hittem, hogy Mr. Smith csak viccel, de az arcán nem láttam a tréfálkozás fikarcnyi jelét sem. Elgondolkodtam a dolgon, igyekeztem számba venni a pro és a kontra érveket.

– Hogyan telepítenek ki sokmillió embert?

– Sehogy. A hadsereg megvédi a sűrűn lakott bolygókat. A maga feladata kizárólag a viszonylag csekély populációjú helyekre korlátozódna.

– Mi a garancia, hogy amíg én a kóválygók után rohangálok a bolygón, az ellenség nem ér oda, és nem lép a nyakamra?

– Semmi. Viszont pontosan ezért kell maga nekünk. Kiváló pilóta fürge és gyors hajóval.

– A Mágus nem utasszállító. Talán be tudok zsúfolni pár extra ülést, de...

– Ne törődjön ezzel, az űrhajó átalakítását már megkezdtük. A tervek szerint negyven menekültet lesz képes kényelmesen vendégül látni.

Ha nem tartott volna ott a bilincs, akkor felpattanok, de így csak tehetetlenül megcsörrentettem a láncaimat.

– Az engedélyem nélkül? Hogy mertek hozzányúlni a hajómhoz?

– Ha a bányába megy, akkor a hajóját a rendőrség elkobozza, és elárverezi. Ha a bűnöző kollégái kezére jutna, akkor azok rövid úton végeznek magával, tehát nem lenne többé szüksége a Mágusra. Az egyetlen módja, hogy visszakapja az űrhajóját, ha elfogadja az ajánlatunkat. Akkor pedig a mi szabályaink szerint játszunk.

Döbbenetemben csak tátogni tudtam, hang nem jött ki a torkomon. Még az életben nem húztak így csőbe. Mr. Smith türelmesen figyelte, ahogy előadom a partra vetett hal nagyjelenetemet, de megvárta, amíg magamhoz térek a sokkból.

– Mi van, ha mindent megígérek, aztán elhúzok a galaxis másik végébe, hogy soha többé ne halljanak rólam?

– Nem lesz rá alkalma, higgye el!

Nem akartam hinni a fülemnek, de józanabbik énem heves kézitusa után győzedelmeskedett.

– Elolvashatom a szerződést, mielőtt igent mondok?

– Hogyne, de szerintem akármi is áll benne, még mindig jobb, mint a másik két alternatíva.

Letette az asztalra az e-lapot, majd egy húzással a levegőbe varázsolta a szöveg első oldalát. Mikor végeztem, ugratta tovább a következő oldalra. Végigolvastam a szerződés teljes kivetített szövegét, de a felét sem értettem. Viszont jól tudtam, nem érdemes sokat hezitálni. Élni akartam!

– Rendben, vállalom! Hol írjam alá?

– Még sehol. Egyelőre ezen kell átesnünk – vett elő egy aprócska pisztolynak látszó tárgyat.

– Tudtam, hogy lesz benne valami átverés! – hőköltem hátra ültömben. – Beetetnek, aztán szépen kinyiffantanak!

– Ne gyerekeskedjen, ez nem fegyver! – szólt rám Mr. Smith, majd a nyakamhoz nyomta a kütyüt. Fájdalom nyilallt belém, ami szinte azonnal enyhülni is kezdett.

– Ez egy speciális nyomkövető, amivel szemmel tudjuk tartani magát. Ne próbálja meg kiszedni, mert a mikrokapszula azonnal idegmérget fecskendez a vérébe. Egyelőre ennyi lenne.

A férfi intett, és a minket kamerákon keresztül figyelő hekusok távirányítással kikapcsolták a bilincs zárját.

Ugyan a fém karperecek csattanva hulltak a műkő padlóra, én mégis úgy éreztem magam, mint ahogy az a régi mondás tartotta: eladtam a lelkem az ördögnek.

Visszakaptam a ruhámat, a fegyveremet és minden egyéb ingóságomat. Egy rendőr kíséretében Mr. Smith-szel siklóba ültünk, és a még mindig szakadó esőben az űrkikötőbe indultunk. Útközben a bankár kinézetű férfi tovább adagolta az információt.

– Kapcsolatban állunk a katonai hírszerzéssel. Tőlük tudjuk meg, melyik bolygót kell evakuálnunk.

– Amikor éppen nem taxisofőrt alakítok, akkor mit kell csinálnom? Gondolom, nem mászkálhatok kedvemre?

– Nem, sajnos tényleg nem. A százhatos űrállomás lesz az állandó bázisa. Így közel lesz a határhoz, de elég távol, hogy ne kelljen állandó veszélyben élnie.

– Mert eddig az életem csupa napsütéses, felhőtlen égbolt volt, igaz? – mordultam fel, és nagyot sóhajtva kibámultam az esőfüggönyön túl elsuhanó felhőkarcolókra. – Egyáltalán kinek jutott eszébe ez a briliáns ötlet? Mármint, hogy odaküldjenek valakit pár idióta miatt, akik lekésték az utolsó járatot? Ha nem akarnak jönni, akkor mit csináljak? Üssem le, és hurcoljam őket a fedélzetre?

Mr. Smith elnézően csóválta a fejét.

– Hiszi vagy sem, de nem mindenki olyan önző, mint maga. Nekünk minden emberélet számít.

– Aha, csak az enyém nem, ugye? Egyébként ne csodálkozzon, ha önző vagyok. Velem sem törődik senki, hát én miért törődjek másokkal? – vágtam oda epésen.

– Téved. A magáé is számít, éppen ezért fordultunk magához, és nem, mondjuk, a hadsereghez.

– Hagyjuk a szentbeszédet! – legyintettem dühösen, mert kezdtem sejteni, hova akar kilyukadni. Még a végén hálálkodnom kellene neki. A legrosszabb az volt, hogy én is éreztem: igaza van.

A hangárban pihenő Mágus láttán nagyot dobbant a szívem. Nagyon hozzám nőtt ez a kiterjesztett szárnyú ragadozómadárra emlékeztető űrhajó. Sokszor beszéltem is hozzá, és olyankor szinte biztos voltam benne, hogy hallja, érti, amit mondok. Úgy véltem, minden űrjáró beszél néha a hajójával.

Mivel módosítottam a rendszereket, az eredeti három fős legénység helyett egyetlen ember is elég volt az irányításához. A javítási, karbantartási munkákat általában rábíztam a droidokra, de ennek ellenére ismertem a hajóm legutolsó szegecsét is. Idegesen rándult egyet a gyomrom, amikor

megpillantottam a seregnyi technikust és szerelőt, akik ki-be özönlöttek az
űrhajóm összes létező ajtaján, rámpáján.

– Ha elcsesznek valamit, kifizettetem magukkal! – fordultam oda Mr.
Smith-hez. Magamban már írtam is az alaposan kikalkulált, jó vaskos számlát
a múlt héten elromlott kültéri vizuális rögzítőrendszerről.

– Azt már nem! – nevetett fel kísérőm. – Ha mi tönkreteszünk valamit,
azt kicseréljük, megjavítjuk, de fizetni nem fogunk.

„Oké, számla ugrott" – gondoltam csalódottan.

A szerződés szerint teljes ingyenes ellátás járt az új megbízatásommal,
de olyan alacsony fizetés, amit valamirevaló kaszinók még kezdő tétnek sem
fogadnának el.

– Itt vannak az utasításai – nyomott a kezembe újsütetű főnököm egy
infókristályt. – Egy-két órán belül menetkész lesz a hajója. Ha felszállt, vegye
az irányt a százhatos űrállomás felé, ott már várják magát. Van kérdése?

– Ezer meg egy, de szerintem maga nem tudná rájuk megadni a
válaszokat – húztam el a számat, majd kurta biccentéssel magára hagytam.

Felküzdöttem magam a nyüzsgő szerelők között a fedélzetre, és minden
lelkierőmre szükségem volt, hogy ne kezdjek el velük ordítani vagy csak
behúzni valamelyiknek találomra. A raktérben döbbenten torpantam meg. A
bolygóra érkezésemkor még üres, enyhén olaj- és fémszagú jókora
helyiségben egy utasszállító gép széksorai köszöntek rám. A falak mentén
háromszintes emeletes ágyakat rögzítettek a padlóhoz, és még az aprócska,
műanyag lapokkal elkerített elsősegélyhelyet is bezsúfolták.

Elkeseredésemben bevágtattam a pilótafülkébe, és ledobtam magam a
jól megszokott ülésembe. Nem is akartam látni, mit tesznek a hajómmal! Jó
darabig csak ücsörögtem, bámulva a hangárban mászkáló embereket és
rakodógépeket.

– Ne haragudj, öreg! Csak ideiglenes, ígérem! Amint tudok,
megszabadulok ezektől a... – motyogtam bocsánatkérően, miközben
végigsimítottam a navigációs konzol peremén. A kontrollfények elfogadóan
hunyorítottak egyet.

– Készen vagyunk! Ha gondolja, ellenőrizze le a munkát – lépett be a
vezető technikus a fülkébe. Zavartan kaptam el a kezem a konzolról.

– Biztos minden rendben van – legyintettem. – Megkezdem a felszállás
előtti ellenőrzéseket, úgyhogy öt percük van elhagyni a hajót. Aki még akkor
is a fedélzeten lesz, azt az orbitális pályán kitessékelem a zsilipen. Nem
szállítok potyautasokat.

A technikus meghökkenten pillantott rám.

– Jól van, na! Mi csak a munkánkat végezzük, haver! Nem kell egyből
szupernóvává válni! Itt írja alá! – lökött elém egy e-lapot.

Mikor végre kitakarodott a pilótafülkéből, elkezdtem életem egyik leggyorsabb felszállás előtti ellenőrzését. Megkönnyebbülten keltettem életre a hajtóműveket. A légiforgalmi operátor heves tiltakozása ellenére a megengedett sebesség duplájával vágtattam át a légkörön. Szokatlanul gyorsan megkaptam az indulási engedélyt.

„Na, legalább ennyi előnye van, hogy a kormánynak dolgozom" – vigyorogtam, és már nyúltam is a hipertérhajtómű konzoljához. A Mágus szinte dorombolva teljesítette a parancsot. Az üvegen túl megugró csillagok látványa nyugtatóan hatott az idegeimre.

Nem sokat aludtam az elmúlt éjjel, hát odaszóltam a számítógépnek:

– Hunyok egyet, vedd át a szolgálatot!

– Semmi gond, Mark. Nyugi, szemmel tartom a dolgokat.

Elmosolyodtam, mert az jutott eszembe, ugyan nagyon sokba került a Mágus fedélzeti számítógépéhez vásárolt személyiségi rutin csomag, de megérte. Ha már napokat, heteket töltök az űrhajón, legalább legyen meg az illúzió, hogy élő emberrel beszélek. Hátradöntöttem az ülésem, és egy perc múlva már húztam is a lóbőrt.

A kommunikátor veszett csipogására riadtam fel.

– Bocs, Mark, de sárga kódos hívásod van.

– Ki az?

– Nem tudom, nem ismerem az összes haverod. Valami Mr. Smith, de szerintem álnevet használ.

Kótyagosan pislogtam a kronométerre, alig három órát aludtam.

– Oké, kapcsold.

A háromdimenziós kivetítőn megjelenő bankár kinézetű férfit mintha skatulyából húzták volna elő. Hirtelen az a képtelenség jutott eszembe, hogy a pasas ebben a ruhában, állva alszik. Ha alszik egyáltalán valaha is. Elképzeltem, amint egy csendes sarokban a falnak dőlve szundikál, és murisnak találtam a képet. Majdnem felröhögtem, de gyorsan rendbe szedtem az arcvonásaimat.

– Nahát, micsoda meglepetés! Mr. Smith, régen találkoztunk.

– Ne szellemeskedjen, Mr. Winsen, nem áll jól magának! – mordult rám a főnököm. Komor tekintete nem sok jót ígért.

– Rendben, rendben – emeltem fel megadóan a kezem. – Mi ez a nagy sietség, hogy már pár órát sem bírnak ki nélkülem?

– Hamarabb kell igénybe vennünk a szolgálatait, mint azt terveztük. Küldöm a bolygó koordinátáit a személyes utasításokkal együtt.

Felvillanó üzenetikon jelezte, megkaptam az adatokat, és automatikusan tárolásra kerültek az adatbázisban.

– Azért pár szóval enyhíthetné az oldalamat furdaló kíváncsiságomat – nyomtam el egy ásítást.

Mr. Smith habozott, mielőtt megszólalt volna.

– A kolónia lakosait ezekben a percekben evakuálják, de egy kis csoport, úgy nyolc-tíz fő, még marad. Az információink szerint az ellenség majdnem másfél napnyi távolságra van tőlük.

Rákerestem a csillagtérképen a bolygóra, és hümmögtem egy sort. Tizennégy órányi repülésre esett az akkori pozíciómtól. Eléggé szűkre szabták az időt. Ha közbejön, mondjuk, ionvihar, meghibásodás vagy akármi, már nem biztos, hogy odaérek. Megadtam az új irányt, maximális sebességre ösztökéltem a Mágust, majd visszafordultam a főnököm felé.

– Jelentem, úton vagyok a Drensik II felé. Csak tudnám, mi a fenéért marad valaki önszántából olyan helyen, amit hamarosan lerohannak. Kik ezek az emberek?

– Ne kérdezősködjön annyit, nem a maga dolga! – csóválta meg a fejét Mr.Smith. – Ha eddig is ennyit jártatta a száját, kész csoda, hogy még életben van.

– Mindig tudtam, mikor, kinek, milyen kérdéseket tehetek fel – próbáltam bölcselkedni.

– Kétlem! Igyekezzen, és ne okozzon csalódást! – vetette oda nyersen, azzal megszakította az adást.

Harminchat percet késtem a tervezetthez képest, mert belefutottam egy neutroncsillagból kiszakadt sugárzásmezőbe, ami megbolondította a navigációs rendszert. Miközben hajtóműhalálában vágtattam a Drensik II felé, egyre növekvő feszültséggel pillantgattam a kronométerre. Alvásra gondolni sem mertem, pedig nagyon rám fért volna. Ahogy közeledtem a célbolygóhoz, úgy erősödött bennem az érzés, hogy ennek a melónak a fele sem tréfa. A szó szoros értelmében versenyfutás az idővel, az életben maradásért. Ismertem a harrun fajt, és nem szerettem volna összefutni velük. Technikailag fejlettebbek nálunk, és hideg kegyetlenségükről hírhedtek. Ugyanakkor, érdekes módon, a két lábon járó varacskos disznó kinézetű harrunok készítik a legjobb ételeket, és imádják a zene szinte minden ágát. Furcsa kettősség.

A mélyűr-érzékelők szerint a bolygó körül csupán két földi csapatszállító fregatt lebegett, készülődve az ugráshoz. Ez megnyugtatott valamelyest, hát olyan közel léptem ki a hipertérből, amilyen közel csak a Drensik II gravitációs mezője engedte. Majdnem rá is fáztam, mert a két csapatszállító egyből rám szegezte az összes fegyverét.

– Azonosítatlan űrhajó, igazolja magát, különben lövünk!

– Nyugalom! Mi ugyanabban a csapatban játszunk! – harsogtam bele a kommunikátorba, és gyorsan elküldtem nekik a Smith-től kapott kódsorozatot.

Pár másodperc idegtépő csend után ismét megszólalt az operátor, ezúttal valamivel nyugodtabb hangon:

– Rendben, Mágus. Haladjon tovább a bolygó felé. Ismeri a feladatát?

– Hogyne! Söpörjem fel a padlót, vigyem ki a szemetet, aztán ha végeztem, kapcsoljam le a villanyt.

– Örülök, hogy vicces kedvében van, Winsen kapitány. Sok sikert, mi fél percen belül ugrunk. Viszlát a bázison!

„Hú! Kapitánynak szólított!"

– Vettem, kösz! – búcsúztam el.

Éppen elértem az alacsony orbitális pályát, amikor a két hajó a hiperugrásra jellemző villanással eltűnt. Hirtelen szorongás vett rajtam erőt, és nagyon egyedül éreztem magam. Kiosztottam magamnak pár lelki seggberúgást, mert eddig soha nem estem kétségbe, ha nem volt körülöttem senki.

A Drensik II-n egyetlen viszonylag nagy kolóniát alapítottak az emberek. Véleményem szerint még az is túl sok volt. Az egész bolygó egy hatalmas mocsár volt, a pólusok felé közeledve a lápmezők minden átmenet nélkül átváltottak jégmezőkbe.

Tettem három tiszteletkört a település sablonra épült, szögletes épületei fölött, és utasításaimnak megfelelően bekapcsoltam a külső hangszórókat. A rögzített hivatalos szöveg zengett a levegőben, én meg hülyén éreztem magam. Mi a bánatnak kell ez a cirkuszi konferanszié mutatvány? Marha nehéz nem észrevenni a házak felett lebegő űrhajót a cseppet sem halk hajtóműveivel.

Leszálltam a kijelölt helyen, a városka főterén, és kezdtem megérteni, miért pont engem szúrtak ki erre a melóra. A Mágus elég kicsi, hogy ne a külterületen fekvő reptéren landoljon, de sokkal több ember fér el benne, mint egy átlagos űrkompban vagy űrsiklóban.

Bosszankodva kukucskáltam ki a lenyíló hátsó rámpa fölött, mert egyetlen lelket sem láttam. Állítólag itt kellett volna már várniuk rám. Lesétáltam a térre, gondoltam, várok még. A hat-hétemeletes házak némán gubbasztottak az épületek aljában kialakított boltocskákkal együtt. Szellő lebegtette meg az egyik étterem teraszára kirakott asztalok terítőjét.

„Ódivatú szokás a világ végén" – gondoltam kissé lenézően, de a csend kezdett egyre nyomasztóbbá válni. Mintha egy szellemvárosban nézelődtem volna. A szél papírszemetet sodort, és a mozgást érzékelve kinyílt az egyik vegyesbolt ajtaja.

– Üdvözöljük Raj boltjában! Ha nem látja a polcon, csak kérjen bátran!

A csendben ordításnak tűnő automatikus vevőcsalogató úgy hatott rám, mintha elektrontöltetet lőttek volna a bőröm alá. Roggyanó térdekkel, táncoló idegekkel, ösztönösen rántottam elő a pisztolyomat, és kapásból leadtam vagy fél tucat lövést az üzletre.

– A büdös francba! Meg a jó édes nénikédre hozd rá a frászt! – ordítottam a becsukódó ajtóra.

– Köszönjük, hogy nálunk vásárolt! Reméljük, hamarosan viszontláthatjuk!

Ez megadta az utolsó lökést. Előkotortam a kommunikátoromat, és minden csatornán sugározva beleszóltam.

– Apuskáim, akárkik is vagytok! Itt Winsen kapitány beszél! Azért jöttem, hogy kimenekítsem a hátsótokat. Ha nem lesztek a főtéren negyedórán belül, felszállok, ti pedig szépen megbeszélhetitek a jövőtöket a nemsokára megérkező harrunnal.

Csend, majd egy kissé bizonytalan női hang válaszolt:

– Kapitány, adjon még egy órát, még nem vagyunk kész.

– Nehogy azt mondja, hogy még felteszi a púdert, és meglocsolja a virágokat, mert akkor valami nagyon csúnyát mondok!

– Tudja maga egyáltalán, kik vagyunk? – szólalt meg most egy férfihang.

– Valakik, akik nem hallgatnak a szép szóra. Nem tudom, de nem is érdekel. Kapnak pontosan harminc percet! Nem nyitok vitát! – nyomtam meg a készülék kikapcsológombját.

„De azt a lekonyult farkú, kéklő fényű üstökösét neki! Mit szórakoznak ezek velem?"

Mérgemben beballagtam a vegyesboltba, és kimarkoltam a hűtőből egy doboz sört. Némi gondolkodás után kivettem két kisrekesszel. A harrun nem iszik sört. Ha pedig mégis, legfeljebb ennyivel kevesebb jut nekik. Letelepedtem a Mágus teherrámpáján, és nagyot húztam a dobozból. Letelt a harminc perc, még mindig sehol senki. Visszakapcsoltam a kommunikátort.

– Halló! Veszik az adást? Lejárt az idejük!

– Tudjuk, már úton vagyunk – zihált bele valaki a készülékbe.

Mi a csuda? Mit cipelnek ezek, hogy ennyire kell lihegni?

– Reméltem is, különben nekem kellene magukért mennem, de annak nem örülnének.

– Miért, mit tenne velünk? – riposztozott egy éles női hang.

– Mondjuk, lábon lövöm mindannyiukat, hogy ne tudjanak elfutni, aztán támogathatnák egymást keresztül a városon, egészen az űrhajómig. Elég csábító az elképzelés?

– Hogy maga mekkora tahó!

A tér sarkában hét görnyedező alak tűnt fel. Mindegyikük hordtáskák, hátizsákok, kézi konténerek súlya alatt nyögött, és olyan sebesen közeledtek, hogy még egy elaggott csiga is lekörözte volna őket. Túl voltam már az ötödik sörön, hát kicsit könnyedebben fogtam fel a dolgokat. Talán ezért is nem bírtam megállni röhögés nélkül az eltévedt, hoteljüket kereső hullafáradt turistákként támolygó emberek látványát. Mire odaértek a rámpához, már ismét komoly arcot vágtam. Az izzadó, kivörösödött képükre pillantva elszégyelltem magam, és bűntudattól hajtva ugrottam, hogy segítsek nekik. Négy férfi és három nő alkotta a csoportot, de akárhogy nézelődtem, nem láttam senki mást.

– Nem csak tahó, de alkoholista is – jegyezte meg üdvözlésként egy idősödő nő a szétdobált üres sörösdobozokra pillantva.

– Hé, én... – kiáltottam a rámpán felballagó alak után.

– Hagyja! Elég baj az, hogy menekülnünk kell. Mindannyian idegesek vagyunk – tette a karomra a kezét egy ősz hajú, ráncos férfi. – Dr. Hastings vagyok, a kutatócsoport vezetője. Az ott dr. Stein, dr. Singur, dr....

– Rendben, rendben! Üdvözlöm az egész orvosi kamarát, de ha nem bánják, szeretnék végre felszállni. A formalitásokra ráérünk később is.

Becipeltük a holmit, de amikor láttam, milyen sután nyúlnak a rögzítőhevederekhez, rájuk szóltam:

– Tudják, mit? Inkább majd én foglalkozom a csomagjaikkal, maguk meg üljenek le! – intettem a nemrég beépített, kék-fehér üléssorokra. – Remélem, magukat azért nem nekem kell majd bekötnöm.

Az idősödő nő olyan gyilkos pillantással mért végig, hogy azt mesterszintű bérgyilkostanfolyamokon is oktatni lehetett volna.

Elbíbelődtem egy darabig a dobozokkal, de hamarosan menetkészek voltunk. Érdekelt volna, mégis miféle kutatásokat végeztek, amit ennyire az utolsó pillanatig folytatni kellett, de gondoltam, a kérdések ráérnek később is. A kronométerre pillantva rádöbbentem, alig hat óránk maradt a harrun becsült érkezéséig.

Miközben a széksorok között törtettem a pilótafülke irányába, dr. Hastings toppant elém.

– Tudom, sietnünk kell, de a kollégáim nevében is szeretném megköszönni, hogy az életét kockáztatja miattunk. Higgye el, nagyra értékeljük, hogy nem hagyott itt minket. Kérem, nézze el nekünk, ha kissé idegesítők vagyunk. Tudja, a tudósféle már csak ilyen – nyújtotta a kezét.

Meglepődtem ugyan, de elfogadtam a jobbot. Eddigi kárörvendő, bosszankodó hangulatomat úgy fújta el ez a gesztus, mint muslicát a hajtómű szele. Zavartan köszörülgettem a torkomat.

– Izé... Nincs mit. Csak a munkámat végzem.

88

Az idős doki halvány mosollyal az ajkain biccentett, majd félreállt az utamból. Berobogtam a pilótafülkébe, és a szokásos rutinnal érintgetve a megfelelő ikonokat, a Mágus orra nemsokára már a felhőket túrta.

– Ez a doki egész okénak tűnik.

– Lehet, de ezt nem neked kell eldönteni. Elvégre te csak egy számítógép vagy – mordultam fel.

– Csak egy számítógép? Na, szépen vagyunk!

– Légy szíves, ne most játszd a sértődöttet! Annyit zsörtölődhetsz, amennyit akarsz, ha már az űrállomáson leszünk, de addig koncentráljunk a feladatra.

Pillanatnyi csend borult a pilótafülkére.

– Rendben, Mark, de akkor megkapod tőlem a magadét ezért a beszólásért.

Megkönnyebbülten fújtam ki a levegőt, amikor beléptünk a hipertérbe, és a Drensik II elmaradt mögöttünk. Az érzékelők ugyanis jelezték, hogy alig négy óra múlva egy kisebbfajta ellenséges flotta éri el a bolygót. Még időben sikerült lelépnünk.

A kevés alvás, no meg a sok sör megtette a hatását: elszenderedtem. Másfél órája repülhettünk, amikor az utastér felől heves vitatkozás és kiabálás hallatszott, ez pedig felzavart. Kényszeredetten feltápászkodtam, és hátraballagtam, hogy szétcsapjak a vitatkozó tudósok között. Első pillantásom a csomagokra esett, és azt hittem, ott helyben megüt a guta.

A gondosan egymásra pakolt behálózott, lehevederezett ládák kinyitva, feltúrva hevertek szerteszét.

– Mi a jó nyavalya folyik itt?! – bődültem el.

– Kapitány, vissza kell mennünk! – pillantott rám könyörgően az egyik fiatal doki.

– Megveszett? Dehogy megyünk vissza!

– Muszáj! Ott maradt az időzítő!

– Tőlem aztán az emberiség minden aranya ott maradhatott volna, akkor sem fordítom meg a Mágust! Dr. Hastings, magyarázatot várok!

Az öreg sápadtan ingatta a fejét.

– Gondolom, nem is sejti, miféle kutatásokat folytattunk a Drensik II-n?

– Nem az én dolgom, nem kötötték az orromra.

– Értem. Nos, akkor dióhéjban annyit, hogy egy különleges biológiai fegyveren dolgoztunk. Egy tömegpusztító fegyveren, amit akkor szándékoztunk élesíteni, amikor a harrun már elfoglalta a bolygót. Úgy tűnik, a nagy kapkodásban viszont az időzítő ott maradt.

– Na és? Legfeljebb nem aktiválódik. Nem vagyok barátja a harrunnak, de ezt a meccset ők nyerték, és kész. Tessék beletörődni! – fordultam meg, de a doki megállított.

– Nem értett meg, kapitány. Ez egy olyan fegyver, ami kis módosítással könnyedén az emberek ellen fordítható. Pár száz kilóval egy egész bolygó lakosságát el lehet vele pusztítani. Ha pedig a harrun kezébe kerülne, akkor annak beláthatatlan következményei lennének.

Hitetlenkedve pislogtam a tudósokra, de a komor vagy éppen kétségbeesett tekinteteket látva, keservesen elkáromkodtam magam.

– Értsék meg, nem lenne időnk leszállni, hogy megkeressük a kütyüjüket! Mire odaérnénk, már mindenütt nyüzsögnének a harrunok!

– Tényleg felelősséget vállalna sok milliárd ember haláláért?

– Én? Maguk hagyták el az az időzítőt, nem én!

– Azért, mert maga egyfolytában sürgetett meg hisztizett! – ripakodott rám kedvenc hárpia doktornőm.

– Elmegy maga a Holdra napozni! Már így is késve érkeztem, kaptak még egy plusz órát, erre még magának áll feljebb? Nem én piszmogtam el az időt!

Az idős orvos vetette közbe magát az elfajuló vitának.

– Kapitány, hol vannak most az ellenséges űrhajók?

A férfi szavaira mintha lámpa gyúlt volna az agyamban.

– Mágus! Hol járnak a harrunok?

– Még ötvenhét perc, és megérkeznek a Naprendszer határához.

Osztottam, szoroztam, saccoltam, majd a csoportba verődött utasaimhoz szóltam:

– Idefigyeljenek! Talán, és hangsúlyozom, *talán* megelőzhetjük őket, de nem lenne több időnk, mint harminc perc. Ennyi elég arra, hogy megtalálják azt az izét?

– Nem is kell keresnünk! Ha vannak az űrhajóján fedélzeti fegyverek, csak a kettes épületet kell szétlőni, mert valahol ott hagytuk el az időzítőt. Ha az elpusztul, akkor a rendszer automatikusan átveszi a vezérlést, és aktiválja a fegyvert.

– Rizikós! – csóváltam a fejem. – Ha a ketyeréjük túléli a robbanást, akkor semmit sem értünk el az egésszel. Miért nem azt az épületet pusztítjuk el, ahol a fegyver van? Ez valami biológiai fegyver, nem? Ha szétlőjük az épületet, akkor azzal szabadon engedjük a maguk izéit, vírusait vagy micsodáit.

– Nem jó, mert maga a labor tíz emelt mélyen van. Ha vannak is olyan bombái, amik ekkora rombolást tudnak végezni, akkor azok valószínűleg termikus elven működnek. A hő pedig hatástalanítaná a fegyvert.

„Csodás!"

– Mágus! Hátra arc, vissza a Drensik II-höz, és nem baj, ha az ioninjektorok száztíz százalékon dolgoznak.

90

A fedélzeti számítógép nyugtázta a parancsot, majd az űrhajó enyhén megremegett.

– Értettem, már fordulunk is.

Nem is kellett a kijelzőkre pillantanom, a fémburkolat – és vele együtt minden rögzített tárgy – enyhe vibrációjából tudtam, hogy a hajtóművek túlterhelten futnak. „Csak ezt bírd ki! A bázison kapsz majd egy teljes nagyfelújítást!" – tettem gondolatban ígéretet a hajómnak.

Az érzékelők kijelzőin tisztán látszott, hogy a harrun flotta a Naprendszer határán lassított, és alig a fénysebesség egynegyedével közeledett a bolygó felé. A fedélzeti számítógép szerint így körülbelül húsz percünk maradt megtalálni és elpusztítani azt a bizonyos épületet.

Fellélegeztem, amikor szinte kizuhantunk a hipertérből, és egyetlen ellenséges hajó sem vett minket üldözőbe. Az öreg doki közben előrejött, majd lehuppant a másodpilóta ülésébe. Igazából nem lett volna szükség arra az ülőhelyre, de megtartottam az esetleges utasok számára. Igaz, eddig leginkább csak sétahajókázásra és egyéb élményekre vágyó fiatal nők foglalták el néha-néha az ülést.

– Üljenek le, és kössék be magukat! Törött csontokért nem vállalok felelősséget! – szóltam bele az interkomba, majd döntöttem is a Mágus orrát a felszín felé.

Az egész hajótest rázkódott, és úgy dobálta magát, mint egy makrancos ló, amíg átértünk a vastag felhőrétegen. Az elhagyatott város éppen alattunk terült el.

– Menjünk közelebb, innen nem tudom pontosan megmondani – hunyorgott dr. Hastings.

„Remek! Pont egy ilyen sasszemet kellett kifognom navigátornak!" – dühöngtem, de engedelmesen közelebb kormányoztam.

– Aha! Azt hiszem, az lesz ott, az a nagy szürke.

– Doki, itt minden második épület szürke, és egyik sem nagy! Nem akarok azzal időt vesztegetni, hogy a fél várost lebombázom!

– Jó, jó, csak ne kiabáljon! Ott van! Az épület, amelyiknek a tetején az a sok antenna van.

– Biztos benne?

– Igen! Azt hiszem…

Fogcsikorgatva emelkedtem magasabbra, a hőbombák hatáskörzetén kívülre. Sietve megadtam a koordinátákat a fegyverrendszernek, és egy másodperc múlva már útnak is indultak a speciális torpedók. Követtem a tekintetemmel a két lezuhanó mininapot, majd rácsaptam a pilótafülke üvegének filterkapcsolójára. Az eddigi tájkép eltűnt, és az eddigi természetes fényt felváltotta a belső világítás.

– Hé, így nem látjuk, jó helyre csapódnak-e be!

– Ha nem sötétítem be a fülkét, akkor sem látná. Az egyetlen különbség, hogy akkor soha semmi mást sem látna, mert a látóidegei tizedmásodperc alatt elégnének – vetettem oda.

A robbanást nem hallottuk, de a lökéshullámot még így is megéreztük. Már nyúltam a filterkapcsolóhoz, amikor valami hatalmasat csattant a Mágus lemezein, és rögtön utána számos riasztás futott be a konzolomra.

– Jesszusom! A bombák!

Nem azok voltak. A csattanások túlságosan ismerősek voltak a füleimnek. Kikapcsoltam a filtert, és a legerősebb állásba löktem a pajzsok csúszóérzékelőit.

– Lőnek ránk, kapaszkodjon!

– Kik lőnek ránk?

Nem értem rá válaszolni. A kijelzők szerint négy harrun vadász igyekezett hulladékvasat csinálni belőlünk. A pajzs szerencsére bírta a gyűrődést, de az újabb robbanássorozat szinte megpörgette a Mágust. Az utastér felől sikoltozás, ordítozás szállt felénk.

– Manuális vezérlés! – adtam ki a parancsot. A jól bevált, kissé már divatjamúlt vezérlőkar előbukkant a konzolomból. Megragadtam, és úgy húztam magam felé, mint fuldokló a mentőkötelet. Űrhajónk meglódult, bömbölő hajtóművekkel emelkedtünk, és a pajzsunkon szétporladó energianyalábok mellett már a légköri turbulenciák is rázták, dobálták a Mágust. Csak mellékesen regisztráltam, hogy a hangok alapján valaki a tudósok közül rosszul lett. Reméltem, hogy a szipirtyó doktornő az.

– Miért nem lövünk vissza? Vannak fegyvereink! – nyögte sápadtan az ülése karfáját markolászó öreg.

– Vannak, de négy harrun vadásszal nem állok neki naglegényt játszani! Be kell lépnünk a hipertérbe, ott már nem tudnak követni.

– Egyáltalán hogyan kerültek ide? Miért nem láttuk őket az érzékelőkön?

– Mit tudom én! – csikorogtam. – Talán elővéd, és van valami álcázó technikájuk.

– Hátsó pajzs negyven százalékon! – figyelmeztetett a számítógép.

A következő lövés talált, és hatalmas dörrenéssel köszöntött fel minket. Füst tört be az utastérbe. Hatására az eddigi üvöltözést halálfélelemmel teli sikolyok tették változatosabbá.

– Tűz a kettes hajtóműben… kettes hajtómű leállt.

– Mert magamtól ezt nem vettem volna észre, igaz? – markoltam még szorosabban a vezérlőkart.

Elértük az orbitális pályát, de nem vártam meg, amíg a navigációs rendszer befejezi az ugráshoz szükséges számításokat. Bántam is én, hova, de innen mennünk kellett, különben vagy visszahullunk a bolygóra, mint az őszi falevél, vagy porrá lőnek minket. Esetleg a kettő kombinációja. Úgy csaptam rá a hiperhajtómű vezérlésére, mint lebukott hamiskártyás kezére a biztonsági őr.

A csillagok megnyúltak körülöttünk, és máris körülvett minket a hipertér biztonsága. A vadászok nem jöttek utánunk.

Kikötöttem magam, az automatikára bíztam a hajót és a dokival nyomomban az utastérbe caplattam. A füstöt a légcserélők már eltüntették, de a kesernyés szag még ott lengedezett körülöttünk. A sápadt tudósbrigád kérdőn pillantott ránk:

– Sikerült?

– Reméljük, igen. Nem láttuk, amikor az épület elpusztult – vont vállat dr. Hastings.

– Csak remélik? Miért nem látták? Hogy lehet azt nem látni? – fortyant fel dr. Szipirtyó asszonyság, és persze egyből verni kezdett a lángoló tekintetével.

– Tudja, mit? Legközelebb, ha hőtorpedót robbantok, végignézetem magával. De aztán nekem ne nyavalyogjon, hogy megvakult! – viszonoztam a szúrós pillantását.

Erre a nő zavarában automatikusan igazgatni kezdte szétzilált haját, de nem hagyta magát, dühösen visszaszólt:

– A külső kamerák felvételein visszanézhetjük az eseményeket!

– Aligha. A vizuális megfigyelőrendszer már egy hete nem működik.

– Miért is nem vagyok meglepve?! Van egyáltalán bármi is ezen a teknőn, ami működik?

– Hogyne lenne. Például a légzsilip tökéletesen rendben van. Ha gondolja, nyugodtan leellenőrizheti, akár itt az űrben is!

Gyorsan megfordultam, hogy visszatérjek a pilótafülke részleges magányába. Éreztem, hogy ha még egy szót szól ez a banya, hát én nem állok jót magamért! Ha pedig megfojtom, azt biztos szóvá tenné a főnököm, tehát jobb a békesség.

– Hé, legalább egy takarítórobotot küldhetne!

– Bocs, de mindet szabadságra küldtem. Az takarítsa, aki csinálta!

A százhatos űrállomás egyike volt az ember által valaha is épített legnagyobbaknak. Közel tízezer ember élt rajta, és amolyan félig katonai, félig civil állomásként üzemelt. Bár viszonylag messze esett a határtól, de a háború miatt a hadsereg átvette az irányítószerepet, és megerősítették az állomás védelmét. Még egy kisebbfajta harrun flottának is beletörött volna a

93

foga, ha megtámadja az állomást, amit mindenki csak „A százhatos" -ként emlegetett.

A klasszikus kettős gyűrű formájú csillogó szerkezet, aminek központi tengelyéhez idővel egyre újabb és újabb szakaszokat építettek, impozáns látványt nyújtott a viszonylag közeli ikercsillag fényében. Ezernyi ablakából hívogató melegsárga fények villantak az űrutazók felé. Többtucatnyi jármű nyüzsgött körülötte, kezdve az egyszerű karbantartó egységekkel, az indulásra vagy dokkolási utasításokra váró kereskedelmi, katonai űrhajókig. Rövid várakozás után a Mágus megmaradt hajtóművével besántikált a kijelölt hangárba. Megnyugvással, mégis kicsit kapkodva kapcsoltam ki egymás után a rendszereket. Nem túlzottan érzékeny búcsút vettem a tudósoktól, majd lesiettem a fedélzetről. Saját szememmel akartam látni, hogy mekkora a kár, de a rámpa végében elém toppant Mr. Smith.

Elegánsságával kirítt a munkaoverallos férfiak és nők közül.

– Látom, nem úszták meg csetepaté nélkül – pillantott végig az égésnyomokkal, horpadásokkal borított burkolaton.

– Hála a maga félbolond tudósainak. Már félúton voltunk hazafelé, amikor valamelyiknek eszébe jutott, nem kapcsolta le a villanyt, hát fordulhattunk vissza.

– Tessék? – nézett nagyot a főnököm.

– Á, mindegy! A lényeg, hogy ép bőrrel megúsztuk. Inkább most azzal kellene törődnünk, mi lesz a hajómmal?

– Amiatt ne fájjon a feje, a szerelők majd gondját viselik. Elvárom, hogy leadja a hivatalos jelentését, de addig is jöjjön, meséljen el mindent! Közben megmutatom a kabinját, és gyorsan elmondom az általános szabályokat. A részletes házirendet majd a kabinjában tanulmányozhatja.

Megrökönyödve mértem végig a nyugodt pókerarccal ácsorgó pasast. Jelentés, szabályok, házirend? Mit képzelnek ezek rólam? Legjobb tudomásom szerint nem a hadseregbe léptem be, hogy ilyen hülyeségekkel foglalkozzak!

A javítások tovább tartottak, mint gondoltam volna. Vagyis, inkább, mint azt szerettem volna. Az űrállomáson hemzsegtek a katonák, és én nem éreztem jól magam ennyire közel ilyen sok egyenruhához. A fegyveremet már a hangárajtóban elvette két páncélos, sisakos katona, mondván: nem tarthatom magamnál az állomáson. A lakóhelyem egy húsz négyzetméteres kis lyuk volt, ahol még egy jót nyújtózkodni sem tudtam anélkül, hogy le ne vertem volna valamit. A kezdetben megcsodált ikercsillag már a második estén kezdett idegesítővé válni, mert hiába sötétítettem be az aprócska ablakot, az állomás forgása miatt pontosan kétóránként bevilágított a kabinomba. Meglátogattam az összes bárt, amit csak megtaláltam, de szinte mindegyikben nyüzsögtek az egyenruhások. Gondoltam, elütöm az időt, és új ismeretségekre teszek szert, de a bázis személyzetének retinájába épített arcfelismerő rendszer miatt minden nő, akihez mosolyogva odaléptem, ijedten vagy megvető fintorral faképnél hagyott már az első mondat közepén. Életemben nem voltam még ennyire népszerűtlen, kirekesztett pária. Csak azt nem értettem, mi bajuk van velem? Oké, soha nem voltam egy szent, de például embert is csak ritkán öltem. Azt is csak akkor, amikor muszáj volt. Szerintem sok katona több értelmes lényt pusztított már el, mint én, lám, mégis azokat az egyenhajú idiótákat tisztelték hősként. Főleg a nők.

A kéthetes kényszerpihenőm alatt annyit azért megtudtam, hogy a kis kalandunk a tudósokkal sikeres volt. A hírszerzés szerint vagy nyolcezer harrun halt meg a Drensik II-n az általunk aktivált biológiai fegyvertől. Az öröm azonban nem tartott sokáig, mert két hét múlva egy aprócska holdon épült kutatóállomást rohant le az ellenség. Már nem maradt idő az evakuációra, a támadás teljes meglepetésként érte a hadsereget. A hold kommunikációját szándékosan nem blokkolta a harrun, így jól láthattuk, amint az emberek lilásfeketére színeződött arccal, fuldokolva esnek össze, és borzalmas görcsök között merevednek a halálba. Nem tartom magam gyenge idegzetűnek, de aznap éjjel izzadva, rémálmoktól gyötörve riadtam fel. Teljes szívemből gyűlöltem a harrunt.

Négy földi csatahajó rohant a helyszínre. Az ellenség még arra sem vette a fáradságot, hogy lerombolja az állomást. Analizálták a levegőt, vizet, a holttesteket, de semmit sem találtak. Az okosok végül arra a következtetésre jutottak, hogy valami nagyon gyorsan lebomló kémiai anyagot vethettek be.

Jóformán még körbe sem járhattam a frissiben megjavított Mágust, Mr. Smith már a vonalban is volt:

– Lenne a maga számára egy újabb küldetésünk, Mr. Winsen.

– Rendben, mikor indulok? – kérdeztem minden különösebb gondolkodás nélkül. Még túlságosan elevenen éltek bennem a holdacska elleni támadás borzalmai.

– Ha lehet, akkor fél órán belül. Küldöm az adatokat.

Komor mosollyal intettem a hangár ügyeletesének a pilótafülke üvegén át, aki feltartott hüvelykujjal kívánt nekem sok szerencsét. Hirtelen megértettem, hogyan érezhetik magukat a katonák bevetés előtt. A józan eszem ellenére is, szinte vágytam rá, hogy belefussak egy harrun űrhajóba, és csillagport csinálhassak belőle. Az a majdhogynem lényegtelen tény, hogy az űrhajóm fegyverei tán még be sem horpasztanák az ellenséges cirkáló pajzsait, akkor valahogy nem érdekelt. Kilebegtem a hangárból, és a navigáció egyből a megadott célbolygó felé vette az irányt. A hipertérben tüzetesebben megnéztem az adatokat, és keserű íz tolult a számba. A Celsus bolygó akár a Föld kistestvére is lehetett volna. A pár csatolt holografikus kép alapján igazi kis édenkert lehetett. A lakosság szinte kizárólag mezőgazdasággal és turizmussal foglalkozott. Állítólag a Celsus évente közel hatszázmillió látogatóval büszkélkedhetett. Fegyvertelen, védtelen és rengeteg ember él a felszínén. Meg is értettem, hogy a harrun szemében tökéletes célponttá vált.

Nem sokkal a hipertér ugrás után éreztem, hogy a Mágus nem olyan stabil, mint azelőtt. Magamban átkozva a fakezű szerelőket, automata üzemmódra kapcsoltam. Nem is kellett sokat keresgélnem, kiderült, hogy az egyik stabilizátort rosszul kalibrálták. Gondoltam, átirányítom egy másik stabilizátorhoz a szinkronjelet, amíg belövöm a vacakoló egységet. Nem figyelhettem eléggé, mert véletlenül küldtem egy halálos energiacsapást a hosszútávú kommunikációs rendszernek. Keservesen káromkodva ugrottam félre a szikraeső elől, szidtam magam, mint a bokrot. Ilyen tévedést legfeljebb a nagyon zöldfülű alakok követnek el. Mindenesetre a stabilizátort beállítottam, viszont csak rövidtávú audio kommunikációs rendszert tudtam használni. Egy ideig tanakodtam, hogy talán jobb lenne visszafordulni, de végül úgy döntöttem, kommunikáció nélkül is megleszek. A harrunnal nem akartam beszélgetni, a földi űrhajókhoz meg elég közel tudok jutni, hogy a csökkentett üzemmód is elég legyen.

Két napig nem történt semmi, csak ültem és néha szundikáltam. Igazi, rendes alvásra nem mertem rászánni magam. Milyen fura, hogy régebben hosszú órákra, akár fél napra is rábíztam magam a számítógépre, de amióta ezt a munkát elvállaltam, nem merek kockáztatni. Eltöprengtem rajta, vajon a háború vagy esetleg a vállamon nyugvó felelősség miatt lehetett-e ez így, de mivel nem jöttem rá a titok nyitjára, félretettem a morfondírozást.

Pár fényév távolából már kiguvadt szemekkel meredtem a letapogatók kivetített képére. Enyhe csalódással vettem tudomásul: semmi mozgás nincs az egész naprendszerben. Az ellenség még nem ért ide, és úgy tűnt, a többi mentőhajó már régen elhúzott a menekültekkel a fedélzetükön.

Elfogott a kétség azzal kapcsolatban, hogy minek jöttem, ha már mindenkit evakuáltak, de úgy döntöttem: a parancs, az parancs. Ha csak egy kóbor kutyát is megmentek, már az is fél siker. Én legalábbis annak könyvelem majd el. A megérkezésem kis híján katasztrófába torkollott. Nem tudom, mit tolhattam el, de alighogy kibukkantam a gomolygó hipertérablakból, majdnem belerohantam egy roncsba. Rémülten ordítva segítettem be a vezérlőkarral, hogy még gyorsabban kitérjek az ormótlan fémdarab útjából, de még így is hallottam, ahogy a Mágus szárnya fémesen karistolja a valamikori űrhajó lemezeit.

96

Mert bizony a roncs valamikor űrhajó volt, méghozzá földi fregatt. Meghökkenten bámultam a Celsus körül keringő temérdek űrhulladékot.

– Mi a fene történt itt? Valami baleset? – motyogtam, de kérdésemre még a számítógép sem tudott egyértelmű választ adni.

Óvatosan kerülgetve a maradványokat, megpróbáltam kapcsolatba lépni a bolygóval. Próbálkozásaimra csak statikus zörejek, sercegések válaszoltak. Rövid tanakodást követően végül is követtem az eredeti tervet, és a számomra kijelölt város fölé repültem. Keringtem, szirénáztam, igyekeztem felhívni magamra a figyelmet, majd a város melletti reptéren letettem a Mágust a betonra.

Egy lélek nem sok, annyi sem mozdult sehol. Vártam fél órát, majd megint megpróbáltam a rádiót. Semmi. Életjelek után kutattam a konzolomról, de az ismételt keresési eredmények szerint nem volt a környéken élő ember. Megkísértett a gondolat, hogy kimegyek és körülnézek, de eszembe jutott a kísértetváros, ahol a tudósokat kellett összeszednem, és beleborzongtam az emlékbe. Vártam még pár percet, közben a fél szememet a mélyűrérzékelőkön tartottam. Nagyon nem szerettem volna, ha a harrun megjelenne, amíg a bolygó felszínén sziesztázok.

Fura módon olyan érzésem támadt, mintha túl későn érkeztem volna a buliba, ugyanis egyetlen másik űrhajót sem láttam az érzékelőkön. A Celsuson tizenhat várost húztak fel, és célfeladatként én csupán egyet kaptam. Mi van a többi várossal? Azokat már mind evakuálták? Kizárt dolognak tartottam. Hol vannak a többiek, akik a másik tizenöt településhez lennének kirendelve?

Már nagyon bántam, hogy nincs lehetőségem hosszútávú kommunikációra, de végül felszálltam, és elindultam a legközelebbi lakott terület felé. Ott újabb kudarcba futottam bele. Hiába illegette magát a Mágus a mediterrán nyaralóhely házai felett, senki nem rohant, hogy megmenthessem. A következő három városkával sem jártam több sikerrel. A hatalmas csend, ami mind az étert, mind a felszínt uralta, kezdett nyomasztóvá válni. Mintha valamiféle világméretű katasztrófa egyedüli túlélője lettem volna.

A hatodik városnál azonban nagy kő esett le a szívemről. Ahogy közeledtem a valódi toronyházak és sportkupolák felé, a közeli zöld mezőn megpillantottam egy irdatlanul nagy űrhajót. Szokatlan formája ellenére is jól láttam, hogy nem a harrun flottához tartozik. Hosszúkás, elnyújtott teste, szögletes formái, furcsa kiugró részei mind azt sugallták: nem légköri repülésre tervezték. Márpedig egy ilyen gigantikus, rücskös doboz csak úgy tud leszállni bármilyen légkörrel rendelkező bolygóra, ha roppant erős pajzsok védik a súrlódás és a hőhatás ellen. Magamban elismeréssel adóztam a csillaghajó pilótájának az ügyességéért. Tettem felette pár kört, majd ahogy lepillantottam, emberek hosszú sorát láttam menetelni az ismeretlen űrhajó felé.

Biztos távolságban leszálltam, és elindultam a kígyózó sorok felé. A friss, természetes levegő és a fűből, talajból áradó illatok enyhén megszédítettek. Régen volt már, amikor nem gépek által előállított, szűrt oxigén érte a tüdőmet.

Csupán pár lépésre lehettem a nyugodtan ballagó emberektől, amikor egy sötétkék egyenruhás fiatalember pattant valahonnan elém.

– Helló! – üdvözöltem széles mosollyal. – Látom, maguk is menteni jöttek?

A férfi zavartan pislogott rám, majd elmosolyodott.

– Maga is?

– Ja, ezért küldtek. Bár nekem azt mondták, már gyakorlatilag mindenkit evakuáltak, nekem csak azokat kell összegyűjteni, akik kimaradtak a szórásból. A sorokat elnézve örülök, hogy maguk is itt vannak.

Nem tetszett a férfi bizonytalan, kissé csodálkozó arckifejezése. Lehet, hogy az anyatermészet adta neki ezt az állandó fizimiskát, de a bennem szunnyadó kisördög már felébredt. Végimértem határozottan régies szabású egyenruháját, de hiába bámultam a vállán az emblémát, képtelen voltam megállapítani, melyik űrhajózási társaság címerét viseli.

– Esetleg beszélhetnék a kapitányával?

– Sajnálom, de gondolhatja, hogy most nagyon elfoglalt. Nem ér rá magával társalogni.

– Igen, mindjárt gondoltam. Könnyíthetnék a maguk dolgán, negyven utast én is szívesen bevállalok. Tudom, nem sok, de ennél többet nem vehetek a fedélzetre.

– Köszönjük, de hagyja csak! A mi hajónkon bőven jut mindenkinek hely.

– Hát igen, jó nagy hajó, az biztos. Gondolom, maguk is a százhatos űrállomásra viszik a menekülteket.

– Nem – rázta meg a fejét a férfi –, máshova tartunk velük.

– Aha, és mégis hova?

– Ezt csak a kapitány tudja.

– Van rádiója? Kérdezze meg!

Az űrhajós kezdte elveszíteni a türelmét.

– Nézze, köszönjük a segítségét, de nincs rá szükségünk. Javaslom, térjen vissza a bázisára.

Nem válaszoltam neki, inkább odaléptem a kisebb-nagyobb táskákat, kézi konténereket cipelő emberekhez:

– Hé, figyeljenek rám! Aki nem akar órákat sorban állni, hogy bejusson abba a nagy hajóba, annak itt az alternatív opció. Negyven utasnak lenne helye az enyémen! – mutattam hátra az űrhajómra.

A fiatal egyenruhás immár határozottan bosszúsan szólt rám a hátam mögül.

– Hagyja őket békén! Hallja? Üljön fel szépen a tragacsára, és menjen haza! Itt már nincs kit megmenteni! A többi városban sem talál már utasokat. Mi végigjártuk már az összeset.

Nekem itt szakadt el a cérnám. Még hogy tragacs! A Mágus? Dühösen fordultam felé, és már lendítettem az öklömet, hogy behúzok egyet, amikor egyszer csak azt vettem észre, hogy elhasalok a fűben. Valaki hátracsavarta a karomat, miközben egy másik kéz kihúzta a pisztolyomat a tokjából.

Felrángattak a földről, és láttam, hogy már három kék egyenruhással van dolgom. Félig kicsavarodva, de odakiabáltam az embereknek:

– Hé, még meggondolhatják magukat!

Egy idős házaspár fejcsóválva meg is állt, és így szóltak:

– Tudjuk, hogy jót akar, de nem mehetünk magával.

Mintha jeges fogók markolták volna a karomat, moccanni sem bírtam. Ellökdöstek a hajómig, ahol letaszítottak a lenyitott rakodó rámpára.

– Menjen haza! Ne akarjon cirkuszt, mert higgye el, abból magának semmi jó nem sülne ki.

Az egyikük ledobta mellém a pisztolyomat, majd egy utolsó, majdhogynem szánakozó pillantást vetve rám, a társaival együtt megfordult, és visszaballagott a már erősen gyérülő emberáradathoz.

Vöröslő fejjel kapartam össze magam, fegyveremet a tokjába löktem, majd bevágtattam a pilótafülkébe.

– Oké, ha nem akarjátok a segítségemet, akkor nem is kaptok meg!

Vészstarttal hagytam el a felszínt, de az orbitális pályát megközelítve lassítottam, majd megállítottam a Mágust.

„Egyszer csak felszálltok! Ha még emlékszem arra a trükkre, akkor veletek tartok, akármerre is mentek!" – vigyorogtam gonoszul.

Nem kellett sokat várnom, alig pár perc múlva már meg is pillantottam az emelkedő ismeretlen űrhajót. Döbbenten bámultam a hatalmas fémtömeget, mert hihetetlen gyorsasággal és könnyedséggel száguldott át a felhőkön. Mire észbe kaptam, már velem azonos pályán keringett. Még nem is hallottam olyan hajtóműről, ami egy ekkora monstrumot ilyen sebességgel képes a légkörben mozgatni. Közelebb óvakodtam, de aztán csak a szememet dörzsölgettem, mert a szokatlan formájú és méretű hajó egyszer csak eltűnt. Nem belépett a hipertérbe vagy gyorsított, hanem a szó szoros értelmében eltűnt!

Ha nem tapasztaltam volna a saját bőrömön, hogy a legénység hús-vér emberekből áll, talán még arra is gondoltam volna, hogy a babonás űrjárók egyik hírhedt szellemhajójával futottam össze.

Gyorsan rákerestettem az adatbázisban a hajó nevére: Styx.

– Sajnálom, Mark, de nem találtam ilyen nevű regisztrált űrjárművet.

Kibővítsem a keresést?

– Igen, a lehető legtágabb értelmezésben nézz utána!

Pár perc csend után a számítógép elkezdte listázni a találatokat, de már az elsőn megakadt a szemem. A többezer éves legenda szerint a Styx egy mitikus folyó, ami az élők és a holtak birodalmát választja el egymástól. Hitetlenkedve ráztam a fejem, és rövid, száraz nevetésemben nyoma sem volt az örömnek. Ki a fene ad ilyen baljóslatú nevet az űrhajójának?

A szenzorok nyivákolása rángatott ki gondolataimból. Vetettem egy pillantást a kijelzőkre. Elhűlve láttam, amint két ellenséges romboló veszettül igyekszik a Celsus felé, és alig fél óra múlva ide is érnek.

Elegem volt a meglepetésekből, hát megadtam a százhatos koordinátáit, majd hagytam, hogy a fedélzeti számítógép hajtsa végre az ugrást. Képtelen lettem volna most odafigyelni, túl sok gondolat kavargott a fejemben.

Alig vártam, hogy végre az űrállomás közelébe érjek, és jól legorombíthassam a főnökömet. A kommunikációs rendszer miatt másfél napot kellett várnom erre a lehetőségre.

– Mr. Winsen! Örülök, hogy épségben visszatért! Mi történt? Próbáltuk magát elérni, de nem válaszolt a hívásainkra.

Mr. Smith holografikus arcán őszintének látszó aggodalom ült, hát a tervezett ordibálás helyett csak bosszúsan felmordultam:

– Tönkrement a hosszútávú kommunikációm. Inkább én kérdezném: mi a fene folyik itt? Teljesen potyára küldtek a Celsusra! Egy fia menekült nem sok, de annyit sem tudtam a fedélzetre venni!

A jólszituált férfi zavartan köszörülgette a torkát.

– Igen... Sajnálom. Akadtak bizonyos szervezési problémák, de mivel nem tudtunk magával beszélni...

– Aha, szóval az én hibám?

– Nem ezt mondtam.

– Hagyjuk! De legközelebb hatékonyabban koordinálják a mentést! – legyintettem nagyvonalúan. Nem akartam tovább feszegetni a dolgot, mert a végén még rájön, hogy az én bénaságom miatt nem tudtak kapcsolatba lépni velem.

Mr. Smith arca elkomorodott.

– Megértem, ha csalódott. Szörnyű tragédia történt, és mindez azért, mert rossz információt kaptunk a hírszolgálattól. Higgye el, nekem is nehéz feldolgozni sokezer ember halálát. Szolgáljon vigaszul: ha csak pár órával hamarabb érkezik, most a maga neve is a halottak listáján szerepelne.

Úgy bámultam rá, mintha hirtelen csápjai nőttek volna.

– Miről beszél? Későn érkeztem? Miféle halottak? A saját szememmel láttam, hogy az emberek felszállnak egy baromi nagy csillaghajóra!

A főnököm gyanakvóan vonta össze a szemöldökét.

– Miféle hajó? Mi nem küldtünk egyetlen járművet sem, mert az ellenség hamarabb érkezett, mint vártuk. Az utolsó pillanatban sikerült visszafordítani a mentésre siető hajók nagy részét, magát és két civil utasszállítót kivéve. Winsen, maga részeg?

– Egy kortyot sem ittam, és igenis volt ott egy űrhajó! A saját szememmel láttam!

– Van erre valami bizonyítéka?

Eszembe jutottak a működésképtelen kamerák, hát megráztam a fejem.

– Nincs. A vizuális rendszer nem működik, nem rögzített semmit.

– Mi volt a neve a hajónak?

– Styx. Ne fáradjon, már ellenőriztem, nem szerepel az adatbázisban.

– Értem. Javaslom, ejtsük ezt a témát, hacsak nem tud valami kézzelfogható bizonyítékot bemutatni. Persze, ha jobban szeretne beható pszichológiai kivizsgáláson átesni…

Gondolkodtam egy sort, mondjam-e tovább, de úgy döntöttem, nem csinálok magamból még nagyobb hülyét. Ha nem fogom be a szám, legjobb esetben részegnek, rosszabb esetben idiótának tartott volna. Különösen, ha azzal fejezem be a sztorimat, hogy az ismeretlen űrhajó eltűnt az orbitális pályáról.

Amíg beszélgettünk, az űrállomás érkeztetési hálózata bevezette a Mágust a dokkba. Általában szerettem az indulást, érkezést magam végrehajtani, aznap mégis inkább hagytam, hogy az automatika tegye meg helyettem.

A hangárban sebtében üdvözöltem a tároló konténerek mellett toporgó főnökömet. Gyorsan megígértem neki, hogy amint a kabinomba érek, nekiállok a jelentésemnek, majd sietve magára hagytam. A papírmunkát már a hajón elkezdhettem volna, de úgy igyekeztem kerülni a bürokráciát, mint ördög a vasárnapi istentiszteletet. Végigloholtam az állomáson, és amikor végre lerogytam a terminálom elé, eszembe se jutott, hogy letöltsem a hülye jelentési formanyomtatványt.

Nem bíztam Smith-ben. Gondoltam, magam járok utána a Celsuson történteknek. Lekértem a mentésre küldött hajók listáját, majd meglepődve láttam az utólagosan csatolt szövegben, hogy a mentést lefújták. Kértem a megmentett emberek számát, adatait, mire egy vörösen felvillanó nulla vigyorgott rám a kivetítőről. Az áldozatok száma viszont többezerre rúgott.

Kínomban letöltöttem a Mágus érzékelői által rögzített információt, de amikor megnyitottam a fájlokat, elkeseredve csaptam le a kávésbögrémet. Az egész csupán hatalmas adat-hablaty volt, semmit nem tudtam belőle kihámozni. A külső kamerák persze nem működtek, senki nem javította meg őket. Én nem kértem, mert teljesen kiment a fejemből. A szerelőknek pedig elég problémát jelentett a sérült hajtómű javítása, eszükbe sem jutott a vizuális rendszert is ellenőrizni.

Tehát semmi bizonyítékom nem volt, csupán amit a saját szememmel láttam. Sóhajtva álltam neki a jelentésnek, és megfogadtam, hogy amint végzek vele, beszélek a dokkmesterrel a Mágus kameráinak ügyében.

Az egyetlen hely a bázison, ahol viszonylag rendszeresen megfordultam, az a konditerem volt. Robbal, a terem egyik edzőjével néha beszélgettem, és megosztottam vele a Celsuson átélteket.

– Tényleg úgy hangzik, mint valami kísértethistória. – Majd megnyúló képemet látva, vigyorogva a vállamra csapott: – Örülj neki, hogy nem futottál bele Davy Jones kapitányba, mert akkor a lelked az örökkévalóságig járná a világűrt!

– Ez megint valami ostoba mendemonda, igaz? – kérdeztem epésen.

A jó kiállású edző továbbra is vigyorogva megvonta a vállát.

– Mi más lenne? A legenda szerint ő szállítja az elhunyt űrhajósok lelkét a túlvilágba. Te, ugye nem mondod, hogy hiszel a legendákban? – fordult felém gunyoros tekintettel.

Ellegyintettem a dolgot. Soha senki másnak nem beszéltem a Styxről. A jelentésemben sem említettem a dolgot. Nagyon meglepett, hogy a főnököm nem szólt semmit a hiányos beszámoló miatt. Lehet, nem is tudott arról a csillaghajóról? Úgy döntöttem, nem firtatom a dolgot. Ha valamit megtanultam az elmúlt évek során, az az, hogy a kevés tudás néha áldás.

Három hónap eltelt, és a háború egyre jobban kiterjedt. Hol mi győztünk, hol a harrun. Úgy tűnt, egyik fél sem bír a másikkal. Az első alkalom óta huszonkétszer kellett beindítanom a Mágus hajtóműveit. Soha nem tudtam, mikor riasztanak; az állandó idegfeszültség miatt eleinte rosszul és keveset aludtam. Aztán ezt is megszoktam. Hajnali fél kettőkor ugyanolyan lendülettel ugrottam a pilótaülésbe, mint délután háromkor. Űrállomás, hold, aszteroida, bolygó, mindegy volt az ellenségnek. Ahol nem tudták a vegyi fegyvereiket használni, ott a hagyományos, jól bevált lövegeket és torpedókat vetették be. Rengetegszer vettem a fedélzetre sebesülteket, de a legborzasztóbb mentés a Praxisról történt.

A bolygó viszonylag távol esett az állandóan változó határsávtól. Teljesen illogikus lépés volt a harrun részéről, hogy a békés, leginkább az iskoláiról ismert planétát megtámadják. Mégis megtették a rohadékok.

Még javában folyt a menekültek evakuálása, amikor öt földi csatahajó jelent meg, és sürgető üzenetet küldtek a mentést végrehajtó csapat parancsnokának. Három szállítóhajó sikeresen be is lépett a hipertérbe, ám a negyedik még éppen csak megkezdte a felszállást, amikor az ellenség is megérkezett. A hadihajókkal nem is törődve, azonnal a fegyvertelen utasszállítóra vetették magukat. Idejében érkeztem, hogy lássam, amint a védtelen járművet a szemem láttára szétszaggatták a harrun vadászok lövegjei. A csatahajóink hiába pusztítottak el rengeteg ellenséget, egyre több és több érkezett a mesterséges féregjáraton át.

Bevallom, az első reakcióm az volt, hogy elhúzok onnan, mert a mieink reménytelen helyzetben próbálták fedezni a menekülőket. Esélyünk sem volt a győzelemre.

A kezem már a navigációs konzol felett lebegett, amikor gyenge rádióadás ütötte meg a fülemet. Egy magániskola tanára könyörgött segítségért, mert ő és még vagy húsz gyerek a felszínen rekedtek. A harrun is vehette az adást, mert két vadászuk rögtön megindult a felszín felé. Gyilkos dühvel vetettem magam utánuk, de nem voltam elég gyors. Mire utolértem őket, már bemérték az iskola épületét, és porig rombolták. Nem igazán tudom pontosan visszaidézni a történteket, de a gyűlölet keserű ízét a számban és az önelégült, szinte mámoros érzést, amikor sikerült szilánkokká lőnöm mindkét ellenséges hajót, viszont igen. Kapkodva tettem le a Mágust az épület melletti füves területen. Nem érdekelt, mekkora kockázatot vállalok vele. Két poros, koszos alak tűnt fel a romok között, amint sántikálva igyekeztek az űrhajóm felé. Lenyitottam nekik a hátsó rámpát, és elhűlve bámultam, a két tíz év körüli kislány könnymaszatos arcába.

– A többiek?

– Nem tudjuk, de talán vannak még túlélők – mutatott remegő ujjal a magasabbik lány a háta mögé.

– Üljetek le, de ne nyúljatok semmihez!

Felkaptam a méretes acélrudat, amit régebben a makacskodó raklapokhoz használtam, és a bukdácsolva a romok felé rohantam.

Tizenegy túlélőt találtam, mindjárt az első a törött karú tanárnő volt. Közösen igyekeztünk kiszabadítani az elroppant betongerendák és megcsavarodott fedőelemek alatt rekedt diákokat. Mikor belenéztem az első srác halott, csodálkozásba dermedt szemeibe, megbénultam.

Egy gerenda zuhant rá, és szabályosan szétpasszírozta a kis testet. A gyomrom bukfencet vetett, öklendezve térdre estem. A fiatal tanárnő rángatott fel, és lekevert egy hatalmas pofont.

– Szedje össze magát! Nincs most idő erre!

Ez hatott. Még négy túlélőt találtunk, de közülük hárman inkább ne is maradtak volna életben. Ölben cipeltük őket a fedélzetre. Habár soha nem tanultam elsősegélyt, de biztos voltam benne: már nem érik meg azt, hogy elérjük az orbitális pályát. Éppen az utolsó gyereket cipeltük, amikor harrun vadászok jelentek meg a levegőben, és körözni kezdtek felettünk.

– Miért nem lőnek? – pillantott fel a nő, majd az égnek fordított arccal ordítani kezdett: – Mire vártok, rohadékok? Lőjetek! Gyerünk! Fejezzétek be, amit elkezdtetek!

Egy pillanatig figyeltem a dögkeselyűként keringő kétszemélyes űrhajókat, majd keserűen felnevettem:

– Nem fognak lőni, hagynak minket elmenni.

– De miért? – villant elő döbbenten a tanárnő szeme poros, vércsatakos arcából.

– Mert a demoralizált ellenség fél. Szükségük van valakire, aki megviszi a rossz hírt. Tuti, hogy a földi csatahajókból már semmi sem maradt, mi vagyunk a bolygó utolsó túlélői.

Igazam lett. A harrun űrhajók egy lövés, nem sok, annyi nélkül engedtek minket felszállni. A vadászok szárnyaikat billegtetve száguldoztak körülöttünk, és olyan érzésem támadt, hogy csak gúnyolódnak, szórakoznak velünk. A Praxis körüli űr tele volt roncsokkal, ezer tonnányi fémhulladék lebegett, amerre a szem ellátott. Egyetlen földi hajó sem élte túl. A harrun cirkálók szinte egykedvűen figyelték a menekülésünket a hipertérbe.

Hat kisgyerek halt meg, mire elértük az űrállomást. A medikus robot egyszerre csak két beteggel tudott foglalkozni, és a reménytelen eseteknek neki sem látott. Az egyik gyerek, Nora odahívatott az ágyához. Nyolcéves, szőkésbarna kislány, akit a medikus robot az esélytelenek kategóriájába sorolt. Mikor letérdeltem mellé, a kezemet megfogva arra kért, meséljek neki. Egyetlen mesére sem emlékeztem, de megpróbáltam lenyelni a torkomat szorongató gombócot, és eldadogni valami történetfélét. A feléig sem jutottam, mikor Nora kék szemei fájdalmas sóhajjal lecsukódtak, és nem nyíltak ki többé. Támolyogva lábra álltam, beimbolyogtam a pilótafülkébe, ahol gyorsan magamra zártam az ajtót. Homlokomat a hideg lemeznek támasztottam, és hiába tartottam magam kemény legénynek, elemi erővel tört rám a sírás. Miféle rohadék az olyan, aki gyerekeket öl?!

A Praxis után amúgy sem rózsás hangulatom olyan komorrá vált, mint a szurokfekete tornádófelhők. Eddig sem látogattam túl sokat az állomás szórakozóhelyeit, mert a személyzet éreztette velem, hogy nem látnak szívesen. Ha éppen nem aludtam, vagy a Mágust bütyköltem, akkor a kabinomban könyveket bújtam. Rákaptam az olvasás ízére.

Erősen foglalkoztatott a gondolat, hogy csatlakozom a sereghez, de elutasították a jelentkezésemet. Kérdésemre csupán annyi választ kaptam, hogy bűnözőket nem vesznek fel katonának. Az elutasítás után az első utam a főnökömhöz vezetett, mert biztos voltam benne, hogy az ő közbenjárásának köszönhetem a kudarcomat. Miféle marhaság, hogy amikor égetően nagy szükség van a harcosokra, pont egy olyan embert utasítanak el, aki a fegyverekhez és az űrhajókhoz is ért?

Mr. Smith sajnálkozó képe az atyáskodó hangnemmel párosítva csak tovább tüzelte a dühömet. Elvesztettem a fejem, és orrba vágtam. Vérző szaglószervét törölgetve tápászkodott fel a padlóról, majd tisztes távolságot tartva tőlem, nyersen odavetette nekem:

– Pontosan ezért utasították el. Vagy úgy gondolja, a hadseregben engedélyezik az ilyen kirohanásokat, mikor magának nem tetsző parancsot kap?

Szerencséje volt, hogy megérkeztek a biztonságiak, akik egyből rám vetették magukat. Egy hét fogdát kaptam a viselkedésem miatt, de már a negyedik napon felfüggesztették. Ismét menekültekért kellett mennem.

Ezúttal a harcokból is kivettem a részem. Túl későn értem oda, és alig tettem le a Mágust a lilás színben ragyogó gázóriás körül keringő holdon, befutott a harrun is. Valami oknál fogva nem pusztították el az alig pár száz fős kolóniát, hanem csapatokat dobtak le a felszínre. Már a leszálláskor furcsállottam, hogy mennyi ember maradt a bázison, mikor a helyiektől megtudtam: rajtam kívül még egyetlen mentőhajó sem ért ide. Rémülten hallgattam a köpcös főnököt, mikor közölte: majd' háromszáz ember rohangál még a telepen.

– Nem tudok ennyi embert a fedélzetre venni! Talán hatvan ember még szűken elfér, de több biztosan nem.

A férfi, akit McRidge-nek hívtak, megtörölgette verejtékcseppes kopaszodó feje búbját, és segélykérőn pillantott a körülötte ácsorgó társaira. Azok ugyanolyan tanácstalanul bámultak vissza rá.

– Oké, tudják, mit? Kezdjük a nőkkel, gyerekekkel, aztán meglátjuk.

Még jóformán be sem fejeztem a mondatot, felüvöltöttek a riadószirénák. Két perccel később már remegett a talaj a becsapódó bombáktól és torpedóktól, de mind városon kívül érték el a felszínt.

McRidge sem volt hülye, egyből rájött, hogy az ellenség nem kívánja legyalulni a kolóniát.

– Osszatok minden férfinak fegyvert!

– De nincs annyi, hogy mindenkinek jusson – vetette ellen egy ijedt tekintetű fiatalember.

– A francba vele, hát használjátok a plazmavágókat, vasrudakat, konyhakéseket! Bánom is én, de senki keze ne legyen üres! A nőket, gyerekeket azonnal indítsátok el az űrhajó felé!

Az első csapat harrun óvatosan lopakodva érkezett meg a kolónia szélső házaihoz. Veszett lövöldözés kezdődött, de a fegyverhez nem értő embereken még a fedezék sem sokat segített, hamar legyilkolták mindet. Egy dombtetőn állt a Mágus, így jól láttam, amint újabb és újabb ellenséges csapatok indulnak meg felénk. Idegesen figyeltem, ahogy egyesével, kettesével szállingóznak a nők a hajómhoz.

„Mi a fenéért nem sietnek jobban? Időt kellene nyernünk!" – gondoltam elkeseredetten. Erre egyetlen lehetőséget láttam: mégpedig, ha magam is csatlakozom a harcokhoz, mert arra nem számíthattam, hogy a civilekből álló rögtönzött partizáncsapat képes lesz az ellenséget eléggé lelassítani.

Egy markáns arcú idősebb hölgyet bíztam meg a feladattal, sürgesse, irányítsa a társait, én meg kaptam az impulzusvetőmet, és rohantam az épületek irányába. Az emberek az egyik utcát elbarikádozták pár siklóval, dobozokkal, meg amit még hirtelen találtak, hát arra vettem az irányt. A kolónia férfijai komor lelkesedéssel puffogtattak, de csak nagy ritkán sikerült eltalálniuk akárcsak egyetlen ellenséges katonát is.

Mikor McRidge észrevett, és dühösen rám mordult:

– Maga meg mi a fenét keres itt? Nem a hajójánál kellene lennie?

– De igen, viszont lassabban halad az evakuálás, mint terveztük. Muszáj feltartóztatnunk a harrunt még legalább negyedóráig.

Az ellenség ezalatt nekilátott egy hordozható mini ágyú összeszerelésének.

„Ha beüzemelik, nekünk végünk! Úgy szétdurrantja ezt a nyomorult kis úttorlaszt, hogy űrhajó nélkül repülünk a százhatosig" – rémültem meg. Ahogy a fedezékemből kukucskáltam, megpillantottam a harrun csapat vezérét. Sárgás sisakja elütött a többiekétől, és rekedt, röfögésszerű utasításokkal ugráltatta a katonáit. Hosszasan céloztam, majd felujjongtam, mikor láttam, hogy a lövésem talált. A parancsnok összeesett, a harcosai ijedten ugrottak szét, magára hagyva az ágyút. Sorozatra állítottam a fegyveremet, és úgy nyomtam a tűzgombot, hogy belefehéredett az ujjam. A sokadik impulzuslövedék végre megtette a hatását, és végül a félig összeszerelt fegyver felrobbant. A közelebbi harrun katonák közül négyen kizuhantak a fedezékükből, és nem mozdultak többé. Úgy tűnt, a többieknek elment a kedve a harctól. Nem csoda. Elvesztették a vezérüket, az ágyújukat és négy társukat. Futva igyekeztek messzebbre kerülni a barikádtól.

– Tűz, fiúk! Lőjétek le a rohadékokat! – ordítottam, ahogy a torkomon kifért.

Még három harrun harapott fűbe – azaz a betonba –, mire lőtávolon kívülre kerültek.

– Köszönjük, de most már menjen! – szólt rám zordonan McRidge. – Kérem, szálljon már fel, mentse meg, akit csak tud!

Megszorította a kezem, és a szemében láttam: tisztában van vele, hogy ők hamarosan halottak lesznek. Keserű szájízzel ügettem vissza a hajómhoz.

Hatvanegy utas zsúfolódott össze a fedélzeten, és még a pilótafülkét is négy másik emberrel kellett megosztanom. Pánikstarttal szálltunk föl. Bár sajnáltam a sápadozó, ijedten egymásba kapaszkodó menekülteket, nem volt idő a sétaűrhajókázásra. Legnagyobb meglepetésemre csupán egyetlen vadász eredt a nyomunkba, amikor elhagytuk a légkört, de pár lövés után az is felhagyott az üldözéssel.

„Mi a fene lehet annyira fontos azon a holdon?" – töprengtem. Mivel sejtelmem sem volt, így ezt a kérdést is betettem az agyam „Úgysem tudod meg soha!" címkéjű rekeszébe.

A háború kihozta az emberekből a legnemesebb és a legocsmányabb énjüket. Hősök, mint McRidge, no meg a patkányok, mint Gibbs. Nem mondom, azelőtt én sem utasítottam vissza egyetlen kínálkozó alkalmat sem, hogy jobb életet biztosítsak magamnak. De még a legaljasabb időszakomban sem tettem volna olyat, mint az a féreg és a két cimborája.

A Solarusra voltam kirendelve, és én érkeztem elsőnek. Szerencsére a csapat és az utasszállítók egy ionvihar miatt csupán késtek. Az intel szerint még két napunk volt a teljes kitelepítésre, tehát nem kellett annyira kapkodni. Ezt azonban a Solarus lakosai nem tudták, vagy csak annyira eluralkodott rajtuk a pánik, hogy figyelmen kívül hagyták az információt. A városka apraja-nagyja kiözönlött az érkezésemre, és döbbenten figyeltem, amint a pár tucat biztonsági ember kétségbeesetten igyekszik visszatartani a legalább négyszáz fős tömeget. Pár percig bírták is az emberek nyomását, majd a kordont áttörve rohanni kezdtek a Mágus felé. Első reakcióm az volt, hogy bekapcsoltam a pajzsokat a leggyengébb fokozatra. Ez csupán annyit tett, hogy bárki, aki megérintette az űrhajót, kellemetlen, de közel sem halálos elektromos impulzust kapott a testébe. A hajóm körül hömpölygő áradat láttán letettem arról, hogy újra felszálljak, mert azzal könnyen megölhettem volna az idegesen ágáló, kiabáló embereket. Helyette aktiváltam a hangszórókat, és megpróbáltam megnyugtatni őket:

– Emberek, nyugodjanak meg! Még legalább egy napunk van, és a többi űrhajó is úton van! Még egy-két óra ugyan, de ideérnek!

Nem hittek nekem. Nem mertem kinyitni sem zsilipet, sem a rakodórámpát, mert attól féltem, hogy a megvadult bivalycsordaként beözönlő lakosok tönkreteszik a hajómat, és vele együtt akár engem is.

Egy hórihorgas, rosszarcú fickó lépett a pilótafülke elé, kommunikátorral a kezében, jelezve, hogy a hatos csatornát használja.

– Gibbs vagyok, kapitány. Megpróbálom lecsitítani az embereket, de ahhoz tudnom kellene pár dolgot.

– Rendben, kérdezzen!

– Tényleg jönnek a beígért hajók?

– Igen, csak késnek. Ionviharba kerültek.

– Hány helye van utasok számára?

– Hivatalosan negyvenkettő, de negyvenötig még oké a dolog.

– Értem. Várjon!

Az időközben magukhoz térő biztonságiaknak sikerült úgy-ahogy átvenni az irányítást, és távolabb terelték az embereket a Mágustól. A páncélüvegen át láttam, amint Gibbs szónokolni kezd, de túl távol voltak ahhoz, hogy az akusztikus érzékelők kivegyék mondandójának lényegét. Az emberek morgolódtak, fejüket csóválták. Lassan kialakult egy kis csoport, ami különvált a többiektől.

– Kapitány, itt Gibbs! Harmincnégy emberrel elindulunk a hajója felé. Nyugodtan lenyithatja a rámpát, a többiek nem követnek minket – recsegett fel a rádió.

Hittem is, nem is, amit mondott, de amikor a csapat megindult, és a többiek komor tekintettel bámulva a helyükön maradtak, úgy döntöttem, kikapcsolhatom a pajzsot.

A menekültek megilletődötten léptek a fedélzetre, bátortalan léptejük alatt kongott a fémpadló.

Utolsónak az önjelölt koordinátor és két társa lépett elém. Végigmértem őket, és csempészösztönöm bekapcsolta bennem a belső riasztót. Mindhárom alakról üvöltött, hogy nem tisztességes emberek.

– Van még pár hely. Hozzanak még hat-nyolc embert!

– A többiek nem akartak jönni – vont vállat a hórihorgas keszeg férfi.

– Még hogy nem akartak, te mocskos féreg! Dehogynem akartak, csak nem mindenkinek van fejenként ötszáz kreditje! – mordult fel egy nagydarab férfi közvetlenül mellettünk.

Meghökkenve fordultam felé.

– Miféle ötszáz kredit? Nem értem.

– Ne adja itt az ártatlant, kapitány! Maga is benne van ebben a buliban, nem? Mennyit kap az eladott ülések után? Tudjuk, hogy nem jön több hajó, hát maga sem különb, mint ezek – vetett megvető pillantást Gibbsre. – Szarházi alakok maguk mind, akik az emberek élni akarásán nyerészkednek.

Lassan felfogtam, miről beszél. Éreztem, amint a düh vörös köde száll az agyamra.

– Ez a hajó ingyen szállítja a menekülteket, én pedig a kormánytól kapom a fizetésemet. Magukat átverték, de rendesen!

– Mark, megérkeztek az első hajók – közölte a fedélzeti számítógép a fülembe illesztett mikrohangszóróból.

A szakállas férfi gyanakodva pillantott rám, majd a sápadozó Gibbsre. Ahogy minden szempár felénk fordult, a csend hirtelen nagyon kínossá vált.

– Ez nem igaz! Mi csak… – kezdett bele a mentegetőzésbe, de szinte egyszerre rivalltunk rá a nagydarab utassal.

– Pofa be!

– Jöjjön velem! – intettem újsütetű ismerősömnek, aki vonakodva, de követett a rámpáig.

Az egyre erősödő dübörgésre az ujjammal a felhős ég felé böktem.

– Hallja ezt? Ezek azok a hajók, amik állítólag nem jönnek magukért.

A férfi mérgesen felmordult, és odaugrott Gibbshez.

– Te rohadék, aljas szemétláda!

Megragadta a csaló munkászubbonyát, és úgy megrázta a pasast, hogy annak feje csak úgy nyeklett-nyaklott. Két cimborája már sietett volna a főnökük segítségére, de a dühösen felpattanó elégedetlen utasok láttán meghátráltak. Gibbs kitépte magát a támadója szorításából. Mielőtt még a lincshangulatba került emberek gyűrűje összezárult volna körülöttük, villámgyors mozdulattal feldobta a levegőbe az eddig beszedett pénzt, majd a társaival lerohant a fedélzetről.

– Remélem, itt döglesz meg a haverjaiddal együtt! – kiáltott utánuk a nagydarab utas.

Nem sokon múlott, hogy a kívánsága teljesüljön.

A konvoj parancsnoka kérte a hajómra felvett embereket, hogy szálljanak át az egyik fregattba, nekem pedig parancsba adta, várjam meg, amíg ők elhagyják a bolygót. Ismertem már ezt a forgatókönyvet, én kapcsolom le a lámpát. Nem egészen egy nap múlva magamra hagytak, és hozzávetőleges adatok szerint talán mindössze tizenkét-tizenhárom ember maradhatott a városkában. Egy haldokló idős férfi, akit a családja nem akart még magára hagyni, egy nővér, egy idősödő házaspár, pár tini, akik a felfordulást választották ideális időzítésnek, hogy meglépjenek a szüleiktől, és még pár ember. Megtettem a szokásos pár kört, szirénáztam, figyelmeztettem, majd ismét leszálltam. Nem is telt bele két óra, szinte mindenki a fedélzetre lépett, az idős férfi kivételével, aki közben eltávozott az élők sorából.

Kezem a zárgomb felé mozdult, amikor megpillantottam a város szélső házai felől közeledő három alakot. Kofferjeik súlya alatt rogyadozva igyekeztek a Mágus irányába, és már messziről kiabáltak:

– Várjanak! Ne hagyjanak itt minket!

Gibbs és a két haverja volt. Pár másodpercig eljátszottam a gondolattal, hogy felhúzom az orruk előtt a rámpát, és itt hagyom őket, de meggondoltam magam. Akármekkora patkányok is, valahol mégiscsak az emberi fajhoz tartoztak. Izzadva, zihálva estek be a hajóba, majd rémülten rezzentek össze a felcsukódó rakódótér ajtajának döndülésére.

– Mi van a bőröndökben? – kérdeztem tettetett közönnyel.

– Személyes holmik, de semmi köze hozzá.

– Téved. Mint kapitánynak jogomban áll megvizsgálni bármilyen csomagot, amit a fedélzetre hoznak. Nyissák ki mindegyiket!

– Azt már nem! – röffent rám az egyik cimbora.

– Ugyan már, kapitány! Csak nem akar a koszos alsóneműink között turkálni – próbált egyezkedni a trió főnöke.

Előkaptam a fegyveremet, és egyenesem Gibbs mellkasának szegeztem.

– Nyissák ki, vagy a csomagok itt maradnak a bolygón!

Gyilkos pillantásokkal, szótlanul engedelmeskedtek. A sejtésem beigazolódott. Rengeteg készpénzt, ékszereket, de még pár aranyrudat is rejtettek a kofferek.

– Személyes holmi? Még nem láttam senkit, aki smaragdokkal díszített női karkötővel mosná a fogát, vagy készpénzzel törölné a hátsóját… Honnan vannak ezek?

– A miénk! – kapta fel dacosan a fejét a másik pasas.

– Nem hiszem – böktem fejemmel az aranyrudak felé, amelyeken a Solarus Bank logója virított. – Csak hogy tisztában legyenek vele, amennyiben valakit rabláson, fosztogatáson érünk az evakuálás közben, arra a statáriális törvények alkalmazandók. Ez azt jelenti, hogy nincs tárgyalás, nincs ügyvéd és börtön sincs.

A három alak hullasápadtan meredt az előttük táncoló impulzuspisztolyom csövére, én pedig ütöttem a vasat, amíg meleg:

– De hogy azért valamennyire igazságosak legyünk, megkérdezem: Melyikük tervelte ki a fosztogatást?

Tudtam a választ, de élveztem a jelenetet, amint gyöngyöző homlokkal, rogyadozva pislogtak egymásra.

– Gibbs! Gibbs ötlete volt, hogy amikor már mindenki elment, szedjük össze az itt maradt értékeket.

– Értem. Nos, ez esetben, Mr. Gibbs…

– Ne! Ne öljön meg! Mennyit akar? – hátrált rémülten a szikár pasas.

110

– Megölni? Dehogy ölöm meg. Nem piszkítom be magával a kezem. Ja, és nem kérek a szajréból sem. Viszont az ajánlatával csak rátett még egy lapáttal az eddigi bűneire. Megvesztegetési kísérlet? Ejnye, ejnye! Na, kiszállás! – nyomtam meg a raktér ajtajának gombját.

– Ezt nem teheti! Nekem jogaim vannak!

– Mindennemű jogát elvesztette, amikor arra adta a fejét, hogy kifosztja a bajba jutott embertársait. Takarodjon le a hajómról!

Nem mozdult, csak a száját tátotta el hitetlenkedve. Elkerekedett szemmel, értetlenül bámult rám, hát megismételtem:

– Ne mondjam még egyszer! Na és maguk? – fordultam a két tettestársa felé. – Ha itt akarnak maradni, akkor hajítsák ki ezt a szemetet a fedélzetről!

Az egykori haverok tekintete összevillant. Tudták, hogy a börtön még mindig jobb, mint meghalni. Megragadták a veszettül kapálózó Gibbset, és a szó szoros értelmében kidobták. A fickó hatalmasat nyekkenve terült el az űrkikötő betonján.

A többi menekült eddig lélegzet-visszafojtva, megszeppenten figyelte az eseményeket, de mikor rájuk szóltam, hogy kötözzék meg a két gazembert, a legközelebb álló férfiak rögtön ugrottak. Egy sokgyerekes anyuka szinte könyörögve pillantott rám.

– Tényleg itt akarja hagyni? Akkor már emberségesebb lett volna, ha lelövi.

Rámosolyogtam, de nem feleltem. Nem állt szándékomban otthagyni, de azt akartam, hogy egy életre tanulja meg a leckét. Kényelmesen felszálltam, tettem két jó nagy kört a település felett, majd visszatértem a leszállópályára. A szárnyaszegett madárként ácsorgó pasas még ott volt. A lehető legmesszebb szálltam le Gibbstől. Gonosz elégtétellel figyeltem, ahogy mint az őrült kezdett el rohanni a Mágus kinyíló ajtaja láttán. Zihálva, levegő után kapkodva esett be a hajóba, és lehorzsolt, koszos arcán könnyek folytak végig.

– Köszönöm, köszönöm! Köszönöm, hogy nem hagyott itt! – nyöszörögte, és kis híján a nyakamba ugrott megkönnyebbülésében.

– Nekik hálálkodjon! – intettem az utasok felé. – Ők győztek meg, hogy mégis csak vegyem a fedélzetre.

Két nappal később Rob meghívott egy sörre az állomás legnagyobb bárjába. Nem akartam udvariatlan lenni, hát elfogadtam a meghívást. Gondoltam, a sarokban megbújva gyorsan legurítom az italom, és más suhanok is vissza a kabinom meghitt magányába.

A kantinba belépve egyből nyilvánvalóvá vált, hogy nem lesz olyan könnyű menekvésem, mint azt szerettem volna. A szőke, csupa izom edző már messziről integetett nekem. Gyanakodva léptem az asztalhoz, aminél már hat-hét ember ücsörgött.

– Ha tudtam volna, hogy fogadás lesz, öltönyt veszek – jegyeztem meg Robnak. Az egyik fiatal, határozottan csinos nő elnevette magát. Mit tagadjam, megakadt rajta a szemem. Helyet szorítottak nekem, hát kissé félszegen letottyantam. Hónapok óta éltem az űrállomáson, de sokan még a köszönésemet sem fogadták szívesen, nemhogy leültek volna velem egy asztalhoz. Látásból már ismertem a többieket, és Rob sorra bemutatott mindenkit. Elég vegyes csapat állt össze: technikus, csillagász, fegyverszakértő…

Hamar kiderült, miért a hirtelen érdeklődés: mindenki hallott a Gibbs esetről, és az állomáson keringő történet hatására sokan kíváncsiak lettek rám. Eleinte akadozó beszélgetésünk az elfogyasztott alkohollal egyenes arányban vált gördülékenyebbé. Az eredetileg tervezett egy sörből öt lett. Mikor a már félrészeg Graeme rendelt egy üveg brandyt, éreztem, hogy mennem kellene, mert nem lesz ennek jó vége. A második pohár után kissé megszédültem, és igyekeztem a vállamat ölelgető pityókás ivócimborámat levakarni magamról.

– Látjátok? Ezt nevezem én igazi hőstettnek! Itt van az a Mark gyerek, aki csempész volt, aztán már embereket ment, meg rohadék tolvajokat csíp fülön! Még mondja valaki, hogy az ember nem képes megváltozni! Egészségedre, Mark!

Feladtam a hiábavaló küzdelmet, hogy megszabaduljak a fickó hirtelen jött alkoholmámoros barátságától. Minden kényelmetlenség ellenére is jobban éreztem magam, mint azelőtt. Legalább voltak már olyanok is körülöttem, akik elfogadtak. A fiatal nő, akiről megtudtam, hogy Arianának hívják, és navigátor egy felderítőhajón, egész este csillogó szemekkel figyelt. Éjfél körül hirtelen felkelt, és finoman levette a részeg férfi karját a vállamról.

– Bocs, Graeme, de nekünk most mennünk kell.

– Menni? Hova mentek? – terült el a részeg csodálkozás az arcán.

Ariana nem szólt, csak kézen fogott, és a többiek irigykedő, elismerő pillantásától kísérve kivezetett a bárból. Sokat ittam, és el is voltam már tőle szokva, hát enyhén szédelegve hagytam, vigyen, amerre akar. Arra eszméltem, hogy az egyik kevésbé kivilágított sarokban heves csókolózással tapadtunk egymáshoz.

– Várj, én…

– Csitt! Örüljünk a pillanatnak, mert lehet, holnap ilyenkor már nem élünk! – tette a lány az ujját az ajkaimra.

Ez a tetves háború!

Az ő kabinja közelebb volt. Úgy téptük le egymásról a ruhát, és olyan hevesen szeretkeztünk, mint akiknek ténylegesen ez az utolsó napja ebben a világban.

112

Jó volt érezni a közelségét; egyszerre adott reményt és biztonságot. Igaz, csupán hamis reményt és pillanatnyi biztonságot. Összebújva aludtunk el. Azon az éjjelen, hosszú hónapok óta először kerültek el a rémálmok. Reggel egyedül ébredtem, csupán egy kézzel írt egyszavas üzenet várt rám.

„Köszönöm!"

Nem lett volna ellenemre a tartósabb kapcsolat, de valahogy éreztem, hogy nem lesz folytatás. Nem hibáztattam érte. Senki nem mert komolyabb viszonyt kezdeményezni, mert a jövő túlságosan bizonytalannak tűnt. Még párszor összefutottunk, beszélgettünk egy-két percet, majd mentünk a dolgunkra. Mint két régi ismerős, de semmi több.

Talán egy héttel az utolsó beszélgetésünk után, Ariana űrhajója potenciálisan kiaknázható bolygók után kutatott, mikor rajtuk ütött egy ellenséges cirkáló. A könnyű fegyverzetű kutatóhajó nem jelentett komoly ellenfelet a harrunnak. Senki sem élte túl.

Tanakodtam, elmenjek-e a temetésre. Nem bíztam magamban, féltem, hogy összeroppanok a szertartás alatt. Végül csak megjelentem, és csatlakoztam a pár barátból, kollégából álló kis csoport gyászolóhoz. Csendesen izzó haraggal álltam az üres koporsó mellett. Észre sem vettem, hogy egyedül én maradtam a végső búcsúra kijelölt teremben. Bámultam a panorámaablakon át a végtelen semmibe, amerre a fekete doboz eltűnt a szemem elől. A rettenetes jéghideg düh és sajgó üresség kitöltötte a lelkemet. Egy dologban igazat adtam Graeme-nek: Megváltoztam. Az egykori vidám, a halál szemébe is nevetve néző fickó örökre elveszett.

Másnap hajnalban a főnököm hívása ébresztett. Nyugodtan végighallgattam, majd rutinos, szinte gépies mozdulatokkal készülődni kezdtem. A Mágus, amikor éppen nem darabokban hevert, mindig menetkészen állt. Pontosan úgy, mint én.

Nagyon meglepődtem, amikor a célbolygó adatait lekértem, mert az adatbázis szerint legalább kétmillió ember élt rajta. Ha egy ilyen jelentős bolygót, mint a Nova evakuálni kell, az csak egyet jelenthet: kezdünk vesztésre állni a háborúban. Megkérdezhettem volna Mr. Smith-t, de tudtam, hogy úgysem kapnék egyenes választ. Három napig tartott az út. Ennyi idő alatt milliószor átgondoltam az életem, és úgy döntöttem, ez lesz az utolsó mentésem. Így vagy úgy, de változtatnom kellett.

A hipertérből kilépve iszonyú nyüzsgés tárult a szemem elé: Katonai szállítóhajók, teherhajók, de még hatalmas, luxus utasszállítók is keringtek a bolygó körül. Kompok, űrsiklók százai zsongták körül nagy testvéreiket, ingajáratban közlekedve a felszín és a szedett-vedett flotta között. Korán érkezhettem, mert egy szigorú tekintetű ezredes rám dörmögött a kommunikátorból, hogy további utasításokig várjak. Hát vártam. Figyeltem, ahogy egyesével útra kelnek az űrhajók, és testetlen rossz előérzet kerített hatalmába. Már csupán két-három korvett maradt hátra, amikor megkaptam a zöld fényt – irány a kijelölt település. Egy tengerparti műszaki telepet kellett evakuálnom. Az információ szerint erről a félig tengerre épült energiaközpontról táplálták a fél Novát, és a bolygóvédelmi ütegeket is. Az evakuáció során az energiaellátásnak folyamatosnak kellett maradnia, különben nemcsak technikai nehézségekkel, de a lakosság körében kitörő pánikkal is számolni lehetett. Éppen ezért az állomás minimálisra csökkentett személyzete maradt utoljára. Nem irigyeltem őket. Végignézni, ahogy mindenki elhagyja a Novát, ők meg csak várnak a sorukra… Őrjítő lehet a félelem, mikor azon jár az ember agya, hogy mi van, ha nem ér ide a mentőhajó? Mi van, közben megérkezik az ellenség?

A teleptől úgy háromszáz méternyire sikerült letenni az űrhajót, és engedélyeztem magamnak pár másodpercet, hogy megcsodáljam a tájat. Türkizkék tenger morajlott alig kőhajításnyira tőlem, az aranysárga homokra kifutó hullámok csobbanása békét sugallt. A friss tengeri szél finom homokot keverve körbetáncolta a Mágust.

Bosszúsan kaptam fel a fejem a kommunikátor csipogására. A mogorva képű ezredes jelent meg a kivetítőn.

– Winsen, változott a terv! Szálljon fel, és meg se álljon a százhatosig!

– Nem értem. Miért? – képedtem el.

– Ne magyarázzon, csak hagyja el a bolygót!

– Maga nekem nem parancsol, ezredes! – támadt fel bennem a kisördög.

– Addig nem megyek sehova, amíg el nem árulja, mi történt!

A markáns arcú férfi dühösen meredt rám egy darabig, majd bólintott.

– Rendben. A flottánk már úton van, hamarosan ideérnek a csatahajóink. Nem evakuálhatja az energiaközpont embereit, mert szükségünk van a bolygóvédelmi ütegekre is, mikor a harrun megérkezik. Az ütegek pedig nem működnek energia nélkül. Kapiskálja már?

– Nem vagyok hülye. De ha rosszra fordulnak a dolgok, akkor mi lesz ezekkel az emberekkel? Ha maguk esetleg nem lesznek képesek visszaverni a támadást, akkor az állomás dolgozói mind itt hagyják a fogukat.

– Köszönjük a bizalmat, Winsen! – fújtatott dühösen a tiszt. – Megkapta a magyarázatot, szóval felszáll?

– Nem. Ha rosszul sül el a terv, akkor szeretném, ha legalább ezeknek az embereknek lenne esélyük az életben maradásra. Ezt az esélyt pedig én és a hajóm jelentjük. Vagy rosszul gondolom?

Az ezredes habozott, majd bólintott.

– Jól gondolja. Nézze, maga nem katona, így nem utasíthatom, sem arra, hogy maradjon, sem arra, hogy hagyja el a Novát. Nagyra értékelem az önfeláldozását. Kevés civil maradna a tűzvonalban, hogy segítse a társait.

– Köszönöm, de rosszul hiszi, ezredes – feleltem komoran, és kikapcsoltam az eszközt.

Futólépésben mentem az energiatelepet elkerítő elektrosztatikus mezőig. Nagy meglepetésemre a kapunál egy sportos testalkatú, kefehajú őrnagy fogadott. Sárgásbarna egyenruhájában, impulzusvetővel a vállán olyan laza testtartásban ácsorgott, mintha csak a szupermarketben nézelődne. Mikor észrevett, elmosolyodott, és deaktiválta a kapu keretében az elektromos mezőt.

– O'Hara őrnagy vagyok, a telep parancsnoka – nyújtott kezet. – Hallottam a beszélgetését az ezredessel, hát gondoltam, személyesen nézem meg magamnak azt az őrült civilt, aki önként marad velünk a pokolban.

Szimpatikus, nyílt arca volt, örömmel fogadtam a jobbját.

– Én azt hittem, civileket kell majd mentenem.

Elindultunk a közeli félgömb formájú épület felé.

– Vannak azok is vagy húszan, de a generátorok fontossága miatt minket is ide vezényeltek védelemnek. Mondjuk, a fene se tudja, de olyan érzésem van, hogy ha nekünk a fegyverünk után kell nyúlni, akkor már késő.

Olyan nyugodtan beszélt a saját halálukról, mintha csak a híreket olvasná fel. Kezdtem egyre jobban megkedvelni a fickót.

A generátortelep egyetlen, félig a föld alá süllyesztett vezérlőtermében vagy két tucat katona meg ugyanannyi civil szorgoskodott. Az őrnagy felpattant egy székre, figyelmet kért, majd röviden elmondta az ittlétem okát. A feszült arcokon megkönnyebbült mosoly suhant át. Megértettem őket. Ha nem sikerül visszaverni az ellenséget, számukra még mindig lesz valamennyi esély.

Tétlenül ácsorogtam a mindenféle kezelőpanelekkel, terminálokkal, konzolokkal telezsúfolt teremben. Csupán egyetlen dolgot tehettem: igyekeztem nem útban lenni.

A felharsanó szirénára összerezzentem.

– Itt jönnek a nyavalyások – morgott az őrnagy, és a középen elhelyezett kivetítőn megjelentek a bolygó energiavonalai. A kültéri vizuális és akusztikus érzékelőkön át láttuk, hallottuk a messze magasan fölöttünk dúló csatát. Lilás, vöröses vagy éppen fehér villanások hatoltak át a vékony felhőrétegen, sokszor mennydörgésszerű robajjal kísérve. Mint hullócsillagok zápora, úgy léptek be a légtérbe, majd égtek el a felrobbant űrhajók kisebbnagyobb darabjai. A kommunikáció már régen megszakadt a flottával, sejtelmünk sem volt róla, ki áll éppen nyerésre. Az egyetlen dolog, amit biztosan tudtunk, a felszínre telepített bolygóvédelmi ütegeink egymás után pusztultak el. A mérnökök, technikusok igyekeztek minden ágyúhoz a lehető legtöbb energiát juttatni, de a becsapódó roncsok, a növekvő sugárzás és az eltévedt torpedók egyre nagyobb lyukakat martak az energiahálózatba. A földi csatahajók elkeseredett harcot vívhattak odafent. Megpróbálták nem átengedni a harrun vadászokat és rombolókat, de nem mindig jártak sikerrel.

Az a kevés vizuális információ, amit egy-egy távolabbi ütegtől vagy reléállomástól kaptunk, mind azt látszott bizonyítani, hogy egyre több ellenséges űrhajónak sikerült áttörni a védelmi vonalunkon.

Eddig nem tudtam, de az őrnagy felvilágosított, hogy a generátortelep energiajeleit elmaszkírozták, így a felületes érzékelők csupán egy kis falunak regisztrálják az állomást. A trükk eleinte bevált, egészen addig, amíg az első pár harrun vadász el nem zúgott felettünk. Sajnos nekik is volt szemük, ők is látták, hogy ez nem egy település.

A katonák fegyelmezetten ugrottak a telep légvédelmi fegyvereinek kezelőállásaiba, és minden igyekezettel azon voltak, hogy a felettünk száguldozó ellenséget lerobbantsák az égről.

– Nem értem, miért nem lőnek minket ripityára? Mit totojáznak velünk? – kérdeztem idegesen.

– Meg akarják szállni a bolygót, és nekik is kell az energia. Ha szétlövik a teljes infrastruktúrát, akkor építhetnek fel mindent, az pedig késést jelent. Minél több mindent kell építeni, annál később lesz teljes a védelmük – felelte az őrnagy.

A vadászok kis raja hirtelen szétszaladt az égen, hogy egy náluk sokkal nagyobb rombolónak adjanak helyet. A könnyű plazmafegyvereink semmit sem értek ellene. Sebezhetetlenségének teljes tudatában, lassan úszott el keleti irányban, és közben furcsa villanásokkal apró, zöldes felhőket eregetett a felszín felé.

– Mit... – kezdtem volna, de az őrnagy már ordított.

– Gáz! Minden szellőzőt lezárni, belső levegő cirkulációra átállni! Mozgás, emberek!

Valaki a kezembe nyomott egy gázmaszkot. Idegesen rángattam a fejemre, és vártam, mikor kezdek el fuldokolni. Valamivel nehezebben vettem a levegőt, de éltem.

– Őrnagy, már csak hat ütegünk üzemképes – jelentette az egyik katona.

O'Hara egy hosszú pillantással felmérte a helyzetet, majd megcsóválta a fejét.

– Hölgyeim, uraim! Azt hiszem, mi megtettük, amit megtehettünk. Mostanra nyilvánvalóvá vált, a flottánk nem képes tovább megakadályozni az ellenség előretörését. A bolygó lerohanásáig talán már csak perceink vannak. A civilek kapcsolják automatára az ágyúkat, és hagyják el telepet! Mr. Winsen! Azon a szervizalagúton át kijutnak a szabadba – mutatott a sarokban terpeszkedő jókora rácsajtó felé. – Ha jól sejtem, a hajójától körülbelül száz méternyire bukkannak majd ki a föld alól.

Az emberek tétován, hitetlenül pislogtak a tisztre.

– Mi van? Nem hallották a parancsot? Gyerünk! – csattant fel az őrnagy.

– Maguk miért maradnának, ha már minden elveszett? Az élő katona még tud holnap is harcolni, de halott nem – ráztam meg a fejem.

O'Hara meghökkenten fordult felém, majd az embereire pillantott.

– Szerintem nem gyávaság visszavonulni, ha a győzelemre semmi esély, és már semmi sem maradt, amit megvédhetnénk. Ami azt illeti, szívesebben maradnék ma életben, hogy legközelebb páros lábbal rúgjam hátsón a harrunt – vont vállat a rangidős őrmester.

A tiszt csak egy pillanatig tétovázott.

– Új parancs! Fedezzük a civilek visszavonulását! Őrmester, vegyen maga mellé két katonát, maga adja az elővédet. Mr. Winsen, maga velem együtt, rögtön az elővéd után halad. Az alagút elég szűk, kettesével, nyugodt tempóban haladunk. Aki kijut a felszínre, rögtön igyekszik is fel a hajóra, nem áll meg nézelődni! Van kérdés?

Csupán helyeslő mormogás fogadta a tiszt szavait. A távoli robbanásoktól enyhén meg-megrázkódó félhomályos alagútban kis híján felnevettem. Az jutott eszembe, hogy bár ionágyúkat látnak el energiával erről a helyről, de a szervizfolyosóba már nem tudtak tisztességes világítást rakni.

Meglepően hamar az alagút végére értünk, és az első három katona már ki is mászott a felszínre. Ketten a környéket pásztázták, míg a harmadik a felbukkanó társainak segített. Az égen egyetlen ellenséges hajó sem bóklászott. Az őrnagy félreértette a csodálkozó pillantásomat.

– Várják meg, hogy a gáz megtegye a hatását, aztán benyomulnak!

Életemben nem futottam még gázmaszkban, azt hittem, a tüdőm kiszakad, mire a Mágushoz érek. Minden lelkierőmre szükségem volt, hogy ne tépjem le magamról azt a nyomorult műanyag fojtogatót.

Az emberek fegyelmezetten kocogtak fel a rámpán, és ekkor fogott el az újabb gyanú: Miért hagyta a harrun sértetlenül a hajómat? Nem az lenne a logikus lépés, hogy minden menekülésre, támadásra alkalmas eszközt elpusztítanak?

– Kész, mindenki a fedélzeten van, kapitány. Indulhatunk – lépett be a pilótafülkébe az őrnagy. Kérés vagy engedély nélkül lehuppant a másodpilóta ülésébe. Nem bántam.

A feldübörgő hajtóművekkel mintha én is új életre keltem volna. Kecsesen a levegőbe szöktettem a hajót, és közben az érzékelők kijelzőjén keresgéltem olyan szökési útvonalat, ami nem nyüzsgött annyira az ellenséges űrhajóktól. Túl sokáig vacakolhattam, mert a közeledésérzékelő felvinnyogott.

– Rohadt életbe! Négy vadász van a sarkunkban!

– Le tudja őket rázni?

– Azon vagyok – csikorogtam.

Fénylő energianyalábok tucatjai suhantak el mellettünk, de hiába manővereztem izzadó tenyérrel, szinte biztosra vettem, hogy nem menekülhetünk. A pajzsok a légkörben csak negyvenszázalékos hatásfokkal üzemeltek, ami elegendő vihar vagy kőzápor esetében, de nem ér semmit a harrun energiacsóvák ellen.

A hatalmas csattanást követően a Mágus megpördült, és egyszerre vagy tíz hibajelzés kezdett el villogni, visítani. A bal hajtómű találatot kapott. Normális körülmények között egy hajtóművel még talán elérhettük volna az orbitális pályát. Normális esetben. Azonban a körülöttük száguldozó halálos sugarak és az elkerülésükre bemutatott duplaszaltók miatt igencsak abnormálisnak tűnt a szituáció. A következő csattanásra elsötétült a navigációs konzol. Égett szag kúszott be a fülkébe.

Nem voltam már ura az űrhajónak, hát csupán annyit tehettem, hogy a lágyan zöldellő erdő felett suhanva keresek egy nagyobb tisztást, ahol lezuhanhatunk.

– Mindenki kapaszkodjon! – ordítottam el magam.

Egy másodperc múlva már vágódtunk is neki a talajnak.

Egyetlen űrjárónak sem kívánom azt az érzést, amikor a hajója darabokra szakad. A fémes sikoltás, az égett szag, a recsegések és csattanások kombinálva a tótágast álló, pörgő világgal egyike a legrohadtabb érzéseknek. A bénító félelemmel teli kérdés, ami ilyenkor átcikázik az ember agyán: vajon amikor megállapodik végre a hajó, életben leszek-e még?

Arra tértem magamhoz, hogy valaki nem túl szelíden pofozgat. A vállaim sajogtak, a lábam hasogatott, a fél szememre pedig bíbor fátyol borult. A saját vérem fátyla.

– Kapitány, térjen magához! Gyerünk, ember! Ne most purcanjon már ki!

Az őrnagy összekarcolt, vérfoltos sápadt arca úgy lebegett előttem, mint valami elfuserált hold. Nyögtem egyet, jelezve: még élek, nem kell többet ütlegelnie.

Éreztem, amint kihámoz az ülésem biztonsági hevederjeiből, majd nagy nehezen talpra rángat.

– A többiek? – krákogtam rekedten.

– Mindenki túlélte, hála a bravúros leszállásának. Jöjjön!

118

Gúnyt kerestem a hangjában, de végül úgy döntöttem, teljesen mindegy. Ha gúnyolódni akar, és ez okoz neki örömet, ám legyen. Sok viháncolásra amúgy sem lesz okunk, ha a harrun ránk talál. Átmásztunk a Mágus megcsavarodott belterében, és majdhogynem négykézláb estünk ki a leszakadt rakodórámpa nyílásán át. Egy pillanatig bámultam a zöld füvet az ujjaim között, majd erős kezek talpra rángattak. A kis csapat véresen, egymást támogatva, de csodával határos módon életben várt ránk. Az őrnagy szinte kitalálta a gondolatomat:

– Ha azt hitte, hogy ez az igazi meglepetés, akkor forduljon csak meg! – bökött a hátam mögé.

Gyenge lábaim alig tudtak megtartani, amikor pillantásom a fölénk tornyosuló hatalmas, otromba kinézetű űrhajóra esett. Ugyanaz a csillaghajó volt, mint amivel egyszer már találkoztam, ami nyomtalanul eltűnt az érzékelők hatósugarából.

Két kék egyenruhás, mosolygó alak közeledett felénk. Önkéntelenül is tettem egy lépést hátra.

– Ismeri ezeket? – pillantott rám a tiszt.

– Találkoztam velük, és nem kifejezetten barátságos viszonyban váltunk el egymástól.

Az ismeretlen űrhajósok odaértek hozzánk, majd alaposan szemügyre vettek minket.

– Ne is mondják, segítségre szorulnak. Jöjjenek, a fedélzeten kapnak orvosi ellátást, és pihenhetnek.

– Álljunk meg egy szóra! – tiltakoztam, mikor láttam, amint a többiek szó nélkül elindulnak a hajó talajra eresztett személyliftje felé. – Magukra miért nem lő a harrun?

– Jók az álcázó pajzsaink – villant felém az udvarias mosoly.

Tépelődtem magamban, de ahogy a társaim botorkálva elindultak a hajó felé, nagy sóhajjal magam is utánuk eredtem. Két további liftet eresztettek le nekünk. Elszoruló szívvel pillantottam vissza a szinte felismerhetetlenségig összetört űrhajómra, és úgy éreztem, hirtelen elfogyott körülöttem a levegő. A roncs körül véres, kormos holttestek hevertek! Meresztettem a szemem, és a legközelebbi halottban felismertem O'Hara őrnagyot, nem messze tőle pedig az egyik fiatal tizedes hevert a fűben, vérbe fagyva.

Robotmerevséggel mozduló nyakkal pillantottam a vállamba kapaszkodó tisztre, és legszívesebben üvöltve leráztam volna a kezét.

„Ki a fene vagy te? Miféle káprázat ez?" – koccantak össze a fogaim. Növekvő pánikban sandítottam a másik oldalon nyugodtan ácsorgó katonára, akinek a testét odakint láttam heverni. Ismét a Mágus felé fordultam, de már nyomát sem láttam a halottaknak.

„Nagyon megüthettem a fejem" – próbáltam megnyugtatni magam.

A fedélzeten egy csapat fehér ruhás orvos és ápoló várt ránk. A legsúlyosabbnak tűnő eseteket már fektették is a hordágyakra. Egyedül én maradtam ott az egyik antik uniformist viselő kísérőnkkel.

Szokatlan módon a fájdalmaim múlóban voltak, és mintha a tenger friss, sós levegője áradt volna felém a légcserélők rácsaiból.

– Mr. Winsen, ha lenne kedves, és velem jönne! A kapitány szeretne önnel beszélni.

Megütközve pislogtam a délceg fiatalemberre, de inkább csak bólintottam, és követtem őt a makulátlanul tiszta, kellemes krémszínű folyosókon. Találkoztunk néhány másik emberrel, akik mind ugyanazt az ódivatú az egyenruhát hordták.

A híd határozottan lenyűgözött. Inkább neveztem volna teremnek, semmint egyszerű helyiségnek. Igaz, a csillaghajó méreteit figyelembe véve nem is volt annyira szokatlan. Legalább tíz kék egyenruhás operátor figyelte a különböző konzolokat.

A helyiség központi, emeltebb részén egy kényelmes fotelnek tűnő ülésből egy ősz férfi emelkedett fel a jöttünkre. Uniformisán annyi aranyozás csillogott, hogy még egy admirális is elbújhatott volna mellette szégyenében.

– Mr. Winsen! Örülök, hogy személyesen is üdvözölhetem a fedélzeten. Jones kapitány vagyok – nyújtotta felém a kezét.

Meglepően erős szorítása volt, holott a szakálla, haja alapján legalább százévesnek tippeltem.

– Igen... Szóval köszönöm, hogy megmentett minket – kezdtem bele zavartan, és azon tűnődtem, honnan tudja a nevem?

– Szóra sem érdemes! – legyintett a kapitány. – Ez, mondhatjuk úgy, a munkám része. De gondolom, izgatottan várja, miért is kérettem önt ide. Nos, egyszerű: mert szeretném felkérni, fogadja el a hajóm harmadtiszti beosztását.

Nagyot néztem, és egy idétlen kis hangocskánál többre nem futotta a torkomtól.

– Valami baj van?

– Nem, semmi gond, csak kissé meglepett az ajánlata. Mi történt a harmadtisztjével?

– Más pozícióba kérte át magát – somolygott Jones.

A kapitány szavai szöget ütöttek a fejembe. Fura egy hajó ez, ahol a tisztek csak úgy kérhetik az áthelyezésüket. Az acélszürke szemek rám szegeződtek.

– Nézze, azt tudom felajánlani, hogy amíg ezen a hajón szolgál, sem kormány, sem egyetlen bűnszövetkezet nem nyúlhat magához. Ezt teljes mértékben garantálhatom.

– És a fizetés? – támadt fel bennem a féllegális üzletember.

– Nem lesz rá panasza, higgye el! – nevetett fel az öreg.

120

– Mennyi időről lenne szó?

– Amennyit ön gondol. Ha már holnap ki szeretne lépni, az sem baj. Persze, jobban örülnék, ha tovább maradna. Szükségünk van tapasztalt űrjárókra. Ha gondolja, aludjon rá egyet. Nem szeretném, ha úgy érezné, kényszerítem.

Nem sokat tanakodtam. Úgyis szabadulni akartam már a kormány kötöttségeitől, és ha még a szervezetet is távol tudom magamtól tartani, akkor mit veszíthetek?

– Rendben, kapitány, megegyeztünk. Hol az a szerződés, amit alá kell írnom?

– Nem ragaszkodunk a formaságokhoz – nyújtotta ismét a kezét a kapitány.

Miközben kezet ráztunk, sós tengeri levegő hatolt az orromba.

– Most menjen, pihenjen! A szállásmester megmutatja a kabinját – bocsájtott utamra. Amikor visszafordult az egész első falat kitöltő kivetítőhöz, egyenruhája mellkasán megcsillant az apró névtáblája: „Jones".

Eltöprengtem, honnan ismerős ez a név, de hiába kutattam az emlékezetemben, nem sikerült rájönnöm.

Az egyik kivetítőn felfedeztem a Mágus roncsait. Közelebb léptem, és nagyot nyelve vettem észre a mezőn heverő, legalább hat mozdulatlan alakot.

– Rá tudna közelíteni? – kérdeztem kiszáradt torokkal a fiatal operátort.

A nő elgondolkodó tekintettel nézett fel rám.

– Biztos benne, hogy látni akarja?

– Igen… – suttogtam rekedten.

Nem volt tévedés. Felismertem a félig megégett őrnagyot, a kicsavarodott tagokkal heverő tizedest és egy látszólag sértetlen civilt, aki velünk együtt szállt be a liftbe.

– Halottak?

Nem voltam róla meggyőződve, hogy hallani akarom a választ

– Igen. Sajnálom.

– De akkor én…

Az operátor szomorú mosolya szavak nélkül is megadta a kegyelemdöfést. Eltántorodtam a konzoltól. Nem is vettem észre, mikor szálltunk fel, de mire a szállásmester mellém lépett, már a Nova körüli pályán keringtük.

– Kapitány, az új koordináták betáplálva, minden rendszer hibátlanul üzemel.

– Köszönöm! Akkor hát, indulás!

A *Styx* finoman megremegett, majd ámulatba ejtően gyorsan megindult egy távoli, vakítóan fényes csillag felé.

Epilógus

A Nova bolygóért folytatott harc úgy vonult be a történelembe, mint az ember-harrun háború fordulópontja. A földi flotta már-már a teljes vereséggel nézett szembe. A negyven csatahajóból csupán egy élte túl, ám a harrun mégis feladta, és visszavonult.

A megmaradt földi hajó kapitánya váltig állította, hogy a győzelmet egy ismeretlen, a bolygó légköréből felbukkanó csillaghajónak köszönhették. A hivatalos jelentésből kivágták azt a részt, ahol a parancsnok azt elemezte, milyen fejveszte menekültek a harrun űrnaszádok, amikor rádöbbentek, hogy a flottájuk teljes tűzereje együttesen sem képes még csak meggyengíteni sem a jelzés nélküli űrhajó pajzsait.

A csatahajó személyzete azonban továbbadta a történetet, és általuk a legenda új életre kelt.

A szerzőről

Szemán Zoltán 1973-ban született Budapesten. Az általános és középiskolát Dunaújvárosban járta ki. Érettségi után számítástechnikai műszerész végzettséget szerzett, majd sikeresen jelentkezett a Szolnoki Repülőtiszti Főiskola repülőműszaki tiszthelyettes képzésére. Felavatása után Veszprémbe helyezték, ahol elfogadta a Büntetésvégrehajtási Intézet hír- és biztonságtechnikusi állásajánlatát. 2003-ig szolgált a BV hivatásos állományú tagjaként, majd törzszászlósként leszerelt, és feleségével Új-Zélandra költözött.

A magán biztonsági szektorban helyezkedett el, majd 2007-ben Londonba költözött, ahol először a Chelsea Football Clubnak dolgozott, majd csatlakozott az USA londoni nagykövetségének biztonsági csapatához.

Szerződésének lejártával visszaköltözött Új-Zélandra, ahol Biztonsági Menedzser/Tanácsadó diplomát szerzett. Jelenleg Aucklandben él feleségével, és az egyik legnagyobb telekommunikációs cég adatbankjában a biztonsági csoport vezetőjeként dolgozik.

Kedvenc sorozatai és filmjei között olyanok szerepelnek, mint a Star Trek, Stargate (SG1, Atlantis), Men in Black, A Gyűrűk Ura, Eragon és hasonlók.

Saját bevallása szerint az igazi hobbija az írás. 2016 végén kezdte el írni az első művét, „*A kapu őre*" című regényt, és mai napig, 2018 októberéig, összesen húsz sci-fi és fantasy műve jelent meg elektronikus formában. Ebből kettő („*Múlt idő*", „*A Link*") az Arte Tenebrarum kiadó égisze alatt került publikálásra.

Hitvallása szerint a könyvek akkor érnek valamit, ha olvassák őket. Éppen ezért írás közben folyamatosan azt a célt tartja szem előtt, hogy a művei – különösen a sci-fi regények – mindenki számára érthetőek, élvezhetők legyenek, mégis futurisztikusak maradjanak. Habár műveivel elsősorban szórakoztatni kíván, de a figyelmes olvasó könnyen megtalálhatja

123

bennük az emberi kapcsolatok és a társadalomkritika jegyeit is. E téren Ray Bradbury-t tekinti példaképének.

Még rengeteg ötlete várakozik, hogy papírra kerüljön, és igyekszik a lehető legtöbb időt az írásnak szentelni. További tervei között szerepel, hogy alkalomadtán kipróbálja magát más zsánerekben is.

www.zoltanbooks.wordpress.com
www.facebook.com/zbooks

RÁKOS RÓBERT

A negyedik menet

1.

A város legrégebbi tornaklubjának öltözőjében verejtékben úszó, lihegő fiúk és férfiak ülnek a kopott padokon, törölközővel a nyakuk körül. Mindannyian az idős edzőre figyelnek, aki már eresztett egy kisebb pocakot, de válla széles, tekintete szigorú, hangja mély és határozott.

– Ezt a napot is jól elbasztuk! Három hónap múlva meg kell rendeznünk a pofonpartit, de nincs versenyzőnk! Gábor, ezt ne vedd magadra, meg, Robi, te se. Azok a kurva Tomiék azt hiszik, hogy majd külföldön az ölükbe hull minden, a pénz, a hírnév! Szaros kis tizenhat évesek, és úgy viselkednek, mintha a seggükből húztak volna ki! Itt hagynak pont most, nyakig a ganéban!

– És még hullámzik is, főnök!

– Jól mondod, Gabesz, hullámzik is! Van a zsebünkben majdnem félmillió, de most mire költsük?!

– Engedjük meg, főnök, hogy idehozzanak egy olyan izét! Azt a Terminátort... – A fiúk felröhögnek, csak Robi nem.

– Hülye vagy, Gabesz, vagy csak túl keményet kaptál az előbb?! Szintetikusokkal nem foglalkozik senki. Egy edző sem fogja ezt felvállalni, még nyugaton se! Az lehet, hogy billiárdban, tekében meg ilyen csip-csup semmilyen sportokban elvannak, de ez ökölvívás! Csak a hülyék hiszik, hogy az győz, aki az erősebb. Magas a sérülés veszélye is, kizárt, hogy a küzdősportokban bármelyik ország bármelyik szövetsége hagyja majd, hogy egy ilyen Mikrobi bohóckodjon a ringben! Nem mi itt, a keleti boszorkány segge alatt fogjuk meglépni azt, amit másol se mertek! Nem alacsonyítjuk le a sportot idáig.

– Pedig jól fizetnének érte!

– Nézzétek, fiúk. A klub most tényleg bajban van. A rendezvényt nem fújhatjuk le, mert eleget kell tennünk az önkormányzati követelményeknek. Civil szervezet vagyunk, az év elején benne volt a rendezvény a költségvetési tervben, és aláírattuk jegyzővel meg cégbírósággal, meg minden szarral, ami ilyenkor kell. A támogatást az igazolt versenyzőink hiányában vissza kell fizetnünk állam bácsinak, mert minden igazolt versenyzőnk lelépett. Csak te nem, Gabesz, de nézd... most komolyan. Lassan harminc leszel, százhét kiló vagy és amatőr. Nem lesz ellenfeled! Vagy átmész a profik közé, vagy tanulj meg zongorázni! A kicsiknek meg sportorvosi engedélyük sincs. Robi, te meg csak hobbista vagy. Most mondjátok meg nekem, hogy oldjam ezt meg?! – Az öreg edző nagy lapátkezeibe hajtotta ezüstös fejét, és fortyogott a dühtől. A fiúk néha röhögtek a kitörésein, de azért érezték, hogy most tényleg szorul a hurok.

126

– Negyven éve ezt csinálom, de ilyen szar még nem volt... Zuhanyozzatok le, és mindenki menjen haza! Vacsora ma nincs! Szerdán találkozunk. Hozzatok ismerősöket, lehetőleg fiatalokat!

Az edző kilépett az öltözőből, pár pillanattal utána a kicsik is távoztak, ők sosem zuhanyoztak. Nem erőltették meg magukat annyira, hogy indokolt legyen a fürdés. Csak Gábor és Robi maradt, ahogy ez lenni szokott.

– Most mi lesz, Gabesz?

– Mi lenne? Semmi. Én is elhúzok, csak még nem szóltam az öregnek.

– Hova?

– Abbahagyom.

– Mivan?!

– Nézd, az öreg jól mondja. Kinn dolgozok külföldön, a pénz jó. Ez a heti három edzés sok idő nekem. Mehetnék túlórázni helyette, és végre vehetnék egy normális kocsit. Ezzel a dízel szutyokkal már csak páros napokon mehetek a városba, külföldre meg ki se engednek vele. Apámtól szoktam elkérni a villanyszamarat. A sport meg, hát ja... Nyertem pár meccset, voltam országos második is. De ez van, nem fog hiányozni.

– Akkor ennyi? Bezár a bazár?

– Be. De szarjál rá te is, majd mész máshova. Te úgyse vagy sportoló, csak egy tanár. Munkád sincs most. Keress valami mást!

2.

Beálltak a zuhanyzófülkékbe, megnyitották a csapokat, de nem szóltak egymáshoz. A portás rádiója behallatszott az öltözőbe, így hallották, hogy a vezető hírek megint az androidok voltak. Ezúttal egy parkolóban vertek szét egy takarítórobotot. A szintetikusok az állami és céges szférában terjedtek el, magánszemély nem vásárolhatott belőlük. Minden bizonnyal éltek a világban olyan sejkek és cégtulajdonosok, akik rendelkeztek egy-egy példánnyal, de a média nem lovagolt ezen. Az elterjedésük sem okozott túl nagy meglepetést, olyan szépen elfogadták őket, mint a nyomógombosról az okostelefonokra váltást. A japán nagyvállalatok, mint a Toyota és a Mitsubishi, összefogtak az Európai Unió nagyvállalataival, és közös termékként dobták piacra a Synthetic Technologies néven futtatott ST-01-es modellt. Minden vállalat keres rajta, anélkül, hogy konkurencia alakulna ki. Aki nem lépett be valamivel, az önállóan sosem tudna előállítani egy ilyen összetett gépet. Az apró szervomotorokat Japánban gyártották, az akkumulátorokat Németországban, a szervesnek tűnő bőrszerű anyagot pedig Franciaországban. Mivel számos érzékelő található a roboton, Olaszország, Spanyolország és Portugália is éppúgy hozzátett valamit, mint a volt szocialista országok. Az összeszerelést természetesen Kínában tudták a legolcsóbban megoldani. A szoftvert amerikai techvállalatok fejlesztették, de a forráskódot teljesen zártan kezelték. A nagy bemutatót élőben közvetítették az állami televízió-csatornák. Ha hihetünk a nézettségi adatoknak, többen nézték élőben, mint a 2028-as futball-világbajnokságot, ahol Elefántcsontpart a földbe döngölte Hollandiát, és az internetes streaming csatornák látogatóit még bele sem számoltuk.

A frissítő zuhany után a fiúk megtörölköztek, felöltöztek.

– Mit szólsz hozzá?

– Nem örülök, hogy te is elmész, Gabesz. Te vagy az egyetlen versenyzőnk!

– Nem ahhoz, azzal ne foglalkozz! A robothoz!

– Ja az? Nem először verik szét őket.

– Azt mondták, hogy mennyire jó lesz, ha bevezetik őket! Emlékszel még? Figyeld meg, most lesz ebből még balhé! Ez a cég nagyon nyomja őket! Nekem amúgy jó, hogy vannak. Sportfogadásokon sokat nyertem velük, de már mindenki rájuk fogad, nem jön be annyi lé belőlük, mint pár éve.

– Mész is?

128

– Ja, de majd azért hívlak, hogy mi van. Az öregnek ne nagyon mondj semmit, oké? Na cső!

A színpadon egy hatalmas kivetítő előtt nem egyetlen ember, hanem egy egész csapat állt szemben a nemzetközi sajtóval. Mindenki nagyon szimpatikus volt, mosolygós és túlságosan trendi. Nők és férfiak, akik éppannyira vegyes életkorral rendelkeztek, mint amilyen változatos az etnikai hovatartozásuk. Egy emberhez hasonló méretű, lepellel letakart tárgyat vettek körbe, és a mikroportjaikba a saját nyelvükön beszéltek, amit minden néző a mesterséges intelligencia segítségével feliratozva nézhetett az otthonában. A helyszíni újságírók az előadók mögötti nevetségesen nagy OLED kivetítőn olvashatták a prezentációban elhangzó mondatokat angolul, spanyolul és kínaiul. Ha valaki ezek ellenére is elvérzett a nyelvi kavalkádban, akkor annak már csak a mobilja segíthetett, amin ironikus módon rákereshetett az online streamre, és ott már a saját nyelvén olvashatta az elhangzottakat. Habár jelen voltak, mégis csak a mobiljuk kijelzőjét bámulták. A New York-i Carnegie Hall neoreneszánsz stílusát szinte megbecstelenítette ez a keret nélküli panel, ahogy a firkászok feje felett röpködő kamerázó drónok sem segítettek a helyzeten.

Egy ötven körüli ázsiai nő mozdult meg elsőként, üdvözölte a tömeget, és lényegében mindenféle felvezetés nélkül a testet lefedő lepelhez sétált, és kissé színpadiasan lerántotta.

A terem stukkóira vakuk, kijelzők fénye vetült, a fókuszban pedig a test, amiről már egy éve lassan minden hírportál napi rendszerességgel szivárogtatott híreket. Nem volt tapsvihar, sem ováció, lényegében a világ már túltette magát a robot létezése által okozott sokkon. A Der Spiegel pár hónapja már leközölt egy postot a gépről, amit megfejeltek egy meglehetősen rossz minőségű 640 x 480-as felbontású videóval. A képsorokon egy emberszerű test mozgott, felemelt, majd letett egyszerű tárgyakat, és kezet fogott egy emberrel. A recsegő, zizegő nehezen értelmezhető, de feltehetőleg német nyelven elhangzó parancsokat teljesítette. A *Setz dich!* parancsra leült a mellette található székre, aminek a pozícióját valószínűleg a fején lévő, emberi szemeknek tűnő szenzorokkal mért be, a *Steh auf!* parancsra pedig felállt. A videó egy hosszabb változata a La Gazette Online felületén is megtalálható volt, abban a robotot egy férfi végigvezette egy családi ház postaládája és a nappalija közötti útvonalon, majd utasításba adta, hogy a postalábából kilógó nyomtatott újságot hozza be a nappali asztalára.

A teremben lévő újságírók azonnal megosztották a fotókat a neten, és a kommentárok bináris jelei miatt számos blogmotor és szerverpark nézett hosszú éjszaka elé.

A gép teste emberszerű volt, a kivetítőn adatok jelentek meg róla. Ízléses animációval kiírták, hogy a neve: „ST-01", száznyolcvan centiméter magas, a súlya kilencven kilogramm, és természetesen a „forradalmi technológia" sem maradhatott el. A robotról készített 3D modell a háttérben lassan forgott a kivetítőn. A végtagjai és azok aránya teljesen megegyezett egy azonos paraméterekkel bíró emberével. Testszőrzettel nem rendelkezett, ahogy ivarszervekkel sem. A bőrszerű szintetikus anyag az emberi bőrhöz hasonlóan nézett ki, csak világosabb áttetszőbb színben. A testet nem borították textillel, lényegében meztelenül állt a pódiumon, mégis annyira lehetett ez megbotránkoztató, mint egy játékbaba ruha nélkül. Az arcszerkezete emberi volt, de sem a férfi, sem a női nem jellegzetességeit nem viselte magán. A szeme, a szenzorok helye üresen feketéllett, akár egy baba üvegszeme. A testalkata sportos volt, aki akart, egy férfias nőt vagy egy nőies férfit láthatott bele. Az olasz formatervezők törekedtek arra, hogy eléggé emberi legyen, de mégis egyértelműen gép. Vezeték nélkül, indukciósan lehetett tölteni, egy feltöltéssel negyvennyolc órán keresztül tudott üzemelni.

– Hölgyeim és uraim, íme az ST-01!

Az újságírókban mintha egyszerre nyomtak volna meg egy gombot, ami a beszédkészségüket beindítja, és mindenki azonnal kérdezni akart. Az előírt és íratlan protokollokat megszegve beordították a kérdéseiket annyi nyelven, ahányan csak voltak. A hölgy csendesen mosolygott, oldalt pillantva kinézett munkatársaira, majd kezével jelezte, hogy csendet kér.

– Nyilván megértjük, hogy mindent tudni szeretnének! Még ma este kiadjuk a hivatalos sajtóanyagot, amiből dolgozhatnak, de most csak arról beszélnénk, ami valószínűleg mindenkit érdekel.

Sokan arra kíváncsiak, hogy miért. Miért és miért így létezik az ST-01?

A válasz egyszerű: Az ember a legtökéletesebb lény, amit jelenleg a bolygónkon megtalálhatunk. A gép ezért humanoid testet kapott. A testében az ízületeket szervomotorok helyettesítik, a vázszerkezete az ember csontozatától csupán öt százalékban tér el. Minden mozdulatra képes, amire mi, de nem érez fájdalmat, nem beteg, nincs jó vagy rossz napja. Nincs személyisége.

A szoftverről annyit árulhatok el, hogy Linux alapú, de nem Android.

A tömeg ezen a ponton hangosan felnevetett, az előadónak ez is volt a célja.

– Az operációs rendszer része egy saját fejlesztésű mesterséges intelligencia, de mielőtt bárki elkezdené emlegetni az olyan régi filmeket, mint a Terminátor vagy a Nő, szögezzük le, hogy a mi robotunk nem tud önálló döntéseket hozni. A mesterséges intelligenciáját korlátok közé szorítottuk, kizárólag apróságokban képes döntést hozni. Az érzékelőivel például képes a környezetének pontos meghatározására, és rendelkezik számos ismerettel, ami a tárgyakat illeti. Ha azt mondjuk neki, hogy ülj le, akkor a szkennerekkel megkeresi a hozzá legközelebbi széket, és leül rá. Ha több szék van, akkor döntést hoz vagy kérdez, hogy melyikre.

A tömeg morajlott, ajkak százai akarták ugyanazt a kérdést feltenni.

– Igen, beszél. Jelenleg az Európai Unió összes tagországának a nyelvén képes kommunikálni, valamint rendelkezésre áll a japán és a sztenderd kínai mandarin is, de a szoftver folyamatosan frissül. Odafigyelünk a dialektusokra, de talán megértik, hogy mekkora munka ez a programozóink számára. A hang kérdésében úgy gondoltuk, hogy bár neme nincs, legyen lehetőség férfi és női hang kiválasztására is. A férfi hangminta a jogdíjakkal kapcsolatos problémák miatt Steve McQueen lett, a női pedig Norma Jeane Mortenson. Az ajkait a szoftver hozza szinkronba a kimondott szavakkal, de a hangok a szájüreg belső részébe épített hangszórókból érkeznek, és meglehetősen szépen szólnak, hála a német partnercégünknek. Az adattárolás a felhőben történik, aminek az alapját a mi saját szerverparkunk adja. Az adatbiztonságért a Synthetic Technologies vállalja a felelősséget, hiszen a gép mindig online állapotban van. Gondoskodtunk róla, hogy csak akkor képes a működésre, ha stabil a kapcsolat a szervereinkkel. Külső eszközökkel rákapcsolódni nem lehet, illetve a végfelhasználó ezt csak korlátozottan teheti meg. Készítettünk egy applikációt, ami az összes jelenlegi operációs rendszert támogatja. Ha telepítjük a mobilunkra a programot, kapunk egy alap utasításkészletet, amiket végrehajtathatunk a géppel. De tanítható is. Habár a mesterséges intelligenciánk nem képes morális kérdések mérlegelésére, azt a döntést hoztuk, hogy a robot nem kerülhet kereskedelmi forgalomba.

A tömeg ordított, az emberek felálltak e helyükről, a kezükkel a levegőbe bokszoltak, kiabáltak.

– Meg kell érteniük, hogy tanulnunk kell a saját hibáinkból. Mikor odaadtuk az embereknek az okostelefont, megszüntettük a kommunikációs szakadékokat, de teremtettünk újabb problémákat. Zaklattuk egymást, kémkedtünk egymás után, nem arra használtuk, amire való. Nem a technológia tehet arról, ha a felhasználó nem nőtt még fel a használatához. A társadalom még nem érett meg arra, hogy az ST-01-et megvásárolhatóvá tegyük a civil lakosság számára. Az állami szféra és a nagyvállalatok kaphatnak belőle. Az Unió keleti felében komoly gond, hogy sokan nyugat felé indultak. A kórházakban számos munkát képesek elvégezni, legyen szó takarításról vagy a fertőző osztályokon való szolgálatról. A GPS miatt képes közlekedni, szállítani. A keze precíz, pontos, a teste könnyen mozog. A szoftver különböző igények szerint testre szabható. Lényegében bármire használhatjuk, amire kérik, de az instabil emberi tényező nélkül. Ha egész nap dolgoztatjuk, tehát minden szervomotor megy, és a háttérben az operációs rendszer folyamatos terhelés alatt áll, akkor is tizenkét óra intenzív használatra lehet számítani.

– Képes ölni? – Ez a kérdés olyan erővel hasított keresztül a termen, hogy mindenki meghallotta, és el is gondolkodott rajta. Gyermekkori félelmek és előítéletek keveredtek felnőttkori, jóval megalapozottabb rémülettel, de egyszerre kíváncsisággal is. Mindez egyértelműen kiolvasható volt az emberek tekintetéből.

– Igen. Ha a kezébe adunk egy kést, és azt mondjuk neki, hogy szúrj előre, akkor szúrni fog. Ha előtte áll valaki, a szenzor érzékeli, de nem mérlegel. Nem képes érezni, hogy egy tettnek milyen következménye lesz. Parancsot követ. Nem tudja, nem is tudhatja, hogy mi mire akarjuk használni. Ezért nem szabadíthatjuk az emberekre. A szoftver testreszabása közben megadhatjuk neki, hogy kitől fogadjon el parancsokat, a szenzorai miatt ugyanis képes a bionikus azonosításra. Illetéktelen személy nem vezérelheti. Egy automata, ami azt teszi, amit a programozója mond. Minden felelősség azt terheli, aki irányítja.

– Van neve?

– Ami azt illeti, van. Tisztelegve az egyik nagyra becsült partnercégünk egykori vezetője előtt, róla neveztük el a robotot. Teljes neve i ST-1, tehát I-st-ván.

3.

Az edzőteremből kilépve Robi elköszönt Gabesztól, és a szürke, ütött-kopott, utólag elektromos meghajtásúvá alakított Mitsubishijébe ült. Még az apja hagyta rá, amikor meghalt. Mivel Robi informatikát tanított, és értett a szereléshez is, utólag beépített a középkonzolba egy tabletet, és az egyik szolgáltatónál vásárolt egy egyszerű, régimódi feltöltős SIM kártyát, így megnézhette az üzeneteit. Mindig megnézte, de a levelesláda többnyire csak levélszeméttel volt tele: „Növelje a péniszét akár húsz centiméterrel", vagy „Kedvezményes belépés a szintetikus bordélyba, ami most nyílt a városukban". Csupa ökörség! Nem is értette, miért kap ennyi perverz reklámot. Aztán leesett neki, hogy a keresőmotorok már képesek következtetni a gyakran böngészett honlapok alapján, hogy mi érdekelheti a felhasználót. „Basszus, nem kéne ennyi pornót nézni! De mégis mit kezdene valaki harmincöt centiméteres pénisszel?" – Ki is törölte őket, mert a jelek szerint megalapozott volt a gyanúja, hogy az önéletrajzára ma már senki sem fog válaszolni. Ma sem.

Mielőtt hazafelé indult volna, eszébe jutott, hogy be kéne vásárolnia a hétre. Besötétedett, ezért gyorsan túl akart esni rajta. Beindította a villanymotort, az autó „A" oszlopára utólagosan kissé hanyagul felhelyezett, vagy inkább madzagokkal odatákolt töltöttségmérő jelezte, hogy bőven van még elég leszakadó elektron a „tankban". A rádió is megszólalt, mert szokásához híven benne hagyta a jó kis Best of '80s saját készítésű CD válogatását. Nincs is jobb, mint edzés után Robert Tepper – No easy way out című számát hallgatni. A Rocky IV. mára már több mint klasszikus.

A bevásárlóközpont homlokzatán hatalmas kijelzők hirdették az éppen akciós termékeket, a mirelit pizza kétezer alatt volt, ami nagy szó manapság. Robi lehúzta mobilja NFC érzékelőjét a bevásárlókocsit kiadó kis pavilon terminálja előtt, és felnyílt az oldalán a kis ajtó, amin egy elektromotor ki tudta lökni a sterilizált, makulátlan kocsit. „A kereke persze mindegyiknek laza, ezért balra húznak" – bosszankodott Robi. „Bámulatos, hogy a multik ennyit költöttek arra, hogy a hajléktalanok ne kérdezzék meg a vásárlóktól, hogy visszatolhatják-e a kocsikat a kétszázért, de a kerekeket bezzeg nem nézi meg senki!" – A férfi elindult a bejárat felé, a kocsi pedig csetlett-botlott, de a mobiljával már szinkronizált, ezért magától követte.

Robi bevetette magát az esti vásárlók és a mirelit élelmiszerek poklába. A bevásárlókocsi öt darab mirelit pizzával, mirelit hamburgerrel, mirelit sült krumplival és a legolcsóbb, az áruház saját márkájú kóla ízű üdítőjével telt meg. Meg pár dobozos sörrel. Egy átlagos vagy átlag alatti egyedülálló harmincas tipikus megúszós olcsó alapellátmánya egy hétre. Felpakolt mindent a négyzet alakú tálcaszerű felületre, és a mobilja kijelzőjét odafordította a szintetikus eladó felé, aki ezúttal egy kimondottan szép női arccal rendelkező példány volt, az a típus, aki mindig kedves és türelmes a vásárlókkal.

– Kerek tízezer lesz, uram! Kérem, indítsa el áruházunk applikációját, és írja be a felhasználói azonosítóját! A kijelzőn megjelenő nonfiguratív kódot, kérem, fordítsa felém!

Robi ezt már régen megtette, ez a mondat csak a protokoll miatt hangzik el mindig. Az eladó egy áruházakra tervezett, korai ST-08-as modell volt, ami az érzékelőivel szkenneli az árukat, ezért nem kell őket egyesével lehúzni a kassza előtt, mint régen. Kasszára sincs szükség, mert a robot a vásárló felhasználói azonosítójának és az előtte lévő termékek ismeretében elintézi a banki tranzakciót is.

– Köszönjük, hogy nálunk vásárolt! Segíthetek még valamiben?

– Nem, köszönöm! Szép estét!

– Önnek is, uram!

„Valahogy reflexből jön ez. Hogy a viharba lehetne egy szintetikusnak szép estéje?" – Ezek az ST-08-asok már férfi és női arccal, valamint testalkattal jöttek forgalomba, az angol pszichológusok szerint a vásárlókat ez megnyugtatja. Hajuk is van, a női verziók mind világosbarnák, félhosszú frizurával, a férfi változat rövid sötétbarna hajjal rendelkezik. A nők testalkata teljesen átlagos, ahogy a férfi modellé is az, de az arcuk semmitmondó, jellegtelen. Minden országban „saját képükre" formálták a változatokat: Ázsiában például a jellegzetes mongoloid nagyrassz testi adottságait kapták, de Amerikában fekete és fehérbőrű változat is létezett. Hatalmas médiabotrány volt, amikor több fehér modellt gyártottak le, mint feketét. A Synthetic Technologies termékkatalógusa letölthető volt a honlapjukról: valami elképesztő, hogy annyi modellt készítenek, hogy a katalógus hosszabb, mint a Háború és béke. Az ST-08-as többfunkciós, egyrészt a banki utalásokért, másrészt árufeltöltésért is felelős, kiszolgál a pultoknál és a műszaki részlegen is kérdezhetünk a termékekről lényegében bármit, úgyis tudni fogja a választ. A raktárban tökéletesen elboldogulnak, targoncát vezetnek, leltároznak, takarítanak. Pár ilyen szintetikus dolgozó, és nincs többé lopás, nincsenek logisztikai melléfogások. Persze ha valaki rosszul kalibrál valamit, az már mehet is a munkaügyi központba új állás után nézni.

Robi visszasétált az autójához, a bicegő bevásárlókocsi pedig akár egy hűséges kiskutya automatikusan követte. Bepakolta a vásárolt termékeket a csomagtartóba, és a telefonján megérintette a „Menj haza" parancsot, a bevásárlókocsi erre visszakacsázott a pavilonba, ahol fertőtleníteni szokták. A higiéniai egység valahol a pavilon alatt, mélyen a földben volt. Ma már senki sem foglalkozik azzal, hogy hogyan működik, a National Geographic Channel-en, a Gyáróriások műsorban úgyis megmutatják annak a kisfilmet, akit érdekel.

4.

Robi albérlete mindössze huszonöt négyzetméter volt. A falakra a '80-as, '90-es és 2000-es évek filmjeinek plakátjait akasztotta, amiket ő nyomtatott ki, mikor elköltözött a családi házból. Egy ágy, egy asztal két székkel, egy szekrény, egy hűtő, egy zuhanykabin, egy WC, egy ősrégi LCD-tévé – amire még lehet koax kábellel lejátszókat kötni – és egy főzőhelyiség. Ennyit engedhetett meg magának, persze minden egyetlen térbe volt bezsúfolva. Három hónapja nem rendelkezett munkaviszonnyal, és a munkanélküli segélye is hamarosan lejárt. Félretett pénze sem volt sok, legutóbb a tartalékaiból az E-Busz pályaudvar mögötti piacon vett egy régi Hitachi VHS lejátszót, hogy az apja régi kazettáit nézhesse. Rendelkezett olyan felbecsülhetetlen kincsekkel, mint a Krieg der Sterne németül, hangalámondással a saját anyanyelvén. Ezeket szerette nézni, és persze a Rocky sorozatot. Apja hagyatéka. Az internet az Európai Unió minden tagországában alanyi jogon járt, így még ehhez a lepukkant, dohos albérlethez is volt egy alap 25 Mbit/sec sebességű Wi-Fi kapcsolat. A telefonján szinte bármit el tudott intézni.

Az autókulcsot az asztalon lévő tálba dobta, a vásárolt termékeket pedig szépen berakta a hűtőbe, ami egy kis OLED kijelzőn a termékek QR kódja alapján listázta tartalmukat. Betett egy pizzát a gondosan száznyolcvan fokra beállított sütőbe, ami fél óra múlva el is készül. Amíg sül, a telefonján lekérte a friss híreket.

A szintetikusok témája gyakran került a főcímek közé, mert sokan váltak munkanélkülivé miattuk. Sok multinacionális cég előtt szerveztek tüntetéseket a volt dolgozók, akik a robotok ellen léptek fel. Neo Ludditáknak nevezték magukat, és gyakran rongálták meg a köztisztaságért felelős cégek robotjait.

A főcímekben is a legutóbbi németországi SPAR-parkolóban történt esetről a drónok által készített felvételek voltak láthatók. Az újságírók lelkesen hozták nyilvánosságra az írásaikat az online hasábokon, miszerint a tomboló tömeg botokkal és feszítővasakkal darabokra verte a cég takarítórobotját. „Munkát akarok" feliratú táblákkal tiltakozó jelszavakat skandáltak.

A keleti országokban a szakképesítéssel nem rendelkezők igazán nehéz helyzetbe kerültek, sokan mentek nyugatra, ahol viszont haragudtak a bevándorlókra, hiszen azok az ő jólétüket veszélyeztették. Sok állam képzésekkel akarta megoldani a problémát, de el kellett fogadni azt a tényt, hogy nem mindenki képes tanulni. A programozás nehéz dolog, külön

136

gondolkodásmódot, világszemléletet igényel, márpedig programozókra volt a legnagyobb szükség. A robotika fejlődéséhez persze új gyárakat is kellett építeni, így új munkahelyek is születtek. Szinte minden országban volt már olyan gyár, ami a Synthetic Technologies tröszthöz tartozott, a politika pedig gyakran adott kedvezményeket a vállalatnak, hogy üzemet vagy üzemeket hozzanak létre az adott országban. A benzines és dízelüzemű autók átalakítására is egy egész iparág szerveződött, mert ezek használatát sok országban már betiltották vagy korlátozták. Az elektromos autók teljesen hétköznapinak számítottak, sok kínai cég terméke jutott be Kelet-Európába, mert viszonylag megfizethetők voltak. A napenergiafarmok is felvettek némi humánerőforrást. A mezőgazdaság is sok szintetikust alkalmazott, de a keleti régiókban a földeken végzett munka még jelenthetett az emberek számára is megoldást. Az építőipar is felszippantotta a munkanélkülieket, és vitte őket még keletebbre, ahol még csak kevés szintetikust állítottak szolgálatba. A gépek elterjedésével az oktatás is megváltozott, lényegében Robi is ezért vesztette el a munkáját. A tanárok világában a szintetikusokat kezdetben tanársegédként alkalmazták, aztán az új szoftverek miatt fordult a kocka, a valódi emberek lettek a gépek segédei. Az állami iskolákban sok problémát okozott, hogy a tanárok idősödtek, egyre általánosabb lett a szakos ellátottság hiánya. Robi olyan tantárgyakat tanított, amire szükség volt, nem azokat, amikről a diplomája szólt. Az ő helyét is átvette egy ST-87-es School Teacher modell, amiből az alsó tagozatban kizárólag női, a felsőben ötven-ötven százalékban férfi és női változatok készültek. A küllemük makulátlan, arányos volt, a tökéletességet sugallták éppen úgy, ahogy a 2015-ös Nemzeti Pedagógus Kar Etikai Kódexe megálmodta. Robi túlsúlyos volt, dohányzott, amit a gyerekek is észrevettek. Nem éppen a tökéletes pedagógus mintapéldánya. A magánélete is rendezetlen volt, klasszikus értelemben vett barátnővel a kora ellenére sohasem rendelkezett. A világ már nem tolerálta a romantikus álmodozókat, a család már csak politikai szónoklatokban képezte a társadalom alapját. A válások száma már elérte a hetvenöt százalékot, évről-évre kevesebben vállaltak gyermeket. Az emberek elhidegültek egymástól. A szintetikusok az élet ezen területén is sok kérdést vetettek fel, ugyanis sok országban bevezették az ST-XXX (Sexual Touch) változatokat a prostitúció visszaszorítása érdekében. A tripla X modellek nemi szervet kaptak, sok ismert színész, színésznő, énekes, énekesnő és fotómodellek adták el testüket licensz gyanánt elképesztő összegekért. A cég pedig a legaberráltabbak igényeit is kielégítette gazdag termékkínálatával. Mivel ezek nem élőlények voltak, a szexuális tevékenység jogilag csupán gépkölcsönzésnek minősült, az élelmes vállalkozók le is csaptak a lehetőségre és szintetikus bordélyt nyitottak. A statisztikák azt mutatták, hogy a szintetikusok szexuális célra való felhasználása miatt csökkent a szexuális bűncselekmények száma, ahogy a szexuális úton terjedő betegségeké is. Azt nem tudták bizonyítani, hogy a gépeknek köze lenne az egyre alacsonyabb gyermekvállaláshoz. A társadalom különböző rétegei lényegében kiélhették a legperverzebb vágyaikat is a robotokon mindennemű következmény nélkül. A szolgáltatást megfizethetőre tervezték, voltak, akik percdíjakkal oldották meg a szegényebb, de nemi életre vágyók óhajait. Komoly társadalmi viták folytak arról, hogy a szex egy szintetikussal megcsalásnak számít-e. Sok házassági szerződésbe vették bele ezt a tételt is. Az XXX szintetikusok szoftverének alapját Az illatos kert és a Kámaszútra adta, de a modell bevezetésekor azt nyilatkozták, hogy a felnőtt filmeket készítő cégek, internetes oldalak és szexuális segédeszközöket gyártó manufaktúrák is segítettek a fejlesztésben.

A sütő hangos pittyegéssel jelezte, hogy kész az étel. Robi kivette, és hozzálátott. Egyik kezében a telefont, másikban egy pizzaszeletet tartott, a sporthíreket olvasta, és azt a kibontakozóban lévő komment vitát, hogy milyen hatással lehetne az a küzdősportok világára, ha a szintetikusok megjelennének az élet ezen területén is. Ronnie O'Sullivan 147-es maximum break rekordjainak számát már rég megdöntötte egy ST-66-os (Sport Type), ahogy a sakk, a tenisz, a bowling vagy a darts rekordjai sem maradtak érintetlenül. Robi evett és olvasott:

A profi boksz világa nem nyit a sportrobotok felé. A sport lényege a küzdelem, ami fejben dől el. Az ökölvívás a lélek sportja, bár a közönség csak az erőszakos oldalát akarja látni. A robot lelketlen, nem méltó arra, hogy egy profi sportoló kiálljon ellene. Az amatőrök közt pedig nincs olyan edző, aki kitenné a versenyzőjét egy olyan szituációnak, aminek következményeit a sportoló egész életében magával fogja vinni. Ha legyőzi a gépet, amire meglehetősen kicsi az esély, akkor nem történik több, mint egy diadal a konzervdoboz felett, amit nem fog jegyezni senki. Ha veszít, akkor viszont azt a vereséget sosem mossa le magáról. Az ökölvívás az emberről szól, nem a gépről.

Egy képet is közöltek a Synthetic Technologies küzdősportokra tervezett modelljéről. A testfelépítése szinte semmiben sem tért el a többi ST-85-ös modelltől, kicsit talán szálkásabb izomzattal rendelkezett, de ez csak szilikon volt, esztétikai célt szolgált. A neme férfi, súlya kilencven kilogramm, száznyolcvan centiméter magas, világos színű tüskés haja volt. Nem rendelkezett egyértelműen felismerhető rasszjegyekkel, sem nemi szervvel, tekintete ugyanolyan élettelenül feketéllett, mint a játékbabák szeme, akárcsak a többi robotnál is. Az ízületeit apró titánium szervomotorok mozgatták, és száz százalékban képes volt leutánozni az ember mozdulatait. A fejében lévő giroszkóp hibátlan egyensúlyt kölcsönzött neki, a testsúlyát olyan gyorsan volt képes áthelyezni vagy stabilizálni, ami már szinte emberfeletti. Nem fáradt el, nem vett levegőt, harc közben pedig folyamatosan elemezte az ellenfelét. Képes volt a testfelületét érő ütések erejének, szögének vizsgálatára, ellenfelének tökéletes lokalizációjára, és egy algoritmussal azt is meg tudta jósolni, hogy mik lehetnek a másik fél szándékai. Analizálta ellenfele szemét, légzését, a kipárolgásból következtetett fizikai állapotára. Mindig a megfelelő döntést hozta.

Ha bárki kiáll ellene, a Synthetic Technologies fél millió dollárt fizet. Akkor is ha győznek, akkor is, ha veszítenek.

Robi befejezte a vacsorát. A hűtő melletti kis kosárban voltak a gyógyszerei. A vérnyomására háromféle gyógyszert szedett, és az orvos a legutóbbi alkalommal írt fel neki nyugtatót is, hogy aludni tudjon. Mióta nem dolgozik, a félretett pénzét dilidokira költötte, aki meghallgatta, majd az elhangzottak alapján kérdéseket tett fel neki. Nagyon drága kérdéseket. Sosem fizetett még ilyen sokat azért, hogy valakinek elmondhassa munkahelyi és – elhanyagolható számú, de annál jelentősebb –szerelmi kudarcait. Kivett a nyugtató dobozából egy szemet, majd még egyet. De ha már van kettő, akkor a harmadik sem fog már jobban megártani. Vizet töltött, majd lenyelte az egészet. Három darabnál tíz perc múlva beüt a szédülés, és akkor majd lefekhet. Fél óra múlva már el is fog aludni. Harminc perc sok idő, ha a múlt emlékeivel kell megküzdeni, ezért keresett a hűtőben egy dobozos sört. Tapasztalatból tudta, hogy ha ezt még megissza hozzá, akkor negyedóra múlva beáll a teljes kikapcsolás állapota. Feltépte hát a dobozt, három húzásra legyűrte az áruház legolcsóbb, saját márkájú lötyét és fürdés nélkül elfeküdt az ágyán.

5.

– Nem hiszem el, basszátok meg! Hol a Gabesz?

– Nem jön többet, főnök.

– Ilyen nincs. Három hónap és itt a bunyó, most ki a faszomat küldjek be a ringbe?

– Megyek én, ha kell, főnök!

– Robi, baszd meg, elmúltál harminc, nem vagy sportoló, túlsúlyos vagy, dohányzol, sosem voltál élesben a szorítóban, és egyébként is, nem tudsz semmit a bokszról. Ide jársz megszakításokkal évek óta, de nem tudok veled mihez kezdeni. Jó fej vagy, hogy felajánlod, de ilyet nem lehet csinálni, érted?! Még csak le sem vagy igazolva. A kicsiket nem vihetem, túl fiatalok. Na, öltözzetek, bent a teremben találkozunk!

A fiúk rövidnadrágot, széttaposott sportcipőt, pólót és pulóvert viseltek, hogy jobban izzadjanak. Csupa elnyűtt, lerongyolódott ruhadarab, ami pont arra jó, hogy az edzés végére izzadságtól átázva belegyűrjék őket a sporttáskáikba. A kezükön bandázs, amit mindenki fel tudott tekerni szépen szakszerűen. A textil beburkolta az öklüket és stabilan tartotta a csuklót. Az öltözőben nem számít, hogy ki hány éves és mivel foglalkozik. A sport elmossa az összes különbséget az emberek között, mindenki tegez mindenkit, nincs hierarchia. Gábort mindenki tisztelte a rutinja és a sikerei miatt, de ő is csak egy volt közülük. Robi szerette ezt a közeget, itt összetartoztak, nem számított, hogy azelőtt tanár volt, hogy öreg volt, hogy túlsúlyos volt. Ez a közeg nem vetette ki magából.

A hat perc futás kevésnek tűnhet, de az igazság az, hogy már a negyedik körben elkezd fájni az ember lába. A túlsúly miatt túl van terhelve a boka, a térd, a légzés hamarabb válik egyre nehezebbé, a verejték pedig végigpatakzik az ember arcán, amit a pulóver nyakán lévő passzé magába szív. Ha túl sok a nedvesség, egy szép szabályos kör kezd kialakulni az ember nyaka körül. A fájdalom a vádliba sugárzik, majd egyre feljebb a combokba.

– Ne a sarkadra lépj, hanem a lábujjaidra! Szökellj, mint egy lepke, szúrj, mint egy méh! Az öreg Cassius Clay is megmondta!

A levegő egyre fogy, a dohányzás káros hatásai most már egyértelműen érezhetők. A hat perc óráknak tűnik. A terem öreg és poros, a futás pedig felkavarja a levegőt, amiben a kamaszok testszaga durván felülkerekedik az olcsó dezodorok hatóanyagain. Ablakot kinyitni szigorúan tilos! Izzadni kell, úgy érhető el a fogyás. A reklámok bazári szövegei, hogy le lehet fogyni fájdalom és önsanyargatás nélkül, sosem tűntek ennyire hamisnak. A futást az analóg felhúzós csengő erős, fület tépő berregése szakítja meg, ami

140

megváltás Robi számára. Torna következik, karkörzés előre, hátra. Olyan, mint egy alsó tagozatos tornaóra, csak itt, ha félvállról veszi az ember, akkor kificamodhat a válla vagy eltörhet a csuklója. Nem éri meg elbohóckodni. Hat perc a végtagok teljes átmozgatására, ennyi idő alatt bemelegednek az izmok, a test pedig felkészül arra, hogy most keményen meg fogják gyötörni. Az óra berreg. Három perc munka, egy perc pihenő, ezt kell megtanítani a testnek, mert az amatőr ökölvívásban ez a helyes arány. Három menet, három perc. A menetek közt egyetlen perc pihenő. Teljesen felborul az ember időérzéke, maximális terhelés alatt a három perc óráknak tűnik, a pihenő pedig csak egy pillanatnak.

– Árnyékolás, fiúk!

Robi felveszi az alapállást, és próbál szabályos bal-jobbegyeneseket bevinni képzelt ellenfelének. Lehetne az a fiú, aki elszerette tőle azt a lányt, aki neki is fontos volt egykor. Az árnyékolás, ha szabályosan végzi az ember, azért fáj, mert egy visszafogott ütés sokkal fárasztóbb, mint egy bevitt. A kéz mintha ólomból lenne, a váll elkezd fájni, a fájdalom a mellkasba és az alkarba sugárzik. A lábmunkára már nem kell annyira figyelni, idővel ösztönössé válik. A testsúly áthelyezése a klasszikus egy-kettő-egy-kettő ütemre történik. A lábak ne keresztezzék egymást, mert akkor kibillenünk az egyensúlyból, és ha ilyenkor érkezik az ütés, akkor padlót fogunk.

Bal-jobb, elmozog. Ütéskor kilégzés, utána be, lábmunka és újra elölről. Nem bonyolult, mégis elképesztően fárasztó tud lenni. A berregés megment. Egy perc zihálás, és újra jön a berregés. Ugrókötél három percen át. A bokszolók kicsiket szökkennek, inkább a kötél legyen gyors, mert mámorító érzés, ahogy suhog a levegőben. Kis gyakorlattal már megy egy lábon is, felváltva a bal és a jobb. Lehetőleg három perc folyamatos ugrálást kell produkálni, de Robinak folyton fennakad a műanyag kötél a feje búbjánál. Egyhuzamban talán harminc ugrás megy, a láb pedig elviselhetetlenül fáj, a veríték meg a fapadlóra csöpög. A szemüvege lassan bepárásodik, a ráfolyó izzadság kis patakokban folyik le a lencsén. Berregés. Egy perc pihenő. Jöhet a bordásfal. Mivel a klub nincs túl jó anyagi helyzetben, csak három zsák van felakasztva. A kicsik gyorsabbak Robinál, ezért ő a bordásfal fokai közé befűzött öreg fotel-háttámlákat üti. Kesztyű nélkül, csak a bandázzsal. Berregés, három perc bal-jobbegyenes. A bőr könnyen felhasad az öklön, ha nem tiszta a találat. A durva textil képes belevájni a húsba, és a bandázs meg a fotel háttámlája is lassan egyre növekvő vérfoltokkal és leváló bőrdarabokkal lesz tele. Berregés, jöhet a felülés három percen keresztül öt kilós medicinlabdával. Három percnyi újabb kín. A hasizom, ami Robi hája alatt még ott lapul valahol, most komoly bajban van. Az első néhány felülés könnyű, de az első perc után már ott is fáj, ahol az ember nem is gondolná, hogy van valami izma. Berregés. Mikor felállunk a bordásfal alól, egy masszív tócsát hagyunk magunk után, de most már van szabad zsák. A húsz és a harmincöt kilogrammos is üres. Robi a harmincötöst választja. Mikor megüti a medicinlabdát, az szinte alig mozdul meg. Erősebben, tisztábban, szabályosabban kellene. Lábmunkára ügyelni, körbe kell táncolni és a kilengést is bele kell számítani. Az erős ütéssel az a baj, hogy Newton harmadik törvénye alapján a zsák mindig visszajön, és egyre nehezebb megütni. A zsáknak nem fáj, az embernek viszont minden ütés végighasít a teljes karján. Berregés. Az edző felhúzza az iskolázáshoz szükséges pontkesztyűt, és Robira szól, hogy húzzon tizenkétunciás bokszkesztyűt. Berregés. A látás és a tudat ilyenkor beszűkül. Az ökölvívó keze fenn az arc előtt, és csak a pontra figyel, amit az edző hol jobbra, hol balra tart ki. Baljobbegyenes. Közben mozgás előre-hátra, oldalra. Érezni kell egymás mozgását és eltalálni a pontot, mikor erősen és tisztán villan fel. A csattanások adrenalinlöketet adnak az embernek, aki csak üti és üti a kis fehér pontokat. Berregés. A kör bezárult, most jöhet mindez elölről újra, és újra. Két óra hosszan, heti három alkalommal.

A fiúk már az öltözőben vannak. A kicsik nem fürödnek, Robi már levetkőzött, a teljesen átizzadt ruhákat a sporttáskába dobta. A zuhanyt megnyitotta, de a meleg vízre egy kicsit várni kell, ezért alsónadrágban ül a kopott sárga fapadon. Az edző belép, és elköszön a kicsiktől.

– Robi! Állj a mérlegre! Mennyi?

– Száztíz!

– Mennyi volt a múltkor?

– Száztizenhat.

– Az nem is rossz. Még a végén lesz belőled valami!

– Menjünk bele, főnök!

– Mibe? Ringbe akarsz állni három hónap múlva?

– Igen, de én a robotra gondoltam.

– Te hülye vagy, baszd meg!

– Nem, főnök, hallgasson ide! Nekem már úgyis mindegy.

– Hogy lenne mindegy, még fiatal vagy!

– Persze, persze, fiatal. Ehhez még fiatal, ahhoz meg túl öreg, már a tököm tele van ezzel! Hallgasson meg, utána mondhatja, hogy hülyeség! Nincs munkám. Dilidokihoz járok, nincs pénzem sem.

– Dilidokihoz jársz?

– Igen, de ez most nem fontos. Az a lényeg, hogy az edzés jó, ez kell. Nekem szükségem van erre, különben teljesen becsavarodok. És magának is jól jönne, Józsibá! A klubunk szarban van. A robotot gyártó cég félmillát fizet, ha létezik olyan hülye, aki kiáll ellene. Én nem vagyok sportoló, igaz? Nincs is mit veszítenem. Átlök a sportorvosnál, leigazol, és máris minden oké a bunyóhoz.

142

– És mit akarsz? Az első menetben lefeküdni?

– Nem. Meg akarom verni!

– Robi, baszd meg, ez hülyeség!

– Még nem fejeztem be! A szövetség ellenzi, hogy bárki kiálljon ellene. A klubunk, ha nem rendezi meg a bunyót, lehúzhatja a rolót. Nem fognak akadékoskodni, ha azért vállaljuk el, mert kell a pénz, ami a mi esetünkben igaz is. Lesz bunyó, így megtarthatjuk a pénzt, a Synthetic Technologies pedig még fizet félmillát, csak mert elvállaljuk a meccset. Én már úgysem leszek ökölvívó soha, de egy alkalom azért biztos van bennem.

– Robi! Lehet, hogy van szíved hozzá, mert kitartó vagy. Kövér vagy, mégis idejössz és csinálod. Ezt becsülöm benned. De nincs benned tűz, nincs meg benned az, ami még kell ide.

– De van. És maga fogja kihozni belőlem.

– Elmúltam hatvanéves, van szemem az ilyesmihez. Fogynod kéne, legalább nyolcvanöt kilogrammra. Az...

– Az harmincegy kilogramm fogyás három hónap alatt.

– Olyat nem lehet.

– De lehet.

– Hányszor láttad a Rocky-t?

– Többször, mint ahányszor be akarom vallani, de nem ez a lényeg. Meg akarom csinálni. Meg tudom csinálni. Lehet, hogy kikapok, ez erősen benne van a pakliban, de maga jó edző. Ki tudja hozni belőlem a maximumot, és én bele is fogok adni mindent. Tele van a tököm azzal, hogy kövér vagyok, senki vagyok, nem vagyok elég jó senkinek, és egy vesztes vagyok. Nekem szükségem van erre a klubra! És magának is! Csak annyit kell tennünk, hogy kilapítunk egy tetves konzervdobozt! És akkor is nyerünk valamit, ha veszítünk.

– A szövetség nem ennyire egyszerű...

– A szövetséget maga meg tudja oldani.

– Médiacirkusz lesz.

– Le van szarva, főnök! Legalább odafigyelnek ránk, és még a Tomiék is visszajöhetnek!

– Na, azt inkább ne!

– Meg tudjuk csinálni! Informatikát tanítottam. Nem azt mondom, hogy értek a robotokhoz, de csak gépek. Ha szétmegy a szenzor, gyer gül.

Ha egy szervomotor beadja a kulcsot, nem tud úgy mozogni. Nem legyőzhetetlen.

– És a sport szellemisége? Arra is gondoltál?

– Miért lenne az a sport szellemiségével összeegyeztethetetlen, hogy egy ember áll ki a gép ellen? Elvertek minket sakkban, igaz? Meg elvertek billiárdban is!

– Snookerben.

– Ugyanaz.

– Nem ugyanaz! Több alázatot a sport iránt!

– Elnézést, főnök. De valahol pont ez a lényeg. Ha nem a lélek sportja bizonyítja be, hogy az ember jobb a gépnél, akkor mégis mi? Az öreg edző erre csendben maradt, nem volt válasza a kérdésre. A két férfi csak hallgatott egy ideig.

– És ha megsérülsz?

– Úgy nézek ki, mint akit érdekel?

Újabb hallgatás, gondolatok és érzések feszülnek egymásba egy edzővé vált néhai profi ökölvívó és egy teljesen alkalmatlan amatőr között. Az öregnek ez egy lehetőség, de nem akarta felhasználni a férfit. Ha Gábor itt lenne, még talán esetleg lehetne valami. De Robi, az más. Ő nem sportoló, csak egy álmodozó balek. Nem akarja, hogy ő legyen az új Eddie, a sas vagy Erik, az angolna. Ha így ringbe küldi, az teljes leégés lesz, a szakma is el fogja őket ítélni, komolytalan lesz az egész. Egy ekkora fogyás és mellette erősítés, a boksz alapjainak elsajátítása tapasztalatok nélkül, gyakorlatilag őrültség.

– Zuhanyozz le! Ma nincs vacsora. Pénteken legyél itt.

– Akkor belevágunk?

– Azt nem mondtam. Csak azt, hogy legyél itt.

144

6.

Az edzés előtti napon Robi gyógyszerrel aludt el, ami másnap délutánig kivonta a forgalomból. A volt munkahelye, a lány, akit szeretett, a kora, a túlsúlya, a sikertelenség és a kilátástalanság mind egyszerre gyötörte, és emiatt tehetetlennek érezte magát. Mikor felébredt, kávét főzött, és rágyújtott egy cigarettára. A telefonján lekérte a leveleit, de semmi új. Egyik munkahelytől sem kapott visszajelzést. A kávéját szürcsölgetve átolvasta a híreket, amik még mindig a németországi SPAR- parkolóban lezajlott incidensről szóltak. Oroszországból és Dániából is érkeztek hírek arról, hogy a Neo Ludditák szétvertek egy-egy közterületen szolgálatot teljesítő szintetikust. Egyre gyakoribbak voltak az ilyen esetek. Új orvosi megoldásokról is beszámoltak, amik arra agitálták az olvasókat, hogy vásároljanak új exo-protézist, amivel növelhetik a kezük vagy a lábuk által kifejtett erőt. Nagy intenzitással reklámozták a Sony új robotkutya modelljét is, ami már egy teljes hétig működik egyetlen feltöltéssel. A mesterséges intelligenciája annyira fejlett, hogy behozza az újságot, képes labdajátékokra, őrzi a házat és az arcfelismerő, biometrikus azonosításra képes szenzorai segítéségével hívja a rendőrséget, ha illetéktelen behatoló téved a házunkba. SIM kártya behelyezésével pedig mobilkommunikációra is alkalmas, és bárki megvásárolhatja ezerötszáz dollárért.

Robit gyorsan lefárasztották a hírek, ezért inkább internetes videókat nézett, melyekben régi filmek klasszikus jeleneteit élte át újra meg újra. Mikor a szülei meghaltak, teljesen befelé fordult. Ha szerette is valaki, azt ellökte magától. A családtagokkal nem tartotta a kapcsolatot; amíg tanított, a barátai rég lemorzsolódtak mellőle, mert sosem szakított arra időt, amire kellett volna. Az önsajnálat és a depresszió belülről felőrölte. A lakás bűzlött a nikotin áporodott szagától, a falak szürkésfehér festése már besárgult a sarkokban. A hamutartó tele volt csikkekkel, a felgyülemlett dobozokat és ételmaradékokat egy hete nem dobta be a közös szemetesbe, ezért legyek repkedtek mindenfelé. Az edzéshez szükséges ruháit a mosógépbe tette, ami kimosta a vért és a verejtéket a kopott textilekből, de a vasalásra már nem adott. Csak belegyűrte az egészet a sporttáskába, majd magára kapta farmerét, pólóját és sportcipőjét, majd zsebre vágta az autó kulcsait.

Egyedül volt az edzőterem öltözőjében. A kicsik sem jöttek. Az edző ilyenkor már bent szokott lenni, ezért átöltözött, és elindult a terem felé.

Az öreg ott ült az egymásra rakott zsámolyok tetején, arcát a tenyerébe temette.

– Üdv, főnök!

145

– Jó napot, jó napot! Többiek?

– Csak én.

– Figyelj ide, Robi! Amiről a múltkor beszéltünk... komolyan gondoltad?

– ... igen. Komolyan gondoltam, Józsibá.

– Akkor az van, hogy ki kell dolgoznunk egy edzéstervet. Egy nap hányszor eszel?

– Összevissza.

– Akkor ezentúl nem így lesz. Figyeljél ide! Egy nap egyszer ehetsz: délben. Főtt étel legyen, valami főzelék. Csinálj finom főzeléket, ehetsz mellé valami húst, mondjuk, baromfit. Süss le natúr csirkét. A rizs is jó. Csirke, rizs, főzelékek, és csak vizet igyál. Péksütemény, nassolás meg a többi szar nincs. Üdítő és szénsavas vacakok sincsenek. Mindennap elmész futni, és mától mindennap van edzés. Van most munkád?

– Nincs, de keresek. Nem túl sok sikerrel.

– Nem keresel. Most nem. Minden reggel elmész futni, megfőzöd a kaját, eszel és pihensz. Olvass át mindent, amit erről a robotról tudni lehet. Délután ötre jössz edzésre, és napi három órán keresztül kínozni foglak. A szart is kipasszírozom belőled, és nem lesz semmid, ami nem fog fájni vagy vérezni. Elmúltam hatvan, de bemegyek veled a ringbe is. És nem foglak kímélni. Edzés után hazamész, és alszol. Másnap újra ugyanez három hónapon keresztül. Bele fogsz dögleni, de fogyni fogsz. A cél nyolcvanöt kilogramm. A szövetséget én elintézem, és a sportorvost is. Leigazollak. A bőröd lógni fog a gyors fogyás miatt, de erősödni is fogsz.

– Értem, főnök.

– Mennyit látsz szemüveg nélkül?

– Eleget. Az csak a filmekben van, hogy egy szemüveges nem lát semmit, mikor az üldözéskor elbotlik, és leesik a fejéről.

– Rendben. De a tűz már nehezebb lesz. Lehet, hogy parázs van benned, de tűz, az nincs. Anélkül a szintetikus szarrá fog verni. A pénzt megkapjuk, a klub megmenekül, de a negyedik menet majd csak utána jön.

– Nem csak három menet van?

– A negyedik menet az, amikor felfogod és megemészted, ami történt. Ha győzöl, azt, ha elvernek, akkor azt. Többet veszíthetünk, mint azt gondolod. Én a szakmai múltamat teszem fel erre, te meg...

– Azt hiszem, mindent.

– Mindent. A pénzből a klub fenn fog maradni, de a médiát csak a meccs kezdetéig lehet távol tartani. Utána szétszednek mindkettőnket. Kapni fogunk hideget-meleget, mindegy, hogy győzünk vagy veszítünk. Ennek tudatában is akarod ezt az egészet?

– Akarom.

– Akkor most kezdhetsz futni.

A lelkesedéssel az a baj, hogy gyorsan elmúlik, és a helyén pedig egy üres lyuk marad. A régi filmek edzős montázsai jól festenek egy mozifilmben vagy egy videoklipben, amire nagyszerűen lehet hangsávként rákeverni a Survivor - Eye of the Tiger című számát. A valóságban a lelki magaslatok átadják a helyüket a kimerültségnek, az egyre erősödő légszomjnak és fájdalomnak. A hat perc futás, torna, ugrálókötél, bordásfal, felülések, zsákolás és iskolázás gyorsan eljuttatják az embert arra a pontra, amikor már fel is akarja adni. Ehhez kell a tűz. Tovább menni, akkor is, ha a test már azt mondja, elég. Az edző a szokásos vezényszavakat kiabálja: gyorsabban, erősebben, keményebben, és az elme próbálja rávenni a testet a cselekvésre. Az ökölvívó izzad, tűri a felszakadt bőrt, és gépiesen üt, elmozog. Pont, mint egy robot, de az ember érez, és küzd önmagával. Megismeri saját határait, és edzésről edzésre próbálja egyre kijjebb tolni.

– Üssed azt a zsákot! Még csak félidő van!

– Beütött a holtpont.

– Az jó! Ha azon átlépsz, akkor a test már gépiesen teszi a dolgát. Ne gondolkodj, hogy mi és hol fáj, csak ess át rajta, és hagyd, hogy a tested tegye, amit tennie kell. Üssed még! Üssed! Bal-jobb, elmozog!

Robi ütött, bal- és jobbegyenes, a lábmunka lassú, de szabályos. A légzés is megvan, a ritmus egy-kettő-egy-kettő. Az elme kikrül, a test cselekszik. Hangos berregés.

– Öreguras, de szabályos. Figyelj ide! Látom, hogy nehezen megy a három perc teljes terhelés alatt. Azt próbáld meg kitapasztalni, hogy mennyit adj ki magadból ahhoz, hogy a három perc végig munkával teljen. Ha megvan, ezt a határt fogjuk egyre tágítani. A sebességed majd nő, ha fogysz. Add a kezed, hadd nézzem!

A fehér bandázs átvérzett.

– Ez azért van, mert nem tiszták a találatok. Milyen magas vagy?

– Százhetven.

– Az ellenfeled egy tízessel magasabb nálad. Üss feljebb. A vállad fájni fog, de ehhez szokj hozzá. Hozzá lehet. Most húzz kesztyűt, menj be a ringbe, és iskolázni fogunk.

Az öltözőben Robi alsónadrágban a mérlegre állt. Egy kilogrammal kevesebb volt. Este, ha nem eszik, még beszárad valamennyi. A testét kellemes zsibbadás járta át, a fáradtság és feszesség különös elegye.

– Egy kilogramm, nem rossz, de több kell. Ne akarj mindent egyszerre, ez egy folyamat lesz neked is és a testednek is. Most zuhanyozz, és menj haza. Holnap reggel fuss. Délben egyél. Főzelék vagy rizs és csirke. Délután meg találkozunk. – Kezet fogtak.

7.

Az iroda falai fával voltak burkolva, a berendezés mindössze egy hatalmas íróasztalból két székkel és egy kis vitrinből állt, amiben érmek, kupák és fotók sorakoztak. Az asztalnál egy ezüstös hajú, szikár testfelépítésű ember ült, akin a fekete öltöny meglehetősen karakteridegen volt. Az asztalon egy kis műanyag doboz állt, ami nem lehetett nagyobb egy cigarettásdoboznál. A nagy nikkelezett Sony felirat alatt egy kis lencse volt, ami egy 4k felbontású képet vetített a sötétbarna íróasztal lapjára. A kivetített képen az ST-100-as (Secretary Teammate) női változata tűnt fel szolid szőke, lófarokban összekötött hajjal, kék szemekkel és fiatalos arcvonásokkal. A modell bemutatásakor az állami szféra volt a célközönség, és a Neo Ludditák azzal az álhírrel szórták tele a világhálót, hogy számos ország nemi szerv kiegészítővel adott le rendelést a Synthetic Technologies új személyi asszisztens modelljére. A helyzet addig fajult, amíg a vállalat beengedte a sajtót a kínai gyárába, ahol ezt a modellt szerelték össze. A kamerák rögzítették, hogy minden modell nemi szervek nélkül kerül forgalomba. Az összeesküvés-elméletek kedvelői persze gyakran emlegetik, hogy a vádak nem voltak alaptalanok, és az elnököknek egy „fullextrás" modell járt, de konkrét bizonyítékok sosem kerültek nyilvánosságra. A képen látható, felettese által Alíz névre keresztelt szintetikus titkárnő mosolyogva jelentette főnökének, hogy József megérkezett.

– Engedje be!

Az öreg felállt, örült, hogy újra láthatja régi barátját. Emlékezett még az olaszországi edzőtáborokra, a gyönyörű olasz nőkre, akiknek egyetlen szavát sem értették, de azért jól elszórakoztak a bokszmeccseket megelőző éjszakákon. Emlékezett a győzelmekre és a vereségekre is, igaz utóbbiakból nem sok volt. Számos fényképen, amit a vitrinben őrzött, ő és József együtt álltak csillogó érmekkel és arannyal futtatott övekkel a nyakukban, izzadtan, csapzott hajjal és véraláfutásokkal díszített szemöldökkel.

– Józsikám!

– István!

– Ezer éve?

– Van az több is!

Kezüket egymás felé nyújtották, de mindketten közelebb léptek a másikhoz, és egy férfias hátba veregetéssel egybekötött ölelés lett az üdvözlés vége. Egymás szemébe néztek, de már elmúlt a fiatalság vad szikrája. A harcos idők véget értek, de emlékeket véltek felfedezni egymás szemében,

148

felismerések sorozata csillant a két szempárban, melyek többet láttak, mint ameddig az emlékezés határai elérhetnek.

– Jól vagy?

– Megvagyok, Pista. Megvagyok.

– Olvastam az e-mailt, amit küldtél. Gyere, ülj le. Kérsz valamit inni?

István meg sem várta a választ, kimondta Alíz nevét, a kis kivetítő pedig határozott búgó hanggal jelezte, hogy figyel, és a kép újra az asztalra vetült.

– Alíz, kedves, hozzon nekem meg a barátomnak egy kávét! Cukor nélkül, mint régen?

– Igen.

– Én két cukorral és tejjel kérem!

– Tudod, Pista, elég kellemetlen, hogy ennyi idő után most ilyen kéréssel fordulok hozzád…

– Ne szabadkozz!

István megnyomott egy kapacitív gombot a kis dobozon, ami egy operációs rendszer ikonjait vetítette ki a felületre. Megérintette a kis borítékra hasonlító ikont, és máris a levelei között találta magát. Kicsit lejjebb görgetett, és meg is találta József levelét. Gyors, dupla érintéssel megnyitotta, hogy minden részlet eszébe jusson.

– Tudod, Józsi, mi itt a szövetségnél nem támogatjuk azt, hogy a szintetikusok betörjenek az ökölvívás világába.

– Tudom, hogy ez a sport szellemiségével…

– Ugyan már, ne légy ennyire naiv! Szarik itt már mindenki a szellemiségre! Itt pénzről van szó, Józsikám, sok pénzről. Az ökölvívás népszerűsége már rég nem olyan, mint egykor volt. Nincsenek már Muhammad Alik, Tysonok, Klitschkók vagy Erdei Zsoltik. Nincs már igazi show, amit el lehetne adni. Tudod jól, hogy mi megy már itt. Sokszor nehéz helyzetben lévő fiatalok bemennek egy edzőterembe, olyanba, mint a tiéd is. Elkezdenek sportolni, ami azért jó, mert legalább nem az utcán kallódnak. De iskolába nem, vagy csak ímmel-ámmal járnak, a társadalom ostoba hülyéknek tartja őket, akik két összetett mondatot sem tudnak kinyögni. Nem lehet őket egy menő teniszezővel vagy autóversenyzővel összehasonlítani. Az ökölvívást a többség buta, de erős emberek sportjának tartja, és még a pankráció is komolyabb nézettséggel bír. Nincs már igazán komoly pénz a bokszban. A robotok látványosak lennének, valószínűleg sok sportolót elvernének, aztán összeeresztenék őket egymással. Robot csépel robotot, amiben szakadhatnak a kezek meg a lábak, nincsenek ostoba szabályok, lehetne legálisan fogadni rájuk, és ez kell a népnek. Olcsó, de látványos cirkusz, kitépett belek, nyers brutalitás meg agresszió. Az ökölvívás már nem ilyen. A robotok újra népszerűvé tehetik, de akkor mi már kikerülünk a képből. Nem edzők kellenek, hanem informatikusok, akik bokszprogramokat írnak, és a jobb program győz. Nem inti le őket a bíró, ha véreznek, nincs mélyütés meg ilyen szarságok, hanem csak gép üti a gépet, és a tömeg őrjöng.

Szép fiatal lányok körbeviszik a menetek között a számukat jelző táblát, és a rajongók megkapják, amit akarnak: szex és agresszió. Ennyi kell nekik. A mi sportunk már elavult, Józsikám, mi is dinoszauruszok vagyunk. Ki fogunk pusztulni. A Synthetic Technologies kaszálna az új sportrobotokon, mi meg pénz nélkül parkolópályára kerülünk. Erről szól ez az egész.

– Nekünk viszont nem nagyon maradt más lehetőségünk. A költségvetésben ott a pofonparti, a pénz nálunk van, de versenyzőm csak egy van. Így nem lehet megrendezni. De ez a srác kiállna a gép ellen.

– Akkor ez hülyébb, mint a többi!

József nem szólt, csak mélyen barátja szemébe nézett.

– Jó a srác?

József izzadni kezdett, mély levegőt vett, közben a kezét tördelte.

– Vannak esélyei.

– Tudod, ha győzne... egy amatőr megveri a gépet, na az már hír! Megvédi a sport becsületét, meg a többi szentimentális bölcsesség, de a sportunknak ez csak haladék lenne. A szintetikus sportolóké a jövő, és az őket megvásárló és fejlesztgető csapatoké. Ez lassan tény, akár tetszik, akár nem. A profik nem akarnak kockázatot, nekik ez rizikós, szponzort veszíthetnek, meg a sportfogadások sincsenek felkészülve az ilyesmire. Tudod, mekkora azon az adó? Az állam jól jár ám, ha a nép szerencsejátékra költi a pénzét! Az amatőröket az edzőjük félti egy ilyen összecsapástól. Te nem félted a versenyződet?

– Hogy a bánatba ne félteném, de ő is ezt akarja! A klubunk csak így maradhat talpon. Az a klub az egész életem...

– Tudom, Józsi, én sem felejtettem el, hogy honnan jöttem. De itt komoly érdekek feszülnek egymásnak. Ha megvernétek a robotot, az sokaknak tetszene, mert komoly pénzt kaszálhatnak rajta. A média...

– Na, az nem kell! Egy ilyen meccsre való felkészüléshez nem hiányzik, hogy a firkászok ott lebzseljenek a klub körül.

– Pedig ebből médiacirkusz lesz, méghozzá rohadtul nagy, és természetesen azon is nagyot szakít valaki. Ez így működik. Szerinted talán Ali véletlenül állt ki pont Afrikában Frazier ellen? Nézd, a barátomnak tartalak. Lobbizhatok amellett, hogy a mi szövetségünk áldását adja erre, sőt még a médiát is távol tudom tartani egy ideig. De a meccs előtt egy héttel muszáj kiadni a híreket és akkor elszabadul a pokol. Pont mi itt keleten egy ilyen sporttörténelmi pillanatot írunk, annyira abszurd, hogy szinte már kezdek hinni benne. De ehhez szövetségesek kellenek. Szponzorok. Ahhoz hogy hasznunk is legyen belőle, rá kell vennünk a sportszergyártókat, az üdítősöket meg az összes bazárost, hogy adjanak támogatást nekünk. Mi

150

reklámozzuk a termékűket a falakon, vagy ráfestjük a versenyződre a pipát vagy a három sávot, vagy az ugró gepárducot, tök mindegy! Akkor tudok segíteni, ha ezeket magam mellé tudom állítani. Máshogy nem fog menni. A következmények meg... Ha kikaptok, akkor lényegében vége. Jönnek a tévés viták, a különböző lobbik harca, hogy mi legyen a sport jövője, meg ehhez hasonló kellemetlenségek.

– Szóval győzünk vagy...

– Nem lesz más lehetőségetek. Vagy győztök, vagy vége van, és annak beláthatatlanok lesznek a következményei. Egymásnak ugrik a Synthetic Technologies, a sportszergyártók és egyéb szponzorok meg az országok bokszszövetségei. Az internet népéről már nem is beszélve. És mindez a ti kis kalandotok miatt.

– Akkor segítesz?

– Mint a régi szép időkben?

István szemében nem múlt el a korral nyomtalanul a csibészes mosolya. Pont úgy tudott nézni öreg barátjára, ahogy húszéves korában. A vérében volt a balhé, akkor is harcos maradt, ha arcát már barázdák szántották.

8.

Robi felállt a mérlegre, ami százöt kilogrammot mutatott. A főnök hátba veregette, és vigyorgott.

– Ez már fejlődés! Holnap százhármat akarok látni! Zuhany, aztán alvás!

Lezuhanyozott, felvette kopott farmerét és pólóját. Örült, hogy ennyit fogyott. A hasa már nem domborodott ki, mint egy terhes nőnek és a mellei sem lógtak úgy, mint egy serdülőkorba lépő tinilánynak. Beült az autóba, és elment zöldséget venni.

Az áruház bejárata előtt az egész légteret betöltötte a kis fabódéban működtetett sütödéből terjengő húsok illata. Ez jobban kínozta, mint a húsába vágó, bordásfalat beborító textil. Az ember nagyon esendő, Robi is az. Tett pár lépést a mennyek országa felé, aztán mégis a bejárat felé fordult. Átment a fotocellás ajtón, de visszafordult, és vásárolt egy hamburgert. Dupla hússal, dupla sajttal, dupla szégyenérzettel.

Átvette az eladótól a zsírban tocsogó tálcát, aki ezúttal hús-vér ember volt, és a kihelyezett kis asztalokhoz sétált. Szinte másodpercek alatt befalta az egészet. A szendvicsben lévő húson és olvadt sajton szétcsúsztak a zöldségek, de nem zavarta, két kézzel összeszedegette a kihullott darabokat, és úgy ette meg. Hetek óta csak finomfőzeléket készített magának, vagy csirkét rizzsel. Kimondhatatlanul unta. Visszament az eladóhoz, és kért még egyet.

Ahogy hazaért, azonnal ki kellett mennie a mellékhelyiségbe. Nem tudta, hogy a hamburger alul vagy felül fog távozni, csak reménykedett benne, hogy az alsó kijáratot választja. A szervezetét szinte sokkolta a zsírban és olajban úszó szörnyeteg. A hasa felpüffedt, hányingere volt, de nem jött ki semmi. Köhögni kezdett, és bele is szédült az erőlködésbe. A WC-n ülve rágyújtott egy cigarettára, amit nem bírt letenni, napi két dobozt biztosan elszívott. Felhúzta a nadrágját, kiment a fürdőblokkból, és a csaphoz lépett. Töltött egy pohár vizet, majd bevette a gyógyszert, amit hetek óta nem szedett, és ruhástól beborult az ágyba. Dühös volt. Nem a robot fogja legyőzni, hanem ő saját magát.

A reggeli futáshoz túl fáradt volt, és a gyógyszer is letompította. Azon töprengett, hogy mi lenne, ha nem menne el edzésre. A főnök biztosan kiakadna. Nagyon rosszul volt, és ha ez nem lenne elég, a bűntudat is gyötörte. Haragudott önmagára, az esendőségére, a sebezhetőségére.

– Baszd meg Robi, százöt kilogramm! Mi a lófaszt csináltál?

– Főnök!

152

– Ne főnöközz! Bezabáltál tegnap, az történt. Tudod, miért történt? Mert egy gyenge szar vagy, azért. Indulj befelé a terembe, és fuss! Most!

A futás harmadik percében Robi megállt. Köhögött egy kicsit, majd a köhögés hányásba fordult. Lehányta a pulóverét, a nadrágját és a cipőjét is. Az edző odament mellé, a hátát veregette. A férfi egész teste megfeszült, és beletérdelt a hányadékba. Újabb görcs, újabb ürítés. Az izzadság talán könnyekkel is vegyült az arcán.

– Bocsánat, főnök, én…

– Hagyd, hozom a felmosót. Ne bőgjél itt, mint egy kislány! Férfi vagy! Ülj le oldalt oda a padra, és vedd le a pulóvert!

Az öreg pár pillanatig volt csak távol, és egy felmosóval és vödörrel tért vissza. Felmosta a mocskot a padlóról, és adott egy rongyot, hogy rendbe tehesse a nadrágot meg a cipőt. Odaült Robi mellé.

– Az van, hogy ez most olyan, mint egy vereség. Máskor is lesz ilyen. Ez a sport arra tanít, hogy mindig fel kell állni. Padlóra kerültél, de tudom, hogy nem ez volt az első alkalom, és nem is ez lesz az utolsó. Padlóra küldött a munkahelyed. Az a ribanc, akit…

– Nem volt ribanc!

– Akkor az a lány, tök mindegy. A padló az padló. Ha ezt csinálod, akkor az a robot is így törli majd fel veled, mint én a hányadékodat. Még mindig nincs meg a tűz. Jegyezd meg, amit mondok neked: Vagy szeress valamit, vagy gyűlölj, de ezek nélkül csak parázs lesz, nem tűz! Gyűlöld a munkahelyedet, amiért kicsináltak! Gyűlöld azt a rib… azt a lányt, akinek nem voltál elég jó! Gyűlöld azt a másik faszit, aki épp most reszelgeti! Nem vagy jó, nem tudtál elég jó lenni, pedig mindent beleadtál, mégse tudsz megfelelni senkinek! Eltiportak, átléptek rajtad! Otthagytak, és szartak rá, hogy mi lesz veled! Állj ki magadért, és add bele minden dühödet, minden fájdalmadat abba, amit csinálunk! Csak az számít! Kelj fel!

Robi felállt, majd beletörölte mocskos pulóverébe az arcát.

– Férfit csinálok belőled, egy harcost! Összetörlek, újraépítelek, és elverjük azt a szart. Ha pedig vége, akkor a negyedik menetben kibeszéljük, hogy mi történt. De most nem vagyunk ott, és most csak az számít, ami épp ebben a pillanatban van. Indulj futni tovább!

Futott. Úgy futott, mintha nem érezne fájdalmat. A teste adott jelzést arról, hogy mi zajlik odabent, de az elméje máshol járt. Páros lábbal, szabályosan ugrotta át az ugrálókötelet, és a bordásfalat is úgy ütötte, hogy fel sem szisszent, mikor az öklén lévő seb újra szétnyílt. Csak a bal- és a jobbegyenes, egyre erősebben. A fa recsegett, a textilben lévő szivacs nem tompított az ütések által kifejtett erőn. A zsák is erősen kilengett, a harmincöt kilós súlyt tartó rozsdás heveder hangosan nyikorgott az ütések terhe alatt. Az edző kesztyűjén pedig csak a kis fehér pontokat nézte. A lába önálló életet kezdett élni, az egyensúlyra mintha egy giroszkóp lenne a testében, megtalálta a helyes pozíciót. Csak a csengő berregéseire figyelt, három perc munka, három perc pihenő, és jön a berregés. Kezdődhet a felülés a medicinlabdával, amit a következő menetben az edzővel már teljes erőből dobáltak egymásnak. Kilégzéskor keserű nyál repült a levegőbe a labdával együtt, amikor pedig az ő mellkasa felé érkezett, ügyelt a belégzés helyes ütemére. A test bámulatosan gyorsan képes tanulni. És tényleg kibírja azt is, amit az elme fel sem fog. Egy robot csak kis motorokból, műanyagból és gumiból áll. Az ember egy lélekkel több ennél.

– Vegyél rendes kesztyűt, megyünk a ringbe! Fejvédő a te súlycsoportodban és korodban már nincs. A foggumit tedd be! A szemüveget meg vedd le!

Bementek a szorítóba. Az edző védőöltözetet vett fel, a fejét a gondosan kipárnázott fejvédő óvta az ütésektől. Kora ellenére is félelmetes látványt nyújtott. Egy közel kétméteres medve, akiben ott az erő és az elszántság arra, hogy széttépjen bármit, ami fenyegeti. Robi volt a préda, akinek nagyon gyorsan vadásszá kellett lennie.

– Üss!

Felvette az alapállást, és egy bal-jobbegyenessel indított, ami elől az öreg könnyed mozdulattal tért ki, és felütéssel válaszolt. Robi ösztönösen a feje magasságába emelte a kezét, de akkora erő volt abban az ütésben, hogy könnyedén áthatolt a védelmen és állcsúcson találta a férfit. Hátralépett, és kissé megszédült. Az öreg, akár egy ragadozó, ami megérzi a vérszagot, újra támadt, a védelmet egy jobbhoroggal megkerülte, és Robi arcának bal felét teljesen tisztán eltalálta. A férfi szeme előtt fekete függöny ereszkedett le, mintha legördült volna a függöny a színházban és teljessé válik a sötétség. Mikor kinyitotta a szemét, homályosan a padlót látta, és az edzőt, amint mellette térdel. Nem is érezte, hogy már fekszik, mert kába volt és gyenge. Fel akarta emelni a kezét, de a végtag nem mozdult, fájdalmat sem érzett. Másodpercek kellettek, míg felfogta, hogy mi is történt.

– Ez a knock out, vagy k.o. Most azt kell megtanulnod, hogy kell ezt összehozni!

9.

Kilencvenöt kilogramm. Az arca némileg beesett, de a tartása egyenesebb lett. Képes volt az edzés elejétől a végéig teljes erőbedobással végigdolgozni a háromperces meneteket. Az edző hangosan kiabálta az olyan vezényszavakat, mint a gyorsabban, erősebben, magasabbra és a keményebben. A pontkesztyűk segítségével ütéskombinációkat gyakoroltak, a felütés és a horog egyre inkább részévé vált a stílusának. Minden ökölvívónak van egy csakis rá jellemző mozgáskultúrája, ami egyedivé teszi. Akkor tökéletes, ha ösztönösen és könnyedén követik egymást a mozdulatok. Repülni, mint a lepke, szúrni, mint a méh.

Az edző este meghívta a lakásába, ahol régi VHS felvételeket néztek amatőr összecsapásokról, és elemezték őket. Előkerült egy megsárgult, ember méretű plakát is, amit a hetvenes évek szoc-art stílusában készítettek. Egy ökölvívót ábrázolt, és a kiütési pontokat tüntették fel rajta, gondosan felsorolták és nyilakkal jelezték az állcsúcsot, a halántékot, az orrnyerget, a szívgödröt. Az egyetlen probléma, hogy a szintetikusoknak ezek a testrészei csupán esztétikai célt szolgálnak.

Robi elővette a mobilját, és rákeresett az ST - Sport Type szavakra. A kereső gyorsan ki is dobott leírásokat és képeket, amik a szintetikus sportolót ábrázolták. Robi a képet kivetítette a telefonba épített kis projektorral a falra, így mindketten megvizsgálhatták az ellenfelet. A vázszerkezet masszív, de műanyag kompozit. A szilárdsága az emberi csonthoz hasonló, de nem szerves anyag, ezért nem rugalmas. Ami nem rugalmas, az viszont képes törni. Ha el akarják törni a csontot vagy felszakítani a mesterséges bőrt, akkor ütőerő kell. Az ízületeket imitáló szervomotorok viszont biomechanikai mesterművek. A szilárdságot titánnal érték el, és pont olyan mozdulatokra képes, mint egy ember, csakhogy koordinációs hiba nélkül. A robot giroszkópja a fejében van, de az alaplap, a processzor és a memória a testben került elhelyezésre, amit a bordák és az izomzatot alkotó hajszálvékony kábelek és szilikon gondosan megvéd a külső sérülésektől. Az akkumulátor is valahol a derék magasságában lehet, ezért a test tömegközéppontja is nagyjából az emberi arányokat követi. Ha nehezen is, de kibillenthetőnek látszik. A szenzorok viszont potenciálisan gyenge pontokat jelenthetnek. A szem ugyanolyan lencse, mint az ember esetében. A halánték vékony; erős és pontos ütésekkel kárt lehet tenni bennük. Amennyiben a szenzorok sérülnek, a robot védelmén rés keletkezhet, és ekkor le is lehet küldeni a padlóra. Ha egy menetben háromszor sikerül, akkor technikai k.o.-val véget is érhet a küzdelem.

– Tudod, akármiből is rakták azt ott össze, a lényeg ugyanaz, mint az embereknél. Az a dolog nem fog elfáradni, pontosakat és erőseket fog ütni, de sebezhető. A kérdés az, hogy te képes leszel-e a saját állóképességeddel, ezáltal önmagaddal megküzdeni, és fölébe kerekedni.

– Nem tudom. Képes leszek rá?

– Azt én nem mondhatom meg. Neked kellene tudnod. Az a baj, hogy nincs önbizalmad. Látom, hogy küzdesz, azt is látom, hogy győzni akarsz, de a lelked mélyén nem hiszel benne. A tűz, Robi! Ha nem is parázs többé, de a benned éledt tűz akkor is még csak pislákol. Nem tudod elengedni a múltat, a szüleidet, a lányt, a munkádat, és mindez egyszerre erőt ad, de gyengévé is tesz. El vagy veszve fiam, de ezen nem segít sem agyturkász, sem a tabletták és más sem. Csak te magad segíthetsz magadon. Engedj el mindent, vagy állj ki valami ködös ostobaságért, én nem tudom. Ebben nem tudok tanácsot adni. De téged ez tesz gyengévé.

Volt már neked valakid? Mármint azon kívül…

– Nem. Az a hajó már elment.

– Vedd a cipődet, elmegyünk valahova!

Éjfél is elmúlt már, mikor az edző elektromos Volkswagen kisbusza megállt a vörös neonokkal megvilágított vadonatúj épület előtt a külváros ipari negyedében. Meghökkentő látvány volt a sörgyár szocreál lepusztult betontömbje mellett ez a kétemeletes, Le Corbusier modern stílusában, üvegkirakatokkal körbevett építészeti műalkotás. Ha nem a legális prostitúciót szolgálta volna, akár múzeumnak is gondolhatta volna az ember, persze este tíz előtt. Este tíz után ugyanis felragyogtak a neonfények, a kínálatot eltakaró függönyöket felhúzták, és az épület falai mentén bárki benézhetett a kirakatokba, és kedvére válogathatott az XXX modellek között. A szexuális célra épített szintetikusokra érdemes volt vállalkozást építeni, mert a társadalom minden rétege igényt tartott az ilyen megfizethető és bűnös élvezetre. Senkinek sem állt érdekében az, hogy a perverzek az üveg előtt magukhoz nyúljanak, ezért az ilyen épületeket gondosan bekamerázták. Így az arcfelismerés és a közszeméremsértés miatti büntetés miatt senki sem merte megkockáztatni, hogy ingyen könnyítsen magán. Közvetlenül a bejárat mellett, a hatalmas üvegablak mögött egy hosszú vörös hajú ST-XXX modell táncolt a fémrúd körül fekete, testre simuló latexruhában, tűsarkú csizmájában.

– Nem is rossz ez a konzervdoboz, mi?! Azt nézd, milyen valaga van annak! A szex és az élsport gyakran kéz a kézben járnak, ezt is jegyezd meg jól! Szerintem innen már tudod, mi a dolgod. Holnap találkozunk. – Az öreg kacsintott, és hátba veregette a férfit.

Egy öltönyös, ötven körüli úriember lépett oda Robihoz, és barátságosan kezet rázott vele.

– Sok szeretettel üdvözlöm, uram, a Red Onion Saloon-ban. Kérem, szólítson Jánosnak. Biztosíthatom, hogy szerény vállalkozásunknak a diszkréció a legfőbb erénye. Tiszteljen meg azzal, hogy utánam fárad az irodámba, ahol örömömre szolgálna, ha bemutathatnám termékportfóliónkat és szolgáltatásainkat.

Az amerikai Red Onion Saloon egy nemzetközi franchise részeként nyitotta meg kapuit számos európai országban, megelőzve ezzel a francia illetőségű Moulin Rouge-t, akik inkább turistalátványosság maradtak Párizs bohém negyedében. A szintetikusokkal még mindig kánkánt és erotikusnak hirdetett performance előadást tartottak, de konkrét szexuális szolgáltatást már nem nyújtottak. Az amerikaiak ezúttal a franciák előtt jártak abban, hogy tudták, merre kell nyitni a technológia segítségével.

Az irodában János hellyel kínálta a vendéget, és töltött egy italt. A berendezés a giccses, amerikai westernfilmek bordély hangulatát árasztotta. A falon keresztbe tett puskák, ökörszarvak és koponyák. A meztelen nőkről készült nagyméretű képeket vaskos fakeretbe tették, és minden keret alján egy réztáblára annak a hölgynek a nevét gravírozták, akit ábrázolt. Nagy valószínűséggel neves Playboy modellek lehettek. Egy vöröshagyma holografikus képét is kivetítették két Smith & Wesson hatlövetű közé.

A vendégnek János egy tabletet nyújtott át, amin az első teendő az volt, hogy ki kellett választania, férfival vagy nővel szeretne intim kapcsolatba lépni. A következő lépésben dönteni lehetett arról, hogy egy konkrét, a való életben is létező vagy létezett személy szintetikus másával szeretne együtt lenni, vagy választ a több száz Synthetic Technologies termék közül. Az adatbázis minden variáns háromdimenziós modelljét tartalmazta, így a felhasználó ráközelíthetett, és pörgethette-forgathatta az objektumokat, amiken mindent tüzetesen megvizsgálhatott. Aprólékosan feltüntették az adatokat: a testsúlyt, a hajszínt, a nemi szerv formáját és minden egyebet. Arról is döntést lehetett hozni, hogy milyen ruhában jelenjen meg a gép, bár ezen a téren az adatbázis elég szűkös volt, inkább a sztereotípiákra épített. A szoftver szűrőkkel is rendelkezett: előre be lehetett állítani a kívánt paramétereket, és a program kilistázta a találatokat. Az árakat percdíjban adták meg, és egyáltalán nem volt drágának nevezhető. Ha megvolt a modellválasztás, a következő kérdések a helyszínre vonatkoztak. A szobákban alapvetően csak egy ágy volt, és egy tisztálkodásra alkalmas kis helyiség, de a mennyezetre felszereltek egy háromszázhatvan fokos kivetítésre képes projektort, így a romantikus hegyi kunyhótól a tengerparton át egy forgalmas utcáig bármit a falakra tudtak varázsolni. A képek mozgó képek is lehetettek, így, ha valaki azt az illúziót szerette volna, hogy egy zuhanó repülőn elkapja a légi kísérőt, akkor akár erre is volt lehetősége.

Robi zavarba jött, fogalma sem volt róla, hogy mi fog történni. A tableten csak találomra kezdte állítgatni a paramétereket, sosem volt zsánere, vagy bármi ilyesmi. A szoba beállításait is átugrotta. János a háttérben néma csendben állt, és várta, hogy a vendég végezzen a testreszabással. Robi visszaadta a készüléket, a megadott adatok pedig küldésre kerültek. János anélkül, hogy ránézett volna, arra kérte a vendéget, hogy kövesse. Az épület folyosóin nem sokat bolyongtak, bár az időérzék az ilyen helyzetekben nem valami megbízható. János megállt, kinyitott egy ajtót, és arra kérte Robit, hogy fáradjon beljebb, és érezze jól magát.

A szobában tompa fények gyúltak, a falakra nem vetítettek ki semmit. Robi leült az ágy szélére, és várt. A szintetikus lány az ajtón jött be, kopogás nélkül. Az arcán ugyan kedves mosoly ült, de a szeme élettelenül feketéllett. A teste gyönyörű volt, alacsonyabb a férfinél, de nagyon nőies. A keblei formásak voltak, nem hivalkodóan nagyok, a haja világos színű és hosszú. Az arca inkább kedvességet sugárzott, mint provokatív bujaságot. A ruhája egy egyszerű fekete hálóing volt, ami inkább emlékeztetett egy átlagos női ruhára, semmint szexi fehérneműre.

A lány leült a férfi mellé, és megfogta a kezét. Közelebb húzódott hozzá, de nem szóltak egyetlen szót sem. A szintetikus a fejét először Robi vállára hajtotta, majd belenézett a szemébe, lehunyta mesterséges szemhéját és megcsókolta. Az ajkai meglepően puhák voltak, a készítők arra is gondoltak, hogy tapintásuk valósághűen meleg legyen, sőt kissé még nedves is. A nyelvét is használta, amitől a férfi enyhe borzongást érzett a gerince mentén. A csók hosszú volt, a lány programját pedig nagy valószínűséggel gondos programozók kódolták, mert csókolózás közben a bársonyos, puha szintetikus kezek a bokszoló tarkójára fonódtak. Az ujjaival izgatóan simogatta a nyakát, majd egy mozdulattal a két test ölelésbe fordult át. A robot a férfi ölébe ült, majd gyengéden fekvő helyzetbe nyomta. A gép ügyes kezeivel gyorsan megtalálta a farmer gombját, és egy határozott mozdulattal lejjebb húzta az alsóneművel együtt. A fiú merevedését a szenzorok minden bizonnyal érzékelték, a szapora légzésből az algoritmus azt a következtetést vonta le, hogy az ember készen áll az aktusra.

– Ne, kérlek ne!

A szintetikus programja értelmezte a férfi kérését, és összevetette az adatbázisában szereplő összes lehetséges válaszreakcióval. Az ellenkezést vagy az érvelést nem kódolták a programjába, ezért az egyetlen logikus folytatás egy kérdésbe torkollott:

– Esetleg orális szex?

– Nem, ne… kérlek. Ne haragudj, de inkább menj el. Ezt ne, nem fog menni. Sajnálom.

A gép nem várt magyarázkodást, nem érzett csalódottságot, sem haragot, semmit. Csak feldolgozta a hallott adatokat, és cselekedett. Megigazította a ruháját, majd az ajtó felé indult, amin ki is lépett, így magára hagyta a férfit.

Robi felhúzta a nadrágját, leroskadt az ágy elé, és sírva fakadt. Emlékezett még az igazi női ölelésre és arra, hogyan játszott az igazi lány ujjaival az ő nyaka körül, mikor átölelte. Emlékezett a szemére, a haja illatára, bőrének érintésére. Emlékezett az öleléskor elsuttogott szavakra, hümmögésre, amit csak ők ketten értettek. Közös nyelvük volt, közös szokásaik, amiket csak ők érthettek. Sosem csókolta meg, pedig Robi sokat ábrándozott róla. Mire megtehette volna, a lány már mást szeretett. Ha ezt ilyen egyszerűen megtette, hogy csak úgy lecserélte, akkor az sem volt igaz, mikor még őt ölelte. Az egész hazugság volt, csak egy illúzió, pont olyan, mint az imént. Neki a szex és a szerelem még ugyanazt jelentette. Az aktust számára nem lehet elválasztani attól az embertől, attól a személytől, akivel együtt van, mert neki a másik fél teljes lénye okozza az örömöt. A jelenléte, a közös múlt, az emlékek egyszerre forrnak egybe a testtel, és ez okozza a gyönyört, és nem a hús hússal való érintkezése. A szex és a szeretkezés nem egymás szinonimái. Gyakran az igazi emberek is csak aktust bonyolítanak le, de szeretkezni nem tudnak, mert nem hordják a lelkükben azt az embert, aki a nemi és érzelmi örömöt okozza. Semmivel sem jobbak a robotnál.

Robi kilépett a szobából, és elindult vissza a folyosón. Jánost kereste, de mikor a bejárathoz ért, ott több János is volt, mindegyik egy-egy újabb vendéggel beszélgetett. A bokszoló egy pillanatra összezavarodott, de az egyik János széles mosollyal az arcán odalépett hozzá.

– Remélem, elégedett volt a szolgáltatásainkkal. Kérem, indítsa el a telefonján az applikációnkat, írja be adatait, és a fordítsa felém a telefonján megjelenő kódot!

10.

A kórházban a vizsgálatok felgyorsítása miatt már évek óta alkalmazták az ST-104 (Scientist Type) modelleket, melyeket eredetileg labormunkára terveztek. A kezük tele volt érzékelőkkel, amikkel vérnyomást, pulzust mértek, de a vér elemzésére is képesek voltak. Robit is egy ilyen fogadta. A gép a leleteket gyorsan kiértékelte, de ezeket már hús-vér kollégájának adta tovább. Az orvos összeráncolt szemöldökkel nézett rá. A vérnyomása magas volt, a vizeletvizsgálat és a vérkép kimutatta, hogy nincs minden rendben.

– Szedem a gyógyszereket, doktor úr!

– Pontosan miket?

– A vérnyomásra Coviogal és Pritor, de ezek miatt többször kialakult köszvényes rohamom. Arra van a Colchicum-Dispert, de azt csak addig kellett szednem, amíg fájdalmaim voltak, azt kiváltotta a Milurit. A nyugtatót még a háziorvos írta fel, Xanax és Frondtin. Utóbbiakat nem szedem már, csak a pszichológus javasolta, amikor voltak problémáim.

– És maga ezekkel a tünetekkel és gyógyszerekkel ökölvívásra való engedélyt akar kérni tőlem?

A hangsúly, amivel az orvos Robihoz beszélt, félreérthetetlen volt. A szakmai felelőssége miatt nem fogja megadni az engedélyt.

– Igen, de várjon egy pillanatot, felhívom az edzőmet!

Robi elővette a telefonját, és már hívta is az öreget. Elmondta, hogy akadt egy kis gond. József kérte, hogy adja oda a telefont a doktornak. Az orvos hallgatott, de hogy az edző pontosan mit mondott, azt Robi nem hallhatta. Pár perc után visszakapta a telefont.

– Nézze, nem adhatok ki magának engedélyt.

– Ne csinálja, doki!

– Hadd fejezzem be! Ilyen esetekben is kiállhat. De tennie kell egy nyilatkozatot, hogy minden következményt vállal, minden felelősség magát terheli. Máshogy ez nem fog menni.

A terem mennyezetéről lógó neonlámpák csak a ringet világítják meg, a terem sarkai sötétbe borulnak. A szorítóban az edző és tanítványa egymással szemben áll, várják a berregést.

Az éles hang belehasít a poros levegőbe, és egymás felé indulnak. A fejvédős öreg medve egymás után jobbegyenesekkel sorozza a fejvédő nélküli férfit, aki derékból elhajolgat az ütések elől. Tartalékolja az erejét, kevés mozdulat, sok figyelem. Amint az edző egy jobbegyenesből bal felütést

160

indít, Robi kitér, és most ő ad le egy bal-jobb sorozatot a fejre. Érzi, hogy átveheti az irányítást, mert az edző hatalmas teste egy pillanatra meginog. Az edző alapállást vált, hogy összezavarja ellenfelét, ezért Robi jobbbalegyenessel támad, mindkét ütés pontos és erős. Az öreg a semleges sarokba húzódik, kezét védekező állásba teszi, de a férfi felütése áttöri a kesztyű védvonalát, és újabb találatot visz be. A berregés véget vet az első menetnek, még kettő van hátra.

– Szép harc volt! Ha most ezt élesben pontozták volna, akkor tiéd a győzelem. Mennyit mutat a mérleg?

– Nyolcvannyolcat.

– Nyolcvanöt a cél, de holnap reggelre még be fog száradn valamennyi. Három hetünk maradt. Az orvosidat elintéztük, és a papírmunka is kész. Írd alá!

Az öreg egy kupac papírt és egy tollat nyújtott a férfi felé, aki lelépett a mérlegről, leült a kopott padra, és lapozgatni kezdte a szerződést.

– A szövetség holnap kiadja a nyilatkozatot, miszerin: vállaljuk a mérkőzést a robot ellen. A nevünket és a helyszínt egyelőre nem hozzák nyilvánosságra, de a Synthetic számára minden adatunkat kiad ák. A meccs előtt egy héttel indul a médiabanzáj. Telefonon beszéltem az emberükkel, minden feltételünket el fogják fogadni. Nagyon nyomulnak, bármibe belemennek. Ragaszkodtam hozzá, hogy a mérkőzés itt legyen, hazai pályán.

– Nekem igazából mindegy.

– Nem, nem az. Ez kis teremnek számít, nagyjából kétszász vagy kétszázötven ember fér be. Ennek a fele sajtós, tévés, meg a Synthetic emberei. A másik fele az érdeklődők. Bármi történik, mi vagyunk hazai pályán. Ez mentálisan segíteni fog. Amúgy hogy vagy?

– Megvagyok, főnök. Egy darabban.

– Félsz?

– Félek, főnök.

– Helyes. Ha félsz, akkor résen leszel. A félelem elengedhetetlen egy meccs előtt. Hidd el, normális.

— Ha esetleg nem sikerül, akkor…

— Ezt be se fejezd! Félni félhetsz, de arról hallani se akarck, hogy nem sikerül. Ezt majd a negyedik menetben megbeszéljük. Ne agyalj ezeken, az gyengít. Arra gondolj, hogy három hónap alatt harminc kilót leadtál és kiálltál ellenem. Én országos bajnok voltam ám, baszod! El kell hinned, hogy sikerül. Ennyi. Írd hát alá! De ha nem akarod, akkor ez az a pillanat, amikor még van visszaút. Ha nem írod alá, nem foglak semmiért sem felelősségre vonni. Ez a te döntésed.

A férfi felvette a tollat, és aláírta a papírokat.

11.

A hír hatalmas szenzáció lett. A Guardian, a New York Post, a Spiegel, a Times és a Népszabadság nemzetközi online és nyomtatott felületei címlapon adták hírül, hogy a Synthetic Technologies küzdősportokra kifejlesztett modellje ellenfélre akadt. Egy eddig ismeretlen amatőr sportoló áll ki az újfejlesztésű ST-66-os ellen. A televíziótársaságok interjút akartak, az online streamek szolgáltatói versengtek a jogdíjakért. A sportszergyártók vagyonokat ajánlottak a szövetségnek, hogy Robi az ő cipőjüket, nadrágjukat, bandázsukat használja a mérkőzésen. Pedig a bandázs még csak nem is látszik a kesztyű alatt.

A szövetség elégedett volt az ajánlatokkal. A német RTL csatorna szerezte meg a jogokat, hogy élőben közvetíthessék az eseményt. Igazi szakképzett operatőrök és belső terekre tervezett drónok rögzítik majd a képsorokat egyszerű 8k felbontásban, mert ez a legelterjedtebb szabvány. A jegyeket az interneten lehetett megvásárolni, és drágábbak voltak, mint a Bajnokok Ligája döntőjének belépői. Pár perc alatt az összes elkelt. A fogadóirodák felkészítették a weboldalaikat minden létező fogadási lehetőségre. Még az is tétel volt, hogy a robot átlagosan hány jobbegyenest üt majd egy menetben. Az emberi győzelmet nem tartották túl valószínűnek, főleg az után nem, hogy a humán versenyzőnek ez az első hivatalos mérkőzése. A kora alapján nem lehet nagy tehetség, hiszen már rég felfedezték volna. Az edző neve az öregeknek ismerősen csengett, de rég elmúltak már azok az idők, mikor Nagy Bulldózer József végigverte az országot és fél Európát. A Neo Ludditák az interneten posztolt cikkek alatt heves kommentvitákat indítottak arról, hogy egy gép sosem veheti fel a küzdelmet egy emberi lénnyel szemben, és rajtuk kívül is akadtak olyanok, akik hittek abban, hogy a sportrobot koncepciója nem fog működni. A város legrégebbi tornaklubja körül újságírók vertek sátrat, és drónok röpködtek, hogy láthassák, lencse- és mikrofonvégre kaphassák a bokszolót és edzőjét.

Az épület tulajdonosa megengedte, hogy a hátsó privát parkolót használják, és az ottani bejáraton közlekedjenek, de így is majdnem kirángatták őket az autójukból, mikor az edzésre mentek.

– Sejtettem, hogy a vérszopók levakarhatatlanok lesznek, de ez azért mégiscsak túlzás. Már a budira sem merek elmenni anélkül, hogy kétszer leellenőrizném, nincs-e kamera valahol a házam körül. Te hogy viseled?

– Szerencsére nem derítették ki, hol lakom, mert kerülőutakkal megyek haza. Még a rádióban is rólunk beszélnek.

– Ez a hírnév, öcskös! Hát majd akkor mi lesz, ha elvered a mikrobit!

162

Robi arcán a mosoly nem volt őszinte. Tekintete az öltöző sarkában lévő mérlegen nyugodott, és nem is nézett máshova. Csak révedt és mosolygott az öreg mellett, aki hátba veregette. Szerette ezt a melák medvét, akitől kapott egy esélyt. Hálás volt azért, hogy mellé állt akkor, amikor senki sem hitt benne.

– Keményebben üsd azt a zsákot! Bal-jobb, elmozog! Jó, nagyon jó! Most legyen egy felütés a vége! Ez az! – az öreg nevetett és az öklét rázta.

Robi végig bírta az edzést, képes volt beosztani az erejét, és az ütőereje is sokat fejlődött. Az ugrálókötél lehetett volna jobb is, olykor még mindig fennakadt a feje búbján, vagy véletlenül rálépett és megtört a ritmus, oda is lett a dinamika. De nem állt le, elszánt volt, és ha el is botlott, ment tovább és csinálta. Az öklén a bőr már erősebb és vastagabb volt, nem hasadt fel és nem vérzett. A bordásfal kemény fokai recsegtek az ütések súlya alatt, a textilből a szivacs a földre hullott. A lábmunkája ösztönös volt, a mozgása sem töredezett, hanem egyetlen egységet alkotott. A légzés, az ütések, a lépések harmóniába kerültek egymással és veszélyes fegyverré váltak.

– Mennyit mutat a mérleg?

– Nyolcvanöt, főnök! Nyolcvanöt.

– Holnap este nyolckor itt vagy. Kilenckor lépünk a szorítóba. Semmivel se foglalkozz, pihenj. Ne gondolkodj, bár ezt úgysem tudod megtenni. Ha nagyon elkalandoznak a gondolataid, mindig jusson eszedbe, hogy mit értünk el már eddig is. A netet ne olvasgasd, nézz inkább pornót! De aztán nem ám egész nap... tudod! – vigyorgott az öreg, és vállon veregette. – Lazíts! Vacsora nincs, de egy könnyű rizses csirke ebédre belefér. Az is jusson eszedbe, hogy a klub már mindenképp megmarad. Lényegében győztünk. Hívj fel, ha van valami. Ha beszélni akarsz, vagy csak úgy. De ne görcsölj rá. Én csak egy jó meccset akarok látni. Kiállsz, és teszed, amit tenned kell. És győzöl. Érted?

Robi a lakásában az ágyra ült. Nem kapcsolt lámpát, a telefonja kijelzője épp elég fényt adott, hogy lássa, amit kell. Írni akart a lánynak, akit már egy éve nem látott. Nem tudta, mit mondjon neki, a számát már régen kitörölte, de az emlékeket nem tudta. A közösségi oldalakat nem használta, de az e-mail címét tudta.

Szia!

Ne haragudj, hogy ennyi idő után megint zavarlak. Tudod, mikor legutóbb írtunk egymásnak, azt szűrtem le a szavaidból, hogy már nem akarsz velem beszélni, és látni sem soha többé. Remélem, jól vagy, és elértél mindent, amit szerettél volna. Én elég nehéz időszakon mentem keresztül. Tudod, nekem Te voltál az egyetlen olyan ember, akit annyira közel engedtem magamhoz, mint még senkit. Így talán megérted, miért volt annyira nehéz elfogadni, hogy már nem állsz mellettem. Emlékszel még, mennyit nevettünk együtt? Emlékszel még arra, amikor megfogtam a kezed, és megígértetted velem, hogy mi mindig együtt maradunk? Szeretném, ha tudnád, hogy sosem haragudtam rád egy pillanatra sem. Mindennél fontosabb voltál nekem, mert örömöt hoztál az életembe. Szerettem melletted lenni, és azt az érzést, hogy te ott voltál velem. Az én hibám, ami történt, sok egyéb más mellett. Annyira hiányzol! Őszintén remélem, hogy azért szép emlékeket is őrzöl kettőnkről. Szeretném, ha újra láthatnálak. Kérlek, vigyázz magadra nagyon! Ha szükséged lenne valamire, engem bármikor megtalálsz.

A férfi megérintette a küldés gombot, de amint megtette, már érezte, hogy hibát követett el. Látott nemrég egy fotót a lányról, melyen pont úgy bújik mostanában egy másik férfihoz, mint ahogy hozzá is egykor. Abból már tudhatta, hogy számára nincs már hely annak az embernek az életében, akiébe tartozni szeretett volna.

A telefon pár perc múlva beérkező üzenet hangjelzést adott. A bokszoló azonnal behozta a leveleket, de csak egy rendszerüzenet jött. A kódsor arra utalt, hogy a levele nem került elküldésre. A hibaüzenetből ki lehetett következtetni, hogy az üzenet azért nem ment át, mert letiltották a feladóját. Az az ember már nem volt kíváncsi őrá, aki egykor talán szerette, akiért bármit megtett volna.

12.

Az épület parkolója tele volt autókkal, de hagytak belőlük a környező utcákban is. Olyan sokan akarták látni a mérkőzést, hogy a hosszanti fal mellé a szövetség emberei felállítottak egy kivetítőt, amin az érdeklődők nyomon követhették az odabent zajló eseményeket. Az épületet több száz ember vette körül, akik egyszerűen csak ott akartak lenni, egy pillanatot szerettek volna maguknak, amit majd elmesélhetnek vagy posztolhatnak az internetre, hogy ők is részesei voltak élőben a küzdősport egyik legmegosztóbb eseményének.

A Synthetic Technologies a robotot egy teljesen hétköznapi elektromos Ford E-scort kisbusszal szállította a helyszínre, még a délelőtt folyamán. A tervezők és a programozók a tabletjeiken és laptopjaikon ellenőrizék, hogy minden rendszer rendeltetésszerűen működik-e. A formaságok kedvéért mérlegelésre is sort kerítettek, Robi nyolcvanöt kilogramm volt, a szintetikus kilencven. A cég és a szövetség emberei mindent szabályszerűnek minősítettek, még akkor is, ha erre az esetre nem voltak szabályok és követendő protokoll. Sajtótájékoztatót nem tartottak, csupán egy közleményt adtak ki arról, hogy az esemény szabályszerűen zajlik. Este kilenc órakor szorítóba léphet az ember a gép ellen.

Az edzővel Robi a kopott padon ült, de volt velük egy sportbíró is, aki figyelte, hogy ne történhessen semmi szabálytalanság. Az öreg szakszerűen a versenyző kezére tekerte a bandázst, a szuszpenzor már szorongatta egy ideje a piros rövidnadrág alatt. Annyi szponzor volt feltüntetve rajta, hogy gyakorlatilag mozgó reklámtáblának érezte magát. A bandázzsal gondosan lefedtek minden kivillanó bőrfelületet, és ügyeltek a hüvelyujj és a csukló helyes pozícióban tartására. Ragasztószalaggal rögzítették, hogy a kötés biztosan kitartson három meneten keresztül. Az edző felsegítette a kezekre a piros kesztyűt, a tépőzárat jó szorosra húzta. Mikor megvolt, odahajolt tanítványához, és a szemébe nézett. Nem szóltak egymáshoz, nem volt rá szükség.

Egy szervező a szövetségtől néhány perccel a kezdés előtt bejött, és megkérdezte, hogy milyen bevonuló zene legyen, illetve kért egy becenevet, mert azt szeretnék kiírni a képernyőkre.

– A Bulldózer, gondolom, foglalt. – mosolygott Robi az öregre.

– A tanár úr szerintem elég tökös lenne.

– Ez most komoly?

– Találj ki jobbat, de nincs rá sok időd!

Robi a szervezőre nézett, és bólintott, hogy mehet, aki fel is írta, majd ismét a zenéről kérdezett.

– Van valami retró?

– Mire gondol?

– Nem is tudom, talán Britney Spears - Stronger?

– Azért az elég buzis.

– Azt hittem, már rég túl vagyunk az ilyesfajta diszkrimináción! Robotokkal bunyózni, az oké, de egy régi klasszikus már buzis!? Akkor legyen a We Will Rock You!

– Na, a Queen, az menő.

– De én a Britney, Beyoncé, Pink változatot akarom!

Az edző a szervezőre vigyorgott, aki némi gondolkodás után csak annyit mondott, hogy megoldják, majd távozott.

– Te tényleg ezt a szart hallgatod?

– Főnök, a Spice Girls durvább lett volna!

Felálltak. Robi az ajtóhoz lépett, a szemüvegét a padon hagyta. Az edző hozta a törölközőt, a vödröt jéggel és a szívószálas poharat, a sportbíró pedig felajánlotta, hogy viszi az egészségügyi dobozt, benne a kötszerekkel és a vazelinnel.

Az odakint álló Staff feliratú pólós ember kettőt dörömbölt az ajtón, ez volt a jel arra, hogy kezdődik.

Kiléptek a folyosóra, ahol már fotósok gyülekeztek. Villogtak a vakuk, sokan tapsoltak, sokan kiabáltak olyanokat, hogy „Tépd ki a tápkábelt is belőle!" meg „Fagyaszd le a Windowsát!". Sokan pacsira nyújtották a kezüket, ahogy elhaladtak mellettük. A teremben sötét volt, csak a ring feletti neonok adtak fényt. A tömeg kezében telefonok kameráinak vakujai, a mennyezethez közel pedig a drónok LED-jei villantak. Egy szűk kis folyosó nyílt az embertömeg tengerében, amin a két férfi megközelíthette a szorítót. Ahogy beléptek, megszólalt Britney, és a közönség felnevetett.

A szorító köteleit az edző felhúzta, hogy Robi be tudjon lépni a ringbe, majd elfoglalták helyüket a piros sarokban. A bejáratnál feltűnt az ST-66. Mögötte a cég emberei és feltehetőleg programozók vonultak. Lassan sétáltak a ring felé, a nézők egy csoportja obszcén bekiabálásokkal és Neo Luddita skandálással fogadta őket. A Synthetic Technologies embereinek is volt humorérzéke, mert a bevonuláshoz a Terminátor főcímzenéjét választották. A terem nem tapsolt, a levegő fagyossá vált. A gép kék nadrágot és kék kesztyűt viselt. Könnyedén belépett a szorítóba, és kifejezéstelen tekintettel az ellenfelét nézte. Az élettelen fekete szemek gondosan szkennelték a verítékben úszó, idegesnek látszó ellenfelet. Egy harmadik, öltönyös ember a szorító közepére sétált, és vezeték nélküli mikrofont emelt az ajkai elé. Angolul köszöntötte a jelenlévőket, és nem húzta az időt a harcosok múltjának bemutatásával, hiszen egyikük esetében sem lett volna túl hosszú a lista. A neveket és beceneveket a kezében szorongatott tabletről hagyományosan bemondta, a Tanár úr név hallatán néhányan ugyan mosolyogtak, de mikor az szintetikust Storm Trooper Order 66-néven konferálták fel, sokan nem díjazták a cég humorát.

A bíró a ring közepére szólította a versenyzőket, elmondta a szabályokat, és jött a barátságos kesztyűpacsi. A robot programja még az etikettet is tartalmazta. Robi a piros, a robot a kék sarokba ment, és várták a gongot, ami ezúttal nem a régi típusú berregő volt, hanem egy gyönyörű rézből készült antik műtárgy. Csodálatos, tiszta hangja volt, mikor megütötték.

13.

A gép és az ember határozottan megindult egymás felé, középen találkoztak. A szintetikus egy fejre mért bal-jobbegyenessel indított, de Robi a kezeit már védekező állásba emelte. A gép kilépett jobbra, a férfi követte. Az ütések erejét a fedezék tompította, de olyan sűrűn érkeztek, hogy a védekezésből át kellett volna térni inkább támadásba.

Robi egy hátraszökkenéssel nyert egy kis teret, de a gép szinte rátapadt. Minden ütése pontos volt, és nem fáradt a mozdulatsorok után. A fedezék résnyire megnyílt, egy balegyenest akart indítani, de a kék kesztyű azonnal eltalálta a férfi arcát, amitől kibillent az egyensúlyából. A gép szenzorai érezték, hogy kiütési lehetőség adódik, ezért az egyenesekből egy jobbhorog indult az izzadt fej felé.

Tökéletes találat, az izzadságcseppek és a nyál a fogvédővel együtt kirepült Robi szájából, és padlóra került.

A bíró, aki eddig a semleges sarokban volt, azonnal odalépett, és számolni kezdett:

– Egy... kettő... három...

Robi hallotta, hogy számolnak a feje felett, a tudata tiszta volt, nem ütötték ki. Mindene mozgott, érezte, hogy fel tud állni, de nincs meg a fogvédője.

– ...négy ...öt...

A földre került versenyző feltérdelt, és ha homályosan is, de látta, hogy hova esett a fogvédője. Odamászott érte, és megpróbálta megfogni a kezével, de a kesztyűk nem ilyen precíz mozdulatokra készültek. A két hüvelykujjával rászorított, és a szájába tömte, ráharapott, és felállt. Kinézett az edzőre, aki kiabált valamit, de a zsivajtól nem értett belőle semmit. Csak a bírót hallotta, amint azt kérdezi, hogy minden rendben van-e. Bólogatott.

A menet folytatódhatott, de össze kellett szednie magát. A gép megindult felé.

Repülj, mint a lepke! A támadás elől elmozgott, próbált a szintetikus oldalába kerülni, és egy pontos bal-jobbegyenest bevinni. Arra számított, hogy a gyors elmozgással a gépnek rá kell fordulnia, ami ad egy kis időt. Ebben a pillanatban megindíthatja az ütéskombinációt, és kis szerencsével eltalálhatja a halántékot. A gép szinte olvasott a gondolataiban, ahogy bemérte a mozgás irányát, a törzsét a megfelelő irányba állította, kezeit védekező állásba tette. Mire a piros kesztyű odaért, a kemény alkar már várta a támadást.

Robi körbelépegette, és veszettül kereste a rést, amin áttörhet. Szándékosan kiesett a ritmusból, és igyekezett az android bal kezének hatótávjába lépni. Azt tervezte, hogy egy balegyenes indításával megnyílik a rés, és lehetősége lesz bevinni egy felütést. A terv jónak tűnt, de a titánnal megerősített gyors és könnyű szervomotorokkal nehéz versenyre kelni. A gép megindította a balegyenest, a férfi is a felütést, de a szintetikus a testsúlyát áthelyezve szinte kipördült a pozíciójából, így a felütés mellé ment. Ütéskor kifújjuk, majd beszívjuk a levegőt. Belégzéskor egy pontos ütés miatt a levegő bennszorulhat. A szoftver ezt tudta, ahogy azt is, hogy ilyenkor egy bordákra mért csapás akár kiütéssel is végződhet. A piros kesztyű hasította a levegőt, és eltalálta Robi bordáit, aki úgy esett össze, mintha kirántották volna a lába alól a talajt.

–Egy… kettő… három… négy…

– Állj fel! Kelj már fel!

– Öt…

A padlóra került ember újra kapott levegőt, ami után máris mohón kapkodott. Úgy érezte, hogy kiszáradt a szája, mégis folyt belőle valami. Négykézlábra állt, és a kesztyűvel megtörölte a száját. Vér folyt rá. Kiköpött a fehér és feszes vászonra, amin most egy friss vérfolt éktelenkedett.

– Kelj már fel, bassza meg!

– Hat… hét…

Felállt, és a köteleknek támaszkodott.

– Tudja folytatni?

Bólogatás, és egy igennek hangzó morgással adta a bíró tudtára, hogy a férfi még küzdeni akar.

A gép határozottan megindult az ember felé, aki nem lépett el a kötelektől. Védekező állásba helyezte a kezeit, amik már kapták is a kék kesztyű ütészáporát.

– El a kötéltől!

Próbált a kötél mentén eloldalazni, de a gép minden mozdulatát követte és egy pillanatra sem hagyta abba az egyeneseket. Sarokba szorították. A gép ütött, ütött, és ütött.

Gong.

Egy perc pihenő. Robi zavartan kereste az edzőt, hirtelen azt se tudta, melyik sarok felé induljon. Aztán kiszúrta az öreget, ahogy az a kis széket éppen a sarokba tette.

– Gyere ide! Ülj le!

– Hát ez nem ment jól, főnök – hörögte a harcos, miközben kivette a fogvédőt. Az öreg vizet spriccelt a szájába a szívószálas kulacsból. Operatőrök rohantak oda, és a drónok zümmögését lehetett hallani. Elég nagy égés, hogy millióan nézik azt, ahogy kiköpi egy vödörbe a vérrel és nyállal kevert vizet.

– Így van, ez nem ment túl jól. Kurva gyors ez a dög, de te meg szívós vagy!

A vazelint az edző elkezdte szétkenni az izzadt arcon, a szeme alatt eléggé felduzzadt már.

– Mozogj el, és ne maradj a sarokban! Csak akkor üss, ha tiszta. Inkább próbáld kivédeni. A fejét üsd, amint van rá alkalmad! Az oldalad hogy van?

– Kurvára fáj, de elvagyok vele.

– Kétszer rád számoltak. A harmadiknál technikai k.o., és vége.

Az öreg a kezébe vette Robi fejét, és annyira közel hajolt hozzá, hogy a férfi csak az edző arcát látta. A szemébe nézett.

– Akarod folytatni?

– Akarom.

– Akkor menj, és basszad szét a pofáját!

Gong.

A szintetikus azonnal támadt, nem ismerte a fáradtságot és a fájdalmat. Az ember viszont igen. Robinál beütött a holtpont, érezte, hogy ennél többet nem bír, de eljön az idő, amikor ha átbillen a kritikus szakaszon, a testét mégis rá bírja venni a folytatásra. Addig csak védte magát és várta a pillanatot.

A kötél közepe felé hátrált, miközben folyamatosan védekezett. Ahogy érezte, hogy a háta hozzáér a kötélhez, azonnal elmozgott oldalra, de a gép követte és ütötte a fedezéket.

Felismerte, hogy ellenfelének nincs lehetősége támadásra, a védekezése pedig csak hetvenöt százalékban hatékony, ezért taktikát váltott: Hátralépett, hogy teret adjon a prédának.

A férfi látta, hogy a szintetikus nem követi, hanem hátrál. Azt is érezte, hogy kezd visszatérni az élet a végtagjaiba, és bár sok ponton fájdalom gyötörte a testét, úgy vélte, képes támadni. Szúrni, mint a méh!

Előrelépett, és bal-jobbegyeneseket ütött a szintetikus fedezékére.

– Még ne támadj! Ezt akarja!

Az ütések Robi részéről inkább alibi ütések voltak, nem volt mögöttük igazi koncepció. A robot is tudta ezt, és védekező helyzetből még egyet hátralépett, de a mozdulattal egy időben bal horgot indított. Az időzítése annyira pontos volt, hogy hagyta Robi balegyenesét betalálni, és számított a mozdulatsor jobbegyenessel való folytatására. A jobbegyenes közben a férfi arcának jobb fele védtelen volt. A horog pont akkor ért oda, amikor kellett.

Robi megszédült, és megpördült saját tömegközéppontja körül, arccal vágódott neki a szorító padlójának. A szemöldöke azonnal felszakadt, a jobb keze a teste alá került.

– Egy… kettő… három… négy… öt…

170

– Felállni! Most! Azonnal kelj fel!

Az öreg a kezébe vette a vérfoltos törölközőt.

A férfi arra gondolt, hogy milyen volt akkor ott kint ülni a lánnyal a padon. Szinte érezte a bőrét, ahogy az övéhez ér. Emlékezett, milyen volt tanítani. Látott síró és nevető gyerekeket, a munkatársait, akik közül volt, akit szeretett, volt, akiben elveszítette a hitét. Aztán csalódott a lányban, a munkahelyében, az életben. Legyőzték, átléptek felette, a pszichiáter gyógyszert adott, kiütötték. De most felállhat. Mozog a lába, és a bal keze is szabad. Fel kell állni! Baljával fellökte magát, hogy a hátára fordulhasson.

– hat… hét… nyolc…

– Állj fel, a kurva életbe!

A felülések talán most lesznek kifizetődőek, mert fekvő helyzetből felült, majd kezeivel kinyomta magát. Felállt.

– Képes folytatni a mérkőzést? Csúnya a sebe! Vérzik! Le fogom léptetni!

– Ne, ne! Tudom folytatni. Mehet!

Újra egymás felé indultak, az ütéseket a gép kezdte meg, Robi védekezett. Kitért hol jobbra, hol balra, rendszertelenül. Próbált minél véletlenszerűbben mozogni, és kitalálni valamit, ami működhet. Gyorsabbnak kellene lennie, vagy tudatosan beleállni egy ütésbe, és így támadási lehetőséghez jutni.

Robi időérzéke már teljesen felborult, nem volt képes arra, hogy meghatározza, a menet melyik szakaszában járnak éppen. Lehet, hogy csak pár másodperc van hátra, de az is lehet, hogy még a fele se ment le. De nincs veszíteni való. Már nincs.

A szintetikus egymás után eresztette el az egyeneseket, annyira szabályosan csinálta, hogy az ütemek talán századmásodpercre is megegyeztek. Robi hagyott egy rést a fedezéken, hogy a gép azt vegye célba. Felkészült, hogy ezúttal testre kapja a balost. A kék kesztyű pontosan és erősen talált, de a szintetikus feje is védtelen maradt az ütés pillanatában. A balegyenes el is találta az érzelmeket kimutatni képtelen arcot. A szintetikus bőrén nem volt vazelin, és nem is izzadt, ezért a kesztyűt borító anyag csúszás nélkül belehasított a gumiszerű, fejet borító bőrimitációba. Felszakadt. Kékes-zöld folyadék folyt a sebből, amit a robot meg sem érzett. Nyilván csak térfogatnövelő, vagy esztétikai célt szolgál. A Robi által vállalt balos viszont annál inkább éreztette hatását, mert pont oda ment, ahol már az első menetben is kapott: bordára.

Szúrást érzett az oldalában, meg is szédült, de talpon maradt.

Gong.

– Ez szép volt, sokkal jobb, mint az első. Próbáld meg ugyanezt csinálni! Csak semmi felesleges mozdulat. Most ne mozogj, kitisztítom a sebet. Nem

171

annyira vészes, felszakadt, de lekezelem jéggel. Kenek még vazelint is. Már csak egy menet! Csak egy! Támadd ott, ahol sérült! A férfi a vödörbe köpött. Véres volt. Nézte a sarokban a gépet. Még csak le sem ül. Őt nézi és elemzi. A processzora milliónyi kódsort présel át a miniatűr áramkörein, a memóriában tárolódnak a feldolgozott és feldolgozatlan adatok, az egyesek és a nullák alapján pedig mindig logikusan cselekszik.

Gong.

A kötélre támaszkodós, védekezős technika nem elegáns, de hatékony. Az android nem kímélte az ütésekkel, de felismerte, hogy ellenfele az előző menetben mutatott védekezést akarja megismételni, ezért elkezdte a sarkok felé terelni.

– El a sarokból!

Robi eltáncolt a sarokhoz közelítve, de sok ereje fogyott az intenzív lábmunkával. Ha most támadna, az nem lenne logikus lépés.

Hat perce ismerik egymást. Ezalatt a hat perc alatt a szintetikus szenzorai adatok millióit gyűjtötte be róla. A monitorozás miatt valószínűleg már van a gép fejében egy profil a mozgásáról, az ütéseiről, az erejéről, és nyilván azt is tudja, hogy nincs valami jó formában. Támadni nem ésszerű egy ilyen helyzetben.

A gép egy pillanatnyi szünetet sem tartott az ütései között, ezért megint be kellett vállalni egy találatot.

Az edzésen gyakorolták a fordított alapállást. Nincs mit veszíteni! A robot épp befejezett egy bal-jobbegyenesekkel operáló támadást, mikor a férfi alapállást váltott. Elképzelte, hogy a szenzorok most elküldik a nagyfelbontású képet a vizuális egységnek, ami a jeleket a processzorhoz továbbítja, ahol a kódsor egy if-then-else variációt számol, majd visszaküldi a többi alkatrésznek az eredményeket, ami alapján a szervomotorok változtatnak a test pozícióján. Ennyi ideje maradt arra, hogy eltalálja azt a pontot a fejen, amit az előző menetben már sikerült megtámadni.

Az ütése pontos volt, és a gépből újra kiszakadt egy darab, így a sebe felnyílt a halántékáig. Még több zöldes-kék folyadék ömlött ki a fejből, és láthatóvá vált az endoskeleton, aminek csőszerű idomai közt hajszálvékony kábeleken száguldottak az adatok.

A szintetikus ütése is betalált, ezúttal a bordát találta el, amitől Robi meggörnyedt, de rögtön kihúzta magát.

Ha újra megváltoztatja az alapállást, akkor megint nyer egy kis időt, amiben támadhat.

Normál alapállásba állt, amit a gép természetesen lekövetett. Robi ütött, ugyanoda, de akkora erővel, amekkorával csak bírt. A lábával és a törzsével szinte belefordult az ütésbe, aminek hatására a halánték mögötti kis kábelek

172

megsérültek. A robot megingott, elveszítette az egyensúlyát, csakhogy ahhoz még elég gyors volt, hogy újabb bordára mért ütést vigyen be.

Robi padlóra került.

– Egy... kettő...

Nagy adag véres köpet jött ki a száján, de érezte, hogy annyira dolgozik benne az adrenalin, hogy még mindig fel tud állni.

– ...három... négy...

Felállt, bólogatott, hogy mehet, de a robot most nem támadt rá olyan vehemenciával, mint az előző menetekben. A giroszkóp sérülhetett, így a belső komponensektől komoly energiát vesz el, hogy kiszámolják a test stabilizációját és mozgassák a szervomotorokat.

Most Robi támadt, bal-jobbegyenes és egy felütés a végére. Minden ütés talált, a gép a sarokba szorult. A fiú érezte, hogy nincs több lehetőség, amire várni kéne. Csak ütni és ütni, amíg bírja. Ütötte a szintetikus fejét, testét, mindenét, ahol csak érte.

Ahogy a gép a sarokba szorult, a sérült giroszkóp a test stabilitásának helyzetét küldte a processzor felé, ami így újra felszabadult a mellékes számítások alól, és erőre kapott. A robot szinte kitört a sarokból egy bal felütéssel, ami ismét a bordát találta el, a jobb kezével pedig egyest ütött, amivel Robi védtelen feje tiszta célpont lett.

A test ismét zuhant a padló felé, hatalmas huppanással érkezett le. A robot ott állt felette, de valami már nem stimmelt. Amíg a sarokban volt, annyi ütést kapott, hogy a fejében más szenzorok is megsérülhettek. Elveszítette az egyensúlyát, és a férfi mellé dőlt.

Egy véres törölköző repült a ring közepe felé, amit a bíró észre is vett, de ekkor már mindkét versenyző a szorító padlóján feküdt.

A tömeg felállt, kiabáltak.

– Mentőt! Azonnal!

Az edző berohant a ringbe, és ölébe vette Robi fejét.

– Jól van! Megcsináltuk! Nincs semmi baj, hallod?! Megcsináltuk!

A Synthetic emberei is befutottak, ők is a sérült férfihez léptek, de néhány programozójuk inkább a robotot kezdte el vizsgálni. Az orvos is belépett a ringbe, és a emberi versenyzőt vizsgálta.

– A kórházba, azonnal! Eltörhetett a bordája, és átszúrt valamit. Ha a tüdőt, akkor... baj van. Belső vérzése lehet. Hol a faszba vannak már a mentők?

A készenléti rohamkocsi a helyszínen volt, három erős férfi nyalábolta fel Robit, és helyezték a hordágyra. Az edző futott utánuk. A vakuk villantak, a kamerák forogtak, a nézettség az egekben. Ilyenkor kell egy kis reklámot adni a népnek!

14.

A rohamkocsi vadul hajtott az éjszakában, kék fényekkel festette meg a
város utcáit. Az orvos már felhelyezte a lélegeztető maszkot, a mellkasára
kötött gépek pedig jelezték az életfunkciókat. Az apró monitorokon egy
egyenes tért ki fel és le, jellegzetes pittyegő hang kíséretében. Mellette
számok.

– Esik a vérnyomás!

A férfi sok vért köhögött fel, mikor magához tért a mentőautóban. Az
öreg fogta a kezét, amiről már lehúzta a kesztyűt.

– Itt vagyok veled, harcos! Megcsináltad!

– Akkor... ez most már a negyedik menet?

– Igen ez már az. Nagyon büszke vagyok rád!

– Uraim, most inkább ne beszéljenek!

– Kösz mindent, főnök!

– Mit köszönsz?

– Az van, főnök, hogy rájöttem valamire.

– Mire?

– Arra, hogy mindig van valaki, akinek a lófasz rosszabbik végén kell
állnia. Ennyi. El kell fogadni, hogy ez van. És kész.

– Robikám, te most miről beszélsz?

– Ne beszéljenek!

A műszerek hangja egy hosszú sípszóvá változott.

– Defibrillátort, most!

A mentő a kórházba ért, ahol már várták őket. A férfit a műtőbe vitték.
Az öreg futott utánuk, de mikor felfogta, hogy hova viszik, lemaradt és
megállt. Nem akart láb alatt lenni.

Tétlenül sétált a folyosókon, a váróban nem volt senki, de a falra szerelt
televízió be volt kapcsolva. Az ő meccsük volt műsoron, jelenleg egy
bemondó tájékoztatta a nézőket a történtekről.

A képsorokon a küzdelem jeleneteit mutatták, lassítva bevágták az
ütéseket, és egy szakkommentátor narrálta a képen látható részleteket.

Az edző megállt a tévé előtt. Még élt az élő kapcsolat, láthatta, ahogy a
klub edzőtermében elszabadulnak az indulatok. A Neo Ludditák felrohantak
a ringbe, és szétverték a robotot. A Synthetic Technologies embereit a
rendőrség mentette ki a tomboló tömeg elől, akik a robotok gyártásának
azonnali leállítását követelték. Az ST-66 végtagjait puszta kézzel
leszaggatták, a ringet beborította a kékes-zöld folyadék. Az emberek

belerúgtak, megtaposták, leköpdösték a gépet. Valódi gyűlöletet éreztek ellene, ami pedig nem tett semmi mást, csak az emberek által készített programot követte.

A képernyőn kis ablakokban olyan helyszínek jelentek meg, mint Moszkva, Berlin, Brüsszel, New York, és sok helyen zavargásokról számoltak be. Az emberek nekiestek az utcákon vagy az üzletekben dolgozó robotoknak, és szétverték őket azzal, ami épp a kezük ügyébe került. A drónok olyan felvételeket is rögzítettek, hogy a Synthetic Technologies gyáraiban is gyújtogatások történtek, a dolgozók szabotálták a gyártást. Az elkészült, de telepített szoftverrel még nem rendelkező darabokat vascsövekkel kezdték ütlegelni.

Az öreg a kezébe temette az arcát. Leült egy székbe, és várt.

Az orvos kijött a műtőből, és odalépett az edzőhöz.

– Nagyon sajnálom. Mindent megtettünk, amit lehetett, de…

A két férfi hallgatott. Az orvos tekintete a televízió képernyőjére vándorolt, ami zavargásokról számolt be szerte a világon. Elhűlt attól, amit látott. A kép alatt szalagcímek futottak, amikben részletes híreket közöltek az elszabadult indulatokról. Az online felületek szerverparkjai sorra felmondták a szolgálatot, milliónyi ember egyszerre akarta kifejteni írásban vagy élő videóban véleményét a történtekről.

– Most mi lesz? – kérdezte a doki az öregtől.

– Azt hiszem, mi erre még nem voltunk felkészülve.

– Ne hibáztassa magát, láttuk mi történt, szerintem önök sportszerűen kiálltak, és beleadtak mindent. Ezek a robotok mindent tönkretesznek, ami valaha is jó volt és működött.

– Nem a robotok! Hanem a világ. A világ még nem készült fel erre.

– Mire gondol?

– Tudja, ki volt Ronald D. Moore?

– Nem, de nem egészen értem, hogy hogy jön ez most ide

– Moore azt mondta, hogy „Hajlamosak vagyunk előbb elkészíteni az eszközöket, és csak később belegondolni a társadalmi következményekbe." Nem a robotok tehetnek a problémákról, és ma este egy ember fizetett ezért az életével. Attól félek, hogy habár ő volt az első ilyen áldozat, de nem ő lesz az utolsó.

A szerzőről

Rákos Róbert vagyok, 1985-ben születtem Sopronban, jelenleg Fertőrákoson élek. Az eredeti szakmám szoftverüzemeltető-rendszergazda, de kisebb vagy inkább nagyobb vakvágányok után a szombathelyi főiskolának sikerült magyar-történelem tanárrá szelídítenie. Jedi mester képzés ugyanis épp nem indult. Fáradozásaik ellenére nyolc évig informatikát és fizikát tanítottam Harkán és Ágfalván, valamint felejthetetlen éveket töltöttem napközis nevelőként. Tevékenykedtem családsegítőként, ahol fantasztikus embereket és történeteket ismerhettem meg, de sajnos nem volt

velem az erő egy ilyen munkakörben. Jelenleg az ágfalvi Pszichiátriai Betegek Otthonának munkatársa vagyok. Szorgosan dolgozom azon, hogy ne a lakója legyek, de a biztonság kedvéért minden nap figyelem, hogy mikor száll a kakukk fészkére és gondosan viszek virágot Algernonnak is. A magánéletben nagyon sokat olvasok, többet, mint amennyit be mernék vallani. A szépirodalom jelenti az örök szerelmet, de folyton megcsalom tudományos-fantasztikummal.

Megmagyarázhatatlan okokból gyermeki rajongást vált ki belőlem gyakorlatilag bármi, ami androidokkal, vagy csillagrombolókkal áll szoros kapcsolatban. Talán azért, mert már az oviban is Robotzsaru volt a jelem. Na jó, igazából asztal, de az nem menő. Az ökölvívás csupán hobbiként, de nyolc napon túl gyógyuló nyomokat hagyott az életemben és a szemem alatt. Ha időm engedi, részt veszek az edzéseken, ahhoz viszont már túl öreg vagyok, hogy Robi Balboa újra ringbe szálljon. A boksz sokszor segített már át nehezebb életszakaszokon, ahogy az olvasás is. Az írás egy harmadik kapaszkodó lett, ennek az eredménye A negyedik menet. Nem tudom, hogy lesz-e még folytatás, de szeretnék írni. Igaz zongorázni is szeretnék, de az sem sikerült eddig túl jól. Minden esetre az motivál, hogy egyszer egy tanárom azt mondta nekem, hogy a zárthelyi dolgozatommal együtt homogén nulla vagyok. Még mindig be szeretném bizonyítani neki, hogy tévedett.

Elisabeth-Matthew Marthacharles

(Ziegler Éva)

Örvényhatás

Prológus

A lenyugvó galaxisklaszter lágy fényében nagy, békés lábassellő úszott nyugodt tempókkal a multiverzumok határfelületének csöndes tengerében. Karcsapásai alatt szimmetrikusan apró, de nagy sodrású, a sosemvolt mese fánkalakú süteményére emlékeztető huszonhat független irányban áramló örvények kerekedtek. Elnyúló V alakban követték a sellőt, lassan távolodva tőle, mint a darvak röpte egy távoli, képzeletbeli bolygó sosemlehetett gázburkának egén.

Az örvények zöme méltóságteljesen kiterebélyesedett. Miközben intervallum átmérőjük az időtérben megnőtt, az erre merőleges, a nemlétben húzódó tengelyük mentén egyre csökkenő erővel szívták, áramoltatták a felszínükön fölvert tíz dimenziós habokat – középen sebesen be, majd a külső oldalon lassan vissza – újra és újra. Fokozatosan tovább csillapodva, néhány milliárd spineon alatt teljesen elcsöndesültek.

A sellő már messze járt, valahol a Sloan Nagy Fal túloldalán.

A sokvilág tengere nagyjából ismét sima volt és nyugodt.

Ám akadt néhány kóbor örvény, amelyre más sors várt.

A sokáig kerengőek közül az elég nagyra nőttek el-elkaptak néha egy odakeveredett szemetet. Kisebb csoportokat, fekete lyukakat vagy csak apróbb galaxisokat. Megpörgették őket, mint száraz gallyat a víz a mítoszok meséinek imaginárius folyóiban. Ám erejüket vesztvén, nagy kárt már nem tettek a ritkás törmelékben.

A kisebb, kezdeti, még nagy erejű örvények alaposabban is megtáncoltathattak volna akár nagyobb darabokat, tán még klasztereket is – ha méretük engedte volna. De ezek akkor-és-ott még oly kicsik voltak, hogy a porszemnyi galaxisok tömör anyaga is csak egy fátyolszövet árnya volt számukra – úgy áramlottak át a galaxisokon, hogy azok még csak meg sem rezdültek tőlük.

Kivéve azt az egyet, amelyik a valószínűségi hullám legutolsó púpján mégis beleütközött egy tejfehér galaxisfátyol hátsó foszlányában búvó, pörsenésnyi csillag még pörsenésnyibb apróbolygójába.

Talán épp a mesék Földjébe.

A még kicsi, de éppen ezért izmos örvény egy szemhunyásnyira elakadt. Pár spinallatig, alig néhány ezer bolygópörgésnyi ideig egy helyben kerregett, míg újra el tudott szabadulni. A huszonhat dimenziós örvényfánkocska ezalatt

178

továbbra is középre szippantva a felszínen, amit elért, és peremén körkörösen lassan visszaáramoltatva ugyanazt, némileg átrendezte maga körül az időteret.

Minderről a tejfehér galaxis apróbolygója, a rajta tenyésző még apróbb, típusuk szerint *em*ergens *ber*endezkedésű entitásokkal egyetemben, mit sem tudott.

1.

Lili nagy sóhajtással húzkodta le az utolsó poros ládát a ferde lépcsőn a Kakukk-hegyi lakás padlásáról. Jó nehéz, pedig nem is nagy. De hát ő sem mai csirke már... elmúlt nyolcvanéves. Az is igaz, hogy az anyja viszont nyolcvanévesen még síelt és evezett. Sőt. Százöt évesen, mielőtt múlt ősszel nyoma veszett, még előző nap is legyalogolt a hegyről a közértbe – és vissza! –, pedig hozathatott volna mindent házhoz is. Úgyhogy nix nyögés! A lakás többi része szinte teljesen üres. Kitakarítva várja a vevőjelölteket. Lili lassan elbúcsúzik gyermekkora boldog színterétől, apja, anyja régi építésű, sokban már elavult, de örökre fantasztikus kilátású lakásától, ahová hároméves kora táján költöztek. A lakás frontja nagy, kétfelé eltolható üvegfal, előtte óriási terasz. Lábuk alatt Budapest, kétfelől a hegyek, lent a hidak, a Duna, a pesti oldal. A gödöllői dombokig lehet ellátni. Lili az üvegfal elé táborozik le, már a padlóra kuporodva, és elkezdi szétboncolni a kortól majdnem összenőtt, kofferszerű faláda két felét.

Közben halkan szól mögötte a még a falon függő HoloTV-készülék. Lili a füle botját sem nagyon mozdítja miatta. Megint a több nap óta vezető hírt ragozzák benne már vagy ezredik verzióban, pont olyan tanácstalanul, mint eddig is, mindig.

...A világszerte elszaporodott tárgyi és személyi eltűnések, továbbá a Strangy-pontok megnövekedett száma nincsenek bizonyítható összefüggésben. A pontokat a hadsereg műszaki alakulatai és a katasztrófavédelem körbe zárták, ...

Lili körberakta magát a láda tartalmával: kitépkedett papírok összekötve egy szalaggal, mint a szerelmeslevelek. Préselt falevelek. Csupa lyuk mindegyik; megfogni sem lehet. Egy kopott, bőrborítású notesz az anyja monogramjával: TH. Egy régi laptop. Kinézete alapján olyan, mint az anyja régi gépe, amire gyermekként annyira ácsingózott. Vagyis lehet vagy hetvenéves. Egy microdrive. Egy régi töltő. Szintén abból a korszakból. A ládában, a régi tárgyak alatt, feküdt egy nagyobb, összehajtott papírlap. Frissebb kinézetű a többinél. Rajta az anyja kézírásával egy szó: Lilinek.

– Kicsit megkésett ajándék – mosolyodik el Lili, és kényelmesebben helyezkedik el a földön, úgy nyitja szét a papírlapot. – Nézzük, mit
180

hagyományoztál rám, anyukám. Jó lenne, ha mindjárt azt is megmagyaráznád, hogy hova a csudába tudtál így eltűnni... Bár én örülök neki. Nem bánom, hogy így gondolhatok rád – hogy akár még élhetsz is. Jó, tudom, nem igazán lehetséges. Mondhatnám morbidabban: nem életszerű... A hivatalos szervek nem is keresnek tovább, hivatalosan halottnak nyilvánítottak. De nekem élő vagy, nagyon is.

...A notesszel kezdj.

Először azt írtam tele, még általában aznap vagy másnap. Az akkor friss élményeimmel, ahogyan éppen átéltem. Amikor betelt, a pálmalevelek jöttek. Azokra inkább csak jegyzetek fértek, és sajnos nagyon megsínylették a visszautat, csupa lyuk az egész. Azt hiszem, csak annyit hozhattam, amennyit cserében otthagytam magamból. A fehér réteg is pereg róluk. Nem sok hasznukat fogod venni, de azért itt hagytam mindet.

A többit, a hangfájlokat később, részben a mobilomról vettem át, részben pedig emlékezetből, már itthon vettem fel. Azokat a laptop „voice folder"-ében találod. Remélem, még lehallgatható lesz, amikor ezt kézbe veszed. Ha mindezzel végeztél, többet fogsz tudni rólam és a világunkról, mint bárki eddig. Talán még az is érthető lesz, miért nem mondtam el mindezt soha. Ha nem hisznek nekem, bezárnak. Ha hisznek, nem hagytak volna szabadlábon élni. Na, most melyik lett volna jobb?... Inkább éltem veletek egy egész életet békében, magamban tartva a történetet. A másik életemet. Szeretlek, Anyád.

P.S. A kavicsokat ne dobd ki. Én is csak nemrég jöttem rá... hogy valójában gyémántok.

2.

Fáradt vagyok.

De elégedett. Jó nap volt.

Jól sikerültek a vizsgák előtti utolsó előadásaim. Jók voltak a hallgatók. Még a kérdéseik is.

Csak ez a hajnali négy órai kelés... Meg a nyolctól este hatig egyhuzamban tartó tanítás, különösen azzal a rossz szokásommal, hogy nem bírok ülve előadni. Ha belelendülök, muszáj föl-alá járkálnom. Szombaton estére már majdhogynem transzban vezetek hazafelé Keszthelyről.

Úgyhogy lassabban gördülök az autópálya külső sávjában, nem nyomom százharmincig a pedált. Azt tervezgetem magamban, hogy megnézem, mit találok még otthon a hűtőben, amiből gyorsan tudok valami vacsorát összeütni. Eléggé éhes vagyok. Sör van, az biztos – nagy baj már nem érhet. Azután csak egy jó nagy alvásra van szükségem leginkább. Szerencsére anyám már kedd óta kint nyaral Lilivel Szentendrén, nekik már nem kell főznöm, ezért is szűkült le annyira a hűtőszekrénybeli tápellátmány spektruma.

Hurrá, holnap én is húzok utánuk.

Közel járok Budapesthez.

Enyhén lassítok.

Nemsokára elérem a Furcsaságot.

A *Strangy*-t, ahogyan a világ nagyobb részén ismerik. Valahol a 20-as és 30-as kilométer között. Azt minden héten jól megszemlélem. Mindig kicsit más. De mindig egyformán nagyon, nagyon furcsa.

Senki sem tudja, mikor kezdődött.

Eleinte valószínűleg még csak észre sem vettük.

Egy fura remegés a levegőben. Mintha a forró aszfalt délibábja rebbenne föl egy pillanatra. De teljes sebességgel, gond nélkül áthajtottunk rajta a külső sávban, az egyik dombtető táján, Budapest felé.

Aztán egyszer, pár éve valaki föltett egy fotót a fácséra, a leállósáv felől fényképezve, amin egy árnyszerű, de azért áttetsző folt derengett a külső sávban. Még jól látszott mögötte a belső sávban rohanó kamion. Igaz, a fotót egy mérgében pisilni leálló skodás készítette, és azért tette fel, mert a kamionokra akadt ki. Aznap már túl sok volt belőlük, és mind az ő útjában

182

tötymörgött a belső sávban – hogy szakadnának meg, mi a fenéért nem tudnak a külsőben maradni?

Azonban a szemfüles közönség kiszúrta a kamion előtt az árnyat. Mivel elég egyszerűnek tűnt ellenőrizni, hogy csak fotóhiba-e, vagy tényleg ott remeg valami, többen felkerekedtek személyesen eldönteni a kérdést.

Tényleg ott remegett.

A feltöltött videók majd' fölrobbantották a YourFun megosztót. Boldog-boldogtalan ideutazott, hogy saját kezét, lábát lefotózhassa, amint a derengésbe nyúlkál, és mintha ott láthatóan markolászna, bökdösne valamit, amit nem érez, amit nem tud megfogni, sem arréb hessegetni.

A Bubblenet és az ufó magazinok a legtarkább elméletekkel teltek meg a tekintetben, hogy mivel is állhatunk szemben.

A tudományos fórumok eleinte tudomást sem vettek a legújabb őrületről. Aztán lesajnálóan nyilatkozva az ufó- és sárkányhívőkről, felhúzott szemöldökkel méregették a lassan eszkalálódó helyzetet.

Különösen azután, miután észlelhetővé vált, hogy a derengés egyre sűrűbb.

Mégis az első komolyabb vizsgálatok csak akkor indultak meg, miután egy átlagosnál hülyébb banda engedély nélküli éjszakai gyorsulási versenyt rendezett az autópályán, házilagosan felspécizett, de igen nagy sebességre képes járgányokkal, direkt a *Strangy* közelében – és az egyik versenyző, amint átszáguldott a Furcsaságon, egy szempillantás alatt elhunyt.

Elég nagy tömegszerencsétlenséget okozva a már irányítás nélkül tovaszálló autójával.

A rendőrség kivonult, a mentők sietve leválogatták az élőket, a halottaskocsik pedig elszállították a holtakat. A boncolásból az derült ki, hogy a srác már halott volt, amikor az autója elszabadult.

Méghozzá igen furcsán halott.

Ezernyi mikroszkopikus lyuk fúrta át. Mintha egy titántüskés tarajos sülbe hasalt volna. Vagy inkább, mintha egy liliputi hadszíntér lézer-kartácstüze söpört volna végig rajta. Benne. Keresztül. A lyukak nem is véreztek.

A rendőrség és a boncnokok egyaránt tanácstalanok voltak. A szakértők úgyszintén. De még több hónap telt el, míg a tudósok is beszivárogtak a vizsgálatokba. Főleg katonaiak, akiknek voltak elméleteik – mint radioaktív mérgezés, nagy erejű részecskeáramlat, speciális vegyianyagszórás, lassú neutrínóhullám, vagy éppenséggel lézershow-hiba a nyéki diszkóban –, de maguk is érezték, hogy nem igazán járnak a megoldás közelében.

Az izgalom lecsengésével a Furcsaság, semmitől sem zavartatva magát, lassan változott tovább. A körülményeket illetően viszont beállt egy stagnálóbb állapot. Az, ami nagyjából ma is a helyzet: A külső sáv érintett szakaszát a rendőrség úgy ötven méter hosszan terelőbabákkal lezárta, azóta a forgalom kétfelől kerüli meg, a belső és a leállósávon. A Furcsaságot naponta egyszer hivatalosan megfigyelik, és ha szükséges, növelik a lezárt területet. De a *Strangy* érzékelhető mérete nem növekedett. Nagyjából öt méter hosszú, másfél-két méter széles és magas, csak az átláthatósága csökken, egyre gyorsuló mértékben. Ezzel együtt némileg alakja is kezd lenni, ami a tudósok heves rosszallását váltotta ki, és totális hamisításnak minősítve a jelenséget, elhagyták a terepet.

A Furcsaságnak autóalakja van.

Szép lenne, ha a halott versenyző felspécizett kocsija derengene föl az aszfalt fölött…

De nem.

Az autószellem teljesen normális, limuzin alakú, valószínűleg színében is fekete, a mai karosszéria-divat szerinti alakzatra hajaz. Ha nem volna olyan bizarr az egész, azt mondanám, külsőre még hasonlít is kicsit az én S80-asomra. Át lehet látni rajta, olyan ritkás. Sőt. Amikor pár hete, későn éjjel jártam arra, nem volt forgalom, nem bírtam ellenállni a kísértésnek. Leparkoltam, és egy kitöltetlen vizsgalapot beledugtam magába a Furcsaság autótestébe. Nem történt semmi. Se lyukak, se égés. Ha lassan toltam. Ha gyorsan, akkor kicsit sercegett. Ha nagyon gyorsan – amit a mutatópálcámra tűzött papírral, egy ostorcsapás-szerű suhintással emuláltam –, akkor azért felizzott néhány pont egy pillanatra, kicsit égett szaga is lett. Egy dolgot leszűrhettem: a Furcsaság nem puszta hamisított holokép. Anyaga van, még ha rendkívül ritka is, a többi anyaggal összehasonlítva.

Ettől azonban sajnos nem fogunk többet tudni róla, mi a frász ez, és miért került ide.

Mindenesetre érdekes.

Az ufóhívőknek momentán több hitelt szavazok, mint sárkányvilágosoknak.

Nemsokára eljön Szentiván napja, a legrövidebb éjszakáé. Már most is nagyon későn megy le a nap, még mindig vöröslő fénnyel árasztva el az autópályát, a környező tájat. A nap legszebb órája… Bal kéz felől süt, ezért inkább jobb felé nézelődöm. Ezen az oldalon, a fák közt néha ki-kivillan a pesti oldali, laposabb vidék. Főleg a dombok tetejéről nézve. Mi Budán lakunk, a hegyes-dombosabb oldalon, a Kakukk-hegy csúcsán. A kilátásba szerettünk bele, amikor azt a lakást – vagy tíz éve – kiválasztottuk. A nagy teraszról úgy tudunk lenézni Budapestre, hogy a Gellért-hegy és a Duna fölött átlátunk a Ferihegyi repülőtér kifutópályáira.

184

A kilátásunk felidézésébe feledkezetten elkalandozom kicsit az autóvezetéstől.

Eközben ismét egy emelkedő tetejére érek. Az útmenti fák is szünetet tartanak – és lassan beszivárog a békésen álmodozó agyamba, hogy valami nem stimmel.

Már egy ideje nézem – de csak most látom.

A táj. Jobbkéz felé.

A házak. A mezők. Fák, gyárépületek, reklámtáblák, fények. Pest közelgő peremének egyéb jelei.

Nincsenek sehol.

...Csak a tenger.

Nyelek egy nagyot.

Egész hazám sokszáz kilométerre fekszik bármilyen tengertől.

Mit lehet reagálni arra, ha szembejön az emberrel a megmagyarázhatatlan?

Természetesen, megpróbálom megmagyarázni.

Magamnak.

Egyszerre fut át rajtam több párhuzamos gondolat. Az adrenalin vészhelyzeti üzemmódba kapcsolja az agyamat: Elromlott a szemem. Káprázik a napnyugtában. Délibáb. Elaludtam vezetés közben, és most álmodom. Vagy meg is haltam. Eltévedtem. Kómában voltam, és most térek magamhoz.

De rögtön érzem, hogy mindegyik hibádzik.

A tenger ott hullámzik... ahol eddig soha. Az egész pesti oldalon, messze-messze a látóhatáromon túlig. Csodásan csillog a lenyugvó nap fényében. Ha erősen hunyorítok, apró hajókat is vélek rajta ringani. Egészen távoli ködbe veszően, mintha egy sziget is mutatkozna.

Ha káprázat – és muszáj, hogy az legyen –, akkor viszont kurvára valóságos.

Körülnézek.

Mi a helyzet a többi járművel? Ők is látják, amit én? De nincsen forgalom. Semmilyen.

Ez furcsa.

Nézem a visszapillantó tükörben, hogy messzebb felbukkan-e bárki. De nem. Viszont autópályára sem ismerek rá mögöttem. Mintha eltűntek volna a betonsávok. Simára döngölt földútnak látszik, amilyen valaha a régi tiszai út is volt Vásárhelytől. És ahogy ezt végiggondolom, már érzem, hogy nem csak a hátam mögött van baj az úttal. Egy idő óta alattam is zötyög a kocsi. Nem betonon megyek. Földúton. Két lábbal taposok a fékbe. Kicsit felporzik, de megállok. Hallom a saját zihálásomat, ahogyan próbálom oxigénnel ellátni a feltúrázott szívemet. Táblát keresek. Kilométerjelzőt, reklámot. Bármit, ami segítene megtalálnom magamat, hogy hol is vagyok. De semmi ilyesmi nincsen.

Ijedtemben a villanyvezetékeket kezdem vizslatni, hogy azok merre vannak, hiszen nincs olyan szeglete a mai tájnak, amiben ne vonulna legalább két póznasor drótokkal. Hát, úgy tűnik, mégis van. Errefelé még villanyvezeték sincs.

Közben, habár alkonyodik, mégis valahogyan túl gyorsan kezd sötétedni. Föl is nézek rögtön, amerre a budai hegyeket látom körvonalazódni: oldaluk tele kell legyen a házak és a közvilágítás fénypontjaival – azok megvannak-e még? Már meg sem lepődöm. Nincsenek fények. Illetve egy-két pislákolásféle mégis. Kevés, és halvány.

Csak az én autólámpám fénye vetül még erősen az útra. Lüktető agyam multitask üzemmódba kapcsolt, egy vékony szelete azt mondja, lehet, hogy takarékoskodnom kéne. Hallgatok rá, leoltom.

Most mi legyen?

Egyáltalán, mikor váltott az út ekkorát? Nyilván a tájjal egyszerre... nemrég.

A szívem továbbra is ezerrel dobog. Leizzadtam a rémülettől, a kezem reszket a volánon.

Az agyam begyorsult részei viszont már pengére élezetten mérlegelnek. A jelek szerint – bármilyen furcsa –, a múltba penderültem.

...Furcsa? ... Jesszus. Mikor hagytam el a Furcsaságot? Nem emlékszem, hogy elmentem volna mellette. Pedig nagyjából most kellene ott lennem, hacsak az időérzékem is meg nem bikkant teljesen, a világgal együtt.

Állok az autóval az úton, még mindig mozdulatlanul. És érzem, amit csak regényekben olvastam eddig, ahogy a hideg kúszik fel a gerincem mentén a hátamon.

Valószínűleg pontosan ott vagyok, ahol a Furcsaságnak kéne lennie.

186

Benne ülök.
Nyakig.

3.

Besötétedett.

El kellene döntenem, mit tegyek.

Nehezemre esne elengedni a kormánykereket. Hát még kiszállni.
Viszont ha ebben a világban ennyire más az út, akkor abban sem lehetek
biztos, hogy egyáltalán ismerik a benzines autót. Pláne, hogy tudnék-e
tankolni bárhol. Akkor az lenne a legokosabb, ha itt hagynám a kocsit, és
óvatosan gyalog osonnék tovább, megfigyelve a körülményeket.

De hülye vagyok! Miért kéne osonnom?

Ám ugyanaz a szeletnyi agyam, amelyik már kész tényként fogadja el a
többi szelet által még erősen kételkedve elemzett múltba-kerülési sejtésemet,
teljes pánikban azt súgja, hogy legyek nagyon óvatos. És nagyon osonva
közelítsem meg a helyzetet, bármi is lesz az. Nem biztos, hogy csak
barátságos emberekkel találkozom az úton.

Rendben. Magamhoz veszem a multibicskát a kesztyűtartóból. Kár,
hogy más fegyverem nincsen.

Az agyam nagyobb, még viszonylag normális része, közben közli az
elemzés részeredményét, hogy semmi nem támasztja alá a múlt-verziót, sőt
semmi nem támogatja a bámilyen-más-világverziót sem – minden rendben
van körülöttem. Csak én zakkantam meg a fáradtságtól, és kicsit
vizionálgatok. Valami sci-fi filmben látott környezetbe álmodva magamat.
Vagy a srácok virtuális világ játékába néztem bele, csak nem emlékszem.
Esetleg éppen karamboloztam vagy stroke-ot kaptam. Most vagyok
meghalóban, és ezek a halálközeli élmények. – Na, ez mennyivel jobb az én
verziómnál? – kérdezi agyam pánikolós szelete cvíderen a normális
önmagamtól.

A kérdés eldönthetetlen. Különösen, ha itt ülök, és nem moccanok.

Lépnem kell. Hú, de nincs kedvem.

Lassan nyitom ki a kocsiajtót. Meleg, de finom illatú, jó levegő csap
meg. A virtuális játék lehetősége máris ugrott. Annak még biztos nincsen
szagos verziója.

Láb kitesz – van talaj, tényleg? Van. Persze, hogy van. Teljesen
szokványos, döngölt, fehéres poros útra taposok. Az út szélén, sőt még néhol
rajta is a repedésekben gaznövények vannak. Nem egy forgalmas szakasz, az
biztos.

Még mindig sehol senki.

Akkor mi legyen? Autóval menjek vagy gyalog? Hazáig még vagy harminc kilométer...

Jaj.

Hazáig. Az otthonomig...

De hol van vajon ez az otthon? A budai oldal a hegyeivel rendben lévőnek látszik. A lelkem mélyén erősen remélem, hogy a városnak legalább ez a fele megvan, és a házunk, a családom ott várnak a hegyoldalban. De a józan ész azt mondja, hogy a pesti oldal víz alá kerülése nem történhetett a budai oldal érintetlenül hagyásával.

Mi a frász történhetett itt?

Földrengés lenne a legjobb magyarázat. De azt azért csak megéreztem volna. Meg legalább romokat látnék. Ám ez itt egy teljesen ép és egységes táj.

Rosszul gondolnám, és nem a múltban vagyok, hanem egy távoli jövőben? Mert közeli nem lehet, akkor némi nyomát csak lelném a civilizációnak, betonnak, vasnak. Ez még nagyobb baj lenne. Akkor a szeretteim már régen halottak.

Ó, hogy az a... Hiszen ők akkor sincsenek, ha ez a múlt.

Uramisten. Hogyan fogom megtalálni őket? Hogyan lehet innen visszatalálni?

Ha föl nem ébredek hamarosan, akkor magamnak kell megoldanom ezt a problémát. És itt.

Körbenézek.

Azon tűnődöm, mennyit kéne visszafelé mennem, hogy pont azt a helyet érjem el, ahonnan kezdve megváltozott az út. A látvány nem segít, mert az út a hátam mögött hosszan elnyúlóan, végig földút. Sokkal távolabbig, mint amennyit zötyögve jöttem rajta.

Igen, ez az. Mióta zötyögtem? Ha ezt meg tudom becsülni, akkor nagyjából meglesz a hely is. Nem lehetett egy-két percnél több. Sőt. Talán még egy perc sem. Rácsodálkoztam a tengerre... néztem hunyorogva, hogy mi ez... hátranéztem, és ekkor már éreztem, hogy eltűnt a pálya is. Harminc másodperc. Maximum.

Visszaülök, és számolgatok. Nagyjából kilencvennel jöttem, még kicsit lassítottam is a tenger miatt. Mondjuk, hétszáz méter lehet. Vagy kicsit kevesebb.

Visszatolatok.

Na?

Semmi. A tenger hullámzik tovább, bár már alig látom. Csak a csillagok fénye és a kelő hold világítja meg. Hold? Ahhoz túl fényes. Mi az ördög lehet ez?

Valahogy nem érzem sürgősnek, hogy elinduljak. Inkább várok kicsit. Hátha ugyanúgy visszapattan minden, ahogyan elromlott. Ha valahol ez sanszos, akkor kábé itt fog bekövetkezni, ahol akkor voltam. Itt? Ugyan, hol voltam én akkor? Mert nagyon nem itt... Csak a táj miatt gondolom, hogy tudom, hol vagyok... Az olyan, mintha nagyjából a Furcsaság közepéből nézném. De miért gondolom ezt?! Hiszen a Furcsaság sehol. Ez a táj meg – hát rohadtul nem az a táj. De mégis – a tengertől eltekintve a hegyek alakja balfelé és előttem – nagyon ismerős. Az szinte rendben van.

Közben fölkel a hold. Mi a fene? Nagyjából kétszer akkora az átmérője, mint a megszokott. Telihold van – ez még rendben volna, úgy emlékszem, tegnap is már majdnem kerek volt, még a normális életemben. Viszont úgy világít, ahogyan még soha.

Érthető, szól hozzá a hűvösebbik agyféltekém: – Pont négyszer akkora a felülete, mint korábban. Úgyhogy éppen jól világít. A Napnak, ami beragyogja, ezek szerint még semmi baja. – Még... Majd nézzük azért meg reggel, ha fölkel... De ha a Hold kétszer nagyobb átmérőjű, akkor kétszer közelebb is volna?

Volt ilyen... de uramisten. Az nem tegnap volt. Még csak nem is a történelmi múltban. Hanem valahol a földtörténeti korok hajnala táján. Hú, de hiányzik most a pontosabb geológiai tudás. Meg a csillagászati. Szokatlanul fényesen ragyog a csillagos ég is. Persze, mert nincsenek városi fények, hogy elhomályosítsák.

Ha ismerném a csillagképeket, most felismerném, merre vetett engem a Furcsaság a Földön. Habár... a Göncölszekeret, az Oriont meg túlfelől a Dél Keresztjét be tudnám azonosítani így is – ha itt volna bármelyik is. Legalább a legfényesebb Sarkcsillagot megtalálom? Ám akárhogy nézem, itt vagy öt csillag ragyog ki ugyanolyan nagy erővel a többi közül. Hopp, a Tejutat látom. Vagy legalábbis valami ahhoz hasonlót.

A Földön vagyok. Csak nagyon máskor.

– Ez, ugye, azért észleled, hogy cakk-pakk hülyeség?... – érvelek magamnak – azok ott szemben a budai hegyek. Ez itt egy kitaposott, karbantartott út. Amott a tengeren hajók lehettek. Szemben a hegylábnál fények pislognak. Itt emberek élnek.

Ez nem a földtörténeti hajnal.

De ha nem az idővel történt a baj, és még mindig nem ébredtem föl, akkor a térrel történt valami visszavonhatatlan? Nézem a Holdat. Hátha az segít.

Hát, nem.

Nagy pofájával közönyösen bámul a Földre, mászik fölfele, és fütyül az én gondomra.

Késő're jár. Még mindig nincs hűvös. Pont kellemes.

Nincs mese. Kikászálódom megint, kiveszem hátulról a biztonsági okokból mindig plusz egy napra csomagolt hátizsákomat a váltás ruhával.

A laptopon meditálok. Kicsit sok lenne töltőstü, egerestül, hosszabbítóstul gyalog cipelni, de nélküle meg… ebben van minden tudásom. No, de meddig ér az valamit is villany nélkül? Az első lemerülésig… Ha meg itt hagyom bezárva? Isten tudja, meddig nem töri fel valaki az autót.

Döntök: Itt hagyom.

Csak a mobilt viszem. Ha van ebben a rémálomban villany és internet, akkor azzal már elboldogulok, amíg ki nem találom, hol vagyok, és hogyan jutok vissza a rendes kerékvágásba. Majd, ha lesz értelme, visszatérek a laptopért. Ha addig el nem lopják.

Nem álmodozhatom itt tovább.

Elsősorban az földerítendő, hogy csak engem ért-e a változás, vagy a családomat is? Aztán majd sorban: Az emberiséget? A világot?

Gyerünk innen el, akárhol vagyok is. Remélem, nem egy tepsiben… Hátamra kapom a zsákot.

Elindulok.

Hazafelé.

4.

Reggelre otthon leszek.

Lélekben fölkészültem a harminc kilométer legyaloglására. De, mint kiderült, testben nem annyira. A fáradtság kezd legyűrni, pedig még egy órányit sem jöttem. Szerencsére – szerencsére? – mindjárt kiderül... – a földút lekanyargott a dombról a tengerpart felé, és feltűnik néhány kihalt, sötét kőház is a fák között. Fura árnyékúak a fák. Jobban megnézem. Tűlevelűek, pineák, pinetták – mintha Toszkánában járnék. A házak viszont inkább a szlovén vagy a horvát tengerpartra emlékeztetnek. Piranra. Vagy inkább Dubrovnikra.

A következő kanyarban – váratlan közelségben – kibukkan a lehetetlen tenger nagyon is létező vizének valóságos partja.

Egy kisebb emelkedő tetején állok, innen rálátok egy kis városkára. Szigorú, majdnem kocka alakú, szürkés-fehér kőházak sorakoznak egymás mellett, palettás, még mindig többnyire zárt ablakokkal. Pedig késő este van, most már lehetne akár szellőztetni is.

A házak előtt keskeny parti sétány, túloldala már a tengerpart. Ahogy innen látom, többnyire sziklás, köves magaspart, de a második kanyaron túl egy homokos-lankás öböl tűnik elő. Beragyogja a holdfény, de ott végre másféle fényeket is látok. Mintha gázlámpások hunyorognának a szélben, de legalább ki van világítva az út egy hosszabb része és a házak alsó szintje is. Előttük asztalok, székek lehetnek, talán vendéglők? Borozók? Ilyen messziről már nem tudom kivenni. De határozottan valamiféle élet zajlik arrafelé.

A parton végig pálmafák.

Tiszta mediterrán éghajlat.

Vagy a karbonkor...uááá.

Jobb bele sem gondolni.

Nyögök egyet, és az út szélén sétálok tovább a városka felé. Óvatosan, ahogyan azt a gyáva agyszeletem tanácsolta.

Így még gond nélkül el tudok tűnni az út melletti vállig érő fűben, amikor egy szekér bukkan fel velem szemben.

Lesem a kocsit. Lovak?

Hát, nem nagyon.

Csupasz tengeri tehénre emlékeztetnek leginkább, csak antiloplábakkal. Valami elfajzott ökörféle lehet? Ahogy elimbolyognak mellettem, guvadt szemmel próbálom kivenni a részleteket.

Távol állnak az ökörtől. Vagy bármi mástól, amit ismerek. De legalább tudom, hogy nem álmodom. Ilyent nem tudnék. Ahogyan elhaladnak, megcsillan hátukon a holdfény.

Pikkelyek.

Ezek hüllők.

E pillanatban a karbonkor lehetősége áll nyerésre.

Én meg vesztésre.

Ó, a franc. Úgy elbámészkodtam az állatokon... A szekeret meg sem néztem, hogy mi van benne. Főleg, hogy ki ült a bakon.

Még látszik a hátulja.

Magas építésű, rácsos szekér, valamiféle bambusz-szerűségből, még a teteje is zárt. Nem látok jól bele, de határozottan visz valamiket. És valakiket is, ahogyan hallom hirtelen: a szekér felől egy fojtott kiáltás hallatszik, aztán halk sírást sodor felém a szél.

Dermedten várok, míg teljesen el nem tűnik.

Nem lettem okosabb.

Csak rémültebb.

**

Már a parti úton járok.

Itt kevésbé volna hova elbújnom, hát kihúzott háttal, a magabiztosság látszatát keltve – legalábbis szerintem – lépkedek a kopott köveken. Ami érdekes – fut át rajtam –, mert ilyen fényesre és lekerekített szélű, simára csak nagyon sok autó és kocsi után vagy nagyon sok idő alatt kopik az utcakő. Pedig az eddigiek szerint errefelé nem kimondottan sűrű a forgalom. Az előbbi szekér óta semmi.

Közeledem a házsor széléhez. Innen már jól látszik, hogy a parti házak mögött további utcácskák és házsorok kanyarognak szűken egymáshoz szorítva. Érdekes, máris milyen nagyok a házak. Aztán kapcsolok is rögtön: nem én közeledem olyan gyorsan. Hanem tényleg nagyobbak Nagyobbak, mint amekkorákra emberi léptékkel számítanék. Egy átlagos emelet cirka három méter – ezekben a házakban inkább a duplája. Nehéz pontosan megítélni, nincs olyan ismert tereptárgy, amihez biztosan tudnék viszonyítani.

Aggódni kezdek. Mekkora emberek ezek, akiknek ekkora emeletekre van szükségük? Felidézem a szekér képét – az is ennyivel nagyobb volt? Fene tudja, mekkora kéne, hogy legyen egy normálméretű szekér. Képen láttam, de életben? A pikkelyes dugongok elég nagyocskáknak tűntek. És jól passzoltak a szekérhez. Akkor biztos az is nagy volt.

Az első házak után a tengeri oldalon egy keskeny parkféle kezdődik, a sziklák fölött, az úttal egy szinten. Tele egzotikusan illatozó, virágos növényekkel, nálam jóval magasabbak, és elég dúsak is ahhoz, hogy behúzódjam közéjük. Ott óvakodom tovább. A park lassan kiszélesedik, ahogyan a homokos öböl közelébe érek, és több szintre kiterjed lefelé is. Ha nem lakik benne valami lóméretű ragadozó, akkor itt meghúzhatom magam éjszakára. Mára elég volt a sokkból.

A zsákot a fejem alá téve bekucorodom egy nagyobb bokor takarásába, és igyekszem az éhségemről, szomjúságomról nem tudomást venni. Elalszom.

Elalszom? Még le sem hunyom a szemem, máris egy csattanásra riadok fel, a szívemet úgy kell visszagyömöszölnöm a mellkasomba, alig fér bele, annyira dobog már megint. A Hold magasabban jár, olyan fénye van, hogy akár olvashatnék is mellette. Így jól látom, mi ébresztett fel: a szemközti házsor legközelebbi utcai vendéglőjének faajtaját csapta ki nagy lendülettel a …kocsmáros? …vagy akármi… Most éppen a fatábla kiakasztásának rögzítésével babrál. Szemmel láthatóan most kezdenek éledezni. Érdekesen idegen, de kellemes sült-illat terjeng. Hú, de éhes vagyok!

Hú, de furcsa ez a kocsmáros.

Nem mozdulok.

Nézek, és próbálom megőrizni a józan eszemet.

Már égnek a vendéglő előtti lámpások. Ahogyan messzebbre nézek, látom, hogy már a többi előtt is meggyújtották az ott sorakozókat. Sokkal több a fény, mint amikor ideértem. A parti sétány egészen kivilágosodott. Számosan jönnek-mennek rajta, főleg a kocsmák előtti méretes táblákat vizslatva – mintha csak a menüt nézegetnék. Sokan be is térnek. Ide is, amelyik közelében lapulok. Az épület előtt asztalok, mellettük székek, padok. Néhányan már ott terpeszkednek, előttük széles, vázaszerű ibrikek, időnként beledugják a pofájukat. Isznak. Mások egy bárpultféleségnél ülnek, ott keskenyebb poharak dívnak, széles bambuszcsöveken szívják fel belőlük a valamit.

Határozottan vidám, nyáresti, tengerparti – teljesen normális – koktélhangulat van.

Eltekintve attól, hogy egyetlen résztvevő sem ember.

Két-három méter magasak, a halványzöldtől a sötét barnáig vegyes bőrszínnel, különféle alkatokkal, kövér alacsonytól a vékony szálfa termetig.

Ruha alig, vagy semmi, nyilván nem szükséges. Ahogy látom, nem is nagyon divat. Hímek vagy nőstények – fogalmam sincs. Egyelőre még azt sem tudom eldönteni, hogy micsodák ezek.

De a fényt a legtöbbjük bőre úgy veri vissza, akár egy diszkógömb. Ezeknek is pikkelye van.

És ezek az arcok… uááάh. Alighanem egy rossz alien-zombi film forgatásának közepébe csöppentem. Lehetne más magyarázat erre az egészre?…

Ám a gyomrom mélyén kolompol a rémület.

A nagyobb, barna pikkelyesek az egyik asztalnál nagy hangon röfögve-recsegve tárgyalnak valamit, miközben gurgulázva hörbölnek a vázákból. Ülve is vagy hárومméteresek. A fejük határozottan krokodilszerű. Irdatlan fogakkal. Fatörzsnyi vastag, méternél is hosszabb farkukat decensen kilógatják a szék támlája alatt, és a földet söprögetik vele.

A bárpultnál pár zöldebb, kisebb valami csinosabb fejjel, szemből egészen sáskaarcszerű kinézettel. De ők is két méter fölött, jóval.

Attól tartok, ebben a világban nem túl jók a kilátásaim.

Csak remélni merem, hogy valamelyest kultúrlények közé kerültem.

Megjelenik a kocsmáros. Ő a hüllőlények evolúciójának létráján valahol félúton tarthatott a két vendégfajta között: robusztus, jó magas, de halványabb barna, farka sincs akkora.

A tál, melyet hozott, majdnem normális kinézetű volt, csak a szokottnál jóval nagyobb, rajta sült hús illatozik és egy rakás zöldségfélének tűnő valami. Összefut a nyál a számban. A nagyhangú krokodilok örömmel kezdenek bele. Egészen kulturáltan esznek, bár kés-villa nélkül, mégis finoman tépkedve a darabokat.

Ennem-innom kéne. Egész nap tanítottam, ilyenkor nem nagyon szoktam étkezni, időm sem akad az órák között, étvágyam sincs, de főleg el sem akarnék aludni délután a saját előadásomon – szóval nagyon ideje lenne már ennem pár falatot. És innom néhány kortyot. Kiszáradtam.

A vendéglőben zajlik az élet. Megjelenik egy újabb fajta egyede. Egészen világos zöld, majdnem fehér, kétlábú, látható farok nélkül: első pillanatban azt hittem, ember. De nem, csak jobban hasonlít ránk a sziluettje. Kisebb is a többinél, vékony a csípője, de a válla széles. Rendkívül body builderes, minden ina-izma szíjasan, külön-külön feszül. Mégis az egész teremtés soványnak tűnik, olyan… olyan *szikár* – bukkan fel valahonnan ez a szó, amiről eddig azt sem tudtam, hogy tudom. Derekán ágyékkötő, vállán egy kendő – szinte elegáns. A feje kerek, kicsit nagynak tűnik testének többi részéhez képest, de még elmenne emberinek is. Ha nem volna az arca... Ami valahol még egészen szép. De csak akkor, ha nem emberként nézem. A szeme óriási, mélyfekete, mindkettő előre néz. Orra pici, szinte ki sem emelkedik az arcából. Szája alig egy vonal. Álla erős, de keskeny. Arccsontja kiugró, ettől az egész pofázmánya kissé háromszögletű. Szuggesztív erejű, érdekes jelenség.

Már egészen közelről nézem, ahogyan a kerthelyiségen át megy befelé az épületbe. A kerítés növényei mellett összegörnyedve közelítem meg a kocsmát. Azt lesem, hogy tudok-e valamilyen ételt-italt keríteni anélkül, hogy én váljak főfogássá.

Ezzel az ötlettel, hogy meg is ehetnek, csak a végtelenül abszurd helyzetre reagálok egy hasonlóan buggyant lehetőséggel magamban, de nem gondolom komolyan egészen addig, míg tovább sompolyogva a kocsma mögé nem érek.

A hátsó kertben néhány méretes bambuszketrec áll. Bennük körülbelül másfél méter magas, ritkás szőrű, majomféle lények szöszmötölnek. A kocsmáros éppen kilép hátul az épületből. Odaballag az egyikhez, kiránt egyet a lények közül, és a lábánál összefogva, lógatva már viszi is – nyilván – a konyha felé. A majom visít, ahogy bír, a többiek a ketrecet rázzák, és veszettül rikoltoznak. Aztán becsukódik a konyhaajtó, és a ketrec lakói elcsendesülnek, visszatérnek különféle elfoglaltságaikhoz.

Közelebb merészkedem, és jól megnézem őket magamnak. Még mindig fedezékből.

Majmok. De valahogyan mégsem.

A nőstények kifejezetten fejlettebbek, de még a hímek sem hasonlítanak egyetlen ismert majomfélére sem.

Azt hiszem, pontosan a hiányzó láncszemmel nézhetek szembe. A ketrecben a legrégebbi ősemberek motoszkálnak.

Mégsem a karbonkor.

Akkor viszont mi a jó fene? Lelkemben megkövetem a sárkányhívőket.

A láncszemek megérezhették a szagomat, mert egyszer csak mindegyik felém fordul, szúrós tekintettel nézik a sűrű növényzetet, ami mögött lapulok, és erősen morogni kezdenek. Vicsorognak is.

Valóban nem jók a kilátásaim. Sőt. Egyre rosszabbak.

Dönthetek... Próbáljak csatlakozni a látszólag inkább állat, mint ember, de mégis fajtám béli emlősökhöz? Avagy a civilizáltabbnak remélt, ám

196

halálosan idegenszerű hüllőkhöz? Tekintve a vendéglő gyanítható menüjét, mindkét megoldás veszélyesnek tűnik.

A ketreclakók tompa tekintete és vad morgása dönti el bennem a kérdést. Laposan araszolva igyekszem vissza a kocsma elé.

Itt kint, egyedül nem sokáig leszek életben.

Egyszer be kell rúgni a kocsmaajtót, és ez itt, most – szó szerint is értendő.

Ehhez azonban kellene tennem valami nagyon egyértelműen intelligenciára valló dolgot, hogy az első antré alkalmával fixen biztosítsam a helyemet a sültes tál peremén kívüli tartományban.

Nézzük, miből tudok tőkét kovácsolni.

Majomféle vagyok. Ha csak úgy beoldalgok, szerintem a pultig sem jutok, máris megcsípnek.

De – a hosszú hajamtól eltekintve – csupasz vagyok, fehérbőrű és száznyolcvan centi magas. Nem hasonlítok a majmaikra. Ruhám is van, még rafináltabb, szebb is, mint azok, amiket az ittenieken látok. Ez is a civilizáltságomat bizonyíthatja. Ha ugyan érdekli őket.

Tudok beszélni. De nem az ő nyelvükön... Ők emlősmakogásnak fogják hallani.

Nem jó. Más kellene.

Van egy mobilom. Még működik. Ha feltartanám, és képeket mutatnék? És ha nem technikai a kultúrájuk? Minthogy eléggé nem is tűnik annak? Nem fogják megérteni, milyen nagy horderejű tárgyat látnak. És ez csak egy tárgy... ami le fog merülni. Akkor meg duplán védtelen maradok.

Nem jó.

Én magam kell olyasvalami legyek, ami nekik érdekes. Ami nekik *sapiens*, akármi is az előtagja a kifejezésnek.

Na, de mim van? Itt nem sokra megyek az egyetemi tudásommal.

Eközben a kocsmában új fejlemények bontakoznak. Az egyik krokodil feláll, és ütemes torokhangokat kezd adni. Azt hiszem, énekel. Elég rondán. Ez lehet a vékonyabb, közepesen zöld bárpultnál ülők véleménye is, mert erős vijjogással elhallgattatják. A krokodilok felhorgadnak, és a vázákat megragadva közelítenek a bárpulthoz. Ha nem volna oly szürreális az egész, azt mondanám, kocsmai verekedés van kitörőben.

És tényleg. Már reccsen is néhány csont, reped pár bőrmellény. Pedig még csak az elején tartanak.

A kocsmáros kijön, különös csettegő hangokkal üvölt rájuk, de nincs nagy foganatja.

Ekkor kilép bentről az előbbi szikár teremtés az óriási szemeivel, és rájuk néz. Halkan cserrent valamit, és csak odaáll eléjük. Jó magas ez is, de a többieknél azért kisebb. Mégsem fél. Nem csinál semmit. Nem üt, nem fenyeget. Csak néz. Közben szájmozgás nélkül perceg egyet-egyet. A krokók leengedik a vállukat, és elsündörödnek. A bárpultosok is visszaülnek, és mintha mi sem történt volna, mindenki kap egy újabb rundot, isznak tovább békében. A szikár sem megy vissza, egy kinti üres asztalhoz telepedik le távolabb a többiektől, egészen közel a bokrokhoz. Úgy nézem, tiszta vizet iszik. Nyelek egy nagyot. Most kivételesen nem a sokk miatt. Szomjas vagyok.

Aztán a szikár, finoman, alig hallhatóan, de nagyon szépen, tisztán énekelni kezd. Ledöbbenek. A többiek dünnyögve bekapcsolódnak, és ültükben ringatóznak. Nagy a béke a kocsmában.

A szikár viszi a prímet.

Egy pentaton dallamot énekel.

Mint az én gyermekkorom öregasszonyai a Tiszánál.

Az ötlet gyorsan jön, és nincs időm sem átgondolni, hogy jó-e – ha abbahagyják, elmúlhat a pillanat.

Fölállok, leporolom magam. Újfent rendkívül elegánsra kihúzva magamat, elébekerülök a bokornak, egyenesen a szikár asztalához lépdelve szemébe nézek, és egy övéhez nagyon hasonló, pentaton népdalt kezdek lágyan énekelni, de azért elég hangosan ahhoz, hogy biztosan meghallják.

Az első reakció minden várakozásomat felülmúlja. Szerencsémre, pozitívan. Az egész kocsma dermedten engem néz. A kocsmáros éppen kilép egy újabb tállal, most odacövekel a lépcsőre, ő sem moccan. A szikár állja a tekintetem, sőt olyan erősen néz, hogy egészen zavarba jönnék, ha ember lenne. Hát még, ha tudnám, hogy mit gondol… csak remélem, hogy nem a kibelezésemet fontolgatja. Odaérek az asztalához, énekelek tovább, és leülök mellé. A műsorszámom végével rámutatok a vizére, és ráérezvén, hogy tökmindegy, milyen nyelven szólok, magyarul kérem, hogy adjon belőle.

A döbbenetük még nem múlik. Mindenki meredten, szemrebbenés nélkül néz engem – szó szerint nulla pislogással. A szikár sem tűnik úgy, hogy megértené a kérésemet. Figyelem az arcát. Határozottan vannak mimikai izmai, mert kicsit megrándul a szája széle. Akkor jó, lehet rámosolyogni, nem fogja vicsorgásnak dekódolni. Remélem. És elmosolyodom, lassan, figyelve a reakcióját.

Nem túl gyors felfogású, de végül ő is elkezd valami mosolyféle ráncot húzni a vékony pofájára. Aztán a legjobbat teszi, amit e pillanatban velem tehet: odatolja a vizet. Poharastul, és érdeklődve néz, hogy mit kezdek vele. Ha nem láttam volna hátul az ősembereket a földre tett táljaikkal, most nem érteném, de így érteni vélem. Azt teszteli, hogy intelligens lényként fogok-e pohárból, azt kézzel megfogva inni, vagy nem tudok mit kezdni vele, mert mégsem lehetek több, mint egy állat – még ha tehetséges is –, ami éppen szökőfélben van a sültes menüről.

Nagyon finoman és légiesen fogom meg a poharat. Ugyanilyen visszafogottan is iszom, bár szívem szerint dönteném magamba. Szerencsémre tényleg víz. Aztán visszanyújtom neki, és megköszönöm. Egy pillanatra hátrább hőköl, megijed a felé nyújtott kezemtől. Ő... Ez azért vicces. De aztán megembereli magát – vagy inkább meghüllőzi? –, és elveszi tőlem a poharat. Ő is csetten valamit nekem. És megint ráncol a szája csücske.

A kocsmában kitör az ováció. A saját vállukat ütögetik nagy csattanásokkal, kell egy pár másodperc, amíg a rémületemből magamhoz térve rájövök, hogy ez most taps. A mutatványért, amit a szikár az idomított állatával adott elő. A szikár is odales rájuk, aztán ő is ütögetni kezdi a saját vállát, felém mutatva. Végül fölálla, és két kezét ökölbe szorítva, maga előtt keresztbe téve a mellkasa előtt, megbiccenti a fejét. Aha. Meghajolt.

Tanulok.

Akkor én is.

Követem a példát: fölállok, és hasonlóan teszek, mint ő, csak én őrá mutatok mosolyogva.

A hatás leírhatatlan.

A krokodilok az asztalaikat csapkodják, akkora az elismerés. Végül fehér kavicsokat dobálnak a szikár elé. A kocsmáros is meg mer mozdulni: hozzánk lép, és leteszi a tálat. Ezek szerint éppen az ő rendelésével volt útban, amikor dalra fakadtam. A kocsmáros fordul egyet, és egy nagy kancsó vizet is hoz a szikárnak. Az dobna érte egyet a fura kavicsféléből, de a kocsmáros szelíden visszatolja. Ma a kocsmáros vendégei vagyunk a vízre – fordítom magamban a látottakat.

Visszaülök, és tovább fixírozom a szikárt, táljával egyetemben. Megérti. Csippant egyet, amitől a kocsmáros odanéz. A szikár billent kettőt oldalra a fejével, mire a kocsmáros már hoz is egy kisebb, üres, lapos tálat. És ott is ragad egy ideig az asztalunknál, nézve, hogy mit teszünk tovább.

A szikár kivesz egy darab húst, a kis tálra teszi, majd elém tolja. Ő is néz. Én meg korgok decensen. De ez most vizsga, úgyhogy nem esem neki az ételnek. Szépen finoman, nagyon apró darabot tépek belőle, és kecsesen a számba teszem. Lassan rágok és nyelek. Aztán jön a következő falat. Átfut rajtam: az sincs kizárva, hogy éppen most lettem kannibál – de ez most nem az érzékenykedés helye. Úgyhogy rágom a húst, bárkié is volt azelőtt. Szétárad bennem az erő.

A kocsmáros hátraszegi a fejét, és szaggatottan ugat. Alighanem nevet, mert a többiek is átveszik, még a szikár is egy kicsit. Azután napirendre térnek fölöttünk. Magunk maradunk az asztalnál. A szikár is bevacsorál a bárnelegyenemberhúsból, nagyot kortyol a vízből, aztán nekem is hoz egy poharat. Sajátot! Ez már valami. Léptem egyet a szemében, a törzsfájukon, fölfelé. Vagy csak nem akar utánam, ugyanabból a pohárból inni. Én sem akarnék a kutyám után. Hm.

Mindketten jóllaktunk.

A szikár a kavicsokat nézi. Elővesz a kendője alól egy szütyőféleséget, és kinyitva megmutatja nekem. Olyan kavicsok vannak benne, mint az asztalán, csak kevesebb. Rámutat, aztán az asztali halomra, kezével először egy kicsi gömböcskét formázva, aztán egy nagyobbat. Csippant egy füttyentésszerűt is hozzá. Közben néz, hogy értem-e, mit magyaráz.

Értem hát. Azt mondod, gyíkbarátom, hogy többet kerestél rajtam egy pár perc alatt, mint az egész pénztárcád tartalma, amit ki tudja, mennyi idő alatt szereztél. Bólogatok neki a már itt tanult módon: fejemet oldalra billegetve. Ő is ezt teszi felém. Csetteg valamit megint.

Kezdünk kommunikálni. Remélem… És azt is csak remélem, hogy nem most adtam el magam – száz évre előre – énekes rabszolgának.

Ülünk egy kicsit csöndben, egymást nézve. Aztán a szék mellé tett hátizsákomra téved a tekintete, és határozottan elkerekedik a szeme. Pedig nagyon kerek volt már addig is. Odahajol, és szinte kérdően tapogatja meg.

Odanyújtom neki, kinyitom kicsit, hogy bele is nézhessen. Azt hiszem, elképedést látok rajta, ahogy pakolja ki a számára ismeretlen tárgyakat. De nem vagyok biztos benne. Fene tudja, hogyan képednek el ezek a lények.

A ruhafélét megismeri, hozzám passzítja, és röviden felugat. A mobilt, a noteszomat és a ceruzát csak forgatgatja, szemmel láthatóan nem tudja, mire valók. Aztán kedvesen visszarak mindent, de még nem csukja be a táskát. Belemarkol az asztalon heverő kavicskupacba, és nagyjából a felét felém nyújtja, majd belepergeti a táskámba. Ezután összehúzva a zsinórt, visszaadja.

Megköszönöm, mit is tehetnék mást. Ki vagyok fizetve.

Ő nyugtázólag visszarecseg.

Fölszedelőzködik, elrendezi az öltözetét, és kis habozás után hősiesen a felkaromra helyezi a kezét. Azt hiszem, kezet nyújtott… egy háztáji csirkének vagy kóbor kutyának – aminek engem láthat… Én is ráteszem a kezem az ő felső karjára. Ez nem is olyan egyszerű, mert jóval magasabb, mint én, a karja pedig még a saját termetéhez képest is hosszú. Nézzük egymás kezét egy darabig. Úgy gondolom a hátsó kertbeli ketreclakók ismeretében, hogy ő kevésbé lepődött meg az én öt ujjam láttán, mint én az ő négyén. Pedig sejthettem volna, hiszen már kezdettől fogva hüllőfélének vélem az egész társaságot. Elbizonytalanodom. Jól emlékszem? A földi hüllőknek is négy ujja van? Hogy is volt a biológiaórán?

És egyáltalán. *Földi* hüllők?? Miért?? Akkor ez itt nem is a Föld? Már hogyne lenne az. Vagyis akkor mégis karbonkor…? Mielőtt azonban eluralkodna rajtam a jelen pillanatban megoldhatatlan kérdések miatti felindulás, a szikár int nekem egyet, és elindul kifelé.

Na, most mit intett? Azt, hogy viszlát vagy azt, hogy gyere velem?

Sok töprengeni valóm nincs a dolgon, momentán ő az egyetlen barátom, úgyhogy már iszkolok is utána. Nem vár rám, ezek szerint búcsúzott, nem hívott. Utolérem, megrángatom a köpenyféléje szélét. Megáll, rám néz, a tartása szerint talán meglepettnek tűnik. Megint csak az ismétlőcő gondolat: remélem… csak remélem, hogy ez a tartás a meglepetésé, nem a dühé, mielőtt agyoncsapná a rácsimpaszkodott élősködőt.

Jobb híján szavakkal kérem: – Ne hagyj egyedül. Fáradt vagyok és elveszett. Segítségre van szükségem.

A szikár kicsit billeg egyik lábáról a másikra. Szinte látom, ahogyan mérlegeli, mit fog szólni a felesége – vagy a férje? –, ha hazavisz egy ekkora és pláne ilyen fura kóbor állatot… Igyekszem hát nagyon szépen nézni rá.

Egyelőre nem tesz semmit.

Valamivel még meg kéne támogatnom a jó döntés felé. A szavakkal nem sokat érek. Hopp, talán, ha lerajzolom? Kapom is elő a hátizsákomat, belőle a noteszt és a ceruzát. Visszahúzom a szikárt a legközelebbi üres asztalhoz, és leülve rajzolni kezdek: Őt és magamat kézen fogva, ahogyan együtt megyünk a parti úton a pálmák alatt, mögöttünk az elhagyott kocsma már kicsire zsugorodott látványával. Talán egy perc az egész, aztán orra alá tolom a kész művet a noteszben, és erősen mutogatom neki, hogy én vagyok ott az a kicsi figura hosszú hajjal, ő meg a másik, a colos kopasz a kendővel a vállán.

Rajzolás közben nagyon reménykedem, hogy megérti, mit akarok, de olyan heves reakcióra, amilyent kapok, nem számítottam. A szikár egész tartása, arckifejezésnek mondható apró pofagyűrődései, mozdulatai megváltoznak. Eddig maximum egy jól idomított beszélő papagáj kategóriája lehettem számára. De a rajzolás… Már magával a cselekedettel nagyon megkavartam benne az eddigi besorolásomat. Sőt. Ahogyan esetlenül marokra fogja a ceruzámat, és a noteszben a következő lapra ő próbál választ rajzolni, már látom, hogy ebben messze én vagyok az ügyesebb. Azzal viszont, *amit* rajzoltam, még inkább megleptem.

Újfajta tisztelet ébredhet benne, mert nagyon rázogatja a fejét, ahogyan a ceruzával küzd, aztán felugat, és visszaadja nekem. A krokodilokra mutogat és a papírra, közben többször kifordított tenyerét mutatja felém, mindkét kezén. Alighanem ez a kérés gesztusa lehet? Rajzoljam le a krokodilokat? Oké. Lapozok a noteszben egyet, és a tiszta oldalra sebesen felskiccelem az asztalnál italozó három nagy dögöt. De ha már rajzolok, nem pont azt, a mit látok, hanem viccesebbet: az egyik éppen arccal előre a vázában fröcsög, a másik hanyatt esőben van a székével, kalimpáló karokkal próbálva visszaegyensúlyozni, a harmadik meg hátravett fejjel röhög rajtuk. A szikár nézi, ahogyan alakul a kép, és fel-felugat. A kész rajzot megcsippenti két ujjal, és a másik tenyerét felém nyitva szinte azt kérdi, hogy kitépheti-e? Persze. De inkább én... Óvatosan kioperálom neki a lapot, és átnyújtom. Keresztbe teszi a két öklét maga előtt, és rámbiccent. Ezt már láttam – ez volt a meghajlás. Előhorgászik a kendőből valahonnan egy keménytáblás könyvszerű valamit, belesimítja óvatosan a művemet két falap közé, majd elteszi az egészet.

Most már együtt tápászkodunk fel megint, és indulunk kifelé. Rám néz, gyűrkéli kicsit a szája csücskét, csetteg-csipog és még búg is egy rövidet. A kezét nyújtja. Hűvös, de száraz tapintású. És ahogyan lerajzoltam: Kézen fogva megyünk kifelé, a sétányra fordulva. Hátunk mögött a kocsma egyre kisebbé válik.

Egy csata megnyerve.
Vajon hány jön még, amíg visszatalálok a kislányomhoz?

202

5.

A szikár hosszúakat lép, én meg lassan a végemet járom, alig bírok lépést tartani vele. Ráérezhet, mert megtorpan, és egy gyors tenyérvillantás után, válaszomat meg sem várva, fölkap. Úgy ültet a karjára, mint én Lilit, amíg pici volt, és már visz is tovább, érezhetően meg sem kottya¬ neki a vagy hatvanöt kilóm. Meg még a hátizsák.

Mit mondjak, meg vagyok illetődve.

Ilyen közelről nézve és érezve, kiderül, hogy neki nincs pikkelye. Inkább a leguánokra hasonlítóan puha, száraz, selymes tapin¬tású a bőre. Szaga sincs. Mindezzel együtt igyekszem nem a terhére lenni, és nem nagyon hozzáérni. Ám a fáradtság felülkerekedhetett – egyszer csak arra ébredek, hogy megállunk, és én idáig a vállára borulva aludtam.

Elég morbid egy érzés. Meg helyzet.

Egy kőház előtt álltunk meg. A szikár letottyant engem maga mellé, és belöki a ház ajtaját. Vagy inkább kapuját, akkora.

Na, most. Most fog kiderülni, hány feleség, férj, gyerek, akárki osztja meg vele a házát, és azok mit szólnak a szerzeményéhez.

De nem. Nem jön elénk senki, és a szikár mozgásából úgy érzem, nem is számít ilyesmire. Ezek szerint egyedül él? Fanyar mosollyal nyugtázom a rajtam röptében átfutó sötétebb gondolatot: Már megint egy újabb remény: Remélem, hogy nem egy sorozatgyilkost fogtam ki magamnak. Vagy egy pszichopata taxidermiást.

A jelek egyelőre, hál' istennek, nem erre utalnak.

***

A kapu egy hatalmas, több emelet magas terembe nyílik. Az egész nagy ház első frontja egy nagy hodály. Az utca felé négy-öt méter magas, keskeny, íves tetejű ablakok sorával. Körben padok, különböző magasságúak és méretűek. Középen egy óriási asztal, mellette masszív szék – elég puritán, de kényelmesnek tűnik minden. Éppúgy lehet tanácsterem, múzeum, mint templom vagy akár trónterem. Elég sötét van benne, csak a hold fénye segít. Nem nézelődhetem túl hosszan, átvágunk rajta, és a hátsó ajtaján kilépve, megyünk tovább a ház belsejébe. Ahol meglepő módon megint a szabad ég alá kerülünk.

A ház majdnem négyzet alakú, és középen egy nagy udvart fog körbe hatalmas medencével, pálmafákkal, heverőkkel. Kifejezetten hangulatos. Ha nem volna minden túl nagy, szinte egy otthoni szálloda wellnessében érezném magam. Vagy inkább egy régi római épületben? Azok voltak hasonló elrendezésűek.

A ház másik három oldala a medence felé nyitott. A belső termeket csak alacsony párkányok és magas boltívek választják el az udvartól, meg amennyire ki tudom venni, egymástól is. Fehér, fátyolszerű függönyök imitálják csak a falakat. Lebegnek a légmozgásban.

Érdekes elgondolású ház. Ritkán lehet havazás errefelé...

A szikár eltűnik az egyik jobbkéz felé nyíló teremben, magamra hagy a medencénél. Pár pillanat múlva lámpás fénye gyullad odabent.

Szívesen úsznék egyet. De nem merek. Ki tudja, milyen szabályok vonatkoznak itt a vízre? Gazdám már jön is vissza, kezében egy göngyöleggel. Kiteríti az egyik fapriccsre. Határozottan ágyneműnek tűnik. Rámutat, aztán rám.

Ez világos beszéd. Ott a helyem éjszakára. Floki ül, fekszik... Oké, ülök, fekszem, de előtte még lenne itt egy kis gondom. Hol lehet a fürdőszoba? Sürgősen meg kéne találnom. Vagy legalább a toalettet. Na, ezt hogyan lehet lejelelni? Vagy lerajzoljam? Vidám lenne.

A szikár közben int, és ismét eltűnik az előbbi teremben. Nincs mit tennem, muszáj megtalálnom a WC-t. Vagy egyedül kezdek bóklászni a házban, vagy utána megyek. Ürítenie csak kell neki is valahol. Még ha esetleg kloákája van, akkor is. A ház nagyon tiszta, aligha intézi szükségét összevissza.

Ha egyedül keresgélek, lehet, hogy félreérti.

Ha utánamegyek – nem biztos, hogy örül neki...

Kissé tanácstalanul állok a priccsem mellett, kezemben már a zsákból kihorgászott pizsamámmal és a fogkefémmel. Rájuk meredek, és elröhögöm magam. A világ dőlt ki a sarkából, én meg a fogkefémmel bíbelődőm.

És pisilnem is kell.

Bentebbről vízcsobogást hallok. Fölneszelek. Ez jó jel, meg kéne nézni, mit csinál a szikár. Főleg inkább azt, hogy hol. Bár nem szeretnék egy éppen dolgát végző hüllőt megzavarni.

Óvatosan közelítek a függönyhöz, kicsit elhúzom, hogy beleshessek. Nos, a ház építői tényleg nem pazarolták a követ falakra, az már világos. A belső falon egy fali kútféleség, előtte alacsony falú kismedence. A szikár benne áll pucéran, és fürdik. Azonnal észrevesz, de nem ad haragos hangokat, kicsit perreg, és két tenyerét kifelé fordítva néz rám. Kérdez, azt már tudom. Nyilván azt, hogy mi a fenét akarok még.

Ó, egek. Hogy magyarázzam el? Az a baj, hogy nem látok semmi olyasmit, ami akár csak kismértékben is reterátszerű lenne. Akkor a kút előtti medencébe...? Tán csak nem?! Csobog a víz a hátára. És erősen próbálja kitalálni, mit kívánhatok még. Egyszer csak felkapja a fejét, felugat, és beráncosodik a szája körül egy kisebb grimasz, határozottan mosolyféle. Int, hogy kövessem, és kilép a vízsugár alól. A csobogás ettől eláll. Nocsak. Automatika, itt? Ezt majd meg kell vizsgáljam.

A szomszéd terembe vezet. Végre! Egy, a kúthoz hasonló, állóhelyes valami bukkan fel – nagy valószínűséggel pont az, amire oly nagy szükségem van.

A szikár viszont nem megy ki. A fenébe. Csak nem fogom nyíltan, előtte? Kommunikációs patthelyzetben rekedünk.

Mázlim van. Kintről nagy bluggyanás hallatszik. A szikár megperdül, és két extra hosszú lépéssel már kint is van az udvarban.

Enyém a pálya.

Hát kihasználom.

Hosszabban időzik, erős csattogásokat és fojtott csipergést hallok, némi rekedt vijjogással tarkítva. Valakivel vagy valamivel nagyon küzdhet. Remélem, hogy ő fog győzni. De meg nem nézem! Mára elég mindenből. Oldja meg, akármi is a problémája. Inkább lezuhanyozom én is A víz nekem is elindul. Meg is áll. Rejtélyes.

Mire a házigazdám visszatér, már a kútjánál mosom a fogam, immár pizsamában.

Rám néz, és újra felugat. – Örülök, hogy mulatságosnak találsz, te leguán. Láttál volna kicsivel előbb... akkor aztán hogy ugatnál

A kezét nézem, ami most egy erősen méltatlankodó, csőrével vadul harapni vágyó albatroszféle nyaka köré szorul, nyilván az ő landolása volt a bluggyanás. Most meg én nevetek fel hangosan. A szikár rám mered. Aztán a kezében a rúgkapáló dögre, és ő is rázkódni kezd. Úgy látszik, a nevetés nemcsak a fajok között, de még az időtéren is átível...

Úgy zötyög, hogy a jószág kiszabadul, és váratlan alakot ölt. Kitárt, denevérszerű szárnya könyökein lévő kis kezeire támaszkodva teljes pánikban, kacsázó léptekkel rohan a kövön, el a szikártól, felém. Kisebb nálam, de azért annyival nem, hogy bevárjam, a most már jól látható karmaival és a csőrében sorakozó fogaival egyetemben. Hatalmas vetődéssel kerülök ki a felzaklatott kövület hatósugarából, és rakétaként nyargalok az udvar felé. De utamban van a szikár, aki még mindig kissé meggörnyedve ugat. Én meg futtamban nem tudok már korrigálni, teljes erőből belefejelek. Föl is borul, én meg hassal esem rá. Az albatrodaktilusz közben nekimegy a kútnál a hátsó falnak, onnan perdül vissza, hogy repülőrajtot vegyen a hátamon, és nagy csattogással szárnyra kapva, egy kisebb függönyfoszlányt még magával ragadva, elpályázzon a szabadság felé.

Magunkban maradunk. Eléggé dicstelen pózban. Hasalok a szikáron. Nézem az orrom előtt a leguán-szemét... és alig hiszek a sajátomnak: Ez a hüllő könnyezik a röhögéstől. Kiterülve fekszik alattam, két kezét széthajítva, és gyors csicsergést hallat. Alighanem arra noszogat, hogy takarodjam a hasáról. Lekászálódom. Leülök mellé a földre. Ő meg felül, hosszú lábait elképesztő hajlékonysággal húzva maga alá. Felém hajol. Kinyújtja a két középső ujját, és alaposan vállon bökdös.

Na, ez most mit jelenthet? Fenyítés vagy simogatás? – Bárcsak lenne kicsit többféle arckifejezésed, hogy értselek.

Úgy döntök, ha már nevettünk, akkor inkább simogatás lehetett a gesztus. Viszonzom. Visszaböködöm kicsit, aztán finoman meg is simogatom a karját. Meglepően reagál: Átölel. Nem szorosan, nem tolakodóan, de átölel. Ahogyan én a kedves, ámbár méreten felüli kutyámat, Labrabodrit, amikor játszom vele.

Már csak az hiányzik, hogy vakargatni kezdje a fülem tövét.

Inkább kibontakozom az ölelésből, és visszacurukkolok a priccsemhez. Atyaég, de fáradt vagyok. Elterülök rajta. Még átfut az agyamon, hogy mi lesz, ha esni kezd az eső, de már alszom, mire megválaszolnám ezt a kérdést.

6.

Csobbanásra ébredek.

A fene! Visszajött a daktilusz.

Megreszkírozok egy fél szemnyitást. A nap már magasan jár. Hál' isten, akkor a nap legalább tényleg rendben van. Beragyog a medencére, amiben szerencsémre nem az ősmadár, hanem a szikár tempózik. Érdekesen úszik, a karjai a teste mellett, a lábával sem rugdal, az egész teste hullámzik, úgy halad előre. Mint egy víziállat. Például egy prehisztorikus hüllő... Jó gyorsan hasít.

Felkönyökölve nézem. Közben már jár az agyam, mint a motolla.

Valahogyan meg kellene értsem, mi történt velem. Ki kell találnom, hogyan tovább.

Hogyan juthatok vissza a rendes életembe.

Rá kell bírnom a szikárt, hogy segítsen. Bár nem vagyok biztos benne, hogy az időtér fizikájáról elegendő tudása lehet... Internetben sem reménykedem. De talán vannak itt könyvtárak. Arra, hogy a dolog talán nem is a fizika mentén történt, sőt köze sincs semmi ilyesmihez, hanem egyszerűen egy ocsmány mágikus csoda volt, amire gondolni sem akarok. Ennyire azért soha nem válnék sárkányhívővé.

Jó ég! Mennyi mindent kell megtanulnom! Elsősorban: beszélni velük. Valamint: olvasni a betűiket – vagy hieroglifáikat? Azt sem tudom, írnak-e egyáltalán. Mondjuk, a vendéglők előtt voltak táblák, amiket nézegettek – valamilyen írásféle kellett, hogy ott legyen, ha annak alapján válogattak, hova üljenek be.

Aztán behatóbban kell tanulmányoznom a fizika és az időtér mai tudásszintemnél jóval mélyebben rejlő tulajdonságait. Hogy kiderüljön, hova keveredtem. És hogyan. Aztán azt, hogy hogyan lehet ezt visszacsinálni.

Mert vissza fogok térni. A családomhoz. Budapestre. A tengertelenre.

Érzem, hogy Buda a Kakukk-heggyel ebben a világban nem túl valószínű, hogy egyáltalán létezik, de valahol el kell kezdenem a kutatást. Meg szeretném keresni a házunkat. Vagy legalább a helyét. A budai oldal tegnap, amikor körülnéztem, nem volt *annyira* más. Ha megvannak a hegyek, akkor talán itt lehetne a házunk is. Talán a családom is. A kislányommal.

Ha ők megvannak –, minden más sokkal könnyebb lesz.

Hogyan mondjam el mindezt a szikárnak?

Rajzolni fogok.

Fel kell túrjam a házat papírért, mert a kis notesz nem lesz elég. A ceruzáról nem is beszélve. Azt is ki kell hegyeznem. Kés. A bicskám! A ruhazsebemben volt – de hol a ruhám?! Ja, bent a teremben. Ahol ledobtam a zuhanyozáshoz, amíg a szikár az ősalbatroszt kergette odakint. És ahol aztán a szikár aludt. Alszanak ezek egyáltalán?

Hú, de begorombult a napsütés! Szinte éget. Itt vajon van ózonréteg? Véd engem valami az ultraviola sugárzástól? Behúzódom a terem előtti árnyékos ablakpárkányra. A szikár kidugja a fejét a vízből ezen az oldalon, és kis csicsergéssel integet: invitál befelé. Tulajdonképpen igaza van, egy úszás jólesne. Nagyon tűz a nap. Két kezemmel takarom a fejemet, ezzel vélem jelezni, hogy nem akarok az erős, direkt fénybe kerülni. Biccentget a fejével, tehát jóváhagyja. Azután kiröppen a medencéből, egyetlen hullámzó mozdulattal, már kint is áll a parton, csak úgy ömlik testéről a víz. És teljesen váratlanul pont úgy rázza meg magát, mint Labrabodri szokta, még engem is elér a zuhany egy része. Pedig ennek még szőre sincs.

Elgondolkodom.

Ha én is egy igen fejlett, de mégiscsak állatnak látom őt – miközben ő is hasonlóan néz énreám –, akkor vajon igazából ő is annyival okosabb annál, mint amit én feltételezek róla, mint amennyivel én vagyok nagyobb tudású az őáltala becsülhetőnél?

Ez igen szerencsés lenne.

Kezdek más szemmel nézni rá.

És rádöbbenek, hogy még a nevét sem tudom.

Mire kiveszem a zsákból, és felöltöm a váltás ruhámat, összeszedem a tegnapit, benne a megnyugtató bicskával, és elsimítom a priccsemen a matracot és takarót – párnát nem adott, de nem is hiányoltam –, határozottan rántottára emlékeztető illat kezd terjengeni.

A szikár a baloldali termek egyikében mocorog, ezek szerint a konyhában. Füttyent egyet, mint én szoktam Labrabodrinak. Szót is fogadok, pláne, hogy reggeli van kilátásban. Ki tudja, hányszor esznek ezek, és milyen hosszú a napjuk. Amit ma megehetsz, ne halaszd...

A szikár már kitálalta a rántottát, elképesztő mennyiségűt, egy nagy és egy kisebb tálba. Próbálok az asztalához ülni, de még a túlméretes székre fölmászva is majd' nyakamig ér az asztallap. A szikár ugat egy diszkrétet, és előkotor nekem két ülőpárnát. Ezekkel a fenekem alatt már kulturált magasságban tudom elkölteni vele a reggelit. Nem valami magasztos, tudósos helyzet, inkább óvodásos, kisgyerekszerű... Igyekszem legalább a mozdulataimmal megőrizni némi tekintélyt. Már ha volt egyáltalán.

Miközben örömmel konstatálom, hogy a rántotta tényleg az, aminek látszik, és finom is, azon töprengek, vajon ez a batár mennyiség hány és mekkora tojásból készülhetett. És akarom-e tudni, hogy kiéből... Vajon, megeszik-e a saját tojásaikat? Az abortusznak meglehetősen faramuci formája lenne. Uááá. Gondoljunk másra.

Kenyér nincs?

Nincs.

De valami zöld karfiolszerű, igen, és ez is teljesen megteszi. Ha valami számomra nem ehető az étlapjukról, az nagy pech lesz, mert egyelőre mindent megettem, amit kaptam.

A szikár elkészül, fölpattan, integet egy búcsúzásszerűt, és átügetve az udvaron, kimegy a nagyterem felé.

A gazdi elment dolgozni. Magamra maradtam. Labrabodri ilyen helyzetben szétrágná a matracot... Nos, lássuk, én mit tegyek?

Körbejárom a ház belső háromnegyedét. Két oldalán nincsenek ablakai, nyilván a szomszédos házak miatt. A fürdőtermek, hálótermek, most-már-felismerem-WC-k, és a konyha vannak erre. A konyhában is van egy kút, ha ráteszem a kezem az előtte lévő kis medence peremére, az is csobogni kezd. Míg ezzel kísérletezem, nagy jóindulatomban elmosogatom a rántottás tálakat, meg egy tojásos kőlapot is, nyilván ezen süthette. A tűzhely elég hagyományosnak látszik, nem elektromos vagy gáz. De nem érzek füstszagot, és nem érzem, melyik ponton volt tojássütésre alkalmasan forró még nem is olyan rég. Egy műszaki rejtéllyel több.

A nagyteremmel szemközti oldalon heverők, szőnyegek, kis fapultok, nagy födeles kosarak. Gardrób? Dolgozószoba? Itt van ablak, sőt ajtó is. Ez is jó magas, de könnyen nyílik. Kilincs vagy zár nincsen rajta. A súlya húzza helyre. – És ha fúj a szél? Mit csinálsz akkor, szikár leguánom? De eszembe jut a kocsmáros, ahogy az a fatáblás ajtaját matatta – és tényleg. Egyszerű fakallantyúk vannak itt is. Csak jóval föllebb, mint ahol én a kilincset kerestem. Épphogy elérem.

A ház mögött elvarázsolt kastélyparkra bukkanok. Patakok, növények, zúgók, kavicsos teraszkák, heverők, székek, függőágyak, egyszemélyes bambuszligetecskék és ismeretlen funkciójú – talán díszítő? – tárgyak hemzsegnek, látszólag mindenféle rendszer nélkül. És a pineák között gyümölcsbokrok, törpepálmák minden mennyiségben. Ámultan nézem. A karbonkornak megvoltak az előnyei. El tudnék itt tölteni hosszabb időt is.

Jaj. Hosszabb idő... Egy frászt! Nem akarok én itt huzamosabban tartózkodni! Még röviden sem nagyon, ha lehetne... Gondolkozzunk inkább szervezettebben a visszakerülési terven.

Könyveket, papírt nem látok sehol. Műszaki berendezéseket sem. Illetve... elektronikusakat biztosan nem. De valami azért van... a konyhában a szikár gyorsan tudott sütni. A víz érzékeli, ha megnyomom a peremet, vagy ha aláállok. Sőt. A WC is vízöblítéses, és az is automatikusan működik. Ezt ki is próbálom újra. Halk szisszenéseket hallat. Szisszenések? Nyomon vagyok! Pneumatika és billenőkapcsolók... egyetem első félév, kiber labor. Óriási! Legszívesebben fölszedném a padlót, hogy lássam a csöveket alatta, de persze nem merném, még akkor sem, ha lenne rá időm. De nincsen! Könyvekre van szükségem, iskolára, tudósokra. Hogy megtanuljam, ami hiányzik. Elég sok mindent... Meg kell értsem ezt az egészet, hogy kitalálhassam, mit tegyek. Csak tudnak valamit ezen az oldalon, ha ilyesmi történhetett velük. Vagyis én.

Haza fogok menni.

Auu. Haza... Ma először is föl kell mennem a hegyekbe, a Kakukk-hegyre, akárhogyan is hívják ezek az ittenit – meg akarom nézni a saját szememmel, itt van-e a családom. Nem reménykedem. Nem? Dehogynem... Csak közben az eszemmel tudom, hogy nem kéne. De amíg nem látom, mi a valóság, nem lehetek nyugodt, hogy mindent megtettem. Mi a valóság... ez is milyen relatív fogalommá rogyott, alig egyetlen nap alatt. Szóval az itteni valóság. Amit most elérhetek.

Nem tudom, hová ment a szikár. Nem akarok köszönés nélkül lelépni. Üzenetet hagyok neki.

Papír sehol.

A noteszom elég soványka, de a nemes célra most mégis elpazarlok belőle egy értékes lapot. Rajzolok egy hevenyészett Buda-térképet, a Pestet elválasztó határvonalába a Duna helyett a tengerrel. Rárajzolom a Kakukk-hegyen a házunkat, és egy vastag nyíllal jelzem: oda mentem. Még magamat is odabiggyesztem a lap aljára, hogy egyértelmű legyen a dolog. Kis gondolkodás után még rajzolok egy naplementét a túloldalra, és magamat megint, amint visszatérek ide, az ő házába.

Csak, hogy ne aggódjon.

Röhej.

Fölveszem a zsákomat. Egy pillanatig hezitálok: a kertben csodás gyümölcsök vannak, vajon vigyek-e egyet? De nem merek, nem tudom, melyik ehető, melyik pedig esetleg csak dísznövény. Gasztronómiailag már eddig is többet reszkíroztam, mint ésszerű lenne. Vizet töltök a flakonomba, amit még a másik, a tegnapig még felfuvalkodott önhittséggel egyetlennek tartott világegyetememből hoztam magammal a zsákban.

Valószínűleg ez most az egyetlen műanyagból készült tárgy ezen a világon.

Akkor gyerünk!

Benyitok a nagyterembe, hogy átvághassak rajta az utca felé.

Majd egyből le is cövekelek.

A nagyterem zsúfolásig tele van. A már ismert hüllőfajtákon túl vagy öt másik félét is látok, rengetegen vannak. Ülnek a padokon a falak mellet, csoportokban állnak, és kacskaringós sorban várakoznak, ami egészen a nagy asztalig ér.

Ahol a szikár ül, vállán egy nagyon díszes, gallérszerű, aláterített köpenyét súlyosan benyomó fémvalamivel, aminek meleg arany fénye van. Sokkal aranyabb, mint a mi ékszereinké, egy darabig nem is gondolom valódinak. A szikár előrehajol, és a gallér láthatóan kissé követi az alakját. Annyira puha... amennyire a földi aranytárgyak soha nem lesznek. Mert nem csinálunk semmit huszonnégy karátos tiszta aranyból. Ez bizony arany. Nagyon.

A hüllősor lassan mozog előre. A szikár mindenkivel eszmét cserél, elég érdekes hangokat adnak ki, néha csiripelnek, csettegnek, máskor búgnak, zümmögnek. Még szavakat is vélek néha fölfedezni. És pentaton dallamokat.

Szürreális az egész.

Akivel befejezte, az kap egy gingkólevélre emlékeztető lapótyát, ami valamivel fehérrel van bevonva. Aztán továbblépve a szikár mellett a földön ülő, szintén leguánszerű segéderőhöz, közösen kikaparnak belőle különféle alakzatokat, amitől sötét betűfélék tűnnek elő, majd kettétépik, és a delikvens az egyik felével távozik. A titkár a nála maradó fél gingkót gondosan egy megfelelő alakúra font kosárkába fekteti.

Szóval így működik a közigazgatás? Ahol a szikár valami bíróféle vagy polgármester lehet?

Még a saját nyűgömet is elfeledem egy időre, annyira lebilincsel a látvány.

Nem mélázom hosszan. Mennem kéne. A nagytermen át nem juthatok észrevétlenül az utcára. És elnézve a közönséget, az is biztos, hogy így, ahogy most vagyok, még ha ki is jutnék, az utcán is elég nagy feltűnést keltenék. Erre nem gondoltam eddig. Visszahúzódom.

Akkor?

Kiút a kertből? Nézzük, át lehet-e ott mászni.

Át lehet.

Ez esetben szegény szikártól most lopok egy vállkendőt. Ha megtalálom, hol tartja őket. Sok lehetőség nincsen, már a második nagy, fonott kaspóban vagy húsz darabra bukkanok. Mind más mintájú. – Te kis hiú. Egy szegényesebbet választok, a fejemet is beborítom vele, úgy burkolom magamra. Láttam a nagyteremben, hogy sokan széleskarimájú szalmakalapfélékben várakoztak. Ha találok egyet, azzal tökéletes lesz az álcám. Érdekes módon a kalapokat kint tartja, a kert felőli falra fölaggatva. Mind nagy nekem, de azért nem vészes. Egyet leemelek. Kicsit kitömöm falevéllel, a kendőt is duplán tekerem a homlokomra, így már nem csúszik a szemembe.

Kimászom.

***

Egy óra múlva már mögöttem van a kisváros. Ha a régi térképen próbálom elhelyezni gondolatban, nagyjából Érd, Tétény, Csepel-sziget környéke lett volna. Bár a tenger itt közelebb van, mint otthon a Duna volt... Gyalogolok fölfelé a part mentén, északnak. Jó meleg lett. A kendő és a kalap csak rátesz egy lapáttal. Mégsem merem levenni egyiket sem. Ahhoz még ez a kevés járókelő is túl sok veszélyt jelenthet. Legalább védve vagyok a naptól, ha tényleg dúl az ultraviola...

Még három-négy órányi út lehet előttem. A Gellért-hegyet látom a távolban. Ott fogok a parttól befordulni a hegyek felé. A Hegyalja úton... ha ugyan van ott út... hát legyen! Utána elhagyom balra a Sas-hegyet, onnan lankásan fölfelé már hazatalálok. Egyenesen is átvághatnék hátul, keresztben, de ezek a kis földutak nem ismerősek, nincs jó tájékozódási pontom. Inkább kerülök egy órányit, de akkor nem tévedek el.

Jó lenne valahogyan rögzíteni, ami velem történt. Ki tudja, mikor és hogyan kerülhetek haza. Ha én nem tudnám már elmesélni, legalább tudjanak róla, hogy nem direkt lógtam el a világegyetemből...

A mobilom.

Másra úgysem nagyon jó. Diktafonként használhatnám. Tart, ameddig tart. Legalább valamennyit elmondhatok. Eddig be sem kapcsoltam, takarékoskodtam vele, hátha kitart a töltöttsége, amíg visszapottyanok a normális világba. Az időt ugyan szívesen megnézném néha rajta, mert valahogy nem érzékelem úgy, mint otthon. Sajnos a készülék azt is a netről szinkronizálja, úgyhogy nem lenne sok értelme. Oké, ha cirka reggel nyolc volt, amikor indultam, akkor délre biztos ott leszek.

Ez tévedésnek bizonyult.

Már az indulási időt is elkalkulálhattam. Most meg, bár valóban nem éreztem úgy, hogy több telt volna el, mint négy óra, mégis, már késő délután van, amikor végre nagyjából odaérek, ahol a Kakukk-hegynek kéne lennie. Ott is van. Csak házak nincsenek rajta. Annyira ott van, hogy megtalálom azt a csúcsot, amin a házunknak kéne állnia. Szóval legalább annyi biztos, hogy ez a Föld. De vajon melyik?... Még a nagy terasz helyét is be tudom lőni, mert a Gellért-hegy és a Duna vonala – még ha itt túlnan tengerként folytatódik is a lapály, Pest helyett – támpontot ad. Illetve támvonalat.

Sőt. A Duna túloldalán, a gödöllői dombok is nagyjából megvannak. Kis szigetekként emelkednek ki a vízből. Sok részletet nem tudok kivenni, ködöspárás a levegő a tenger fölött.

A levegő.

Ez csak az igazi mázli... Hogy lélegezhető számomra. Ha figyeltem volna eléggé a gimiben, a földtörténeti órán, most már be tudnám lőni, kábé milyen korban vagyok... A Hold még nagyon közel van, így az árapály is nyilván még jóval nagyobb kell, hogy legyen, mint nálunk, de a levegőben már elegendő oxigén van. Az árapálynak ehhez nincs sok köze, csak úgy eszembe jutott. Viszont amennyire dereng, ezekkel a paraméterekkel is maximum csak félmilliárd évre tudom leszűkíteni a lehetséges sávot. Az azért még tetemes hibalehetőség. Ámbátor a visszajutás szempontjából érdektelen. Nem az idővonalon kell visszaaraszolnom. Meg kéne találni azt a féreglefolyót, amin idecsúsztam.

Nem számítottam rá, hogy itt lesz a ház. De most, hogy látom: tényleg nincs – nehezen tartom magamat. Istenem! Mit gondolhat most a családom? Hova tűntem? Miért? Mit csinálnak majd a kicsi lánnyal? Ki vigyáz rá, míg a szüleim dolgoznak? Most fáj csak igazán, hogy István már nincs velem. Ha legalább apja lenne... Ma még vasárnap van, de hétfőtől gond lesz. Vajon mikor kezdenek majd a rendőrséggel kerestetni? Rájönnek-e vajon, hogy meddig voltam abban a világban? Hogy a Furcsaságot kell sokkal jobban megfigyelni? Ott valami nagyon nincsen rendben. Habár – ez sem biztos. Lehet, hogy csak én kapcsoltam össze a *Strangy*-t azzal, ahogy bukott angyalként távoznom kellett szeretett világomból. De ha jól gondolom, és a Furcsaság keze tényleg benne van ebben a rémálomban, akkor vajon egyáltalán ott maradt-e? Vagy eltűnt velem együtt abból a világból?

Kérdések, kérdések.

Mára elég belőlük.

Erősen és gyorsan alkonyodik.

Ez meg hogy lehet? Ennyire azért nem lassultam le egy nap alatt, még ha a tegnapi bonyolult nap volt is. Akárcsak a mai.

Ó. Hiszen tanultam. Amikor a Hold még jóval közelebb volt a Földhöz, sokkal rövidebbek voltak a napok. Éppen a Hold lassítja bolygónkat évmilliók óta úgy, hogy mára már huszonnégy órára nőtt a tengely körüli fordulat időtartama. Miközben a Hold meg távolodik a Földtől.

Hát, itt még nem ez a helyzet. A Hold itt szinte a nyakunkon van, a Föld pedig érezhetően gyorsabban forog. Nagyjából tizenhat-tizennyolc óra telhetett el tegnap este óta.

És mindjárt újra este van.

Kigyulladnak a tengerparton a fények. Meg sem néztem tegnap, mivel is világítanak. Petróleummal? Talán. De jó nagy lámpások lehetnek a parton, mert még itt is látszanak.

Ajajj. Most bukott le a nap. És én itt ülök a hegyen. Mikor azt ígértem a szikárnak, hogy naplementére otthon leszek...

Szedem a lábam, és gyalogolok visszafelé sebesen, jó nagy ívben kikerülgetve a néha felbukkanó járókelőket. Nem figyelnek fel rám.

Menet közben óhatatlanul folyamatosan hasonlítgatom a tájat az általam ismerthez – mi van meg belőle itt is, és mi nem. A domborzat meglepően egybevág. De ami rajta kéne legyen, a város, a lüktető élet, a kétmillió ember – fájóan nincs sehol.

Kertek, kőházak, földutak. Néhol egy-egy szekér. Fák, növények, bokrok, virágok minden mennyiségben. Néha jön pár krokodilra, leguánra, vagy más, bármilyen földi ős- vagy új állatra még kevésbé hasonlító, de két lábon járó jószág. Mindannyian hüllőfélék.

Madarak vannak. Igazi, tollasok is. És a tegnapi bőrszárnyú támadónk fajtájából is sokféle előfordul. Elég nagyocskák is vannak köztük. A járókelők ennek ellenére nem tűntek idegesnek, amikor déltájban néhány alkalommal nyolc-tíz méteres szárnyfesztávok árnyéka vetült rájuk. Igaz, az ő méreteikkel és súlyukkal, pláne fogaikkal, én sem lettem volna nyugtalan. Ezek hiányában inkább fedezéktől fedezékig haladtam. Szerencsére nem érdeklődött irántam egyik sem.

A madarak mostanra elültek.

Nagy a csönd.

Halkan trappolok én is, hogy ne figyeljen fel rám senki, akinek kicsivel is több foga van, mint nekem. Hosszú még az út a szikár házáig. Aki – jut eszembe a délelőtti nagytermi jelenet – a jelek szerint egy eléggé fontos em...hüllő a városkájában. Vagy esetleg nem is csak abban? Jó sok hidegvérű személy várakozott ott... Hidegvérűek? Nem is biztos. Elég gyors mozgásúnak tűntek a kocsmában. Lehet, hogy ez a hüllőág melegvérű? A szikár tapintásra normális volt, talán kissé hűvös hőmérsékletű, de azért nem kifejezetten hideg. Sem, amikor a napi pánikadagom tetőzése után a nyakába borultan hortyogtam, sem, amikor később ledöntöttem a lábáról, és ráhasaltam.

Ellenőrizendő.

Mi lehet a szikár?

Olyan érzésem volt, mintha még a legnagyobb krokodilfélék is valahogyan tisztelettel viseltetnének az aranygallér súlya alatt az asztalnál görnyedő, náluk jóval kisebb jószág iránt. Nem tudom. Lehet, hogy csak emberi szemmel nézve tűnt tiszteletnek a valójában inkább közönyös viselkedésük? Mindenesetre fura.

Vajon ki lehet?

Jó, hogy telehold van. Vagy majdnem. Mert ezek a lények nemigen terhelik az utcáikat közvilágítással. A Gellért-hegynél azért már több a ház és a fény is. Elérem a partot. Hihetetlen látvány. Ahol valamikor majd a Duna folyik – most csak tenger, tenger. Végtelen tenger. Hiányoznak a hidak is. Bár vannak helyettük mólófélék. Mellettük vicces bárkák és fura hajók. Vitrolások és pöfögőek is. Ezek szerint van tengeri hajózás, és ismerik a gőzgépet.

Lekanyarodom a parti útra, dél felé. Még jó két óra, mire hazaérek. Haza? Hülye vagyok én? De hát ezen a világon nincs senkim és semmim. Csak a szikár. Egy nap óta ismerősöm. Ismerősöm? Inkább rettenetesen ismeretlenem. Mégis, most ő jelenti az otthont. Már ha visszafogad még… Meglógtam, és még a ruháját is elcsórtam. Ja, és a kalapját is. Nem szép viselkedés.

A parti utat magas oszlopokon álló, gömb alakú, levélmintásan áttört kosarak szegélyezik. Valamilyen fémből vannak, jó kétméteres átmérőjűre saccolom őket. Délelőtt is láttam, csak nem néztem. Most nézem is, mert nagyon látványosak: tűz lobog bennük, bevilágítják az utat. Lemaradtam róla, hogyan gyulladnak be. Sajnos, nem baj… Mert attól tartok, hogy minden szándékom ellenére jócskán lesz még módom megnézni. Nem valószínű, hogy holnap estig megoldódik a helyzetem.

Nem akarok itt berendezkedni. De lehet, hogy kis időre muszáj lesz.

Éhes vagyok.

Nincs több tiszta ruhám.

Hol van már az a ház?

Végre.

Belököm a kaput a nagyterem felé. A beszűrődő holdfényben jól látom, hogy üres, eltűnt a sok emb... hüllő. Az udvar felé nyíló kisebb ajtónál hezitálok kicsit. Nem tudom, hogyan gondolkodnak, mit éreznek. Nem tudom, hogyan fog a házigazdám fogadni, ha az éjjel közepén bekullogok hozzá.

Benyitok. Sötét van itt is. Még a hálóteremben sem ég a fény. Körbejárok – sehol senki.

A konyhaasztalon egy hervadó, de érintetlen, sültekkel rakott tál. Mellette két kisebb edény és két pohárféle – két személyre van terítve... Az egyik tál alá oda van csíptetve a rajzom.

A szikár sehol.

Muszáj ennem.

Finom.

Közben kihúzom a rajzomat a tányér alól, és már látom, hogy a hátoldalán valami plusz ákombákom jelent meg. A szikár üzent? Vajon mivel rajzolt oda? És leginkább – mit akarhatott rajzolni? Forgatgatom a holdfényben. Nem igazán értem. De lassan kialakul a durván összetákolt kép értelme. A kocsma van ott hátul? És az a pálcikaember lenne a szikár? Megy befelé. Alatta két felém tartott négyujjú tenyér rajza. Azt kérdi, hol vagyok... és ha mégis visszajövök, tudjam, hol találom.

Meghatódom. Utána is mennék.

De már nincs rá szükség, hallom, és már látom is, ahogyan éppen benyit az udvari ajtón. Fény gyullad a kezében, majd meggyújtja a medence melletti kosaras lámpákat. Csak egyszer hajol oda, az elsőhöz. És mindegyik felgyullad, szépen, sorban. Egy újabb műszaki rejtély.

Ülök az asztalánál, eszem a vacsoráját – és zavarban vagyok. Hogyan jelezzem, hogy itt vagyok? Mit szól majd egyáltalán? Csak egy ötletem támad. Halkan énekelni kezdem a tegnapi pentaton dalocskát.

Megtorpan a fénybe borult medence szélén. A nyaka kinyúlik a vállai közül, jóval hosszabbra, mint nekem nyúlna, akárhogyan erőltetném. Felém néz a sötétbe. Nem vagyok benne biztos, hogy lát-e. Ha emberi szeme volna, nem láthatna. De ezek az óriási szemek...

Csettegni, csipogni kezd, recsegésekkel és némi búgással tarkítva. Elég hangos. Szinte süt róla a szemrehányás és a megkönnyebbülés. Pár lépéssel odaér hozzám, vállon ragad, kicsit megrázogat, még mindig magyaráz, aztán nagyot fúj, elenged, és végre csendben néz tovább.

Le lettem teremtve. De már kezdi kifújni a mérgét.

Hiányoztam neki!

Már nem dalolok, de mosolygok rá eltökélten. Aztán két középső ujjammal megbökdösöm a vállát. Tegnap ez jól bevált.

Ma is.

Felemeli a fejét, aztán egészen hátra is szegi, és jóízűen ugat kicsit. Nevet.

Végre leül ő is, kiragad egy nagyobb, már kihűlt sülthúst. Megvacsorázunk. Mint egy jó kutya és a gazdája. Hirtelen nem is tudnám megmondani, melyikünk melyik…
Utána becsusszan a medencébe, és direkt bugyborékolva úszik föl-alá. Könnyű neki, csak a vállkendőjét kellett ledobnia, ma még annyira sincs túlöltözve, mint tegnap.
Irigykedve állok jó közel, hogy újra eszébe jusson beinvitálni. Int is a következő körben, ahogy észrevesz. Lerúgom a szandálomat, becsobbanok, és tempózni kezdek.
Ez is egy módja a ruha kimosásának.

A szikár a medence aljára süllyed, úgy röhög némán, odalent rajtam. Gondolom, utoljára egy békafélét láthatott így tempózni. – Jól van, na! Én nem tudok úgy hullámzani, mint te. Én így úszom. Pont.
Elég sokáig ül odalent, és derül tovább. Nem nagyon hiányzik neki a levegő. Aztán fölrúgja magát a felszínre, és mindenféle kunsztstükökkel körbe kígyózik. Ha nem tudnám, milyen méltóságteljesen tud délelőtt kinézni, hogy milyen magas rangú elöljáró lehet, azt gondolnám, rosszalkodó kutyakölyökként dicsekszik az ügyességével.
Te jó ég.
Egy nagyra nőtt gyíkkal viccelődöm. Akinél lakom… Egy napja van még csak a világ kifordulva – és máris kezdem elfogadni ezt az abnormálisan idióta helyzetet?! Hm. Végül is… Az ember ezért túlélő. Mert szélsőséges helyzetekhez is alkalmazkodik. Na de ennyire szélsőségesekhez?
Közben szikár véget vet a pancsolásnak, úgyhogy én is kimászom.

Kiteregetem egy szabad priccsre a kimosódott ruháimat, a tegnapiakat berugdalom a priccs alá, ezekre már csak holnap kerül sor. Száradok kicsit a meleg levegőben, aztán fölrángatom a pizsamámat. A szikár a medence szélén ül. Lábát a vízbe lógatja, és ráncolódó szája-szeme csücskeiből tudom, nagy derültséggel figyeli, mit csinálok. Majd ő is föláll, lerázza a vizet magáról, kioltja a lámpákat, és elvackol odabent egy nagyobb priccsen, a hálótermében. Perreg még valamit, aztán lecsavarja az utolsó, mellette álló kislámpása fényét is.
Mint nagyanyám valaha, otthon, a tanyán.

Sokáig nem tudok elaludni. Bár fáradt vagyok, de a huszonnégyórás nap helyett ez a jóval rövidebb betett a biológiai órámnak. Nem baj, legalább alaposan átgondolom, hogyan tudom holnap elmondani ennek a leguánnak, hogy könyvtárra, tudósokra van szükségem, és az ismereteikre, ötleteikre azzal kapcsolatban, hogy történt-e már valaha ilyesmi náluk, és ha igen, mi lett azzal az idegennel? Nagyon remélem, hogy nem az itteni diliházban végezte. Vagy egy sültes tálon...

Ha ők sem láttak még ilyet, az gáz. Ha nincs tudomány, nincsenek tudósok – no, az még nagyobb gáz. De fizikát ugye csak tanítanak? Iskolájuk csak van? Tényleg, láttam egyáltalán gyerekeket? Fene tudja megkülönböztetni, hogy a kevés járókelő közül egy nagy gyík kölyke vagy egy kis gyík szülője elől kerülök-e épp egy nagyot az útmenti susnyásban.

És ha nem is ismerik a fizikát? Ha mindezt csak úgy, mesteremberek gyakorlati tapasztalatai alapján rakosgatták össze? Nincs elektromosság. Nincs benzinmotor. Nincs műanyag. Sem toronyházak, hidak, beton műtárgyak. Nem láttam vonatot. Hajót kint a vízen viszont igen. Gőzgépük van, mert néhány pöfögött itt-ott. Pneumatikájuk is van. Ahhoz is kell egy alapnyomás. Viszont nem látok, nem is érzek sehol füstöt. Fatüzelés, széntüzelés valószínűtlen. Akkor mi a fene fűti a kazánjukat? Ami ráadásul ilyen csöndes?

És főleg – mindez hogyan segíthet nekem elhagyni végre ezt az alternatív karbonkori sárkányvilágot?

Valami történt *itt*, amitől *ott* megjelent a Furcsaság. Kapaszkodom abba a hitbe, hogy a *Strangy* okozta az én idepottyanásomat. Mert ha nem, akkor még esélyem sincs ebben az életben kitalálni, hogy mi a rák történt.

Maradjunk a *Strangy*-nél, mint bázisproblémánál. És induljunk ki abból a föltevésből, hogy ez tényleg a Föld. Ha ez a Föld, akkor egy sokkal korábbiban járunk, mint bármilyen kor, ami emberi történelemhez kapcsolódna. Az ismert kövületek őshüllőinek idejében vagyok. Vagy inkább, még jóval azelőtt. Ezek szerint a civilizáció nem velünk jelent meg először a Földön.

Avagy – jóval későbbi kor lenne ez? Már nyoma sincs az emberiségnek? Ezt elvetem, a Hold mérete és a napok hossza miatt. Bár csak akkor vethetem el, ha biztos lehetek abban, hogy ez a hold ugyanaz a Hold. Szerencse, hogy szabad ég alatt vagyok. Már nem teljesen telihold, de még jó nagy felülete látszik, alaposan megnézem. Igen. Ezt a rajzolatot ismerem. Ez *az* a Hold. Oké, akkor ősidő.

Csakhogy, akkor a majmoknak, tollas madaraknak nem lenne még itt a helyük... alternatív ősidő? Nem az idővel történt a baj, hanem a térrel? A lehetőségeknek ezt az oldalát jóval kevésbé ismerjük, még az otthoni fizikában is. Elméletileg lehetséges a térben nulla idő alatt átcsúszni egy féreglyukon valahova nagyon máshova. Szigorúan elméletileg. Mert földi körülmények között az ehhez szükséges energiamennyiségnek a töredékét sem tudjuk ma előállítani. Úgyhogy teljesen nyitott a kérdés: ha mondjuk, a Furcsaságban lett volna ennyi energia belül, és átlökött máshová, akkor ez a máshol hol van voltaképpen? Még a mi univerzumunkban? Vagy egy multiverzum párhuzamos világában? Vagy ugyanott maradtam, csak az eseménysor változott ekkorát, ami az *itt-és-most* pontomhoz eddig vezetett? És ez egy igazi alternatív világ? Ezután már ez lesz a Föld múltja? Lehet-e köze az egésznek a fizikában nemrégen kapirgálni kezdett, tíz-huszonhat dimenziós térrezgéseken alapuló világegyetem-modellekhez? Amiről alig tudok többet, mint azok, akik nézik a NatGeo-t: nincsen megfelelő pontosságú matematikai hátterünk az ilyen modellek helyes fölállításához szükséges számítások elvégzésére. És ha nekünk sincs, akkor ezeknek az ősgyíkoknak még kevésbé lesz.

Itt fogsz ragadni! – sivalkodik a pánikolós agyszeletem.

Egy nagy frászt – hurrogom le, mintha csak egy idegen volna.

7.

Lili a történet ezen pontján a noteszben egy valaha valamivel fehérre
bekent, mára összevissza repedezett felületű pálmalevélcsíkot talál, rajta alig
olvasható kikapirgálással: *Spórolok a papírral, kaptam pálmát a szikártól,
próbálok arra jegyzetelni tovább, csak a legfontosabbakat fogom pap...*

... írra írni – fejezi be Lili mormogva a félbehagyott mondatot. – Oké,
majd azokat is átszőrözöm – nyugtázza magában a dolgot. – Pálmalevelek...
micsoda ötlet! Honnan szerzett vajon ennyit? És miért? De először lássuk a
noteszt tovább. Mikor derül végre ki, hogy anyám mi célból, milyen okkal
írta ezt a fantasztikus regényt? És ha már megírta, miért nem publikálta? Hol
jön az a magyarázat, amit az üzenetében ígért?

Lili óvatosan áthajtja a lapot a pálmacsíkkal együtt, és folytatja a
noteszben az olvasást.

...Foglaljuk össze az elmúlt hat évet. Ami nagyjából már négy otthoni...
istenem, Lili már tíz éves...sírni tudnék... Tehát.

Elképesztő sikertörténet a beilleszkedés tekintetében ezen az ősföldön.

Kellett ez a fenének.

Totális csőd a visszaút lehetőségeinek, elvének tudományos
föltárásában.

Ez viszont nagyon kellett volna.

Pedig ezalatt én milyen jót tanítottam rajtuk... Tíz évfolyamom összes
hallgatója, együtt sem haladt volna ekkorát... Én is rengeteget tanultam.
Mégsem voltak képesek a tudásomat a keresett tudással viszonozni. Az én fő
gondomat illetően ők pont olyan tanácstalanok voltak, mint én. Ők sem
találkoztak még soha ezzel a jelenséggel.

Nos, hogyan tovább? Beletörődés?

Na, nem.

Más irányból kell a kérdést megközelíteni. Nézzük még egyszer a
gyakorlati oldalt.

Mit tudok pontosan, mi történt?

Megjelent egy fenomén, a Furcsaság, egy finom remegéssel a
levegőben. Vajon mikor? Hat itteni éve vagyok itt, azt most nem számítom.
Előtte, otthon nagyjából másfél éve vettük észre – de valószínűleg jóval előbb
is ott volt, csak annyira halványan, hogy nem reagáltunk rá. Mondjuk, három

220

éve? Vagy a duplája? Vagy még több? Mondjuk azt kiindulásként, hogy három éve.

Az évek alatt lassan sűrűsödött. Eleinte lassan, aztán egyre gyorsabban. Egyre jobban láthatóvá vált, és egyre inkább hatása is volt a testekre. Tehát anyag. Olyan, mint mi. És a változása nem egyenletes. Ugyanakkor nem mozdult el az autópályáról. Tehát a Föld mozgásával együtt mozgott a világegyetemben. Vagyis erősen köze van a Földhöz. De mégsem tudtuk soha arrébb lökni, elgördíteni, még csak az alakját sem tudtuk megváltoztatni. Pedig reakcióba lépett velünk, tanúsíthatja a szegény átluggatott gyorsuló bajnok vagy az én papírlapom is. A Furcsaság nagyon oda volt nőve ahhoz a kicsi helyhez. És mégsem ahhoz a területhez, ami nálunk volt. Hanem valami olyasmihez, amire nincs ráhatásunk a Földről. Mintha valaminek odalógott volna a lába egy alternatív múltú Földről, és ott leragadt volna.

Ami ráadásul valamilyen morbid természeti tréfa folytán autóalakra emlékeztet.

Valami olyasmi, ami nem mindig volt itt – tehát ha a szimmetriatörvényekben hiszek, akkor nem is lesz mindig itt. Itt? Ott! ... a fene egye meg. Szóval a Földön. A régin. A sajátomon.

Tehát, *ott* jött, majd egyszer talán el is megy, közben változik a sűrűsége. Egyelőre azt tudom, hogy ameddig ismertem, a sűrűsége növekedett.

Vajon egy sűrűségi csúcs után ugyanolyan lassan múlik majd ki, mint ahogyan jött, vagy a maximuma után egy pillanat alatt eltűnik?

Vagy igaza van a tíz-huszonhat dimenziós térelméleteknek, és még sokkal bonyolultabb a helyzet? Vagyis az egész folyamat nem is az idő tengely mentén zajlik?

Az a baj, hogy a) ezt innen nem fogom soha megtudni, b) hogy mindegy is nagyjából, mert akármi a helyzet, a megoldási lehetőségeim korlátozottak. Nagyon.

Ez az.

Induljunk ki abból, hogy mit *tudok* egyáltalán itt megtenni. Talán nem is a könyvtárban kellett volna kezdeni. Hanem brute-force próbálgatással mindjárt a valóságos talajon.

Van egy autóm.

Még mindig ott áll az úton. Hacsak szét nem szedték a gyíkok, ami nem valószínű. Párszor ránéztem kezdetben, a kutya sem bántotta, poros volt, de rendben. Amikor utoljára elzarándokoltam hozzá, annak is vagy négy itteni éve, kicsit már romosodott. Nem rozsdállott, de mégis néhol lyukacsosra ritkult az anyaga. Pár helyen már át lehetett látni rajta. Már? *Akkor* már. A laptopom ott hevert az ülésén a táskában. Az ülés sem volt túlzottan friss. A táska is viseletesnek tűnt. Kicsit gondolkodtam rajta, hogy kinyitom az autót, és kiveszem a gépet, de lemondtam róla. Tudom, mit tároltam rajta. Mindent, ami fontos volt. Ott. Akkor. De az itteni gondomra nem leltem volna segítséget. Az autó meg nem tűnt annyira stabilnak, hogy nagyon piszkáljam. Még összeomlik a kezem alatt, vagy ilyesmi.

Erről gondolkodjunk csak el! Miért tűnik el lassan az autóm? Táskástól, laptopostól?

És én miért nem??

Odaát a *Strangy* becsülhetően három éve keletkezett ahhoz képest, mint amikor én beleléptem. És végig sűrűsödött. Ideát az autóm két itteni év alatt – ami nagyjából egy év és négy hónap odaát –, ritkulni kezdett. Meddig fog ritkulni? És ha a két jelenség összefügg?

Nézzük. Hiszünk-e mindaz után, amit láttunk, a varázslatban és a mágiában? Csábító... de nem. Hiszünk-e a fizikában? Dacára mindannak, amit láttunk? Igen. Maradjunk épelméjűek.

Akkor vázoljunk fel egy lehetséges verziót. A *Strangy* kapcsolatot teremtett a valós világom és e között a fenetudjamilyenésholvan világ között. Ebben az állapotában lassan alakulgatott. Egyre több anyagot mutatott föl. Ott. És a valószínű maximumán, pontosan *akkor-és-ott*, megjelentem én az autómmal, ami pontosan olyan alakú, mint amilyenre a Furcsaság már évek óta gyúrt, és nulla perc alatt idekerültem. Az összes anyagommal együtt. Ez az én magánhurkom.

Az anyag egyszerre nem lehet két helyen. Akármit is tett a Furcsaság, ha azt az Univerzumunk törvényein belül tette, akkor az anyag nem duplikálódhatott. Ha egy része valahová elkerült, akkor az a rész az eredeti helyén hiányzik. Ha a Furcsaság otthon várt rám, és mégis már a találkozásunk előtt az én autóm anyagát diszpergálta visszafelé a mi otthoni terünkbe, az kétféle módon lehetséges: Vagy az eredeti autóm anyagának egy részét láttam korábban ott a remegésben, vagy a másvilágbeli autómét. Az eredeti autóm nem volt törékeny, nem korrodált, nem alakult tésztaszűrővé. Ez az itteni viszont igen. Ami innen hiányzik, az került a Furcsaságon át oda.

Szép elmélet. Csakhogy nincs két autó. Csak egy. Nincs meg a szimmetria.

És az idő sem stimmel. Ha feltételezzük, hogy az itteni autó foszlik oda, és azt láttuk ott a Furcsaságban, akkor jóval hamarabb kezdett ott, az ottani idő szerint megjelenni, mint itt, az itteni szerint eloszlani.

Az ottani, az otthoni autóm nem rothadt, minden anyaga megvolt az utolsó ottani pillanatig. Vagyis az ottani idő szerint, onnan nézve, volt egy hosszabb, talán három éves időszak, amikor ha csak az időből nézem, ott több anyag volt egyszerre jelen, mint lehetett volna.

Ha csak az anyagmennyiségeket vetem egybe, akkor ez lehetetlen.

Csak úgy lehet, ha az idő is része, csak ebben a helyzetben nem úgy része a szimmetriatörvénynek, mint mi gondoljuk, és ezért mi rossz szemszögből látunk rá a jelenségre.

Az ottani teljes autóm egészben csusszant ide át, nulla idő alatt. És abban az itteni pillanatban el is kezdett erodálódni, szivárogni visszafelé. Ennek az eseménynek az ottani három évvel korábbi esemény a párja, amikor a remegés elkezdődhetett. Ebbe a világba, ide egy teljes autónyi fölösleg gyűrődött be az esemény pillanatában. Ettől igyekszik megszabadulni. De hol van az ottani háromévnyi, lassan szaporodó anyagfölösleg hiány-párja? Eredetileg a hiány itt volt: itt nem volt jelen az autó. És mindkét világ köszöni, jól volt. Aztán jött a *Strangy*, és kicserélte valahogyan nulla idő alatt, az itteni hiányt az ottani autóra. Majd most rendet rak maga után, és visszarendezi az ide szippantott, itt többletnek számító anyagot oda. Mert most itt van anyagtöbblet: az autóm minden otthonról hozott atomja. Ha mindegyik plusz atom eltűnik *innen*, akkor *itt* visszaáll az *itteni* egyensúly. Ha mindegyik plusz atom, vagyis a remegés anyaga eltűnik *onnan*, akkor visszaáll az *ottani* egyensúly.

Az itteni lassú eltüntetést látom, csak azt nem tudom, mennyi idő kell még itt hozzá, hogy egészen befejeződjék.

Az ottani gyors eltüntetést is láttam: egy pillanat volt, ott ültem benne… És a végén, ha az egész lezajlott, itt egy komplett hiánynak kell újra lennie, ott pedig egy komplett autó, velem együtt! Tehát a remegés anyaga abban a pillanatban tetőzött, amikor belehajtottam. Ha én most ezután, bánatos módon, *itt* vagyok, akkor a visszaszivárgott remegés – egy autó, plusz egy embernyi összes anyagként – *ott* kell megkapaszkodjon, és rendet teremtsen.

Nade.

Én itt nem foszlok. Sőt. Eszem, iszom, ürítek és helyet változtatok. Jól vagyok! Mi van akkor velem?! Én miért nem szivárgok lassan vissza az otthoni világba? Pont azért, mert nem vagyok ott, ahol az autó? Vagy éppen azért, mert élek? Mondjuk, szerencsés, hogy nem foszlok, mert nem tudom, mennyire lenne az élettel összeegyeztethető egy három évig is eltartó lukacsosodás… Akkor viszont én tényleg itt fogok ragadni?! Kétlem, hogy a természet válogatna az élő egyedek atomjai és a nem élőeké között. Kétlem, hogy a fizika megbékélne egy aszimmetria, egy anomália tartósításával. Nem szokása.

Ez gond.

Miért élek én itt olyan zavartalanul?

Hogyan lesz ennek vége?

Hogyha nem csinálok valamit?
És ha csinálok?!

Hogyan juthatok haza??

Az autóm – négy éve legalábbis úgy tűnt – lassan visszakerülhet? Nem tudom... De az biztos, hogy innen valahová eltűnőben volt. Logikus lenne, hogy a Furcsaságban jelenjen meg, otthon... Ki fog benne ülni, amikor ott újra teljes egészében felbukkan? Egy ritkás csontváz? Amennyit a Furcsaság az elhullajtott eredeti anyagomból itt össze tud söprögetni? Mert az élő szervezetemet nem luggatja, azt látom, érzem. Esetleg az elhullajtott régi atomok már bőven kiteszik az *akkor-és-ott* élő magamat? Azok vissza is szivárognak, csak én nem tudok róla? Egy kupac komposztot fognak találni a helyemen? Jó kis pánik lesz belőle, akármelyik verzió jön be...

De nem. Ez nem jó irány, mert ebben nem szerepel az, hogy viszontláthassam Lilit. Mit tegyek, hogy mégis úgy legyen? Újra oda kell mennem az autómhoz. Ha valahol az itteni oldalon dolgozik még a folyamat, akkor ott. Ha még van itt belőle valami, bele kéne ülnöm, és kivárnom, amíg együtt visszakerülünk. Ha három ottani évet saccolok odaátra, eltűnésemig – hát, azt lekéstem. Hat itteni éve vagyok itt. Ami durván négy otthoni évnek felel meg. Jó, tudom, valószínűleg a keringési idő ugyanannyi itt is, mint otthon, csak a napok hossza más. De nem tudhatom biztosan, ezért háromszázhatvannégy itteni rövid napot jelző rovátka után mindig új évet kezdek. A szikár csóválta is a fejét, amikor észlelte az egyre sűrűbb faragcsálást a kijárati ajtófélfán. De hagyta, hadd csináljam.

Ha viszont a Furcsaság felderengése nem három évnyi volt, hanem több, akkor még lehet esélyem. És ha még sokkal több volt? Ott fogok ülni évekig, étlen-szomjan?

Semmiképp sincs rá magyarázat, hogy miért viselkedik másként az élő szervezetem, mint az élettelen. Rossz belegondolnom, hogy minden itteni atom, amire hat év óta itt szert tettem, a visszatérés pillanatában esetleg itt marad, és csak a sajátjaimat viszem vissza. Eléggé hervadt maradvány-testre számíthatnék. Pedig... a szimmetriatörvények ezt sugallják...

És!? Van más utam? Más ötletem?
Nincsen.
Akkor?

Gyerünk ki az autóhoz! Próbáljunk meg beleülni, és reménykedjünk, hogy nem késtem el, és nem érek oda túl hamar sem. És nem entrópiálódom fécessé.

Hát... Elég gyönge terv.

Este elmondom a Szikárnak.

***

– No? – Lili szemöldöke magasra felszalad. – Itt átugrottunk valamit... Eddig a főhős nem tudott beszélni a szikárral. Azalatt a hat év alatt megtanulta a nyelvet? És már nagybetűvel írja a Szikárt? Talán a pálmalevelek vagy a hangfelvétel majd megmagyarázza – halasztja a kérdéseket később re, és olvas tovább.

***

– Tudod, ez a jelenség egyfajta örvényként képzelhető el legjobban. – De azt nem mondom meg a Szikárnak, hogy a hangsúly mennyire az elképzelhető szón van, és nem a mögöttes tényeken... – Nem tudom, hogyan működik, de az eredményét látjuk: beszippantott engem otthonról. és kiköpött ide, neked.

De a folyamatnak közben van egy lassú párja: a visszaszivargás. A két esemény valahogyan összefonódik, még ha időben annyira eltérőnek is érzékeljük. Ráadásul a te idődben történő esemény eredménye nálam már régen megtörtént, tehát az állapotváltozásaink sorozata sem egyformán alakul. A te időd nem az én időm. És itt most nem a napok hosszának eltérésére utalok. Sokkal mélyebb összefüggésre. Az egészben az a nagy ismeretlen, hogy velem mi fog történni, amikor az eredeti állapotot visszarendezi a világegyetem. Viszont ha van egyáltalán bármilyen esélyem élve hazakerülni, akkor leginkább az autómban ülve van.

Oda kéne mennem, és ott várnom.

– Meddig? – kérdez rá a Szikár késlekedés nélkül a terv leggyengébb pontjára.

– Hm. Nem tudom. Csak az autó állapotából következtetek, hogy a folyamat zajlik, és az első két év alatt be is gyorsult. Hogy mennyire gyorsult tovább az elmúlt négy évben, azt nem tudom, mert nem gondoltam rá, hogy fontos lehet nézegetnem. De mostanra rájöttem, hogy nincs más esélyem. Oda kell mennem nagyon gyorsan, és megnéznem, mennyi időm maradhatott még.

– Hiszel benne, hogy élve hazakerülsz? Vagy tudod is?

– Nem tudom. De több, mint hiszem... remélem!

– Nem érzékelem a két kifejezésed között a jelentésbeli különbséget. De nyilván érzelmi töltetben tér el, ugye?

– Pontosan.

– Ugye tudod, hogy az érzelmeid nem változtatják meg a valóság eseményeinek valószínűségeit?

– Tudom hát. De te ezt nem értheted. Nem változtatni akarom, hanem megtenni, amit lehet.

– De nem tudod, mit lehet – mondta a Szikár őszinte értetlenséggel. Erre föl is figyelek, mert ritkán szokott kekeckedni, mindig a megértés felé próbál evezni. Arcába nézek, és olyasmit látok, amit eddig csak egyszer láttam, nagyon régen, az első éjjel, amikor felbucskázva ráhasaltam, és ő nagyon röhögött.

Könnyeket.

Krokodilkönnyek... fut át rajtam szarkasztikusan, de gyorsan elnyomom ezt a vicces gondolatot magamban. Itt komolyabb dolgok vannak. Ezek a könnyek most nem a nevetés könnyei. A Szikárnak érzelmei is vannak, még ha nem is látszanak, sőt nem is szándékozik kimutatni őket.

Tudom, hogy ragaszkodik hozzám. De ennek eddig azt hittem, elsősorban észérvek voltak az okai: nagyon jól szórakoztatom, érdekes dolgokat tudott meg tőlem, dicsekedhet a tudósok és a barátai előtt velem, és nem megvetendő módon sok pénzt is hozok neki, bár a javát nem elsősorban az előadásaimmal, hanem az esti kocsmai éneklésekkel.

Most viszont nem a várható gazdasági veszteség fölött kesereg. Ennyire azért már ismerem a gesztusait. Úgy tűnik, sajnálná, ha elmennék. Egyszerre hatódom meg, és fut át rajtam a rémület. Lehet, hogy nem enged el?

– El akarsz menni – szögezi le pár csettintéssel.

– Nem *el*. Haza! – Az más! Nem téged akarlak elhagyni. A családomat szeretném visszakapni.

– Értem.

– Akkor holnap elmegyek az autómhoz. Nem valószínű, hogy hamar vissza tudnék vele kerülni. Most csak megnézem, milyen állapotban van. Rendben?

– Elkísérlek.

– Biztos, hogy jó lesz ez neked?

– Igen. Látni akarom, hogy nem lesz bajod, ha beleülsz.

– És hogyan fogod ezt ellenőrizni?

– Kipróbálom.

– Belehalhatsz, ugye tudod? Ha jó az elméletem, te nem tudsz átszivárogni hozzánk.

– Nem is akarok. Csak azt akarom, hogy te ne halj meg.

226

Nem tudom, mit mondhatnék neki. Mindketten tudjuk, hogy nagyobb esélyem van a halálra, mint a viszontlátásra a családommal. De mit tehetnék mást?

Mintha csak hallaná a kérdést, amit magamban gondolok.

– Itt is maradhatnál. *Vigyázok rád. Egész életemben, ha akarod.*

Ez viszont most nagyon gáz.

A Szikár nem tudhatja, hogy ismerem ezt a két mondatot. Egy nagyon fura csettegés-klakkogás sor, szélfúvásszerű búgással lezárva. Nagyon megjegyeztem, amikor először láttam két tök egyforma krokodilt, egymás kezét fogva, eltépni azt a gingkólevelet, éppen őelőtte, a nagyteremben.

Őszintén csúszott ki a száján, és nem fél, hogy félreértem, mert biztos benne, hogy nem tudom, mit jelentenek. De ebben téved. Tudom. A hüllők így kötik össze az életüket. Ezekkel a mondatokkal. Aki kimondja, annak egész életre szól. Csak a másik oldhatja fel, ha akarja. Amilyen ridegek egyébként, ebben nem ismernek tréfát. Hűségesek. A gingkólevél megírása és nyilvános ketté tépése csak a gazdasági szerződést jelenti. Figyelek ám, amikor egymás közt beszélgetnek!

A Szikár, akiről már tudom, hogy férfi, inkább vállalna engem – akárhonnan nézem, mégis csak háziállatot – feleségként, a rigid társadalmuk ezzel járó várhatóan nagyon súlyos meg- és elítélésének ellenére, mint hogy elengedjen. Mintha én összeházasodnék Labrabodrival. Jézusom!

Lehajtott fejjel ülök. Szavamat vesztem a megrendüléstől. Aggódom is… És mindeközben... nagyon szeretem. Mint egy okos, szép állatot.

Ez durva volt. Legyünk őszinték: Én sem állatként szeretem. Intelligens lényként.

Kavarognak bennem az érzelmek.

Várok... hogy leülepedjenek.

A Szikár sem túl beszédes.

Átöleli a vállamat. Halkan dúdolni kezd. Az én pentaton népdalomat.

Mindjárt én is bőgni kezdek. Átkarolom a derekát.

Itt ülünk, a medence partján.

Két lény, akik habár egymás mellett állnak, mégsem lehetnének egymástól ennél távolabb.

Elválaszt minket a nyelvünk, a kultúránk, fajunk, korunk. földünk, az egész világegyetemünk.

És mégis.

Összekötné velem az egész hátralévő életét, csak hogy maradásra bírjon.

Meg is ingok. Ha biztos lehetnék benne, hogy életben maradok itt… még talán el is gondolkodnék rajta? De nem tudom, hogyan fog véget érni a

Furcsaság keltette zavar. Nem szeretnék rossz helyen állni, amikor a két világ szétválik, és esetleg aprófává alakítja az addig békén hagyott szerves létemet. Ha ugyan a két világ valaha is szétválik... Jaj.

A hüllők nem csókolóznak. Az álluk aljával simogatják meg a másik fejét, vállát. Nagyjából ez a csók megfelelője. A szülői vagy baráti csóké is. Sőt, a házimajomnak adott puszié is. Így most nem tudom eldönteni, melyiket kapom. De gyanús, hogy nem a háziállatét. Lehet, hogy óriási hiba. De megérdemli. És jól is esik... hogy viszonzom. Kerek lesz a szeme. Magához szorít. Aztán elenged, két ujjal még megbök, mosolyog egy kicsit, de nem tűnik vidámnak, ahogy megszólal:
– Komolyan mondom: Gondolkozz el rajta. Legyél a társam. Ha nem maradsz, mindig hiányozni fogsz.
Azzal fölpattan, nagy léptekkel elnyargal a hálóterme felé, hátra sem néz, lefekszik, és eloltja a lámpást.

– Jó éjszakát! – perregem neki megszeppenve.
– Neked is – morcan vissza.

Álmatlanul nézem a csillagos eget. Azon túl, hogy el akarok innen húzni, de nagyon nem szeretném Szikárt megbántani sem, mert tényleg megszerettem, át-átsuhan az agyamon egy dévajabb kérdés is: – Mégis, hogyan gondolod a házasságot, drága leguánom? A fajok közti keresztezés még nálatok sem divat, ahol tucatnál is több intelligens faj él egymás mellett... és akkor még nem is szóltunk a dolog praktikus oldaláról. Én tojjak neked tojást?! Vagy mire gondoltál? – És rádöbbenek, hogy tulajdonképpen fogalmam sincs, hogyan szeretkeznek, hogyan szaporodnak valójában.
Nyilván nem várna tőlem utódokat. De vajon a házassághoz olyan szorosan hozzátartozik-e az ölelés is, ahogyan nálunk? Valószínűleg. Tízévente érik be egy-egy tojásuk... nagyon megbecsülik a lehetőséget. Ám ha biztosan nem lehet valakivel utódjuk, akkor is ölelkeznek?
Mert erre azért nem vállalkoznék.
Hat éve élek mellette. Vajon mióta néz rám ilyen szemmel? Nem éreztette velem, hogy megváltozott volna az, ahogy hozzám viszonyul. Pedig biztos, hogy régóta töri a fejét ezen, ha most kimondta, amit kimondott. Ilyen szerelmi vallomást sem kapott még ember a világon... Semelyiken sem.
Fura ízlése van, az biztos. Próbálom a helyébe képzelni magamat. Megpróbálok elképzelni bármilyen állatot, akivel testközelbe tudnék kerülni. Nem megy. A pornófilmek legalja mutat csak néha ilyen jeleneteket.

Vagy lehet, hogy én vagyok túl bigott? A világegyetem többi részén az intelligens lények jobban szeretik egymást annál, hogy egy kis faji különbség közéjük állhasson? Nagyon egyedül érzem magam ezekkel a gondolatokkal.

És mi a fenéért töprengek rajtuk?

Legyünk őszinték: Mert én is ragaszkodom hozzá.

Jobban, mint bármely más állatomhoz valaha is. Egyáltalán nem állatként.

Én... szeretem a Szikárt. Mint egy embert. Mint egy társat.

Ez nem könnyíti meg a dolgom. Nagyon nem.

De segít döntést hozni.

Fölállok a priccsemről.

– Alszol?

– Nem.

– Én sem. – És csöndesen félrehúzom a fátyolfüggönyt.

8.

Már világos van, amikor a sült tojás illatára felébredek. Immár megnyugodva, hogy nem krokodiltojást kapok, hanem teljesen elfogadható madártojásokat esznek ők is, ahogyan mi odaát. Azért ez bizarr. Még ha egy másik faj tojása is. Mégiscsak olyan, mint a saját gyermekük... Bár mi is eszünk szopós malacot. Nincs mit a szemükre hánynom.

Szikár megterített asztallal vár, már régen az én méretemre igazított székkel, terítékkel. A tányérom mellett gyümölcslé, ahogyan én szeretem, kifacsarva.

Voltaképpen nagyon úri dolgom van nála.

Ő általában már az asztalnál vár, de most nem ül oda, háttal nekem a tűzhelyen matat. Érteni vélem a zavarát. Bonyolult nap volt a tegnapi.

– Eszel velem? – csipogom a kérdést.

– Ma nem.

– Baj van?

– Igen.

– Mi?

– Te tudod.

– Nem tudom. Mondd el!

– Nem mondom. Beszéljünk másról. Elviszlek az autódhoz. Nézd meg.

– Ez a gond? Hogy elmennék? Ha lehetne?

– Igen.

– De elengedsz, ha elmehetek?

– Nem tarthatlak itt, ha nem akarod. – A Szikár végre felém fordul. Még én is meg tudom állapítani, hogy eléggé megviselt az arca. Szinte elkeseredett.

– Nem vagy az enyém – folytatja –, és nem ígérted soha, hogy vigyázol rám. Egész életedben, ha akarom... Csak jöttél, és beénekelted magad az életembe. Beköltöztél hozzám, és itt szuszogsz minden éjjel a medencém partján, a priccsemen. Feldúltál mindent, amit eddig hittem és tudtam. A világról, a társaimról, az életről. Magamról. Soha többet nem lesz olyan semmi, mint azelőtt! El sem tudom képzelni, hogy ezután bármikor nélküled kezdődjék egyszer egy nap.

–Te szeretsz engem?!

– Nem hiszem, hogy ez az az érzés, amit te szeretetnek hívsz. Te valami gyengéd dologról beszélsz, amikor Liliről vagy az elvesztett társadról mesélsz. Én ennél sokkal többről. Nélküled nem vagyok többé az, aki voltam. Nem lesz igazi az életem. És én sokáig élek. Tudod.

– Lesz társad egyszer megint. Igazi. A saját fajtádból. Hogy lehessenek gyermekeitek. Talán csak azért ragaszkodsz most ennyire hozzám, mert pont akkor léptem be az életedbe, amikor elvesztetted az előző feleségedet.

– Jó lenne, ha igazad lenne. De ez nem így működik.

– Mit tegyek, hogy boldog légy?

– Maradnál?

– Ha kettészakadhatnék, az egyik felem biztosan így tenne.

– És ha nem mehetsz vissza?

– Akkor a kérdés eldől. Maradnom *kell*.

– De te nem leszel boldog.

– Attól félek, tényleg nem.

– Akkor menj. Segítek. Én nem lennék boldog, ha te nem.

– Szeretlek.

– Kevés. Többet akarok. Többet is kínálok.

– Tudom – bökdösöm meg a vállát. Pedig eléggé rémült vagyok.

Átölel, de nem nevet, mint máskor. Csak megdörgöli az állát az arcomon.

A gyomrom görcsbe rándul.

Iszonyú zavarban vagyok.

9.

Lili az utolsó lapot pörcögteti a körmével, de hiába, a notesz betelt, nincs tovább. Markában szórakozottan dobálgatja a kavicsos zacskót. – Esetleg gyémántost.

Józan ésszel tudja, hogy egy fantasztikus regényt olvasott. De a gyomrában sötét lepkék röpdösnek. Túlságosan intenzív. Túlságosan igazi. Milyen szert szedett az anyja, hogy ilyet bírt álmodni? És ha a kavicsok tényleg gyémántnak bizonyulnának? Ha nem is álom volt?!

„Nézzük a pálmaleveleket. Vagy a laptopot?" – Az utóbbi mellett dönt. Töltésre teszi a szerkentyűt. Kigyullad egy villogó sárga fény rajta. Tehát még működik. Csak várni kell kicsit.

A már eléggé kiürített konyhából előkeríti a vacsorára hozott zsömléket és tejet. Mire visszatér velük a laptophoz, azon már életjelek kezdenek cikázni.

Beletelik még pár percbe, mire eltalálja a régi rendszer menüpontjait, és rálel a hangfájlokra. Csak sorszámaik vannak – hát logikusan, az egyes számút hallgatja meg először.

* * *

… Minden nagyon gyorsan történt.

A Szikár a gőzjárgányával kihozott az autómhoz. Az elmúlt négy év tovább rongálta, ahogy sejtettem. Mint a szita. De még egy része itt van. Óvatosan kinyitottam az ajtaját. Volt még tartása, pedig átlátszott, olyan ritkás volt az anyaga.

A Szikár rám nézett, és így szólt:

– Beleülsz? Kipróbálod?

– Bele.

– Akkor először én. Ha nem lesz bajom, megpróbálhatod te is. – Azzal félretolt, és megpróbálta magát belehajtogatni a nála jóval kisebbre tervezett ülésbe. Csak úgy sikerült behúznia a lábait, hogy féltestével átfeküdt a vezető melletti ülésre is.

Semmi.

A hálóautó megtartotta, nem szakadt le, ő sem oszlott el, nem lett lyukacsos.

232

Kissé megnyugodva kikászálódott. Tudom, hogy ezután biztosra vette, hogy velem is ugyanez lesz a helyzet. És örült neki. Őt látva, már én is biztosra vettem, hogy téves volt az egész koncepcióm. Velem sem történik semmi. És nem örültem.

De azért beültem. A nyitott ajtón át megfogtuk egymás kezét. Nem volt igazi búcsú, csak egy kis biztatás az egyes számú kísérlet előtt. Aztán szétváltunk.

Behúztam az ajtót, a volánra tettem a kezem, lábaim a pedálokra, pont olyan pózban, ahogyan hat éve megérkeztem.

De ezt már nem tudtam ott átgondolni.

Mert nagy motorzúgással, bármiféle átmenet vagy gyorsulás nélkül, nagyjából nyolcvan kilométeres sebességgel kiszáguldottam a Furcsaságból. Az autópálya külső sávjában, késő délután, nagy forgalomban, szemben a budai hegyekkel.

A majdnem szívinfarktus alatti első reakcióm a többi autó elkerülése volt, majd remegve a leállósávba kormányoztam, és lefékeztem. A dombtetőn. Jobbra éppen megritkultak a fák, és kiláttam a pesti oldalra.

Gyárak, házak, földek…

A tenger – sehol.

Hazaértem.

De mikor?

Melyik haza?

Fél óra múlva már a Kakukk-hegyen jártam. Eddig minden olyan volt, mint valaha, otthon. Minden tárgyam, minden anyagom sűrű és normális. Az utcák a helyükön, a forgalom óriási. Amitől már úgy elszoktam, hogy csak kapkodom a fejem. A levegő büdös. Olajszag és áporodottság.

Megvolt a ház is. Leparkoltam, és föllépdeltem a lépcsőn. Álltam az ajtónkban. Kezemben a kulcsommal. És nem mertem benyitni.

Míg meg nem hallottam Lili csivitelését a túloldalon.

Istenem. Nyolc-tíz éves lett közben! Meg sem fog ismerni.

Az ajtó nem volt kulcsra zárva. Csöndesen beléptem Lili mégis meghallotta, és nagy sivalkodással elém rohant, nyakamba ugrott, átölelt:

– Mama, mama, már nagyon vártalak, gyere velem lovacskázni! Mögötte anyám bukkant elő, nevetett, örült ő is.

De semmi extra. Mintha el sem mentem volna.

És nem igazán értették, miért ölelem térdre zuhanva, zokogva Lilit. A hatéves, egy perccel sem idősebb Lilit.

Egy teljesen normális szombat este.
Egy teljesen normális *aznap* este.

A *Strangy* előadta utolsó nagy mutatványát.
Ugyanakkor léptem ki belőle, mint amikor bele. Itt nem telt közben az idő. Itt-és-most. A Földön. Az én Földemen. Viszont a Furcsaság, utánam, eltűnt. Úgy eltűnt, mintha sohasem lett volna itt. A tudósok most, hogy már nem létezett, fokozott érdeklődéssel fordultak a téma felé, és agyonelemezték, mi történhetett. Szerencsémre senki nem látta, hogy én gázoltam halálra.

Az első néhány napon nagyon meg voltam kavarodva. Ott folytathattam az életemet, ahol hat túloldali éve abbahagytam. Ez elmondhatatlanul jó volt. Ugyanakkor az ottani hat év, a másik életem részévé vált a múltamnak, amely múltban *itt,* egy percnyi hely sem akadt, ahová bepréselhettem volna az ottani emlékeimet. Márpedig jó sok volt belőlük. Mintha csak egy örvényben jártam volna. Amely nagy részben nem az én világomban terpeszkedett.

Első este, miután Lili és anyám lefeküdtek, kiültem a teraszra, hogy jól megnézzem a várost. Egészen biztosan ugyanoda kerültem vissza, ahonnan elindultam? Volt egy rossz érzésem, hogy a változás, ami engem ért, hatással lehetett az eredeti valóságomra is. Másrészt, át kellett gondolnom, hogyan és főként kinek, milyen fórumon mondjam el, mi történt velem.
A város rendben volt. A Duna ismét előkerült, és a régi medrében vonult dél felé. Pest a helyén, minden épületével, fényével. Ez világ az én otthonom.
A második kérdésre nehezebben koncentráltam. A tudományos szempontból érdekes, elmondandó és elmondható tények elé mindig odafurakodott a teljes emlék. Az egész ottani életem a Szikárral.
A sok apró részlet.
A sok furcsa részlet.
Hogyan is lehetne elmondani…
Hogy hogyan nevetett, pici ráncokkal a szája körül, vagy hátravetett fejjel, felugatva. Milyen volt a bőre illata, amikor átölelt, amikor ráborulva elaludtam, vagy éppen elgázoltam, és ráhasaltam első este. Milyen volt, ahogyan belecsobbant a medencébe és körbeúszott a hullámzó testével. Hogyan várt reggelivel, hogyan kóboroltuk be azt a másvilágot. Hogyan énekeltünk gyakran a törzskocsmánkban, temérdek fehér kavicsot gyűjtve. Hogyan vigyázott rám egész ottani életünkben, amíg csak akartam.
Hogyan lehetne elmondani az utolsó napomat odaát.
Rátaláltam. Megrökönyödtem.

234

Elfogadtam. Megöleltem.

Elvesztettem. A valódi, egész életre szövetséges társamat.

Még el sem búcsúzhattam tőle.

A Furcsaság – bármilyen hihetetlenül is hangzik –, „rám várt". Én csináltam, velem-belőlem alakult, és pontosan ott-és-akkor, abban a helypillanatban szűnt meg, amikor én *itt* belehajtottam, *ott* meg beleültem. A szerves, élő szöveteimmel nem tudom, hogyan küzdött meg, de érezhetően sértetlenül adta vissza. Sőt. Velem együtt, az otthagyott itteni atomjaimért cserébe, az ott szerzett atomjaimmal egyetemben, idepökte a laptop mellé, a hátsó ülésre dobott nagy táskányi pálmalevelet és a zsebemben talált több maroknyi kavicsot is. A pálmaleveleket én tettem oda, remélve csak, hogy esetleg átmenthetőek lehetnek. A kavicsokat ezek szerint a Szikár dugta a zsebembe. Nem szólt róla, de elég nagy vagyonnal látott el. Pedig nem gondoltuk komolyan, egyikünk sem, hogy mindjárt az első napon, az első beülési kísérletben ekkora lesz a siker… hogy rögtön visszapenderülök.

Vajon ha nem várok hat évet a felismeréssel, hogy ezt kell tennem, hanem mondjuk, már az első napokban visszaültem volna? Akkor az lett volna az örvény záródása? Akkor kerülök vissza? És ugyanígy, ugyanabban a pillanatban, amelyikben elmentem?

Kár lett volna.

Elképesztő időt töltöttem odaát. Óriási veszteség lenne, ha nem történt volna meg velem. Habár… ha ezt tovább gondolom… maradhattam volna tovább is? Akár még évekig? A dolog akkor is működött volna? Nem, ez nem valószínű. Az autóm ott már foszlott. Pár év múlva már nem lett volna mibe ülnöm. A természet nem szereti a lezáratlanul hagyott folyamatokat. Ha az engem ért pofonban az időfaktor ezen az oldalon nem játszott szerepet, az csak úgy lehetett, hogy az örvényhurokban időtől függetlenül, eleve ez a folyamat zajlik le mindig.

Én a folyamat egy adott pontján értettem meg, mit tegyek, és meg is tettem. De ez már eldöntötten megtörtént, jóval azelőtt, hogy megszülettem volna. Elég hervasztó érzés a szabad akarat tekintetében. Lehet az is, hogy a jövő egyébként valóban szabadon alakítható, továbbra is, csak abban a kötött történelmű hurokban adott egyszersmindenholra?

Nos, ezekre a kérdésekre a világ összes tudósa sem fog választ adni nekem.

Van-e értelme belevágni? Hogy elmondjam, amit elmondhatok? Nemigen. Nem nyerhetek semmit, ami nekem fontos. Nem nyerhet a világ sem. Viszont veszthetek. Hitelességet, időt, energiát, renomét. Esetleg még a szabadságomat is, ha rosszul alakulnának a dolgok. Ha nem hisznek nekem, és őrültnek nyilvánítanak. Vagy ha nagyon is hisznek, és beszippantanak egy katonai vizsgálatba.

Éppen elegendő a veszteségem már így is. A Szikár. Élesen fáj. Nem kell több.

Örülök annak, amit visszakaptam. Maradok a normális életemnél. Nem mesélek senkinek a másik Földről, a megtett körről, a leírt hurokról. Elteszem Lilinek az összes anyagot. Halálom után már nézegethetik.

De ha valamikor – ha Lili már felnőtt – még egyszer az életben, megjelenik valahol egy második *Strangy*, bele fogok hajtani. Még akkor is, ha tudom, alig-alig van rá esélyem, hogy hozzá, abba a korba, arra a Földre pottyanok vissza.

Szeretném viszontlátni.
Szeretném átölelni.
Szeretném elmondani neki azt a két mondatot.
Lesz, ami lesz utána.

***

Lili, ölében a pálmalevelekkel és a kavicsos zacskóval, ül a földön, és némán sír. Az anyja fiatalkori hangját hallgatta. Egy olyan elképesztő örvényről mesélt, amely még Lilit is magával ragadta, ahogyan belemerült a történetbe. Már-már elhitte. Sőt. Tulajdonképpen tudta: Hogy ez bizony *nem mese*.

Viszont valóság sem lehet! Ha az lett volna, csak tudnánk már, hogy ilyesmi is előfordulhat.

De ha nem valóság, akkor ugyan, hova tűnt el az anyja? Illetve... hiszen éppen mostanság halljuk, hogy bizony, ilyesmi előfordulhat. Legalábbis, ami a *Strangy*-k tömeges visszatértét illeti...

– Lehet, hogy az anyám tud a legtöbbet arról a világon, hogy mik is ezek? És ő már el is tűnt az egyik túloldalán? Százöt évesen?! Vagy odaát még most is annyi, mint az első eltűnéskor volt?

Várja-e még ott a Szikár? Vagy ő már elmerült az évmilliók ködében? A sohanemisvoltban?

A múlt és a jövő – vagy a máskormáshol – cseppfolyóssá válik Lili gondolataiban.

– Mire számítsunk ezután? Hogyan alakul, s mivé lesz a világegyetem? Hej, Toporczy Herma. Anyukám. Merre jársz?

Ki vagy most és mikorhol?!

A lehalkított, de bekapcsolva felejtett HoloTV-ből a hírek eközben monoton csordogálnak tovább:

...azokat érinteni, beléjük lépni, látszólagos ártalmatlanságuk ellenére szigorúan tilos. A szabályt megszegőket hadbíróság elé állíthatják.

A tudósok véleménye szerint a földi jelenségek csak kísérő tünetei a Naprendszerre, sőt egyes meg nem erősített vélemények szerint az egész galaxisunkra kiterjedő furcsaságok láncolatának. Green professzor ennél is tovább megy: A jelenség csak az egész Univerzum huszonhatdimenziós multiverzális közegbe helyezésével magyarázható. Ezen véleményével azonban a bizonyító erejű matematikai háttér hiányában egyedül van.

A jelenség egyszer már előfordult a történelmi időkben, jelesül Magyarországon, és ott nyom nélkül eltűnt, nagyjából három év észlelési időtartam után. Ezért aggodalomra most sincs ok, a jelenség részletes tanulmányozása folyamatban van. Nincs különösebb alap arra a feltételezésre sem, hogy a jelenség szaporodó mennyisége hirtelen durván emelkedő tendenciájúvá válhatna és bármilyen veszélyt jelenthetne...

Epilógus

A sellő kipihente magát az úszás után. Most nyújtózik, körülnéz. Új kihívásokat keres rugalmas izmainak. Meg is leli. A puha tachionparton lassú futásnak ered. A sokvilág tengere fölé magasan benyúló, hatalmas ugrásra csábító eonszikla felé veszi az irányt.

Az egyetemes időtér a multivilágok tengerében már régóta aggódva figyeli a sellőt. Most összes hullámát egyszerre megfeszítve igyekszik a stabilitását megőrizni, miközben az ingatag alternatív valóságokba kapaszkodva, lúdbőrözve várja az elkerülhetetlen a mindent összekuszáló csobbanást.

A szerzőről

Kibernetikus rendszerkutató mérnök, Budapesten él. Eredeti nevét két tudós szülőjétől készen kapta, írói nevét fantasztikus nagyszülei iránti tiszteletből vette fel. Akiktől a génjeiken felül a nyitottságukból, a világ iránti múlhatatlan kíváncsiságukból és az optimizmusukból is szerencsésen örökölhetett.

Egyetemi oktatóként a lenyűgöző univerzumunkat alkotó legváltozatosabb komplex rendszerek mélyén rejlő, közös alapokat tanítja, amelyek leginkább a kvantumfizika, az irányítástudomány és az információtudomány hármasútjának kereszteződésében tanyáznak.

Szakmai tanácsadóként ügyfeleinek saját módszertanával, a *Rendszercoaching* -gal ugyanezen elméleti alapok gyakorlati, mezei hadrafoghatóságában, a mindennapi rendteremtésben segít (*www.zieglercons.com*).

Szabadidejében síelni, búvárkodni szeret, vagy csak heverni egy vízparton, és boldogan nézni a lombok között átszűrődő fényeket.

Íróként nemrégen mutatkozott be: Egy nyelvészeti témájú német esszéjével 2015-ben önmaga számára is meglepő módon kategóriadíjat nyert egy münsteri kiadó nyelvi pályázatán, írása megjelent a nyertes pályaművek antológiájában: *http://www.geheimsprachen-verlag.de/sprache-und-tarnung*

Első sci-fi novellája, a *Quéiijja* pedig 2017-ben a *Trivium Kiadó* pályázatán nyert első helyezést, és az *Utazók* antológiában olvasható. A mai magyar írások iránt eltökélten érdeklődők a *Magyar Irodalmi Ház* honlapján (*https://irodalmihaz.hu/mu/kos-knyve-2992*) találnak egy nagyobb, nyersváltozat-részletet egy már majdnem kész regényéből (*Ákos könyve*). Jelenleg a tudományos munka mellett a második, sci-fi regényén dolgozik, az *Emguru*-n.

„Miről szól majd az *Emguru*? Egészen másról, mint az *Örvényhatás*. És mégis, úgy tűnik, valahol ugyanarról is: Lehetünk nagyon-nagyon, viccesen vagy megbotránkoztatóan, akár véglegesen is különfélék. Történhet velünk bármi, ami térdre kényszerít. Akár világméretű háborúk, járványok, katasztrófák egymásba öltődő sorozata. Amelyek mindent elvehetnek tőlünk, amit a magunkénak hittünk: értékeinket, országunkat, génjeinket, emberi mivoltunkat, vizet, levegőt, földet, Földünket, galaxisunkat, akár az egész világegyetemünket –, amíg szeretet van köztünk és tudás van bennünk, addig mindig van remény. Az ember újra és újra fel tud állni. És fel is fog."

TARJA KAUPPINEN

Katasztrófa a könyvgyárban

Zombisztán!

Hát ezt is megértük: a szovjet utódállamok egyikének nemcsak hogy sikerült felzárkóznia a dinamikusan fejlődő nyugathoz, de egy pár esztendő leforgása alatt, mi tagadás, nagyhatalommá vált.

A történelemkönyveket lapozgatva azt hihetnénk, a modern kor emberének már képtelenség meglepetést okozni, mégis kelet-európai kisnyugdíjasok, frankhoni nyárspolgárok és tengerentúli háziasszonyok tucatjai vonták fel a szemöldöküket mind sűrűbben a reggeli lap *Friss hírek* rovatának tanulmányozása közben.

No nem mintha váratlanul történt volna a dolog; Zombisztán, ahogy az egy magára valamicskét is adó országhoz illik, lépésről-lépésre emelkedett fel, és tett szert nemzetközi szintű hírnévre. Felvirágzása mégis közgazdászok tömegeinek okozott idegi alapú gyomor- és bélrendszeri panaszokat meg magas vérnyomást: még hogy a keleti blokk egyik állama néhány év alatt a világ élvonalába küzdje fel magát!

Nincs ez így rendjén!

Hanem azért a zombisztáni csokoládénak nincs párja. Ahogy a nugát elolvad a szájban, az omlós ostya meg valóságos ízorgia.

Ó, azok a zombisztáni pralinék!

A Zombisztán legújabb gazdasági sikereit taglaló újságcikkeken felbuzdulva a kisnyugdíjasok és a közgazdászok mindjárt le is küldték gyermeküket, feleségüket, bejárónőjüket a sarki közértbe, hogy ugyan, hozzon már egynéhány csomaggal azokból a cukorkákból… ó, és ha már ott jár, igazán vásárolhatna egy doboz zombisztáni jégkrémet is. Vagy kettőt, miért is ne, hiszen úgyis elfogy.

A kereskedőknek is álmatlan éjszakákat okozott eme váratlanul megnövekedett kereslet a zombisztáni édességek iránt. Eleinte hiány is volt mindenből, amíg a beszállító cégek nem alkalmazkodtak a megváltozott igényekhez. A zombisztáni Édesipari Művek produktumait eddig kedvező árfekvésük ellenére is gyanakodva kerülgette mindenki a közértek legalsó polcán és akciós pultjain, mígnem egyik napról a másikra az értékük a csillagos egekbe szökkent, és a város másik végére is hajlandó voltál elmenni, ha történetesen a környékeden található összes üzletből elkapkodták őket.

A nagymúltú svájci márkák nem kellettek többé a kutyának sem, az olasz prémium bonbonokat meg kartonszámra ajánlották fel az üzlettulajdonosok jótékonysági célra, miután, eladhatatlanná válván, a nyakukon maradtak. Konzerv helyett újabban szaloncukron, konyakos meggyen, grillázson és marcipánon éltek a rászorulók. A közeli lejárat miatt kiszanált készletek a nyomornegyedekben és a gyepsorokon kötöttek ki; jó világ köszöntött a bogárszemű, szutykos lábú lurkókra, a sok éhes purdé mohón tömte szájába a finom falatokat.

Zombisztán a tönk szélére juttatta a sok régi, nagy hírű csokoládégyárat; egyik a másik után húzta le a redőnyt, amit lassan a világgazdaság is megérzett. Nemcsak minden ökonómus, de még az egzisztenciális válságba jutott gyári munkások és a befuccsolt cégek tulajdonosai is egyetértettek abban, hogy a zombisztáni termékeknek semmi sem érhet a nyomába. Újabban már csak ezek a fura, és, valljuk be: nem a legbizalomgerjesztőbb csomagolású nyalánkságok kellettek mindenkinek, spenótzöld meg ciklámenlila csomagolásukon virító cirill betűkkel, hogy még véletlenül se lehessen tudni az összetevőiket.

Azok azonban nem is érdekeltek senkit. A kezdeti idegenkedés hamar semmivé lett, miután néhány neves táplálkozási szakértő is a zombisztáni termékek mellett tette le a voksát. Indokuk az volt, hogy eme finomságok példa nélkül való mértékben javítják a kedélyállapotot, fogyasztásuk tehát üdvös hatással van a közérzetre.

Elkerülhető általuk a búskomorság. Stresszoldónak is kiválóak. Tápértékük, kalóriatartalmuk mégsem haladja meg az ismert márkákét.

Ami Nyugat-Európának Svájc, az lett az egykori keleti blokk országainak Zombisztán: először az ínyencfalatok földje, majd nem sokkal később a magas kultúra kútfeje is.

A Zombisztáni Édesipari Művek termékei az egykori Vasfüggönyön túl egykettőre piacvezetőkké váltak. Hírnevük azonban nem állt meg itt: rövidesen továbbterjedt, túl az Atlanti-óceánon; hamarosan elér talán az űrbe is.

Zombisztáni pralinét vittél a kedvesednek a jegygyűrű mellé.

Zombisztáni *parfait*-tortával ajándékoztad meg gyermekedet a kitűnő tanulmányi eredményéért.

Zombisztáni likőrrel köszönted meg egész éves munkáját a csemetéd osztályfőnökének, ha egyúttal az anyagi helyzetedet is fitogtatni szeretted volna.

Nem is olyan rég Zombisztán csak egy elfeledett kis porfészek volt valahol a nagy eurázsiai sztyeppén, most meg már lassacskán az alapműveltség része lesz, hogy hogy hívják a helyi államfőt, és hogy néz ki az ország címere. Senki sem tudta pontosan, miért is robbant be egy csapásra Zombisztán a köztudatba. Mintha csak egyszeriben ízletesebbekké váltak volna a termékeik, vélekedtek egyesek. Mások lehurrogták őket, mondván, hogy ez az érzés csak a marketing miatt van. Amióta mindenki a zombisztáni élelmiszerek után szaladgált, azóta aki eddig nem kereste őket, az is frusztrálónak kezdte érezni a hiányukat, ha éppenséggel kifogyott belőlük a helyi ábécé.

Zombisztánnak neve lett tehát, nemzetközi neve. Megismerted a zászlóját, meg tudtad már mutatni a térképen. Talán még a fővárosát is megjegyezted (nem túl rafinált egyébként, Zombográdnak hívják).

Prosperálása minden képzeletet felülmúlt. Termékeit már a nívós tengerentúli éttermekben is csak aranyárban lehetett beszerezni, amikor az amúgy is megviselt közgazdászokat újabb meglepetés érte: Zombisztán ugyanis egy csapásra a kulturális életbe is berobbant.

Zombisztáni könyveket akart újabban mindenki. Most, azonnal!

Kövér verítékcseppek gyöngyöztek annak a maroknyi fordítónak a halántékán, aki beszélte a zomb nyelvet. Minthogy jelentős részüket rövid időn belül el is vitte a túlfeszített munkatempó okozta agyi infarktus, a zombisztáni kiadók hamarosan vették a lapot, és elkezdték oroszul piacra dobni a produktumaikat, ami mindenki életét nagymértékben megkönnyítette.

Sosem volt még ilyen hasznos az orosz nyelvtudás, beleértve a szocialista érát is.

Orosz fordítók kerestetnek! – ilyesféle felhívások lepték el egykettőre a napilapok apróhirdetés-rovatait. A Don-kanyart megjárt veteránok, málenkij robot-túlélők és volt hadifoglyok tömegei tettek szert kiválóan fizetett állásra azoknál a könyvkiadóknál, amelyek időben lecsaptak a zombisztáni nyomdatermékek kizárólagos terjesztési jogaira.

Mivelhogy mindenki zombisztáni irodalmat akart hirtelenjében olvasni. Nem túlzás, nem ámítás: a szó szoros értelmében *mindenki*.

A könyvesboltosok New York Times bestsellerekkel és Nobel-díjas szerzők klasszikusaival gyújtottak be otthon a cserépkályhájukba, mert nem kereste ezeket ma már senki. Kötelező olvasmányok? Skandináv krimik? Fülledt szerelmes folyóiratok vénkisasszonyoknak? Ugyan már!

A piaci kereslet ilyetén megváltozása maga után vonta az irodalomtanítás reformját is. Az oktatási minisztériumban sorra tartották a rendkívüli üléseket, amelyeken rövidesen meg is született a határozat, amelynek megszületése csak idő kérdése volt: az irodalmi kánont alapjaiban kell újraírni.

Az egykori alapművek helyét egytől-egyig zombisztáni alkotások vették át. Ennek aztán megvolt az a kétségtelen előnye, hogy az ifjúság végre megszűnt húzódozni a kötelezőktől: újabban csak úgy falták a betűket.

Lehet valami a levegőben arrafelé, gondolhatták a szemfülesebbek. Valami, amitől ilyen csudajó csokoládékat kezdtek el hirtelen előállítani, aztán meg most már ilyen csudajó könyveket is.

Újabban a zombisztáni kötetek lettek a non plus ultra. Ha kifogyott belőlük a könyvkereskedés, a vásárlók szó szerint hisztériás rohamot kaptak. Nem egy üzletet fel is gyújtott már emiatt a felbőszült tömeg.

Antikváriumban meg, mondanunk sem kell, lehetetlenség volt ilyesmit fellelni.

Mégis ki adott volna túl a kincsein, ha már egyszer – arcának verítékével, pénztárcáját nem kímélve, sőt: nem egyszer a tulajdon testi épségének kockáztatásával – sikerült szert tennie rájuk?

Egy szó, mint száz: immár a csapból is Zombisztán folyt.

Zombisztáni lekvárt kent a kenyerére az amerikai elnök a reggelinél, miközben fellapozta kedvenc zombisztáni sikersorozatának legújabb kötetét. Zombisztáni kalandregényekkel múlatta az időt a nép a londoni metrón munkába menet, és zombisztáni ostyát majszoltak hozzá.

Zombisztáni képregényekért mentek ölre a diákok a salgótarjáni kereskedelmi szakközépiskolában. Az erősebbek és gátlástalanabbak tanítás után megvárták az utcasarkon a gyengébbeket és gátlásosabbakat, hogy marcona tekintetükkel és fenyegető szavaikkal elorozzák tőlük azt a néhány zacskó zombisztáni gumicukrot is, amelyet azok az utolsó zsebpénzükből vásároltak.

Nem hagytad a törülköződön a zombisztáni ponyvaregényedet a strandon, ha elmentél megmártózni. Okultál ugyanis a tapasztalataidból: nem lesz ott, mire visszatérsz.

De vajon mi lehetett a magyarázata mindennek?

Vajon hogy sikerülhetett Zombisztánnak mindaz, amiről a többi tagállam még csak nem is álmodhatott?

Minek köszönhette a sikereit?

Először az édességek, aztán meg most már a könyvek is...

Rejtély!

Hanem minden rejtélyre létezik valamiféle magyarázat.

Noha az édesipar felvirágzásának miértjét továbbra is homály fedte, a könyvgyártás terén már sokkalta kézzelfoghatóbbak voltak sikerének okai: Zombisztán ugyanis az évezredes hagyománnyal szakítván forradalmasította a nyomdaipart. A literatúra fellendülésének emberöltőkön át gátat szabott előállításának körülményes módja, Zombisztánnak azonban sikerült végre áthidalni ezt a problémát oly módon, hogy a könyvek létrehozatalának tradicionális, időigényes és körülményes metódusát a jól bevált szovjet mintát követvén nagyban leegyszerűsítette: az irodalmi művek indusztriális léptékű termelésére nyergelt át ugyanis.

A módszer lényege, hogy kiiktatja a munkafolyamatból a kreativitást. Azt a szellemi erőfeszítést, amely eddig a szerzőkre hárult, gépekkel váltották fel: ezek aztán a beléjük táplált kódok segítségével könnyedén és hatékonyan állították elő a köteteket. A termelés menete így nem csak felgyorsult, de megbízhatóbbá is vált: a masinák – megfelelő beállítás esetén – a fogyasztói igényekkel maradéktalanul harmonizáló termékeket hoztak létre.

Nem is kellett hozzá sok minden. Az alapanyagokat tekintve szükség volt, természetesen, papírra, tintára, ragasztóra, és a könyvkötészet többi hozzávalóira – ezeken kívül bizonyos vegyszerek kellettek még, amelyek összetételét a jó öreg szovjet paranoia jegyében szigorúnál is szigorúbb titok övezte, meg bizonyos, véges számú szövegrészlet: szókapcsolatok, kifejezések, mondatok.

Az ipari körülmények között zajló könyvtermelés dióhéjban ezeknek a szövegelemeknek a kombinálásából állt. A szakközépiskolát végzett epikusok, illetőleg lírikusok dolga nem más volt, mint computer segítségével újabb és újabb szövegváltozatokat

246

hozni létre a rendelkezésre álló frázisokból. Félreértés ne essék: a feladat nem igényelt semminemű találékonyságot, netalántán műveltséget. A szókapcsolatok variálását egy egyszerű matematikai szoftver végezte absztrakt algebrai és kombinatorikai műveletek révén.

Az epikusok, valamint a lírikusok gyors- és gépírást tanultak, meg alapszintű számítógép-kezelői ismereteket; ezen kívül másra nem is volt szükség a program használatához. Az elvégzett helyettük mindent: a belétáplált szövegrészletek permutálása által ú abb és újabb irodalmi alkotásokat hozott létre a kívánt formában és terjedelemben.

Kezelőinek csak a műfajt és a stílust kellett kiválasztaniuk, de még azt sem maguknak, hiszen napi, heti és havi kvóta alapján dolgoztak: szigorú előírások szabályozták, hogy hány romantikus regényt, vagy éppenséggel hány balladaciklust kell a rendelkezésükre álló időegység alatt előállítaniuk. Más és más alapszókincse vol: az egyes műnemeknek, de műnemen belül sem ugyanazokból az elemekből épült fel például egy sírvers és egy ekloga, vagy, teszem azt, egy esszéregény és egy vérbő komédia.

Igen ám, mindezzel azonban nem volt még kész az alkotás, csupáncsak a nyers szöveg: a termelési folyamat leginkább esszenciális momentumai csak ez után következtek. Hiszen mit is érne egy kötet tetszetős borító nélkül?

A borítógrafikusnak – az írói titulust viselő lírikussal és epikussal szemben – már nem kellett feltétlenül írástudónak lennie. Ezt a tevékenységi kört jobbára betanított szakmunkások végezték, hiszen nem állt többől, mint képelemek kiválasztásából bizonyos tematika alapján – efelől sem kellett azonban, hogy a borítógrafikusnak fájjon a feje, minthogy elvégezte helyette egy okos gép, ha a megfelelő gombokat nyomta meg rajta.

Volt már tehát szövegünk borítóval, és az említettekhez hasonló metodika alapján generált címmel. A borítón ott díszelgett nagy, a mű hangulatához színben és stílusban passzoló betűkkel a gyártó neve: Zombográdi Kulturális Kombinát, rövidebben ZKK, vagy ahogy a köznyelvben meghonosodott: nemes egyszerűséggel KK. Meg általában azért a szerző nevét is feltüntették – szerzőnek hívták azt, aki az adott nyomdatermék előállítását finanszírozta.

Ámde ezután került csak sor a legfontosabbra.

Ezt a legfontosabb lépést azonban nagyobb titok övezte, mint a Voynich-kéziratot, a Stonehenge-et és a Bermuda-háromszöget együttvéve. Az állam és a tudósok gondosan ügyeltek arra, hogy semmi se szivároghasson ki azoknak a kemikáliáknak az összetételét illetően, amelyeket a gyártási folyamat megkoronázásaképpen hozzáadtak a kötetekhez. A kultúraiparon belül is kevesen tudták, hogy ezeken a vegyületeken múlik minden: ezeknek köszönhetően nem érzik úgy az olvasók, hogy sokadszorra is ugyanazon szövegrészleteknek egy sokadik változatát olvassák. Ezek a kémiai anyagok tették a zombográdi könyvtermelést nemcsak hallatlanul gyorssá és produktívvá, de párját ritkítóan sikeressé is.

Egy szó, mint száz: ezek miatt tűnt úgy, hogy a zombográdi könyvek *jók*.

A számítógépeket kezelő epikusok és lírikusok keze alatt literátorok és poéták dolgoztak, amely szakmákat egy egyesztendős kurzuson lehetett elsajátítani – akár levelező tagozaton is – bármely oktatási intézményben. Különösebb előképzettséget nem igényelt, hiszen az okleveles literátor dolga nem volt más, mint a gyár megfelelő részlegében ezeket a bizonyos komponenseket az előírt sorrendben zúdítani bele abba az irdatlan olvasztótégelybe, amelyből a műveletsor végeztével a letehetetlenül nagyszerű(nek látszó) irodalmi produktum kikerült.

Aki literátor szeretett volna lenni, annak nem ártott persze, ha rendelkezik már némi poétai munkatapasztalattal – a poéta dolga valamivel egyszerűbb volt, lévén a versek zöme rövidebb a prózai műveknél.

A két hivatás ezt leszámítva nem sokban különbözött egymástól, és laikusoknak nem is érdemes belebonyolódni a részletekbe: miután a dolog szakértelmet igénylő részét az epikusok és lírikusok végezték el a computerek előtt, mindkettő kohók melletti ácsorgásról és gombok nyomogatásáról, illetőleg vezérlőkarok tologatásáról szólt.

A szerkesztőé már egy fokkal összetettebb hivatás volt, egyetemi végzettség is szükségeltetett hozzá; ő programozta be ugyanis a készülékeket a piackutatási eredmények alapján. A szerkesztők időről időre megkapták az innovációs részlegtől a legújabb kimutatásokat, amelyek alapján frissíteniük kellett a számítógépek szókincsét.

Természetesen nem a saját kreativitásuk alapján – még csak az hiányzott volna! A felmérések a felvevőpiac aktuális igényeit tartalmazták; a tél közeledtével például olyan szófordulatokkal voltak tele, mint „sűrű, nagy pelyhek", „meghitt gyertyafény", „a mézeskalács ínycsiklandó illata" és társaik.

Ugyanakkor az „úttörőtábor", „pettyes szoknya", „bokapántos topán" és „strandfürdő" kifejezések ekkor átmenetileg lekerültek a palettáról.

A szerkesztő sosem hibázhatott tehát, hogy egy nyár. románcot ecsetelő szövegben a trojkát húzó lovak csengettyűirek vidám csilingelése, vagy más, teljességgel oda nem illő szókapcsolat fel ne bukkanhasson.

Ha egy szerkesztő elszúrt valamit, az eredmény egy stílusidegen kifejezésekkel teli elégia, egy csúnya, tragikus végkifejletű szerelmi történet vagy éppenséggel egy kiábrándító módon humoros kísértethistória lehetett.

Minő blamázs is lett volna!

A nagy tudású, felelősségteljes szerkesztők keze alatt dolgoztak hát a jobbára szakközépiskolai végzettségű beosztottak, s az új rendszer meg is hozta a gyümölcsét: Zombisztán irodalmának rőtbe játszó csillaga hallatlanul meredeken ívelt fölfelé.

Miután a cseppnyi államocska rövid idő alatt a glóbusz egyik vezető nyomdaipari tényezőjévé vált, hatását világszinten sem lehetett többé figyelmen kívül hagyni. Míg az összes többi országban még mindig arcuk verítékével ötölték ki és vetették papírra szellemi termékeiket a művészek, addig a tenyérnyi posztszovjet tagállam semmi ilyesféle gonddal nem küzdött – épp ellenkezőleg: lévén piacképes szakma, egyre több fiatal választotta a literátori, illetve a poétai életpályát magának. Az életszínvonal fellendült, a gyárak monoton dohogása a fejlődés megnyugtató muzsikájával festette alá Zombográd apránként metropolisszá növekedő városának nyüzsgő látképét.

Gondosan őrizték persze a kultúra indusztriális körülmények közötti előállításának fortélyait a beavatottak; jöhettek ipari kémek, kecsegtető vételi ajánlatok külföldről, a titok akkor is csak titok maradt. Sehogy sem kerülhetett az ország felvirágzásának kulcsa, azaz ezeknek a bizonyos vegyszereknek a receptje illetéktelen kezekbe…

Illetéktelen nem, fájdalmas annál inkább volt a keze Jefremnek, az ifjú szakmunkásnak, aki egy szonettcikluson dolgozott épp, a világszép Katyusáról, csábos felettesérő ábrándozva a különösebb koncentrációt nem igénylő művelet közben. Jefrem csak akkor eszmélt fel mélázásából – akkor viszont annál inkább! –, amikor hüvelykujja a futószalag pereme alá szorult; le is viszi tán az ördögi masinéria, ha éktelen ordítására időben nem reagál a műszakvezető, és meg nem nyomja az „Állj" gombot.

– Ááá! – jajveszékelt Jefrem, kifordulva önmagából. – Az ujjam! Jááá!

Megdermedt egy csapásra a levegő a részlegen; ahogy a gépsorok megszűntek dohogni, az üzemre nyomasztó csend telepedett. Aggodalmas tekintettel méregették Jefremet a kollégái, a könyvgyárban ugyanis ritkán fordult elő üzemi baleset.

Még hogy baleset a könyvgyárban! Alighanem most először esett meg ilyesmi.

A Kulturális Kombinát több ízben el is nyerte már a *Zombográd Legbiztonságosabb Munkahelye* díjat, nem is véletlenül: az alkalmazottak gyakorta zsörtölődtek is az indokolatlanul szigorú munkavédelmi előírások miatt.

Gumikesztyű és maszk nélkül be sem léphettél az ipartelepre, és egyes munkakörökben – például teljességgel érthetetlen módon a naphosszat a számítógép képernyője előtt görnyedő epikusok esetében – még a hosszú ujjú felsőruházat, a hosszú nadrág és a zárt cipő is elvárt volt.

Zárt cipő zoknival! Még nyár derekán is!

Egy klimatizált épületben!

Ugyan minek?!

Hanem azért csak betartotta mindenki a rigorózus házirendet, a részlegvezetők ugyanis fenemód komolyan vették a dolgukat. Már azért is az utcára kerülhetett az ember, ha egy orrfújás vagy más hasonló végett le találta húzni a fél pár kesztyűjét, ne adj' isten a fogával.

Jefrem, a szerencsétlenül járt poéta fájdalmas képpel szorongatta sérült jobbját, és mindegyre üvöltött, amikor Sztyepán Vagyimovics, a műszakvezető megérkezett. Az olvasztárból átképzett író csitítólag

250

Jefrem vállára tette a kezét; minthogy előző szakmájában gyakrabban látott sérüléseket, volt tapasztalata, meg is őrizte hát a nyugalmát.

– Jól van, jól. Csigavér – zsolozsmázta, vigyázva lefejtvén Jefrem bal kezét a szerencsétlenül járt jobbról. – Hadd látom.

A gumikesztyű hüvelykje teljes egészében leszakadt, látni engedvén alatta a máris duzzadt és vészjósló, börzsönyös színben pompázó ujjat; noha a bőr ép maradt, a csúnya, lüktető vérömleny semmi jót nem ígért. Alaposan helyben hagyta szegény Jefremet az a fránya futószalag; Sztyepán Vagyimovics gondterhelten harapta be az ajkát, konstatálván, hogy ha csak egy szempillantással is később állítják le a berendezést, most nemcsak a kesztyűnek lenne eggyel kevesebb ujja, de alighanem magának Jefremnek is...

Sztyepán Vagyimovics azonban megélt már ennél cudarabbakat is; a vasöntödéhez képest, ahol pályakezdőként állást vállalt, a Kulturális Kombinát valóságos családi fészeknek tetszett. Sztyepán Vagyimovics nem véletlenül vitte pár röpke esztendő leforgása alatt az íróságig: az üzem egyik legfelelősségteljesebb dolgozójának hírében állott, személyesen ügyelt rá, hogy beosztottjai semmiképp se vehessék félvállról a balesetvédelmi előírásokat.

Tekintetével megkereste hát az összesereglett bámészkodók tömegében Grigorij Matvejevicset, az ifjú segédnovellistát, és azonmód utasította is:

– Eridj az üzemorvosért, de izibe!

Grisának nem is kellett kétszer mondani; a nyurga, menyétképű suhanc élete nagy lehetőségének érezte azt, hogy felvették próbaidőre a gyárba, nem késlekedett hát, úgy eliszkolt, hogy csak úgy porzott utána a csarnok betonpadozata.

Oszip Oszipovics Jakov, az üzemorvos jött is rohanvást, lábdobogását már messziről hallották a szépirodalmi részleg megneszült dolgozói; félregombolt köpenyén, hanyagul felkapott lódenkabátján látszott, hogy a riasztás készületlenül érte. Hát persze, hiszen, mint mondottuk, a Kulturális Kombinát biztonságos üzem hírében állott, itt nem volt szokása semminek beomlani, leszakadni, kigyulladni, és nem is zuhant még le senki sehonnan.

Eme törött ujj tehát az utóbbi évek legemlékezetesebb eseménye lehetett a doktor számára; ez mindjárt látszott azon is, ahogy felragyogott az arca, látván, hogy végre valami tennivalója akad.

– Jefrem Polikarpovics! – üdvözölte örömmel az áldozatot, aki egy párszor már járt nála a meghűlésével, a korpás fejbőrével vagy az ínhüvelygyulladásával, amit a karcolatgyártó gép gombjainak a nyomkodása okozott.

Jefrem azonban érthető okból nem repesett az örömtől, hogy viszontláthatja. Arca fájdalmas fintorba torzult, elsápadt és a jajveszékelést is újrakezdte, amikor az üzemorvos nekilátott megtapogatni a sérült tagot.

Csóválta is a fejét sűrűn a doktor:

– Ez az ujj bizony alighanem eltört! Biztosat persze csak a röntgenfelvétel elkészítése után mondhatok majd. No, jöjjön, Jefrem Polikarpovics, nem késlekedhetünk egy pillanatot sem. Egy törés a kultúraiparban nem tréfadolog!

Ezt tudta jól Jefrem is; az üzem vezetősége minden eddiginél nagyobb iramot diktált. Szinte naponta vettek fel segédmunkásokat, úgy megugrott hirtelenjében a kereslet a Kulturális Kombinát termékeire. Tartott is tőle, hogyan fogják a felettesei fogadni azt a hírt, hogy talán hetekre is munkaképtelenné vált; hanem azért csak reménykedett benne, hogy képzett dolgozóként elég értékes alkalmazott ahhoz, hogy ne tehessék csak úgy ukmukfukk az utcára.

Oszip Oszipovics azzal begipszelte a sűrűn fintorgó Jefrem karját könyékig.

– A maga szakmájában, barátom, a kéz egészsége elsődleges – dikciózott az üzemorvos, a friss röntgenfelvételt a fény felé tartva. – Egy nem megfelelően kezelt törés után pedig cudar artrózis, kollusz, csontdudor maradhat. Így is jobban teszi, ha már jó előre hozzászoktatja magát a gyógytorna gondolatához…

Amire a poéta persze csak húzta a száját. Még hogy gyógytorna! Állását a Kulturális Kombinátban szinte a szeme világánál is többre becsülte, és a legkevésbé sem szerette volna egy ilyen ostoba malőr miatt elveszíteni.

Rezignáltan tűrte hát, hogy Jakov doktor felkösse a karját; az orvosnak a rögzítés mikéntjéről, miértjéről szóló nagymonológjára Jefrem csak félig-meddig figyelt oda. A művelet alatt váltig prézsmitált magában szerencsétlensége miatt.

Az üzemorvos azzal két hét betegszabadságot írt ki a fiatalembernek, aki, lévén jobbkezes, a bumfordi gipssze aligha tudta volna megfelelően teljesíteni munkaköri kötelességeit a szalag mellett.

Hősünk lógó orral kullogott haza a KK lakótelepen található szolgálati lakásába; no nem, mintha bármi kifogása is lett volna a fizetett vakáció ellen, éppen csak a modern technikára haragudott. *Nem fordulhatott elő ilyesmi a régi, jól bevált módszereknél* – gondolta magában zsörtölődve. – *Irón, ténta, papiros; hej, de biztonságos egy világot is éltünk egykor...*

Kényszerpihenése alatt Jefremnek vajmi kevés tennivalója akadt. Olvashatott volna persze, lévén ez Zombisztánban a legkedveltebb szabadidős elfoglaltság; balesetéből kifolyólag azonban ránézni sem bírt semmiféle írott szövegre. Bár akadtak otthon régi kötetek szép számmal, amint hüvelykjének hasogató sajgása alábbhagyott, első dolga volt keríteni egy jókora kartondobozt, belepakolni az összes könyvét, és levinni őket a blokk pincéjébe.

Kicsinyes retorziója részeként a legpenészesebb sarokba rakta a csomagot, és arcán a bosszúállók alattomos vigyorával még egy vödör maradék diszperzitet is rátett a tetejére, szívében valami fonák reményével annak, hogy egy földrengés, egy macska vagy egyéb előre nem látható tényező ráborítja esetleg.

Aztán hazament.

Teltek-múltak a napok; Jefrem gondosan behúzta a függönyt a konyhája ablakán, onnan ugyanis egyenest a Zombográdi Kulturális Kombinát masszív épületegyüttesére lehetett rálátni, amire ő most a legkevésbé sem vágyott. Kulturális Kombinát annyit tesz: könyvgyár; a hely, ahol az alkotás legidőigényesebb lépését, az agymunkát felváltotta a progresszív technológia.

A ménkű csapna az egészbe – dünnyögte magában tucatszor is Jefrem, amidőn begipszelt kezével sután próbálta végrehajtani napi rutinjának apró mozzanatait.

Nem értheti a bosszúságát senki, aki nem járt még hasonló cipőben. Próbáljunk csak meg kibontani egy májkrémkonzervet, vagy éppenséggel begombolni a nadrágunkat a hüvelykujjunk használata nélkül! Az olyasféle csekélységeket, mint például egy ujj, akkor tanulja meg igazán megbecsülni az ember, amikor egy ideig nélkülözni kényszerül őket.

Jefrem a balesete óta tüntetőleg nem olvasott semmit, még újságot sem. Felcipelte viszont az alagsorból a régi televíziókészülékét, féligmeddig arra számítva, hogy nem is működik már; a doh meg a nyirkosság kikezdhette az áramköreit. Leporolgatta a szerkentyűt, letisztogatta, aztán feltette arra a polcra, amely a könyvek száműzése révén felszabadult. Szerencsére kisméretű, régi készülék volt, alig terjedelmesebb a négykötetes Háború és békénél. Miután fertályórát veszkődött a beállításával, meglepetten konstatálta, hogy csodával határos módon még üzemel is. Megkönnyebbülten sóhajtott fel: nem kell hát a nagyvilágtól elzártan töltenie kényszerű szabadságának hátralevő napjait!

No, nem mintha a televíziózás túlontúl ingergazdag szórakozás lett volna. Zombográdban a lakosság túlnyomó része írásos forrásokból tett szert információkra, a hírközlés virtuális csatornáival már csak a mindegyre csekélyebb számú analfabéta élt, így idővel a műsorkínálat is igazodott az ő igényeikhez.

Az egyetlen csatornán vagy a híreket adták, vagy olyan ósdi, özönvíz előtti filmeket, amelyekre Jefrem jól emlékezett, hogy valaha megvoltak neki könyvben – talán még mindig megvannak, odalent a diszperzit alatt, egy földrengésre vagy egy kóbor macskára várva, hogy az megadja nekik a kegyelemdöfést.

Jobb híján azért csak nézte ezeket; amíg a házimunkával bíbelődött, a háttérben csendesen duruzsolt a képláda. Egyre csak sugározta a filmeket, amelyek talán valamikor Jefrem kölyökkorában mehettek újdonságszámba, meg a hírműsorokat, amelyek egyre csak azt szajkózták, hogy az ország ökonómiai fellendülése történelmi rekordokat dönget, hogy a tavalyi és tavaly előtti sikerkönyveket tonnaszámra zúzzák be papírtörlőnek és zsebkendőnek, a nemrégiben még ünnepelt szerzők pedig egymás után hagynak fel befuccsolt szakmájukkal, és iratkoznak be az esti szakközépiskola író tagozatára, hogy alapszintű vegyi ismereteket tanuljanak.

Jefrem szinte maga sem volt tudatában annak, hogy mikor is kezdett el a televízióra figyelni.

Mozdulatlanná dermedt ekkor a fél kézzel – ráadásul a ballal – végzett mosogatás közben; a művelet így – bosszantó módon – sokszorta tovább tartott, mint tíz ép ujjal. Hősünk felegyenesedett, és

254

ráncokba futó homlokkal fordult a szomszéd szobában bekapcsolva hagyott tévékészülék felé.

Mi is a címe ennek? – kérdezte magától, hevesen kutatva az emlékezetében. Ha a részletek nem is akartak beugrani neki, arra világosan emlékezett, hogy ifjúkorában többször is elolvasta a regényt, amelynek filmváltozatát épp adták. Ez még afféle hagyományos könyv volt, táskaírógéppel vetette papírra valaki, vagy talán még azzal sem: golyóstollal, amitől aztán tintafoltos lett a tenyere...

A közeli jövőben – mostani szemmel nézve talán már inkább a múltban – játszódott, és valami katasztrófa jelentette benne a bonyodalmat, amelyről utóbb kiderült, hogy az író prognózisánál sokkalta pusztítóbb következményekkel járna, ha valóban meg találna történni egyszer. A tizenéves Jefremet ez persze nem zavarta a legkevésbé sem, hiszen nem a tudományos hitelesség miatt olvasott.

De mi a fene lehetett a címe? Csak abban volt bizonyos, hogy valami franciákról szólt, akik lementek a pincébe.

Pince. – Ezen aztán kesernyésen elmosolyodott. – *Oda magam is sokat járkálok mostanság. Talán csak nem lesz belőlem is egy nap hadvezér?*

Tán ha lemennék, meg is találnám még az ominózus kötetet a legutóbbi felújításból maradt falfesték alatt. Kamaszkoromban rongyosra olvastam ugyan, de hogy kidobtam volna...?

Szórakozottan törölgette ép kezét egy kockás rongyba, a pincebeli franciákon mélázva közben, háttérben a recsegő televízióval. Már-már azon volt, hogy – feladván könyvellenes fogadalmát – mégiscsak lemegy az alagsorba, és előkeríti legalább ezt a bizonyos kötetet.

Ám ekkor...

Mintegy végszóra, pusztító erejű földmozgás rázta meg a tömbházat. Jefrem ajkait fojtott kiáltás hagyta el, amidőn a stelázsiról a fejére potyogtak a tányérok meg a poharak, hogy aztán éktelen csörömpöléssel ripityára törjenek a kövezeten.

A poéta felkapta a karját, arcát védendő; az üveg- és porcelánholmik egy részét felfogta ugyan a gipsze, a többi azonban válogatás nélkül záporozott minden szabad porcikájára, mialatt lába alól menthetetlenül kicsúszott a talaj.

Pánikszerűen a konyhaasztal szélébe kapaszkodott, hogy el ne essen; ezzel azonban csak azt érte el, hogy amikor egyensúlyát vesztve hanyatt zuhant, magára rántotta a fonnyadt zöldségszagú viaszosvászonnal letakart bútordarabot is. Rengett az egész blokk, recsegett-ropogott minden; ami nem volt lerögzítve, egymás hegyénhátán indult meg a padló felé. Borult az állófogas is az előszobában, bele a tükörbe; a szilánkok rémületes csattanással záporoztak a kávébarna virágmintás linóleumpadlóra, teljes terjedelmében beterítve azt.

Jefrem nem volt többé ura a helyzetnek. A kredenc üvegajtaja kinyílt, úgy zúgott kifelé minden, mintha dézsából öntenék; a tükör cserepeiből is kapott egy adagot, ahogy magatehetetlenül hevert a földön. Arcába zsibbadás hasított, s langymeleg, sós íz áradt szét a szájában...

Aztán csak elcsitult minden.

Az épület visszanyerte stabilitását, nem borult immár semmi, csak egy fali polc adta még meg magát a kisszobában, tompa puffanással szakadva rá Jefrem ágyára. A szomszédban egy nő fejhangon visítani kezdett.

A házigazda megsemmisülten feküdt a padlón.

Érezte, ahogy csordogál a vér az arcán, amely jószerivel telibe kapta a konyhaszekrény tartalmát. Üres tekintettel meredve a pasztellzöld mennyezetről lecsüngő csillár szocreál műanyag burájára, tapogatta végig nyelvével az ínyét, mígnem megtalálván a vérzés forrását, élesen felszisszent.

Ez a hirtelen fájdalom aztán magához térítette valamelyest; gyanakodva pillantott körül, félig-meddig újabb lökéshullámra számítván.

Még hogy földrengés Zombográdban! Megáll az ész!

Jefrem tétován felült. Zúgó fejét a tenyerébe támasztotta, így próbálva rendet teremteni kaotikusan örvénylő gondolatai között.

Generációk óta nem volt földmozgás nemhogy a városban, de az egész országban sem. Nagyszülei meséltek néhanapján a legutóbbi fölrengésről, amely még az ő nagyszüleik idejében esett meg. Hallatlan átéléssel tudták előadni, hogy megcsörrent a csillár, és félelmében a kutya a kókuszlábtörlőre piszkított ...

Jefrem értetlenül megrázta a fejét: az a rengés nyilvánvalóan a nyomába sem érhetett ennek a mostaninak.

256

Alighanem tovább tipródik a megmagyarázhatatlan jelenségen, ha szájának sajgása újfent magára nem vonja a figyelmét. Kábán feltápászkodott, és először – már csak megszokásból is – a tükörhöz lépett. Aztán mindjárt ráébredt, hogy abból nem maradt annyi, amennyiben akár csak egy gyermek is megnézhetné magát, kóválygó fejjel leguggolt hát, és kiválasztott a szerteszét heverő tükörcserepek közül egy tekintélyesebb méretű darabot.

Mit is várhatnék azután, hogy a komplett anyai örökségemet telibe kaptam az arcomba – az élen a porcelán teáskészlettel, amely állítólag eredeti Lomonoszov... volt valaha.

A pillanat nem tűnt megfelelőnek arra, hogy Jefrem az anyagi kár miatt keseregjen. Keze fejével letörölte ajkáról a vért, amely az állán lecsordogálva lassan már az inge mellrészére csöpögött, aztán a konyhaszekrény fiókjait kihúzgálva egykettőre meg is találta az elsősegély-felszerelést.

Gipszével lesöpörte a pultról a törmeléket, és másik kezét sérült arcára szorítván kiborította a doboz tartalmát. Széttúrva mindent, rá is bukkant egykettőre a gézpólyára. Ügyetlenül letekert belőle egy darabot, ahogy fél kézzel tudott, aztán a göngyöleg maradéka legurult a pult széléről, amitől az egész letekeredett. Jefrem az orra alatt szitkozódva kapott utána, elérnie azonban nem sikerült; hagyta hát inkább a csudába, és a szájára szorította a gézcsíkot úgy, ahogy volt. Majd az orvos ellátja rendesen, ha egyszer eljut odáig. Most épp elég, ha a vérzést sikerül elállítania.

Nem tudott túlzottan szép munkát végezni, sőt csak úgy-ahogy volt képes körbetekerni a fején a gézt. Többszöri próbálkozásra sem sikerült eltépnie a kötszert, az ollóról meg a fene se tudta, a nagy égszakadás, földindulás közepette, hogy hová keveredhetett. Miután ily módon a komplett tekercset elhasználta, ügyetlenül csomóra kötötte a tarkóján, és a helyzethez képest némi elégedettséggel konstatálta, hogy bár az orrát, száját immár több réteg géz fedi, mégis kap annyi levegőt, amennyi kell.

Minthogy a katasztrófa óta már percek teltek el, de csak nem érkezett újabb lökéshullám, a bizarr jelenségre immár nem emlékeztetett más, csak a lakásban uralkodó kaotikus állapotok meg a szomszédból áthallatszó fejvesztett rikácsolás.

Illetve talán még valami: nem volt itt az előbb még ennyire világos...

És ami azt illeti, ilyen meleg sem.

Jefrem szédelegve járatta végig pillantását a vörös és a narancs számtalan árnyalatában pompázó helyiségen. A szokatlan fény mintha kintről jött volna...

Ügyet sem vetve sérülésére, felkászálódott, az ereiben száguldó adrenalintól hajtva az ablakhoz lépett, és erőtlen kézzel félrehúzta a dohányfüsttől megsárgult csipkefüggönyt.

A Kulturális Kombinát romjai egyetlen roppant fáklyaként töltötték be a horizontot.

Jefremben csak ekkor tudatosult, hogy a szíve őrülten dübörög a mellkasában. A száját elfedő géz rétegein át sipítva, erőlködve szívta be a felforrósodott levegőt.

Tűz a gyártelepen!

A lángok pillanatok alatt továbbterjedhetnek – villant át elméjén az iszonytató felismerés. – *Akár az én lakótömbömre is...*

Hívni a tűzoltókat – jutott el agyáig tompán, azzal átbotorkált a kicsiny előszobába; tenyere vöröslő sávot hagyott a színevesztett tapétán, ahogy a vérveszteségtől bódultan a falnak támaszkodott. Szédelegve roskadt le az abszintzöld műbőr huzatú sarokpadra, amelyet még a nagyszüleitől örökölt.

Tűzoltók, igen. Felnyalábolta a földről a telefonkészüléket, amely leesett ugyan, de csodával határos módon nem tört össze. A kagylóba belehallgatván konstatálta, hogy még vonal is van; ujjai reszketegen tárcsázták a jól ismert számot.

A vonal foglaltat jelzett, berregés...

A levegő sípolva áramlott keresztül az elmocskolódott gézen, hősünk lélegzetvételeinek ütemére.

Aztán elsötétült Jefrem előtt a világ.

– Jefrem Polikarpovics Kazanov!

Lábdobogás...

Kiáltozás, rohanó lábak zaja.

Kemény föld. Padló. Ez a szag...

Fanyar szag, vegyszeres, alkoholos. A gyártó szerint citromillatú.

A gyártó ott gebedjen meg, ahol van.

Padlófelmosó, ez az.

258

– Jefrem! Jefrem Polikarpovics!

Valaki megragadta a vállát, és gyöngéden, de határozottan megrázta. Jefrem kinyitotta a szemét.

Egy arc hajolt fölé. Borostás arc, amely háziköntösös nyakban folytatódott. A köntös szegélye alól előbukkant a pizsamafelső csíkos gallérja.

Mint aki éppen aludt. Bizonyára szabadnapos lehetett. Hát persze, különben mit keresett volna itthon...

– Ignat... Geraszimovics – dünnyögte Jefrem bávatagon, miután sikerült azonosítania a háziköntösös fickót mint az egyik szomszédját. Látásból ismerték csak egymást, párszor váltottak néhány udvarias szót a liftben. A középkorú férfi az üzem B épületében állt alkalmazásban mint esszéista. Ez specifikusabb, egyszersmind anyagilag jövedelmezőbb munkakör volt, mint holmi közönséges poétáké; az esszéisták tudományos művek előállításával foglalkoztak elsősorban, amely már megkövetelt bizonyos vegyészeti ártasságot.

– Jól ismeri? – kapcsolódott be a diskurzusba egy idegen, határozott orgánum. Tűzoltóé vagy mentőtiszté lehetett; Jefrem halványan látta is felderengeni élénkpiros sziluettjét Ignat Geraszimovics háta mögött.

– Nem mondhatnám – rázta meg a fejét az esszéista tagadólag.

– Akárhogy is, szerencsés egy flótás – dünnyögte a hivatalos személy mintegy magában. – Járhatott volna sokkal cudarabbul is...

Dübörgő léptek szakították félbe a diskurzust; irányuk után Jefrem úgy vélte, mentősök egy kisebb csapata siet épp le a lépcsőn rohanvást, alighanem egy súlyosabb sebesültet cipelve.

De miért nem használják inkább a liftet?

Aztán mindjárt meg is válaszolta a saját kérdését: *hát persze, azért, mert nem fér bele a hordágy. Ezeket a házbeli személyfelvonókat nem nagyobb tárgyak szállítására tervezték.*

A poéta tétován körülpillantott.

Saját előszobájának padlóján hevert; a szeme sarkából észlelte, hogy a bejárati ajtó tárva-nyitva áll. Áldotta is az eszét azért, amiért több ízben feddték már meg az ismerősei: azaz, hogy nap közben sosem zárta be a lakást. Könnyelmű szokása most megspórolta a tűzoltóknak az ajtó felfeszítését, neki meg a későbbi javítási munkálatok költségeit.

Ezer kérdése lett volna, de a legkézenfekvőbbet választotta végül:
– Mi a csuda történt?

A mentőtiszt futó pillantást vetett a vérnyomásmérőre Jefrem karján, és az eredményt feljegyezte a műanyag borítású írótáblájára kapcsolt űrlapra.

– Felrobbant a kombinát – informálta ezután hősünket. – Még jó, hogy közel a tűzoltószertár; ilyen erős szélben a lángok egykettőre átterjedhettek volna a közeli lakótelepre, így azonban sikerült időben megkezdeni az oltást. Az üzemben milliós kár keletkezett ugyan, de legalább a környező épületeket nem kell evakuálni.

Felrobbant a kombinát,. hát persze. Egy gyárban egy csomó veszélyes anyagot tárolnak...

Jefremnek hirtelenjében kacagni támadt kedve a megkönnyebbüléstől; emelkedett kedélyállapotában alighanem a stressz is bőséges szerephez jutott. Nem ég le a háza, és még ő maga is megússza pár könnyebb sérüléssel!

Illetve...

Az emlékek hatására mindjárt ezernyi ponton kezdett nyilallni mindene, és egyszeriben ráeszmélt arra is, hogy az orrát-száját elfedő kötés szinte már teljesen átvérzett, jelentősen megnehezítve a légzést.

– Örülhet, hogy ennyivel megúszta – reflektálta a mentős; a szerteszét heverő üvegcserepek és a nyitott ajtajú, tartalmukat vesztett szekrények semmi kétséget sem hagytak a történtek felől. – Azok a szilánkok elég rendesen elintézték magát. Mi lett az arcával?

– Az anyai dédnagymamám... Lomonoszov... teáskészlete...

– Ha a kollégák visszaérnek, bevisszük a sürgősségire, és ellátjuk. Kis szerencsével az éjszakát már itthon töltheti.

Két ápoló rövidesen előkerült egy hordággyal, amire felpakolták Jefremet, és azután egy szinte kellemes, ringatózó utazás vette kezdetét. Egy asszisztens felvette az adatait, a mentőorvos meg egy sor kérdést intézett hozzá: születési dátuma? Legközelebbi hozzátartozójának elérhetősége? Vércsoportja? Hát gyógyszerérzékenységről tud-e? A gépies felelgetés közben hősünk agya visszatért a legutóbbi olyan témához, amelyet a robbanás őrületében épkézlábnak érzett: *mi a csuda lehetett a címe annak a regénynek, azokról a franciákról, akik lementek a pincébe? Mintha ott is valami katasztrófáról esett volna szó...*

Bár Jefrem utoljára tizenéves korában járt a traumatológián, így aligha lehetett őt jól informáltnak nevezni, az ott uralkodó állapotok meglepték, sőt: gyanakvással töltötték el. Miután a roppant szívélyes mentősök elhelyezték őt hordágyával együtt a baleset során megsebesült polgárokkal dugig tömött váróterem egyik sarkában, fülét azonnal megütötték a többi áldozat szavai.

Volt a hangjukban valami nyugtalanító, valami rendellenes.

Nem így kellene viselkedniük az embereknek azután, hogy városuk nevezetessége és egyben legfőbb bevételi forrása a levegőbe repült, kis híján magával rántva féltucatnyi lakóházat is...

Jefrem nagy nehezen feltápászkodott. Hevenyészett maszkja mostanra keményre száradt az alvadt vértől, alig eresztvén át a levegőt. Hiába próbált azonban a fiatalember megszabadulni tőle, a kötszer kérlelhetetlenül a sebbe ragadt. Néhány fájdalmas próbálkozás után úgy döntött, az orvosra hagyja a dolgot; maradt hát addig is a légszomj. Nehézkesen, erőlködve szívta be a levegőt a koszvadt gézpólyán keresztül.

Küszködve minden egyes lélegzetvétellel, járatta végig tekintetét az arcokon. A váróban szinte lépni sem lehetett a sebesültektől; a kerekesszékben ülő, a kényelmetlen fémpadokon rostokoló, hordágyon fekvő vagy a maradék helyeken ácsorgó betegek arca egytől egyig valami belső fénytől ragyogott – a helyzethez merőben méltatlanul.

Nem úgy kéne festenie egy ipari katasztrófa károsultjainak, mint akik egy vasárnapi piknikre gyűltek össze a ligetben...

Könnyed csevej, vidám susmus töltötte meg a helyiséget. A megafon időnként dallamos női hangon neveket csicsergett, mire a szólítottak orcájukon a földöntúli boldogság kifejezésével siettek, csoszogtak, bicegtek, gördültek a vizsgálószobák katedrálüveg lengőajtaja felé.

Mi a jó fene folyik itt?!

Volt az egészben valami határozottan kísérteties. Az áldozatoknak jajgatniuk, nyöszörögniük, de legalábbis sopánkodniuk illett volna, ha másért nem, hát a lakásukban keletkezett anyagi kár miatt. Ehhez képest egy idős asszony, akit felnőtt fia gurított ki tolószékében a rendelőből, majd' megszakadt nagy nevettében, ügyet sem vetve a jobb lábát rögzítő sínre.

Jefremet magát is meglepte tulajdon reakciója: az események láttán harsány hahotára fakadt. Hiába hasított ettől éles fájdalom az arcába, akkor is csak kacagott percekig, hogy a könnye is kicsordult. *Még hogy felrobbant a Kulturális Kombinát! Kapitális!* A közkórház aulájában apránként tetőfokára hágott a hangulat. Idegenek kedélyesen lapogatták egymás hátát, és mókás anekdotákkal szórakoztatták szomszédaikat, meg olyan anekdotákkal is, amelyekben semmi mókás nem akadt ugyan, a hallgatóság valami oknál fogva mégis elképesztően humorosnak találta őket.

Amikor a fiatalember sorra került, az ápolónő magában szüntelenül vihorászva vágta fel az arcára dermedt kötést. Méregette is őt a poéta gyanakvóan, úgy vélvén, alighanem ittas. *Illuminált állapotban jönni dolgozni! Egy kórházba! Hát ez már igazán mindennek a teteje!*

Hanem a géz csak lekerült; Jefrem ilyen közelségből jól látta még a finom nazolabiális redőket is a nővér arcán, miközben az az ollóval körülötte matatott. Hanem ittas állapot ide vagy oda, a dolgát mégiscsak jól végezte, Jefrem ugyanis nem érzett többet holmi enyhe zsibbadásnál, mialatt az idétlenül vigyorgó asszisztensnő percek fáradságos munkájával lehámozta átvérzett kötését.

Közben a kezelőorvos is visszatért a szomszéd helyiségből, egy papírtörölközővel a kezét szárogatva.

– Lássa csak be, barátom – kedélyeskedett, barátságosan megveregetve Jefrem vállát –, hogy okvetlen dezinficiálnunk kell ezt a csúnya sebet. Higgye el, nincs is kellemetlenebb annál, mintha az embernek elüszkösödik az arca.

Látszólagos derűje dacára a fiatalemberen eluralkodott a nyugtalanság. Az még hagyján, hogy az ápolónő felöntött a garatra reggel, no de hogy még maga a doktor is?!

Más magyarázatot márpedig erre a szívélyes hangra, meg erre a keresetlen közvetlenségre, képtelen volt elgondolni.

Mégis mi ez itt, ez a karneváli hangulat? Talán csak nem vezették be a teljesítménybért az egészségügyi dolgozóknál?

Jefrem úgy érezte, immár semmit sem ért.

– Van egy jó hírem, meg egy rossz – deklarálta az orvos napsugaras arccal, miután tüzetesen szemügyre vette a fiatalember ábrázatát. Közben akkurátus mozdulatokkal vattapálcikákat, jódot, és Leukoplastot rámolt a vizsgálóasztalra. – Melyikkel kezdjem?

– A jó az, hogy nem kell varrni, a rossz meg…? – dünnyögte Jefrem, mire a doktor csillogó szemmel bólintott.

– A rossz meg az, hogy diétára fogom. Annyira talán nem is lesz nehéz betartania. Próbáljon csak meg ezzel a fizimiskával valami szilárdabbat enni; egynél többször nem vetemedik majd ilyesmire, meglátja.

Közben már munkához is látott; az új gézpólya azonban legfeljebb csak küllemében múlta felül a korábbit. Jefrem arcát az orrnyerge közepétől az álláig eltakarta, aminek láttán az asszisztensnőt olyan súlyos nevetőgörcs fogta el, hogy kétrét görnyedve támtorgott át a gipszelőbe, és a csukott ajtón át is percekig hallották még, ahogy hisztérikusan kacag.

– Tessék, ha jót akar magának, akkor felveszi ezt – nyomott a traumatológus páciense kezébe egy papírmaszkot. – Vásároljon be belőle egy kartonnal, nem írok vényt, adnak anélkül is. Így legalább nem lesz közderültség tárgya, amerre jár.

Bár Jefremnek továbbra sem fért a fejébe, hogy mi olyan fenemód mulatságos egy bekötözött arcú emberen, pláne egy kórházban. Megköszönte szépen az ellátást meg a jó tanácsot, majd a látleletet átvéve kilépett a kezelőből. Gondolatai a mindenütt jelen levő, természetellenes öröm körül jártak. Soká azonban nem töprenkedhetett, mert egy felkötött karú öregúr és az őt kísérő, könnyebben sérült fickó spontán módon magukkal rántották őt egy karénekbe; egymás vállát átfonva dalra fakadtak, és a refrén végén – amelyet Jefrem csak dúdolt, nem ismervén a szöveget – nagyokat is kurjantottak hozzá.

Hősünk képtelen volt ellenállni ugyan a mulatozásnak, belül mégis egyre inkább úrrá lett rajta a félsz.

Mi sarkall lebírhatatlan jókedvre egy egész várost?

Van-e valami összefüggés a derű e természetellenes áradata és az ipartelepen történt szerencsétlenség között?

Jefrem mindegyre sürgetőbben vágyott arra, hogy hazatérhessen végre, és a négy fal között, lakásának magányában alaposan átgondolhassa a történteket.

Apropó lakás: bizony, még a takarítás is hátravan. Ahogy felrémlettek lelki szemei előtt az odahaza uralkodó állapotok, csüggedten eszmélt rá az előtte álló munka nagyságára.

Miután bokros otthoni teendőire hivatkozván kimentette magát újdonsült cimboráinál, kikódorgott az utcára, és a közeli megállóban villamosra szállt.

Őszinte döbbenetére az általános vigalom itt is folytatódott.

Boldog volt Zombográd, örvendezett a nép; a hatóságok alighanem még javában dolgoztak a lángoló kombinát eloltásán, a lakosság mégis fülig érő szájjal szaladgált a dolga után városszerte. Az eget különös mályvaszínbe borította a robbanás helyszínéről felszálló sűrű füst, nem is lehetett látni tőle a napot; sugarai csak elszórtan tudtak áthatolni a bizarr árnyalatú koromfelhőkön.

Jefremnek, miután leszállt a villamosról, meg kellett állnia a sarkon, mert olyan ellenállhatatlan hahota fogta el a ciklámenszínű égbolt láttán.

Úgy nyerített, hogy patakokban csorogtak orcáján a könnyei, belül azonban mindinkább hatalmába kerítette az értetlenség, a gyanakvás, sőt: a baljós fejlemények miatti jeges rémület.

S minél inkább aggódott, annál inkább kibuggyant belőle a lebírhatatlan röhögés.

Nagy nehezen azért csak eljutott hazáig. Útja a Kulturális Kombinát előtt vezetett, meg a tűzoltóknak a járdaszélen parkoló GAZ-66 TÜ2-esei előtt. A létraválás, eredetileg katonai célra épített tehergépkocsik 1800 mm-es első nyomtávjukkal csaknem teljes szélességében elfoglalták az utcát, leszorítva a gyalogosokat az úttestre, és jelentősen megnehezítve az autós közlekedést.

A gyalogosoknak sem kellett ennél több: összesereglettek, és a kordonok köré gyűlve úgy bámulták a könyvgyár lángoló, füstölgő romjait, mint az oroszlánt az állatkertben.

Mint valamit, ami alapjában véve veszedelmes ugyan, itt és most azonban, a jelen körülmények között mégis ártalmatlan, nem kell tőle tartani a legkevésbé sem.

Még akár gúnyolódni is lehet rajta:

– Pfuj, de szaglik ez az oroszlán! – mondhatta volna egy gyermek.

– Ilyen leszel te is, fiam, ha nem mosakszol naponta.

– Ilyen nagy sörényem lesz, és karmaim?

– Ha ordítva tiltakozol, amikor elcipelnélek a fodrászhoz, akkor bizony igen.

– Hát majd jól leharapom a fejedet!

Jefrem szédült vigyorral verekedte át magát a csődületen. Egy pillanatnyi megtorpanást azért ő is engedélyezett magának; az égő ipartelep kétségkívül nem mindennapi látványt nyújtott.

A robbanás feltehetőleg a D épületben következhetett be, ez ugyanis szinte teljes egészében összeomlott; nem maradt belőle más, mint két fél fal meg a berogyott, ormótlan vasbeton födém, amely valami oknál fogva még mindig lángolt.

No, de végtére is ez mégiscsak egy gyár. Iszonyú mennyiségű papír volt bent, meg vegyszerek.

A papír pedig ugyebár elég jól ég. Rövid ideig, de intenzíven.

A vegyszerek meg nyilván olaj voltak a tűzre. A sok belív egykettőre lángot fogott, aztán a kemikáliák gondoskodtak róla, hogy ne is lehessen a tüzet egyhamar eloltani.

Aggodalomra azonban semmi ok. Nem atomerőmű ez, csupán egy egyszerű könyvgyár. A legveszedelmesebb, amit tároltak benne, néhány horrorsorozat, tele kitalált zombikkal, fiktív fertőzésekkel és elképzelt járványokkal.

Ugyan már!

Egyszer csak elhamvad az a rengeteg kötet, és akkor nem lesz már, ami táplálja a lángokat. Csak addig kell reménykednünk benne, hogy nem támad fel a szél, és nem terjeszti át a tüzet a környező épületekre.

A védőöltözetbe bújt tűzoltók sűrű vízsugarakkal permetezték a romokat; nagy, oszlopszerű gőzfelhők törtek az ég felé mindenünnen. Bár a tűzoltók sisakjának sötétített plexije eltakarta az arcukat, hangjukat pedig elnyomta az oltási munkálatok zaja, Jefrem döbbenten állapította meg, hogy az általános vigalomból még ők sem maradhattak ki. Egymás hátát lapogatva siettek fel s alá a fecskendővel, a füsttől és pernyétől sűrű levegőben is jól kivehető volt gesztusaikból, hogy a kedvük rózsásabb már nem is lehetne.

A mentők ingajáratban lohiltak, sebesülteket cipelve, oda-vissza az útpadkán parkoló Latvija mikrobuszaik és az ipartelep között.

Hát persze – villant be Jefremnek, *hiszen hétköznap van, a kombinát teljes létszámmal üzemelt; alighanem lesznek halálos áldozatok is…*

Egy különítmény éppen a C épületből menekítette ki az áldozatokat hordágyra fektetve. Jefrem összevont szemöldökkel furakodott közelebb a kordonhoz, hátha valamelyik kollégáját is megpillantja közöttük.

Hajszál híja, hogy nincs ott ő maga is... a kéztörésének köszönheti, hogy nem szakadt rá az épület.

Első ízben érezte úgy, hogy két rossz közül neki jutott a kisebbik.

Hanem ezek az áldozatok nem égtek össze annyira, mint azok a szerencsétlenek, akiknek a D blokk teljes tetőszerkezete a fejükre omlott. Jefrem minden ina megfeszült, amikor az egyik hordágyon fekvő alakban a brigádvezetőjére, Sztyepán Vagyimovicsra ismert...

Alighanem túléli – vélte elszoruló torokkal. Az egykori olvasztárt a ruházata és a testalkata alapján ismerte fel, mert bár kezeslábasa több helyütt elszakadt, nem pörkölődött meg, és általában véve is úgy festett, elég könnyedén megúszta a dolgot.

Az arca azonban...

Jefremnek beletelt egy pár másodpercbe, amíg ráeszmélt, hogy mi olyan szokatlan Sztyepán Vagyimovics arcában: nem viselt maszkot!

Minthogy a brigádvezető kínosan ügyelt a munkavédelmi előírásokra, még akkor is mindig tartotta magát hozzájuk, amikor már semmi tétje sem volt. Hogy most mégis hová lett a maszkja, arra a kérdésre hősünk hamarosan választ is kapott: a tűzálló overallos lánglovagok sorra hordták ki a testeket a romok alól, és amelyiken nem látszott élettel összeegyeztethetetlen sérülés, azt azonmód meg is szabadították súlyos védőöltözetétől.

Hát persze... ezeket a kis eldobható papírmaszkokat nem füstmérgezés ellen találták ki. A pórusaik egy pár nap alatt a tiszta levegőn is eltömődnek, akkor meg már nehéz bennük levegőt kapni.

Ez nem jelentett gondot sosem, a kombinát bőségesen ellátta alkalmazottait maszkkal, gumikesztyűvel és egyebekkel. Most azonban Jefrem a saját szemével láthatta, hogy a védőfelszerelés miként válhat veszedelmessé: a gumikesztyű néhány szerencsétlenebbül járt flótásnak úgy ráolvadt a kezére, hogy alighanem csak a bőrükkel együtt lehet majd lehámozni...

A jobb állapotú sérülteket a tűzoltók hordágyaikkal együtt lerakták a gyárudvaron, szép sorjában, hogy a mentősök mielőbb hozzájuk férhessenek. Amíg voltak emberek a romok alatt, nem maradt egy perc vesztegetni való idejük sem. Épp csak a túlélők maszkját távolították el, hogy szabad levegő juthasson a tüdejükbe, meg a kesztyűjét annak, akiről még lejött.

Jefrem akaratlanul is megborzongott annak a gondolatára, hogy milyen is lehet, amikor az ember ruházata a testén lényegül át folyékony műanyaggá.

Ép keze önkéntelenül is az arcára tévedt; már-már hálásan simította végig a kötést a teázókészlet ejtette seben. Határozottan egyre mázlisabb fickónak kezdte érezni magát.

Néhány vágás és szúrás, egy törött kéz, meg egy romba dőlt lakás. Katonadolog!

A rá váró takarítási munkálatok mindjárt nem is tűntek olyan rettentőnek. *Kollégáim többsége – gondolta Jefrem –, alighanem boldogan cserélne most velem.*

Sarkon is fordult inkább. Felrémlett előtte a kép, amint gumikesztyűben súrolja a padlót, aztán pánikszerűen el is hessegette ezt az ötletet. Inkább kezdje ki ujjait a klór, minthogy még egyszer az életben gumikesztyűt öltsön…

Megszaporázva lépteit, igyekezett hazafelé.

A háztömb, ahol élt, szerencsés módon kívül esett a blokádon. A katasztrófa sújtotta terület határán vigyori képű rendőrök strázsáltak, UAZ-452-es típusú Buhanka terepjáróik majdhogynem eltorlaszolták a kapuhoz vezető utat. Noha a Kulturális Kombinát D épülete továbbra is lángokban állt, és nyilvánvalóan nem sikerült mindenkit kimenteni, a jelenet abszurd módon egy népünnepély hangulatát idézte. A járókelők kedélyesen bóklásztak a rendőrkordon innenső oldalán, szüleik nyakában ülő porontyok mutogattak vidám kurjongatással a gyártelepre. A hatóságok emberei régi pajtásokként élcelődtek a bámészkodókkal; még egy mozgóárus is felbukkant, kiskocsijáról medvecukrot és luftballont kínálva.

Jefrem elméjében apránként egy meghökkentő gondolat öltött formát. *Valamennyien olyan gyanútlanul boldogok, mintha csak ez lenne a világ legtermészetesebb dolga. Szemmel láthatóan én vagyok az egyetlen, aki érzékeli a helyzet különös voltát.*

Mi lelhetett mindenkit?

És én miért maradtam ki belőle?

Nem, azért Jefrem sem maradt ki a vigasságból. Ha a ragályos életöröm nem is mutatkozott nála oly intenzíven, mint a többieknél, azért ő sem vonhatta ki magát alóla. A sarki virágüzlethez érve például ellenállhatatlan késztetés fogta el arra, hogy vigyen egy csokrot plátói szerelmének, Kátyának, akihez magas pozíciója okán máskülönben aligha mert volna valaha is közeledni.

Kátya – Jekatyerina Plescsejeva – a kombinát főszerkesztőjének posztját töltötte be. Ez a felelősségteljes pozíció a vezérigazgató után az egyik legkiváltságosabbnak számított; a nő vezette ugyanis a fejlesztési részleget, amelynek feladata nem volt más, mint gondoskodni az aktuális keresletnek megfelelő produktumokról.

Kátya az A épületben dolgozott, abban a *legendás* A épületben, ahová egyszerű, mezei alkalmazott nem is álmodhatott a belépésről. Itt nem zakatoltak futószalagok, nem dohogtak masinák, nem pörögtek papírívek a nyomdagépek fogaskerekei alatt. Épp ellenkezőleg: laboratóriumok áhítatos csendjében folyt itt az innováció meg a legújabb termékek tesztelése.

Kátya keze alatt egész kutatócsoport dolgozott. Folyamatosan figyelemmel kísérték a piacot, hogy a legújabb árucikkeket a vásárlók elvárásaival összhangban hozhassák létre. Az ő utasításukra termeltek a literátorok és a poéták hol szerelmes regényeket, hol rémtörténeteket, hol pedig éppenséggel játékos dallamú mondókákat kisgyermekek számára.

Jefremnek nemigen volt fogalma arról, hogy pontosan miből is áll Kátya tevékenységi köre, tudta viszont, hogy a nő egyedülálló, és az ő házának az ötödik emeletén lakik. Noha tisztában volt az ötlet abszurditásával, mégsem tudott ellenállni a kísértésnek: beugrott hát a virágoshoz, és a legflancosabb, legpuccosabb rózsacsokrot kérte, amire csak a parányi üzletnek kapacitása volt.

Szerencsére még némi készpénz is akadt a nadrágzsebében. Ezen utólag maga is elcsodálkozott; a baleset óta nem is gondolt az anyagiakra.

– Micsoda szerencse – örvendezett a párás levegőjű, jó illatú helyiségbe lépve. Markából egy maréknyi félkopejkást borított a pultra. – Hát, tiszta mázli. Még ilyen csudát! Pénz. Hát nem tréfás?

Elvihorásztak ezen egy pár pillanatig az eladólánnyal, aki két kuncogás között biztosította Jefremet arról, hogy ő bizony még soha senkinek sem hitelezett, és kedvezményt sem szokott adni. Anyagi fedezet nélkül őnála lehetetlenség virághoz jutni, jobbar is teszi hát Jefrem, ha legközelebb meg sem fordul a fejében ilyesmi. A fiatalember erre ki-kibuggyanó nevetéssel biztosította őt arról, hogy bizony most sem gondolt ilyesmire, hanem épp csak annyi történt, hogy felrobbant a kombinát, ő meg a szomszédban lakik, így hát felborult az étkezőasztal, összetört a televízió, lezuhant a falról a tükör, ő pedig csúful konfrontálódott a nagymamája eredeti Lomonoszov teázókészletével. Már ha hinni lehet a családi mendemondának, miszerint eredeti, de hát a családi mendemondák, tudjuk jól, hogy milyenek…

– És aztán az a részeg asszisztensnő is a balesetiben, aki folyvást csak vihogott, vihogott és vihogott… Most mondja meg, kisasszony, hogy ez a maszk, hát ebben aztán igazán nincs semmi mulatságos!

Ezen a ponton már a térdüket csapkodták mindketten.

– Részeg asszisztensnő! – hahotázott a virágárus hölgy elfúló lélegzettel. – Hát ez kész…

Aztán a nagy mulatságtól elgyöngülten csak összeállított egy csokrot. Vörös rózsákból, celofánnal és piros színű kötözőszalaggal.

Ezen a ponton benyitott egy másik vásárló, és a sírcsokrok árai felől kezdett tudakozódni, mert elmondása szerint a húga épp a szerencsétlenül járt D épületben állt alkalmazásban mint korrektor, és bár olyan markos egy leány volt, hogy felért két férfival is, azt igazán nem élhette túl, amikor az a fene nagy vasbeton födém a nyakába szakadt…

Jefrem még két sarokkal arrébb is ezen kacarászott, hogy a markos leány, a vasbeton födém meg a sírcsokor, hanem azt a világért sem szerette volna, ha a rózsa megfonnyad, mielőtt átadhatná a címzettnek. Megszaporázta hát a lépteit, és egy mókás dalocskát dúdolva folytatta útját a bámészkodó járókelőktől zsúfolt utcán. Karórájára sandítván konstatálta, hogy mindjárt este hét, Kátya tehát alighanem rég hazaért már. (*Remélhetőleg nem ment el sehová estére* – drukkolt magában a fiatalember.)

Futólag megfordult a fejében, hogy – lévén munkanap – korántsem biztos, hogy a nő otthon van. Sokkalta nagyobb eséllyel találhatna rá valamelyik klinika baleseti osztályán, vagy – rosszabb esetben – letakarva egy hordágyon.

Ó, ugyan már. Egy ilyen gyönyörű napon kizárt, hogy ilyesmi történne. Kátya természetesen odahaza tartózkodik, és egy romantikus füzetet lapozgatva őróla ábrándozik éppen... Semmi kedve sem volt liftezni; arcának sajgását szinte semmissé tette a kóros vígság. Bár a kötés továbbra is zavarta a légzésben, gyalogszerrel galoppírozott fel az ötödikre, trappolása felverte a felmosószerszagú lépcsőház áporodott csöndjét. Valami csacska kis melódiát fütyörészve magában, fékezett le Kátya ajtaja előtt a kobaltkék linóleumon; hirtelenszőke haja összekócolódott, orcája kipirult a lohólástól. Azzal nagyot szusszantva már meg is nyomta az ajtócsengőt.

A bim-bam egy pillanatra elnyomta az odalent zajló mentési műveletek meg az összesereglett nézőközönség távoli zaját. Hősünk legnagyobb örömére kisvártatva papucsos lábak csoszogása hangzott fel a lakásból, és az ajtó egy szempillantás múlva kitárult.

– Kazanov! – adott hangot meglepetésének a főszerkesztő; döbbenete azonban semmi sem volt a megszólítottéhoz képest. Jefremnek egy minutára a szava is elakadt az elé táruló látványtól...

Mindig gázálarcban vagy itthon? – tolultak ajkára a szavak, de az utolsó pillanatban visszanyelte őket.

Elvégre ő meg orvosi maszkot visel.

Alighanem a nő is megsérült a robbanás során...

Miért is ne?

Ha gázálarc, hát gázálarc. Nem szeretné, ha valaki meglátná az arcán éktelenkedő csúnya sebeket...

Kátya sürgetőn intett, hogy kerüljön beljebb; a virágcsokor azonmód elvesztette meghökkentő voltát. Jefrem természetellenes örömtől zúgó fejében egymást kergették a gondolatok; bár rendet teremteni köztük sehogy sem sikerült neki, a művi boldogságtól elzsongított tudata így is érzékelte: a gázálarccal az események fordulóponthoz érkeztek.

A főszerkesztő beterelte Jefremet, sietve becsukta utána az ajtót, majd megnyomott egy gombot valamin, amit a legény légkondicionálónak vélt. A masina halk zümmögése kisvártatva betöltötte a parányi előszobát, és Jefrem mintha még az általa keltett könnyed légmozgást is érezte volna.

Kátya intett a férfinak, hogy foglaljon helyet. Jobbra nyílt a főzőfülke a műmárvány borítású pulttal meg a fali tartóra aggatott konyhai alkalmatosságokkal, bal kéz felől pedig a kétszemélyes kis étkezőasztal kapott helyet – az egyik széken a nő műbőr kézitáskája, a divatjamúlt csipketerítő közepén ómódi váza pár szál nem túl valósághű művirággal.

Jefrem tétován szorongatta ép baljában a bokrétát. Félszegsége láttán a nő se szó, se beszéd a rózsákért nyúlt, és egy szempillantás múlva már el is tűnt velük a tenyérnyi konyhában.

Miután üres kézzel visszatért, Jefrem nem tehetett mást: bénultan leült. Bár a kóros kuncogás még mindig elő-előtört belőle, Kátyában volt valami, ami nyugalomra intette. A lakásra nyomasztó, baljós csend telepedett.

Jefrem érezte: jelentőségteljes pillanatok következnek.

– Jefrem Kazanov, poéta a C épületből, ugye? – szegezte neki a kérdést Kátya, és a fiatalember nem tehetett mást: meg illetődötten bólintott.

A nő hangjának éle nemcsak hogy alátámasztotta a gyanakvását, de egyenest aggodalommal töltötte el. Kátya szavai oly határozottan csengtek a gázálarc mögött, ahogy az a tűzoltók és a katasztrófavédelem embereihez illett volna, akik napsugaras hangulatban mentették a menthetőt alant.

A nő tekintete Jefrem maszkján állapodott meg.

– Mi történt az arcával?

Jefrem a nap során immár másodszor érezte úgy, hogy kicsúszik a lába alól a talaj.

– A Lomonoszov teáskészlet – hebegte mélységes zavarban. – Még a nagyszüleim kapták nászajándékba Pétervárott, aztán most meg miszlik se maradt belőle…

Zavaros hadoválása ellenére a főszerkesztő határozottan bólintott, mint akinek mindjárt minden világos. Tudakozódott is tovább mindjárt:

– Kap levegőt rendesen?

Jefrem pironkodón megérintette a maszkot.

– Hát, legalábbis próbálok – dünnyögte félszegen, rádöbbenvén közben, hogy mi Kátyában a legkülönösebb: nem boldog!

Legalábbis nem jobban az indokoltnál.

Épp ellenkezőleg! Viselkedése a helyzetnek megfelelő: feldúlt, zaklatott, hektikus. Pont, mint akinek éppen porig ég a munkahelye.

Kátya hangján érződött, hogy gázálarca alatt nem vigyorog, mint a vadalma; hűvös nyugalmát nem fodrozta fel-felbuggyanó, lebírhatatlan kacaj. Lerítt róla, hogy elméje épp olyan tiszta, mint bármikor máskor. Tisztább még Jefreménél is...

A férfi feje kóválygott viszontagságos napjától, a várost elborító abnormális vidámságtól, az enyhe légszomjtól és attól, hogy most – az abszurd események sorozatának mintegy megkoronázásaként – itt ül Kátyánál, aki más körülmények között szóba sem állna vele, és a nő – a körülményekhez képest – a lehető legtermészetesebben viselkedik.

A poétának mindez már több volt a soknál, ki is fakadt hát:

– Plescsejeva kisasszony! Mi a kénköves mennykő folyik itt?

Egy pillanatra mintha a mérlegelés árnyalata suhant volna át a nő gázálarcának füstüveg lencséin, aztán szemmel láthatólag úgy döntött, akár felelhet is.

– Mindenekelőtt: átkozott egy mázlista maga ezzel a Lomonoszov teáskészlettel. Nem is tudja, milyen hálás lehet most a pityeri násznépnek a bőkezűségéért... Mennyit tud arról, hogy mivel is foglalkozom pontosan?

– Szinte semennyit – ismerte be Jefrem őszintén.

– Mindjárt gondoltam – biccentett a főszerkesztő. – Egy válogatott tudósokból álló kutatócsoportot vezetek, aligha túlzás azt állítani, hogy Zombisztán legkiválóbb szakembereinek csapatát. Egy pár évvel ez előtt, amikor a nagyüzemi könyvnyomtatás még csak gyerekcipőben járt, elkezdtünk dolgozni egy projekten. Elképzelésünkhöz az élelmiszergyártás adta az ötletet, azokkal a bizonyos adalékanyagokkal, amelyek bármilyen ételt kellemesebbé tesznek.

– Ízfokozók – szúrta közbe a fiatalember, szükségét érezvén demonstrálni, hogy nem teljesen járatlan a témában.

– Olyasmi. Nevezhetjük ízfokozóknak, igen. Felmerült bennünk, hogy a nyomdaiparban is hasznát vehetnénk valami hasonlónak... egy olyan összetevőnek, amely bárminő olvasmány élvezeti értékét megsokszorozza, azonnali örömforrásként hat, és arra sarkallja a fogyasztót, hogy lehetőleg mielőbb és minél gyakrabban újra magához vegye az ominózus szert, amely csakis bizonyos könyvekben lelhető fel.

Jefrem megbabonázva meredt a nőre. Az előzmények után már meg sem fordult a fejében, hogy kételkedjen a szavaiban; azok egyébként is lenyűgözték. *Micsoda lelemény!*

– Jelentősebb összegért megvásároltuk tehát egy bizonyos, az ön szavával élve, ízfokozó receptjét az Állami Édesipari Művektől...

– Az Állami Édesipari Művek! – kapott a szón Jefrem meghatottan. Minthogy Zombisztán édességgyára nemrég a glóbusz legnagyobb éves profitot termelő multicégeinek sorába lépett, a tény, hogy a Kulturális Kombinátban az ő szabadalmukat használják, féligmeddig már meg is magyarázta a könyvgyártás váratlan fellendülését.

– Pontosan. Miénk lett tehát a tökéletesen ellenállhatatlan kekszek, drazsék és habcsókok titka. Kísérletezésbe is fogtunk azonmód, addig elemezve és módosítva a csodálatos komponenst, míg az a kultúraiparban is alkalmazhatóvá nem vált. Áldozatos munkánk azonban meghozta végül a gyümölcsét: ez pedig nem más, mint az irodalmi ízfokozó, becsületes nevén a vidorin.

– *Vidorin?* – visszhangozta a fiatalember kérdőn.

– Az bizony. Egy speciális vegyület, amelyet azóta a kombinát csaknem minden termékéhez hozzáadunk. Örömérzetet keltve stimulálja a központi idegrendszert. Bőrön és nyálkahártyán át szívódik fel, tehát egy kiadvány megérintése, vagy akárcsak a közelében tartózkodás elég ahhoz, hogy az emberben ellenállhatatlan vágy támadjon az elolvasására, lehetőleg minél hamarabb.

– Bőrön és nyálkahártyán át – ismételte Jefrem, emésztvén a hallottakat. – Tehát belégzés, cseppfertőzés és fizikai kontaktus útján terjed?

– Igen, és a szó gyakorlati értelmében véve belsőleg is...

– Abban a csupán hipotetikus esetben, ha valaki megenne egy kötetet? – vigyorodott el a férfi az abszurd felvetésre, a főszerkesztő azonban lehűtötte:

– Nincs itt szó semmiféle hipotetikus esetről. Gondoljon csak a kisdedekre. Szájukba veszik, rágcsálják a leporellók sarkait...

Ügyet sem vetvén a Jefrem arcára kiülő döbbenetre, a nő szenvtelenül folytatta:

– Szokta szagolgatni a kiadványokat a könyvkereskedésben?

– Nem. Nem igazán. Azt hiszem, még sosem tettem ilyet. A főszerkesztő hangján érződött, hogy elmosolyodik az álarca alatt.

– Ennek is köszönheti a józan eszét. Szokott egyáltalán olvasni?

Jefrem nem érezte szükségét annak, hogy hazudjon:

– A kéztörésem óta gondosan ügyeltem rá, hogy még véletlenül se vegyek könyvet a kezembe. Hacsak nem azért, hogy megszabaduljak tőle. Voltak régi köteteim, amelyeket időről-időre szívesen forgattam, de nemrégiben összegyűjtöttem mindet, bedobozoltam és levittem a pincébe.

– Régi kötetek... mennyire régiek?

– Antikvár darabok. Még a nagy nyomdaipari fellendülés előttről...

Jefrem tartott tőle, hogy ezzel nem szerzett jó pontot a nőnél. Elvégre egy könyvgyári munkásnak illene olvasni, nemdebár? Ildomos volna legalább érintőlegesen ismerni a termékeket, amelyeknek az előállításán dolgozik; ehelyett ő kerek perec bevallotta, hogy könyvtárában egyetlen modern darab sincs.

Nos – gondolta magában röstelkedve –, *így aligha nyerem el a rokonszenvét. Még a végén az is kicsúszik a számon, hogy nem járok könyvesboltba sem. Hogy már évek óta nem vettem új könyvet a kezembe, hacsak nem számítjuk azt, amikor az üres íveket a cérnafűzőgépbe rakom...*

Jefrem szégyenkezve döbbent rá, hogy jó ideje nem érintkezett könyvvel gumikesztyű és maszk nélkül, amelyek viselésére az üzemben a por, a nyomdafesték és elsősorban a munkavédelmi előírások miatt kényszerült.

Kátya szerencsére ismét felvette a mondókája fonalát, mielőtt még a férfi újabb kellemetlenségeket kotyoghatott volna ki:

– Mivel a vidorin inhaláció útján is hat, aki megszagol egy kötetet az üzletben, azt lebírhatatlan késztetés fogja el arra, hogy meg is vegye. Így lettek az új kiadványok illatát kedvelőkből egy csapásra vakbuzgó könyvvásárlók.

Inhaláció. *Belégzés.* Talpig védőöltözetbe bújt dolgozók a gépsorok mellett – névleg az esetleges allergiás reakciók ellen...

Kátya kivárt egy pillanatig, hogy a fiatalember átérezhesse közlése súlyát, aztán higgadtan folytatta:

– Ez tehát találmányom, a vidorin, a titkos összetevő, amely döntő szerepet játszott Zombisztán nagyhatalommá válásában. Könyvexportunk minden korábbi mértéket meghalad, a Kulturális Kombinát és leányvállalatai látják el napjainkban már a világ könyvkedvelőinek zömét olvasnivalóval. Ennek az oka pedig nem más, mint a vidorin, amely bármit, hangsúlyozom: az égvilágon *bármit* olyannyira emlékezetes olvasmányélménnyé tesz, hogy akit egyszer a hatalmába kerített, az egyszer s mindenkorra a rabjává válik.

Jefrem úgy bámult a főszerkesztőre, mintha most látná először. Bár a nő arcát elrejtette előle a gázmaszk, iménti szavai után a fiatalember felfedezni vélt benne valami hátborzongatót, valami ördögit, valami félelmeteset: ahogy a lehető leghiggadtabban ecsetelte a szert, amely által mindenkit, az egész emberiséget függővé lehet tenni a Kulturális Kombinát produktumaitól...

– Hát – bökte ki végül félszegen. – Nos, ez igazán... meghökkentő. Ejha.

Kátya hangján érződött, hogy arcán halovány vigyor játszik, amidőn visszakérdezett:

– Látja már az összefüggést?

Jefrem pedig látta. A nagyszerű és párját ritkítóan infekciózus vidorin, amelyet alighanem tetemes mennyiségben tároltak az üzemben egész addig, amíg az a délelőtt folyamán a levegőbe nem repült...

A főszerkesztő a férfi arcára kiülő döbbenet hatására diadalmasan elmosolyodott.

– Na ugye, hogy érti – deklarálta dicsérőleg.

Jefremből pedig, átlátván a helyzetet a maga rettentő valójában, szökőárként törtek elő a kérdések:

– De akkor hogyhogy maga meg én nem csavarodtunk be? Jó, magának ott a gázálarc, gondolom, már a robbanás pillanatában is viselte.

– Akkor még nem, hiszen ma szabadnapos voltam, épp itthon tartózkodtam a katasztrófa idején. De valóban régóta tartok idehaza gázálarcot, aki vegyszerekkel foglalkozik, annál ez afféle természetes előrelátás. Amikor konstatáltam tehát, hogy mi történt, csak elővettem a fiókból, és azonnal felöltöttem.

– Világos, de én hogyhogy nem...?

– Maga is megfertőződött, Jefrem, csak enyhébben. Azt állítja, a robbanás során sérült meg, ugye? Nos, felteszem, mindjárt csillapította a vérzést valahogyan: rászorított egy rongyot, vagy ilyesmi. Jól gondolom?

– Jól bizony – bólintott a fiatalember, nem lévén értelme tagadni.

– Akkor hát legyen csak hálás a dédszüleinek azért a teáskészletért. Anélkül már maga is odalent mulatozna a csőcselékkel.

– A nagyszüleimnek – helyesbített Jefrem automatikusan, holott maga is tudta, hogy immár nincs jelentősége.

– Mivel gyakorlatilag az első pillanattól fogva védve volt, a vidorin mindössze csekélyebb mértékben jutott be a szervezetébe. Bejutott, hiszen egy konyharuha nem nyújt olyan szintű védelmet, mint egy gázálarc, de emlékezzen csak vissza a második világháborús filmekre, alighanem látott már ilyet. A sonderkommandósoknak sem volt gázálarcuk, ruhájukkal védték a légzőszerveiket, amikor beléptek a gázkamrába.

Jefrem egyébként is halovány bőre viaszszínűre sápadt, ahogy elméjébe belehasított az összefüggés. Minthogy az utóbbi napokat jobbára televíziózással töltötte, valóban előtte volt a kép, amelyet a nő felvázolt. Toprongyos, lesoványodott alakok posztódarabokat kötve az arcuk elé, kutatnak értékek után a holttestek között...

A detonáció óta először, Jefrem nem érezte már a természetellenes meleget. Épp ellenkezőleg: bár a légkondicionáló nem hűtötte, csak tisztította a levegőt, gerincén jeges borzongás futott végig.

Kátya kíméletlenül folytatta:

– Maga is megfertőződött, Jefrem, még ha csak csekélyebb mértékben, de akkor is. Már ott kering a vérében egy kisebb mennyiségű vidorin, ezen aligha segíthetünk. Ám feltehetőleg még így is maga a második legjózanabb ember egész Zombisztánban, közvetlenül utánam...

A poéta tisztán látta a saját tükörképét a nő háta mögötti tálalószekrény üvegében; álla leesett, orcájából minden vér kifutott, szemei tágra meredtek. Összeszabdalt arca a döbbenet groteszk karikatúrájába torzult.

Egy pár pillanatig csak az odalent zajló oltási és mentési munkálatok örömteli zsivaja és a klímaberendezés diszkrét surrogása törte meg a vészterhes csendet, amíg a fiatalember megbirkózott a hallottakkal. Aztán csak összeszedte magát; ismét eszébe jutottak kamaszkori olvasmányából azok a bizonyos franciák, akik lementek a pincébe, aztán az egyikből várkapitány lett – a címe még mindig nem akart beugrani neki –, csakhogy ott szó sem volt semmiféle fertőzésről. A robbanás elpusztított ugyan szinte mindent és mindenkit, utána azonban a túlélők előmerészkedhettek, és nekiláthattak feltámasztani romjaiból a világot...

Esetükben viszont nagyon úgy festett, hogy a világ még csak ezután fog majd romba dőlni.

– Mennyi ideig tart a vidorin hatása? – bökte ki Jefrem, lázasan kutatva agyában valamiféle megoldás után. – A könyvekből egy idő után el kell, hogy illanjon, hiszen a szer utáni folyamatos vágy az, ami vásárlásra ösztönöz. Ha egyetlen kötetből újra meg újra hozzá lehetne jutni, az nem kedvezne az üzletnek, hiszen elég lenne újra meg újra ugyanazt az egy kiadványt elolvasni. A vidorinmámor tehát véges kell, hogy legyen...

– Így van. A kész szer épp csak hogy függővé tesz, aztán el is veszti hatását, hogy a fogyasztó – elvonási tüneteit csillapítandó – újra a könyvkereskedésbe rohanjon. Az a több százezer pud azonban, amely a detonáció során a légkörbe jutott, még csak az előállítási folyamat egy korábbi fázisában járt.

– Korábbi fázisában?

– Nem fárasztanám most a részletekkel, elég, ha annyit tud, hogy a vidorinnak a gyártás során semmi esetre sem szabad nitrogénnel érintkeznie, mert ha mégis, akkor az illékonysága azonnal odalesz.

Nitrogén – visszhangzott Jefrem fejében, mint holmi lélekharang. *– A Föld légköre több mint hetvennyolc százalékban nitrogénből áll.*

– Aligha fogjuk megtudni valaha is, hogy mi okozta a katasztrófát, de most már nincs is jelentősége. Épp elég robbanékony anyagot tároltunk az ipartelepen, nem is beszélve a rengeteg papírról. Az ok lehetett egy apróbb gondatlanság, egy rövidzárlat, egy kisebb elektromos tűz, akármi. Ami számít, az az, hogy a légköri nitrogénnel érintkezve a vidorin az egyik legfontosabb tulajdonságát veszítette el: történetesen a volatilitását...

Volatilitás a fizikában annyit tesz: párolgási hajlandóság. Az elszabadult mennyiség hatása nem fog tehát természetes módon elmúlni. A fertőzöttek nem érzik többé szükségét annak, hogy fejvesztve siessenek utánpótlásért...

– Az időben tehát aligha reménykedhetünk – összegezte a hallottakat Jefrem feldúltan. – Az őrület nem cseng le magától holnapra, de még a jövő hétre sem. Valami megoldást kell hát találnunk.

Kátya helyeslő bólintásán felbátorodva folytatta:

– Nincs valami ellenszer?

A főszerkesztő hangja a diskurzus kezdete óta először, bizonytalanul csengett:

– Éppenséggel van is, meg nincs is. Létezik egy vegyület, ami ha a számításaim helyesek, ki kell, hogy oltsa a vidorin hatását. Ugyanakkor az emberi szervezetre gyakorolt hatásával kapcsolatban nem áll rendelkezésre elegendő adat...

Mint kitikkadt sivatagi vándor egy kulacs vízért, úgy kapott a fiatalember a menekvés lehetősége után:

– Nem végeztek kísérleteket?

– De, valamennyit természetesen végeztünk. Az állatokra úgy hatott, ahogyan kell: levertek, közönyösek, nagyobb dózistól egyenesen mogorvák és ingerlékenyek lettek, aztán amint a hatóanyaga lebomlott, a viselkedésük zavarttá vált, feldúltan követelték az újabb adagot. A függőség tehát ugyanolyan hamar kialakul, mint a vidorin esetében.

– Nagyszerű, épp ez kell nekünk. Embereken nem próbálták még ki?

– Dehogynem, a széleskörű terjesztését mégsem merném teljes bizonyossággal javasolni.

– Kátya, egy perc veszteni való időnk sincs. Ha nem teszteltek eleget, hát majd most teszteljük. Kísérleti alanyt, azt hiszem, aligha lesz nehéz találnunk...

A nő feltartott tenyérrel hűtötte le Jefrem lelkesedését.

– Ácsi, ácsi. Előbb hadd mondjam el, miféle szerről is van szó. Eredeti terveim szerint a vidorin párja vagy – mondhatni – komplementere lett volna, és a későbbiekben még több hasonló, ám specifikusabb hatású anyaggal is előrukkoltam volna. A neve *komorin*.

– *Komorin*? Ez most valami vicc akar lenni? Azért maga is beláthatja, hogy ez kissé abszurdan hangzik.

A nő hangján érződött, hogy szája sarka fanyar felmosolyra húzódik.

– Igen, komorin, azaz komorságot okozó vegyület. Érti, ugye? A vidorint eredetileg az életigenlő, derűs témájú irodalmi művekhez fejlesztettem ki, míg komorin került volna a háborús regényekbe, a thrillerekbe és minden más olyan alkotásba, amelynek célja feszült és hideglelős hangulatba taszítani az olvasót. Az ilyenekhez véleményem szerint nem illik a vidorin, az üzemigazgató azonban máshogy látja a dolgot. Amint egy bizonyos számú kísérlet után megbizonyosodtam arról, hogy a komorin biztonságos, elétártam az ötletet, és igazamat alátámasztandó adtam is neki egy gótikus horrort, amely komorin hozzáadásával készült. Amikor egy pár nap múlva ismét találkoztunk, a szer hatása az arcára volt írva. Homlokán barázdákká mélyültek a ráncok, szemei alatt sötét karikák éktelenkedtek...

– Kiváló! Ennél ékesebb bizonyítékot nem is remélhetünk arra, hogy a komorin működik.

– Való igaz, sosem láttam az igazgató urat olyan zaklatottnak, mint aznap. A kötetet nem adta vissza, és nyomatékosan arra utasított, hogy csakis a vidorint használjuk, a komorinnak semmisítsem meg még a maradékát is.

– De nem semmisítette.

– Nem hát. Azóta is tartok itthon komorint, igaz, csak egy kisebb mennyiséget; egyszerűen azért, mert szentségtörésnek éreztem volna elpusztítani egy ilyen értékes szert. Meg aztán, mint említettem, voltak további terveim is. Külön a fejlődésregényekhez olyan vegyület, amelynek hatására az olvasó magába száll, és eltöpreng az életén; a verses kötetekhez valami könnyed és légies, amitől az embernek szárnyalni támad kedve a költő ideáinak fellegében; a mesekönyvekhez pedig valami meghitt és harmonikus.

Jefremben egyre inkább megszilárdult az az érzés, hogy a nő, aki vele szemben ül, nem a titkos imádottja többé, hanem holmi gigászi entitás, aki kezének egyetlen intésével képes rabigába hajtani a Földet.

Megrázta a fejét, erőnek erejével igyekezvén megőrizni a józan eszét.

– Azt állítja tehát, hogy a komorin semlegesítheti a vidorin hatását? – kanyarodott vissza.

– Elméletben igen, ámde mindössze egy fiolányi van belőle, ez pedig aligha elég mindenkinek.

Olyan nyomasztóan hangzott ez a *mindenkinek*. Tényleg, mekkora lehet a fertőzés hatósugara?

Mintha csak belelátna a fiatalember elméjébe, Kátya kisandított az ablakon, majd leszögezte:

– Nem kell nagy szél ahhoz, hogy a vidorin felhője hamar szétterjedjen. A troposzféra felsőbb rétegeiben a természetes légáramlás is elég ahhoz, hogy egykettőre széthordja az inficiált levegőt. A fertőzés mostanra alighanem már az ország határain is túl jár...

Jefremnél elérkezett az a pont, amikor úgy érezte, nincs tovább. Az események eme fordulata átlökte őt azon a küszöbön, amelyen túl minden tragédia és minden vész elveszti hatásosságát, megszűnik rettentőnek lenni. Iszonyú, természetellenes nyugalom szállta meg; ha lett volna lova, alighanem a nyergébe pattan, és kivágtat a leeresztett felvonóhídon a pusztaságba, hogy íjjal és karddal szálljon szembe a névtelen ellenséggel.

– Kátya, milyen mellékhatásai vannak a vidorinnak? – firtatta, és a nő nem javította ki, amiért a keresztnevén szólította.

– A vidorin a szó köznapi értelmében véve pszichoaktív szer, azaz drog. A központi idegrendszerre hatva befolyásolja annak működését, a boldogságérzet egy természetellenes állapotát idézve elő. A legegyszerűbb, ha úgy képzeli el, mint egy narkotikumot: Hatásmechanizmusa az alkoholhoz és a morfinszármazékokhoz, azaz az ópiumhoz és a heroinhoz hasonló elven működik, hiszen ha csekély mennyiségben is, de félszintetikus diacetil-morfint tartalmaz. Ezért fejti ki a hatását olyan hamar: lévén erősen lipidoldékony farmakon, inhaláció útján percek alatt átdiffundál a vér-agy gátat alkotó endothélium sejthártyán, bejutva az agy idegsejtjei közé.

– Heroin? – kapaszkodott bele Jefrem egy szóba, amely ismerősen csengett neki. – A heroin okozza a legerősebb függőséget az összes ópiát közül, amennyire tudom. De hogyan érték el, hogy a hatása ilyen tartós legyen?

A főszerkesztő bólintott, jelezvén: a kérdés jogos.

– A rövid ideig tartó heroinmámort követő hosszas depresszióra nem volt szükségünk, csak a minden más kábítószernél addiktívabb hatásra; vegyítettük tehát. A heroinisták jelleme hamar megváltozik, rövid idő alatt elvész helyes erkölcsi és szociális érzékük, amit mi igyekeztünk kihasználni, a saját malmunkra hajtva a vizet...

– Egyvalamit nem értek akkor – szúrta közbe a fiatalember. – Amikor a mentősök rám bukkantak, még semmi sem látszott rajtuk, a tudatuk épp olyan tiszta volt, mint most az öné.

– Azért, mert a mák éretlen termésének a levegőn koagulált nedve csak egy csekélyebb részét teszi ki a vidorinnak. Hatása belégzés útján néhány perc alatt jelentkezik. Önt alighanem ezalatt találták meg. Hozzáadott klórdiazepoxid tartalmánál fogva azonban a vidorin a fogyasztó érzelmi toleranciáját is növeli. Ezt saját magán is megfigyelhette.

Jefrem lelki szemei előtt felrémlett a bizarr kép, ahogy a tűzoltók összeégett tetemeket cipelnek ki a romok alól, vígan tréfálkozva közben. Aztán meg az a sírcsokros férfi is ott a virágárusnál, aki olyan fergeteges tréfának találta azt, hogy a húga bennégett... Nem sokkal előtte a saját bőrén is megtapasztalhatta a hatást: világosan emlékezett rá, milyen készségesen tűrte, hogy a traumatológus eltávolítsa arcáról a sebbe tapadt kötést.

Az emlékek új perspektívát nyitottak meg Jefrem előtt: a gyötrelem és a szorongás abban a pillanatban töröltetett ki a világból, hogy a vidorin elszabadult.

A heroinisták jelleme hamar megváltozik, rövid idő alatt elvész helyes erkölcsi és szociális érzékük...

Vajon mi lenne... mi lesz az emberekből erkölcsi érzék nélkül?

– Intravénásan persze azonnal hatna – fűzte tovább a szót Kátya, kitöltvén a férfi megneszült hallgatását.

Jefrem kínjában erre már elvigyorodott:

– Intravénás könyv?

– Reális elképzelés a jövőre nézvést – bólintott a nő, és hangja nyomasztóan komolynak hatott. – Hangoskönyv már létezik, az audiális élmény tehát megvan. A vizuális ingereknek több fajtája közül válogathat a fogyasztó: hagyományos vagy elektronikus könyv, netán a Braille-írással nyomott, tapintható szövegek.

– Felteszem, mindezek a találmányok komoly konkurenciát jelentenek a nyomtatott köteteknek – mondta a fiatalember fürkésző tekintettel.

– A vidorin nélkül alighanem így lenne, hiszen hangfelvételt például bárki hallgathat akár utazás vagy munkavégzés közben is. A technikai fejlődés rövidesen kiszoríthatná a piacról a hagyományos könyveket. Így azonban a fogyasztók csak annyit érzékelnek, hogy egy papír alapon elolvasott kiadvány nyújtotta élménynek a nyomába sem ér az, ha ugyanazt a szöveget meghallgatják, vagy éppenséggel a számítógép képernyőjén böngészik át.

– A vidorin tehát nemcsak Zombisztán fellendülésének kulcsa, de a nyomtatott könyveknek is garantálja az örök életet a modern technika vívmányaival szemben.

– Pontosan. Egyelőre nem sikerült még áthidalnunk azt a kérdést, hogy hogyan lehetne a hangos- és különösen az e-könyvekhez is vidorint adni. A fejlődés következő lépése a legkézenfekvőbb megoldás lesz tehát: a gyűjtőérbe csatlakoztatható kultúra.

Amilyen vad ötletnek tűnt elsőre, Jefrem épp oly hamar megbarátkozott a gondolattal. Miért is ne? A mai világban, amikor már vegyészek állítják elő indusztriális körülmények között a szintetikus irodalmat, aligha számít fantasztikus ideának a véráramba infundálható olvasmányélmény...

A fiatalember fejében szélsebesen kattogtak a fogaskerekek. A nyomdaipari termékekbe a vidorin csak kisebb dózisban került, most azonban mértéktelenül szabadult rá a világra... a hatóság emberei sugárzó arccal cipelik a hullákat, a szemfülesebb kereskedők kitelepültek a kempingasztalaikkal, és nyalánkságokat árusítanak a bámészkodók gyermekeinek.

Csak idő kérdése, és megszűnik létezni a félelemérzet, a kín.

Az egész emberiség mérhetetlenül elégedett lesz.

Ragyogó szemmel halnak majd éhen a harmadik világ szegénynegyedeiben, a diverzánsok meg bohókás dalocskákkal az ajkukon lövik halomra egymást az arab országokban. Összeölelkezik a rablógyilkos és áldozata, mielőtt az előbbi megfosztaná az utóbbit értékeitől és életétől...

– Maga bedrogozta az egész emberiséget! – szaladt ki Jefrem száján visszavonhatatlanul. – Belegondolt valaha is abba, hová fog ez egy pár év, vagy akár csak hónapok múlva vezetni? Kábítószer-élvező anyák, vetélések, csecsemőhalandóság... addig persze szépen megszedi magát, Zombisztánból pedig jóléti állam lesz. De utána? Mi lesz, ha mindenkit függővé tett egy olyan szertől, amelyet csak maga képes előállítani? Abszolút monopolhelyzetében szó szerint élet és halál úrnőjévé válik, de valóban képes volna holmi anyagi haszonért rabszolgasorba taszítani, hovatovább kiirtani a komplett emberi fajt?

A fiatalember maga is érezte, hogy nem teljesen ura önmagának. Nem hát, hiszen ha kisebb mértékben is, de ő is a vidorin hatása alá került. A szer feloldotta a gátlásait, mire ő, a jelentéktelen segédmunkás, kimutatta vonzalmát imádottja felé, és lovasrohamot akart vezetni, most meg azt állítja, hogy Kátya a találmányával meggondolatlanul veszélybe sodorta az emberiséget.

A nő, mintha meg sem hallotta volna a vádakat, firtatta:

– Mióta dolgozik a gyárban, Jefrem?

– Tavaly március óta. Miért?

– Mert akkor nem tudja, hogy én sem itt kezdtem. Korábban a hadsereg alkalmazásában álltam ugyanis… Nem, természetesen nem a fegyveres erőknél, ne nézzen így! Vegyészmérnökként és gyógyszerkémikusként pszichofarmakológiai hatóanyagok fejlesztésével foglalkoztam.

A férfinak kellett egy pár másodperc, hogy ezt lefordítsa magában.

– Biológiai fegyverek?

– Olyasmi. Katonai agresszió céljára használt szerek, amelyek nem minősülnek ugyan letálisnak, de a hatásuk dózisfüggő.

– Nem gondolom, hogy a vidorin rövid távon halálos volna. Veszélyét inkább a jövőre nézve látom reálisnak, különösen így, hogy a szokásos adag sokszorosa szabadult el.

– Alighanem van ráció abban, amit a magzathalállal és a születési halandósággal kapcsolatban mondott. Minden kiadványba csak annyi vidorint kevertünk, amennyi egy enyhe függőség kialakulásához szükséges. A dózis meghatározásában természetesen a szerző által kínált összeg is jelentős szerepet játszott.

– Szerző? Azt hittem, ez a kifejezés réges-rég értelmét vesztette.

– Voltaképpen igen, hiszen az irodalom már évekkel ezelőtt függetlenné vált az ember szellemi tevékenységétől; mégis megmaradt a zsargonban mint szófordulat. Manapság azokat a személyeket hívjuk a szakmai berkekben szerzőknek, akik az egyes kiadványokat forgalmazzák, és birtokolják a velük kapcsolatos jogokat.

Miután Jefrem értőn bólintott, a nő zavartalanul folytatta:

– Anyagi juttatások fejében olykor nagyobb mennyiséget használtunk. Így keletkeztek a bestsellerek. Minden esetben szem előtt tartottuk azonban a biztonságot, még akkor is, ha ez ellentétben állt a szerzők igényeivel. Eddig soha, egyetlen könyvbe sem adagoltunk annyi vidorint, amennyi veszélyt jelenthetett volna a fogyasztókra. Most azonban... megbecsülni sem tudnám, milyen mennyiség került a légkörbe. Százszoros, ezerszeres dózis.

– Kis adagban is bármilyen ócska, filléres ponyvaregényt világirodalmi klasszikusnak láttat, és a végletekig szítja az olvasó rajongását. Nagyban vajon mire lehet képes?

– Ugyanarra, csak hatványozottan. Oltári mulatságnak tűnik tőle a tömegszerencsétlenség, és fergeteges tréfának az, hogy többtucatnyian égtek benn a gyárban. Bármilyen őrült ötlet, mindenféle-fajta katasztrófát remek mókának élnek meg a vidorinfüggők a szer hatása alatt.

– Most még csak kórosan boldogok tőle, de rövidesen... – összegezte a hallottakat Jefrem, és nem kellett befejeznie a mondatot.

Kátya a halántékához értetve mutatóujját, megrázta a fejét, mintha csak így próbálná meg kiverni belőle ezt az egészet, és lidérces álmából egy újabb nyugodt, eseménytelen napra ébredni. Aztán se szó, se beszéd felpattant, a bejárati ajtóhoz sietett, ráfordította a hevederzár kulcsát és beakasztotta a biztonsági láncot is. Hátát az ajtónak vetve szegezte neki Jefremnek:

– Nagyon úgy fest, hogy csak maga meg én maradtunk. Remélem, sejti, hogy ez mit jelent?

A fiatalember előtt lepergett az élete, bódult elméjén vadabbnál vadabb gondolatok száguldottak keresztül. Kátya rövid ujjú blúza látni engedte sima, fahéjszín karját, szűk szoknyája kihangsúlyozta lágyan ívelt derekát...

Jefrem tudta jól, hogy nincs teljesen magánál. *Malabár*, ugrott be egy név abból a francia regényből, amely már egy jó hete a diszperzit alatt enyészik. Volt valami ezzel a Malabárral. Az utolsó nemzőképes hím a fajtájából, vagy mi a szösz...

A poéta nagyot nyelve meredt felettesére, orcáját sűrű pír futotta el. Bármennyit ábrándozott is már valami hasonló fordulatról, szinte bizonyos volt benne, hogy a következtetése helytelen.

Mint ahogyan az is volt.

A nő a vezetéshez szokott emberek határozott hangján válaszolta meg saját kérdését:

– Azt jelenti, hogy ha tetszik, ha nem, előléptetem. Maga lesz ezentúl az asszisztensem.

Telt-múlt az idő, és Jefrem megkönnyebbülten eszmélt rá a nő felkészültségére. Kátyának, minthogy egyedül élt, a parányi lakásban sem okozott gondot a tartalékolás: a kisszobában afféle házi laboratóriumot rendezett be, ő maga pedig a díványon aludt a nappaliban. Jefremnek jobb híján az előszoba padlója jutott, és egy ósdi, khakizöld katonai hálózsák, rajta Zombisztán címerével – a nő alighanem még az előző munkahelyén tehetett rá szert. Kátya szekrényeinek többségében tartós élelmiszert, konzerveket, száraztésztát, rizst, aszalt gyümölcsöket, csokoládét, ásványvizet és egyéb, vészhelyzet esetén hasznos holmikat tárolt – a mosogató alól például egy ízben egy teljes karton víztisztító tabletta, több gyógyszerekkel teli cipős doboz, meg vagy tíz flakon kórházi fertőtlenítőgél került elő teljesen véletlenül, amikor Jefrem csak egy tubus fogkrémet keresett. Előrelátását Kátya afféle foglalkozási ártalomnak titulálta, amikor a fiatalember rákérdezett.

– Ennyi élelemmel akár hónapokig is húzhatjuk – vélte Jefrem, miután akárhova nyúlt, a leghétköznapibb használati tárgyak helyén is szárazbabot, lencsét, ceruzaelemet, dinamós zseblámpákat és – legnagyobb megrökönyödésére – lőfegyvert és töltényeket talált.

– Arra viszont nem gondoltam, hogy másik túlélője is lesz az esetlegesen bekövetkező apokalipszisnek – szabadkozott a főszerkesztő –, így gázálarcból csak ez az egy van.

A főszerkesztő naponta kicserélte Jefrem kötését, és kitisztította a sebét. Az szépen gyógyulásnak is indult, noha a fiatalember gyanította: élete végéig viselni fogja az orrnyergétől az ajkain át az álláig húzódó éles vonalú, keskeny heget.

– Még hogy az egyetlen megbízható ember kerek e világon – dünnyögte Jefrem fejcsóválva egyik reggel, amikor megpillantotta magát a tükörben. Kócos, rosszarcú fickó nézett vissza rá, acélkék szemeiben hibbant derűvel; gipszelt kezével ügyetlenül törölgetett álláról egy rozsdaszín jódfoltot.

A külvilág mindazonáltal nem bizonyult a szó szoros értelmében veszélyesnek – egyelőre. A vidorintól elkábult polgárok fülig érő szájjal ténferegtek mindenfelé, ezt leszámítva azonban az élet a rendes kerékvágásban zajlott: az ipartelep tüzét eloltották, az üzem megszűnt közvetlen veszélyforrásnak lenni. Nem kellett már tartani attól, hogy a lángok továbbterjednek; a D blokk helyén a csarnok magas mennyezetét tartó oszlopok csonkjai maradtak csak, komoran meredezve az ég felé. A sebesülteket kórházba vitték, a halottak elszállításáról gondoskodtak; a kisboltok a KK lakótelep előtti közterületen változatlanul nyitva tartottak.

Hosszú, tömött sorok kígyóztak naphosszat a virágüzlet előtt. Feltehetőleg mindenki sírcsokrot és koszorút akart rendelni, vagy – jobb esetben – meglepni egy pár szál virággal a baleseti sebészeten fekvő szeretteit.

Mivel a drogellátás a légkörből folyamatos volt, így aztán virult mindenki. Senkinél sem jelentkeztek elvonási tünetek, állandósult mámorban leledzett az egész Zombográd.

A posta sem függesztette fel működését: a napilapot, amelyet Kátya járatott, továbbra is menetrendszerűen bedobták. Igaz, néha csak délután érkezett meg, de megérkezett.

Ilyenkor rendszerint szünetet tartottak a munkálataikban, és töviről-hegyire átböngészték a friss híreket, hiszen azokból megbízhatóan lehetett következtetni a világ helyzetére és arra, hogy mekkora területen is fejtette ki hatását a vidorin.

Már az első napokban elkeserítő újsággal szembesültek: a meteorológiai rovat tudósítása szerint a katasztrófa másnapján a frontátvonulás járásszerte heves esőzésekkel váltotta fel az orkán erejű szelet. A különös, mályvaszínű felhők – amelyeket a hírlap is a Kulturális Kombinátban bekövetkezett szerencsétlenséggel hozott összefüggésbe, csak a hatásukat mulasztotta el megemlíteni – addigra Zombográd folyója fölé értek. A zivatarok ott érték utol őket: pár napig mintha élénkebb lett volna a színe és kellemesebb az illata még a csapvíznek is.

Jefremék felbontottak tehát egy flakon ásványvizet, azt használták kézmosáshoz is, a tisztálkodást pedig – víztakarékossági okokból – minimalizálták.

Aztán meg már senki sem gondolkodott a levegő és a víz furcsaságain; hozzászoktak a vidorinhoz, a függőség végérvényesen is kialakult.

286

Kátyának nem volt televíziója, de a változást az írott sajtón is érzékelni lehetett. Blődnél is blődebb hírek kerültek a címlapra: nevesincs kisközségek kertszépítő versenyeiről cikkeztek az újságok oldalakon át, az igazán fontos eseményeket az *Egyéb hírek* rovat fekete-fehér, apró betűs hasábjaira szorítván vissza.

– Mennyi ásványvizünk van? – firtatta a fiatalember aznap este, amikor az első, rímekbe szedett időjárás-jelentés felbukkant.

– Húsz karton. A lakás méretei sajnos erősen behatárolták a tárolási lehetőségeimet.

– Húsz karton nem is olyan kevés. Ha okosan beosztjuk, akár egy bő hónapra is elegendő lehet. Akkor pedig lemegyünk a közértbe.

– Akkor még lemehetünk, de ne feledje, hogy az ásványvíz is a talajból jön. Amit a robbanás napja előtt palackoztak, az fogyasztható, utána viszont...

– Külföldi ásványvizek?

– A folyónk, a máris fertőzött folyónk a Kaszpi-tengerbe torkollik – idézte fel Kátya színtelen hangon. – Addig kell előrukkolnunk az ellenszerrel, és azt a város víztározójába és a légkörbe juttatva semlegesíteni az infekciót, amíg még van mit innunk. A Föld vízkészletének ugyanis meg vannak számlálva a napjai...

A férfi szükségét érezte a témaváltásnak:

– Mi a helyzet külhonban?

A nagyvilág hírei egy darabig rendben voltak, nem bukkant fel bennük semmi szokatlan, ami a fertőzés globálissá válására utalhatott volna. Aztán elkezdődtek azok a bizonyos aggasztó apróságok.

L. E. Jones, a frivol témái folytán világhírre szert tett prózaíró kapta az irodalmi Nobel-díjat. Neves tudósok három hasáb terjedelemben méltatták munkásságát.

Magukat vámpíroknak tituláló aktivisták tüntettek a rendhagyó kulináris szokásaik gyakorlásában őket korlátozó kötelmek ellen. Követeléseiknek több nemzet kormánya egyhangúlag helyt adott.

Elismert szakemberek bebizonyították, hogy a szibériai tigris húsa immunizál a rákra, így védettségét egykettőre megszüntették, a maradék példányok ellen hajtóvadászat indult.

Mások az átlagos életszínvonalat emelendő, sorra égették porig Eritrea és Togo nyomornegyedeit.

Valaki azt nyilatkozta valahol, hogy Tolsztoj divatjamúlt, mire tömegesen hordták máglyára a köteteit.

Megint divatba jött a holdjáró cipő.

Kátya és Jefrem ezalatt éjt nappallá téve munkálkodtak a komorin nagy mennyiségben történő előállításán, hogy a légkörbe juttatva és a víztározóba öntve semlegesíthessék a rettenetes járványt. A hírlap napról napra nyugtalanítóbb világeseményekről tudósított; immár semmi kétség sem férhetett hozzá, hogy a vidorin elszabadulása előbb vagy utóbb a vesztét fogja okozni az emberiségnek.

Megszűnt létezni a szorongás, a félelem; eltűnésük alapjaiban változtatta meg az emberi természetet. Az élet szentsége értelmét vesztette, a lelkiismeret belső gátja semmivé foszlott.

Valahol kitört egy háború. Senki sem kelt a megtámadott védelmére, hiszen ez korlátozta volna emberi jogaikban az agresszorokat.

Az annektált területek lakói a legteljesebb lelki nyugalommal tűrték, hogy halomra öljék őket. Vicceket is meséltek mészárosaiknak.

Nyugat-Európában divatba jött a kannibalizmus. Azt beszélték, ez most a trendi; hódolt hát neki boldog-boldogtalan, nem akarván magára vonni a maradiság szégyenbélyegét.

A többiekből meg pástétom lett, pörkölt, levesbetét.

Zombisztán ipari fellendülése folytatódott csak töretlenül. A Honvédelmi Minisztérium sajtóreferense hamarosan bejelentette, hogy hidrogénbombájuk van.

Svájc sérelmezte, hogy csődbe juttatták a csokoládéexportjukat, hadat üzentek hát Üzbegisztánnak. Tévedésből.

Hőseink egyre fokozódó rettegéssel olvasták az újságot. Pedig Kátya bizakodó volt: már csak egy pár nap, és elkészül az ellenszer első adagja. Akkor pedig nem lesz más dolguk, mint még egyszer, utoljára a bevetése előtt, kipróbálni – kísérleti alanyból márpedig épp elég akadt.

Miután Üzbegisztán atomcsapást mért a jobbára ismeretlen, közép-európai településre, Vácra – tévedésből –, az Egyesült Államok lecserélte zászlaján a csillagokat mosolygós arcokra, és minden nívósabb étteremben kapni lehetett már embriólevest, Kátya végre elégedetten sóhajtott fel:

– Készen vagyunk!

Azzal egy kémcső tartalmából egy csészébe löttyintett pár cseppet.

– Tessék, itt a gázálarc, szerezzen egy önként vállalkozót – utasította Jefremet. – Addig én főzök teát.

A férfinak nem is kellett messzire mennie: az egyik lakó, akit látásból ismert, épp a közeli lépcsőfordulóban üzekedett középtermetű kutyájával. Jefrem intett neki:

– Hé, Vászja!

Csak tippelt a srác nevét illetően, de a jelek szerint eltalálta. Vászja legalábbis hallgatott rá.

– Na? – eszmélt fel szórakozottan, minthogy a poéta hirtelen felbukkanása megzavarta.

– Gyere, igyál velünk egy kis teát! – Egy váratlan meghívás egy jobbára ismeretlen, sérült arcú fickótól minimum, hogy gyanús, a vidorin azonban már réges-rég elaltatta Vászja gyanakvását. Révetegen gombolkozott be, és szegődött Jefrem nyomába. Mire megérkeztek, a szamovárban már javában zubogott a víz, a teáskannában meg ínycsiklandó illatokkal gőzölgött a zavarka. Kátya a tőle telhető legbájosabb mosolyt villantotta a vendégre, amíg töltött neki.

Vászja szemében az ittas emberek üveges derűje ült; Jefrem meg volt róla győződve, hogy bárkit kapott volna el, mindenki tekintetében ugyanezt a balgatag, értelemtől aligha pislákoló fényt látná...

A fickó kibújt bőrdzsekijéből, és helyet foglalt. Kátya mandulavágású szemeiben a tőle telhető legbizalomgerjesztőbb mosollyal meredt rá a szamovár fölött.

Vászja félszegen visszamosolygott. Ha különösnek találta is a meghívást, ennek semmiféle jelét nem adta.

Kortyolt hát egyet a teájából. Forró volt még, ezért megfújta.

Kortyolt kettőt.

Fújt, szürcsölt.

– Kérhetnék esetleg egy kevéske lekvárt? – firtatta bárgyún vigyorogva.

– Ez csak természetes – sietett bólintani Kátya. – Málnát vagy feketeáfonyát?

– A feketeáfonya tökéletes lesz.

– Tessék.

– Köszönöm.

Fokozott koncentrációval, hogy nehogy mellé menjen, kanalazott belőle; a sűrű gyümölcspép finoman remegett a kanálon, amely Vászja mozdulatainak ütemére féltucatszor is a csésze peremének koccant.

– Volna netalán egy kis citrom is itt valahol?

– Már fel is karikáztam. Parancsolj.

– Igazán kedves.

Vászja csilingelve megkevergette csészéje tartalmát.

Szürcsölt, kortyolt.

Apránként kihűlt a tea, nem kellett hát többet fújni.

Azért csak megkavarta még egyszer.

Megint megkóstolta egy cseppet.

– Süvegcukor akad esetleg?

– Sajnos épp kifogytunk belőle, csak mézzel szolgálhatok.

– Az is megteszi.

– Lekötelez.

Belecsöppentette, elkeverte.

Jefrem nem tudta, milyen íze lehet a komorinnak, de úgy vélte, aligha kellemes. Sejtelmét alátámasztotta az is, milyen serényen adagolta az ízesítőket Vászja. Hősünk szíve őrülten dobolt a mellkasában: csak nehogy a kísérleti alany gyanút fogjon...

Nem fogott gyanút, eddig legalábbis. Inkább ivott még egy picit.

Aztán, mint akit a hideg lel, összerázkódott.

Kátya és Jefrem árgus szemekkel lesték a fejleményeket.

Az utóbbi végül nem bírta tovább cérnával, és kibökte:

– Nos?

A srác arcán rángás futott végig, fázósan húzta be kezeit kötött garbója ujjába.

– Brrr – deklarálta lakonikusan. – Nem jó a fűtés nálatok, vagy mi?

Hőseink futó pillantást váltottak, majd a főszerkesztő azt felelte:

– Amilyen rozoga ez az épület, már-már az lenne a csoda, ha minden megfelelően működne. Hanem úgy hallottam, te gyakran jársz össze a gondnokkal...

Blöff volt csak, mert Vászja úgy nézett ki, mint aki mindenkivel gyakran összejár. A fiú elsápadt, orcáin lázrózsák gyúltak. Elkékült szája megremegett.

– Megesik – dünnyögte bizonytalanul, és immár kétségtelen volt, hogy nem érzi jól magát.

Aztán minden olyan gyorsan történt, hogy Kátyának később nehezére esett volna felidézni a részleteket. Vászja – minden előzmény nélkül – úgy felborította az asztalt, hogy dőlt, repült szanaszét a szamovár, a kanalak, a csészealjak. A suhanc artikulátlanul üvöltve Jefremre vetette magát, és karmolta, harapta, ahol csak érte; talpuk alatt recsegtek-ropogtak a porceláncserepek. Vászja úgy morgott, acsargott, mint valami véreb, szemmel láthatóan nem volt többé ura önmagának. Őrjöngése közepette leszaggatta a poétáról a gázálarcot, és messzire hajította; holmi balszerencsés véletlen folytán neki a csukott ablaknak, amely éktelen csörömpölés közepette ripityára tört.

Friss levegő!

Kátya úgy érezte: itt a vég. Szemeibe páni rémületet csalt a kár, kétségbeesetten csavarta arca elé kendőjét a beáramló huzat ellen.

Mi tévő legyen?!

Nem maradt idő gondos mérlegelésre. Tekintete a gardróbszekrényre rebbent, amelynek felső polcán a lőfegyverét tartotta…

Ó, ha elérhetné…!

Hanem a puska pillanatnyilag semmivel sem tűnt közelibbnek, mint a Góbi-sivatag, vagy éppenséggel a világbéke. A két férfi elzárta a szekrényhez vezető utat; Kátya beharapta az ajkát kínjában, ráébredvén gyötrő tehetetlenségére.

Szerfelett toxikus – villant át az agyán a rémületes ige. – *Képes felszívódni bőrön, nyálkahártyán át, vagy akár csak belélegezve is…*

Nem volt most érkezése komolyabb tervre: ha meg akarta menteni Jefremet, cselekednie kellett, méghozzá haladéktalanul. Vászja mögé lépett hát, felragadta a kémcsövet, és tartalmát minden teketória nélkül a fiatalember tarkójára löttyintette.

Elhamarkodott cselekedetnek bizonyult!

Próbáljuk csak meg nyakon önteni két verekedő férfi közül csak az egyiket.

A hátborzongató szerből jutott Jefremnek is. Karja lúdbőrös lett a ráfröccsenő cseppek nyomán…

Kivéve ott, ahol nem bőrt értek, hanem friss sebeket. Hiszen Vászja az asszisztenst tucatnyi helyen is összemarta.

Közvetlenül a vérbe juttatva a hatás gyakorlatilag azonnal jelentkezik...

Kátya annak idején elmulasztotta megtudakolni főnökétől, hogy miért utasította el oly kategorikusan a komorin forgalmazásának ideáját; hát most a saját szemével láthatta.

Segédje tiszta kék tekintetében egykettőre minden fény kihunyt. Nyomasztó sötétség vette át a helyét annak az embernek a szemében, aki az utóbbi hetekben a főszerkesztő kizárólagos társasága volt; a két férfi vicsorító, hörgő, egymást kíméletlenül öklöző, tépő, harapó gombolyagként söpört végig a szűkös nappalin. Feldöntöttek egy virágállványt, majd a kiszóródott virágföldön újra összeszöktek, mígnem fékevesztett dulakodásuk közepette a dohányzóasztal szilánkokra törő füstüveglapjában kötöttek ki.

Kátya egy szempillantás alatt mérlegelte a helyzetet, majd úgy döntött, nem kockáztathat tovább. Jefrem gyakorlatilag halott, de legalábbis élőhalott, akárcsak Vászja, vagy a postás, a virágboltos kisasszony, az üzemi baleset túlélői, a tréfás kedvű tűzoltók és mindenki más – most már alighanem – széles e világon. Nem maradt többé helyük az érzelmeknek...

Sem a könyörületnek.

Kátya belátta végtére is: egyedül maradt.

Két hosszú ugrással a gardróbszekrénynél termett, amelyben AKSZ-74U típusú légideszantos gépkarabélyát tartotta a hozzá tartozó 5,45 x 39 mm-es lőszerekkel együtt. Harisnyás talpába belevájtak a virágcserepek éles agyagdarabjai meg a dohányzóasztalból maradt üvegszilánkok, a fájdalomra azonban ügyet sem vetett. Kapkodva a földre söpörve pár csomag száraztésztát, kaparintotta meg a rövid csövű mordályt...

De vajon volt-e hozzá fegyverviselési engedélye?

Engedélye nem, lehetősége annál inkább volt hozzájutni az AKSZ eme különleges, a Szpecnaz erők számára kifejlesztett változatához, még mielőtt kilépett volna a hadseregtől a Kulturális Kombinát kínálta vonzóbb anyagi perspektíva kedvéért.

A gépkarabély csak százötven-kétszáz méterig biztosított ugyan pontos lövéseket, ám páncélt is átütő töltényei ezen távolság többszörösére is halálosak voltak. Kátyának annak idején akadt egy kedves cimborája – ha úgy tetszik: udvarlója – a Szpecnaz GRU-nál, a szárazföldi csapattestek különleges alakulatánál; a fiatalember –

Gyima Ruszlanovics – vonzalmát kimutatandó ezt a bizarr ajándékot hozta neki, miután Afganisztánból hazatért. A modell speciális volta abban állott, hogy tartozott hozzá egy gyorsan felszerelhető hangtompító és egy 30 mm-es, BSZ-1 Tyisina típusú gránátvető is; az utóbbi különleges repesz-romboló gránátokat tüzelt, amelyeket a gránátvető pisztolymarkolatába behelyezhető ívtárban tartott vaktöltényekkel lehetett kilőni.

– Zombisztán? – kérdezte tréfásan Gyima Ruszlanovics, amikor megtudta, hogy hol van a sereg pszichofarmakológiai kutatóintézetének az a laboratóriuma, ahová Kátyát helyezték. – Micsoda név! Mint valami ZS kategóriás hollywoodi rémfilm helyszíne. No, de ha már zombik közé mész, tessék, ez egyszer még jól jöhet...

Azzal átadta szíve hölgyének a fegyvert.

Kátya nagy szemeket meresztett; ennél bizarrabb szerelmi zálogot aligha kapott valaha is.

– Gyere, megmutatom, hogyan kell használni – javasolta erre Gyima, kitöltendő a nő döbbent hallgatását.

És meg is mutatta.

Kátya tehát nem először tartott lőfegyvert a kezében; igaz, jó pár esztendeje már annak, hogy utoljára ilyesmivel próbálkozott. Hanem azért csak emlékezett még mindenre. Szinte magát is meglepte, hogy régi ismerősként simul a kezébe a gázhenger, a dugattyú, a gázelvezető meg a felpattintós hátsó irányzék...

A gépkarabély nem való közelharchoz, az AKSZ-re azonban nem lehetett szuronyt szerelni; erről a változatról már a szabványos szereléksín is lemaradt. Nem mintha Kátya különösebben bánta volna: pillanatnyilag épp úgy megtette volna egy jó éles konyhakés is.

A két férfi továbbra sem bírt egymással. Nyomukban vérfoltok maradtak a barackszínű szőnyegen. Jefrem és Vászja szinte eggyé olvadtak: egyetlen vérgőzös, tébolyult förgeteggé, egy olyan förgeteggé, amelyben nem maradt többé semmi emberi.

Kátya tudta, hogy már nem volna értelme óvni Jefremet, vagy inkább a testet, amelyben Jefrem lakozott valaha. Ezért aztán AKSZ behajtható válltámaszát a vállgödrébe illesztette, és fél szemét behunyva bemérte őket az elülső irányzékkal. A rövid cső finom imbolygással követte mozgásukat; lehetetlen volt már megkülönböztetni egyiket a másiktól...

A nő mutatóujja megremegett az elsütőszerkezeten; keze hirtelen elvesztette magabiztosságát, a sorozat az utolsó pillanatban irányt tévesztett, és a mennyezetet kaszálta végig, vakolat- és törmelékdarabokkal hintve meg mindhármukat.

Kátya vett egy mély levegőt; mint a hibás televízió sugározta kép, csúszott szét a szoba a szeme előtt. Zúgott a feje, egyszeriben a térérzéke is cserbenhagyta.

Tudta jól: csak idő kérdése, hogy a férfiak észrevegyék őt. Előbb vagy utóbb az egyik végez a másikkal, és akkor ő lesz a... következő... Nincs egy perc... vesztegetni való ideje... sem...

A csudába is, nehogy... most... hagyjam el... magam!

A nő megrázta a fejét, ekképp igyekezvén – hasztalan – megszabadulni a hirtelen rátelepedő bódulattól. Szemei előtt összemosódott a világ...

Tétován ismét a vállához emelte a fegyvert; tizenöt-húsz tölténynek még mindenképpen kellett benne lennie. Ennyi pedig több mint elég két embernek...

Embernek?

Ezer sebből vérzett már mindkét férfi, őrjöngésükben azonban ügyet sem vetettek immáron semmire; megszűnt létezni számukra a külvilág. Alighogy elestek, fel is tápászkodtak azonmód, ott folytatván a tombolást, ahol egy szempillantással előbb abbahagyták.

A hely azonban szűk volt a verekedéshez; Kátya torkából éles sikoly szakadt fel, amikor Jefrem és Vászja az erkélyajtónak tántorodtak. Éktelen csörömpölés közepette zuhantak ki rajta, hogy továbbra is ordítva kapaszkodván egymásba, alábukjanak a korláton át a mélybe.

A nőnek be kellett ismernie: végképp magára maradt. Ahogy a vidorin az esztelen boldogság illúziójával töltötte el a fogyasztót, úgy a komorin, a sötét, hátborzongató érzelmek narkotikuma a lénye legmélyén lakozó fenevadat hívta elő abból, aki csak hozzá... jutott...

Kátya arcán remegés futott át; összerázkódott, mintha csak a kitört ablakon beáramló huzat didergetné. Karján égnek meredtek az aranypihék.

Globális méretű fertőzés – ismételte magában kétségbeesetten, amidőn érezte, hogy tudata bezárul. – *Én vagyok az oka az egésznek, és egyben az utolsó is, aki épen maradt...*

Módfelett infekciózus.

Érintés sem kell hozzá, épp elég belélegezni.

Egy légtérben tartózkodni vele.

A gépkarabély puffanását felfogta a szőnyeg, ahogy kihullott a nő elernyedő ujjai közül.

294

A lény, amely Kátya Plescsejeva főszerkesztőnő volt egykor, elméje utolsó, kihunyó szikráinak fényénél még érzékelte a besüvítő szél hangját. Aztán állatias mordulást hallott.

Hallatott?

Az üvegét vesztett erkélyajtón át beáradt a könnyű kora nyári huzat, felkapta a szoba levegőjében szállongó komorint, és már vitte is magával, ki tudja, hová, talán egyenest a város víztározója felé...

Idestova a harmadik évezredben járunk – nem mintha ennek volna bármi jelentősége.

A Föld népesebb, mint valaha; a technika fejlettsége minden képzeletet felülmúl.

De aligha akad már, aki méltó mód örvendezhetne ennek.

Ócska közhely az, hogy nincsenek véletlenek. Olyannyira ócska, hogy a Zombográdi Kulturális Kombinát napi szinten használta fel a termékeihez; némelyikben tucatszor is előfordult, két „a szíve a torkában dobogott", meg három „tündöklő szemeinek tükörtavában" között.

A szív mindazonáltal valóban hajlamos oly erősen verni, hogy úgy érezzük, mintha nyelőcsövünk egy fentebbi szakaszban tenné ezt.

S bár ez a dolog azzal a tükörtóval valóban iromba giccs csupán, azért a veleje az egésznek mégiscsak az, hogy olykor bizony akad igazság az ezerszer hangoztatott frázisokban.

Mint például abban, hogy nincsenek véletlenek.

Még a nevekben sem. *Nomen est omen*, ahogy a megannyi – mára már – holt nyelv egyike mondaná.

Az „üzbég" szó eredete vitatott. Az egyik nézet szerint a legendás türk vezér, Oguz kagán nevéből származik, mások szerint azt jelenti: szabad ember.

Pakisztán neve egyszerre mozaikszó a muzulmán többségű tartományok nevének kezdőbetűiből, és jelenti azt, hogy „a tiszták földje".

Arrafelé van tehát bizonyos hagyománya a névmágiának.

A fenti példákkal ellentétben jó néhány szovjet utóállam nevének eredetét homály fedi; Afganisztán feltehetőleg tulajdonnév volt valaha, de az etimológusoknak sincs határozott véleményük ebben a kérdésben.

Hasonló a helyzet történetünk helyszínével, Zombisztánnal is.

Ha felütötted az enciklopédiát Zombisztánnál, a *Nevének eredete* című pont alapján sem lettél okosabb: „A *Zombisztán* szó forrása a mai napig tisztázatlan; egyes – megkérdőjelezhető hitelességű – források a vuduban, a francia gyarmatbirodalom őslakosainak szinkretikus vallásában előforduló, életre keltett holtak nevéből eredeztetik, ez a magyarázat azonban már csak azért is gyenge lábakon áll, mert Zombisztán és az afro-karibi területek között földrajzi kapcsolat még a legnagyobb jóindulattal sem fedezhető fel."

Mára persze már nem maradtak enciklopédiák, amelyeket felcsaphattunk volna, hogy bizonyos etimológiai kérdésekkel tisztába kerüljünk.

És ami azt illeti, etimológiai kérdések sem igen maradtak.

Vagy bárki, aki bármivel is tisztába óhajtott volna kerülni.

Mi maradt akkor?

Nos, nem sok minden.

Maradtak, a köznyelvben elterjedt kifejezéssel élve, és annak helyességét avagy helytelenségét figyelmen kívül hagyva, zombik. Emberi lények az ő erkölcsi gátlásaik és szociális érzékük nélkül; emberi mivoltuktól mesterségesen megfosztott, embertestbe zárt lények tömegei, akiket a Föld légkörébe jutott szennyező anyagok tettek átkozottá.

Hogy az afrikai törzsi varázslóknak sikerült-e valaha is zombit létrehozniuk, azt már sosem fogjuk megtudni. Jekatyerina Plescsejevnának azonban kétségkívül sikerült.

Hogy a végén maga is eggyé vált közülük? Nos, ilyen apróságokon igazán kár volna fennakadni.

A világszép Katyusa aligha így képzelte a dolgot, amikor a könyvgyártást forradalmasító vegyületeket kifejlesztette. Lelki szemei előtt bizonyára a tisztes megélhetés lebegett, esetleg egy kies családi fészek Zombográd valamelyik dinamikusan fejlődő elővárosában, Gyima Ruszlaniccsal, a sajátos udvarlási szokásairól ismeretes Szpecnaz-légideszantos főhadnaggyal.

De mint az a Kulturális Kombinát világsikerű produktumaiban megannyiszor elhangzott: *ember tervez, Isten végez.*

Istent a vudu mágiában Bondye-nak hívják, ami a francia *Bon Dieu*, azaz Jóisten kifejezésből származik.

Bondye a hívei szerint sosem avatkozik az emberek ügyeibe, bár hogy ez valóban így van-e, abban a legkevésbé sem lehetünk bizonyosak.

Az egyetlen ismert személy ugyanis, akinek valaha is bizonyítottan sikerült zombikat létrehoznia, nagyon is aktív szerepet vállalt hazájának közügyeiben, egész az utolsó pillanatig...

(Egyes, meg nem erősített források szerint azóta is tevékeny. A nyugati szennyvíztisztító telepen tanyázik az éjjeliőr kalyibájában, különös szagú és színű elegyeket kotyvaszt az éjjeliőr hagyatékát képező vodkás üvegekben, és egy BSZ1-Tyisina típusú gránátvetővel tüzet nyit mindenkire, aki csak a közelébe merészkedik.)

A világszép Katyusának még csak holttestekre sem volt szüksége, amelyeket feltámaszthatott volna. Élőhalottainak létrehozásakor nem is vezérelte különösebb rossz szándék, hacsak a nyereségvágy alantas indítékát nem tekintjük annak.

Igazán kár, hogy senki sem foglalkozik már társadalomföldrajzzal, etnográfiával, etimológiával vagy akár csak kártyavetéssel, madárbél-jóslással, kávézacc-olvasással. Ha maradtak volna még néprajzkutatók, akik a nyelvrokonságok rejtett összefüggéseit és hasonlókat hivatottak felderíteni, ha más nem is, hát ők alighanem örvendenének a fejleményeknek.

Mert ugyan, hogy is néz ki a világatlaszban az, hogy Zombisztán nevének eredete ismeretlen?

Dehogyis ismeretlen az!

Chirag Ishpreet Akalsharan, a méltatlanul elfeledett VI. századi murdzsita jövendőmondó víziójára vezethető vissza, amelyben egy asszonyszemélyt látott, egyik kezében holmi fóliánsokkal, a másikban pedig két butéliával, melyek alighanem valaminő ördögi elixírt rejtettek. Hatalmas termetűre nőtt az asszonyszemély a hegyeknek ormai felett, s lábainál férgekként nyüzsgött az oktalan barmok szintjére süllyedt, emberi mivoltából kivetkezett emberiség...

A szerzőről

*Tarja Kauppinen*ként ismerhet az internet népe, ezen az álnéven vagyok a Moly.hu közösségének tagja, korrektor a Moly Merítés című online irodalmi magazinjának szerkesztőségében, és ekként is kezdtem 2017-ben, ismerőseim unszolására, novellapályázatokra írni. Azóta ezzel együtt 15 kisepikai művem jelent meg 8 antológiában, különböző kiadóknál. Egyelőre szabadúszó vagyok, önálló kötetem még nincs.

Fikciós, fantasztikus műveimhez is jobbára a valóságból, a valódi történelemből merítek. Kedvenc műfajom a szatíra, lévén a legkiválóbb eszköz világunk fonákságainak megvilágítására.

1987-ben születtem egy csendes zöldövezetben, amelyet azóta kíméletlenül magába olvasztott dinamikusan fejlődő fővárosunk. Távlati céljaim a Spartathlon, az irodalmi Nobel-díj, az ózonlyuk befoltozása és az örök élet.

Műveimet erdő alján, falu szélén álló hajlékomban rovom, stelázsim saját termesztésű gyümölcsből főzött házi lekvárok alatt roskadozik, a Malevilt és a Szép új világot pedig évente újraolvasom.

Kövessétek a példámat.

A Merítés szerkesztőségi bemutatkozásomban bővebben is megnyilatkoztam:
http://bit.ly/TarjaKauppinen

Lightning Source UK Ltd.
Milton Keynes UK
UKHW020037280720
367273UK00011B/864